BETWEEN MEN

男同士の絆

イギリス文学とホモソーシャルな欲望

English Literature
and
Male Homosocial Desire

Eve K. Sedgwick
イヴ・K・セジウィック 著

上原早苗・亀澤美由紀 訳

名古屋大学出版会

まえがき

本書を今読み返して、思うに、いかにむこうみずな悦びに支えられて『男同士の絆』が執筆されたのか、読者には想像もつかないに違いない。当時、私が使っていたのは（「ポータブル」とはいえ重さ三五ポンドもする）オズボーン・コンピュータ。その小さな画面と言ったら、フォルクスワーゲン・ビートルの、霜とり不可能なフロントガラスを思い出させるような代物だった。当時の夜食は、テイクアウト用のテカテカした箱に入った二度焼きのポーク。夜が更けるとそれを、ミツバチの巣のように活気に溢れるバンティング・インスティチュートの、灯りをともした小さな部屋で食べたものだった。私の真言《マントラ》は「食事の準備に追われるよりはましよね」――職が少なく、フェミニズム批評が特に難問を抱えており、しかも終身雇用権など手にする見込みのなかったあの頃、この真言を唱えると、妙に明るい気分になれたものだった。当時の私は、何事に対してもまったく自信がもてなかった。それでも、本書を執筆することが冒険に満ちた名誉ある行為に思われない日は一日たりともなかったのである。

私は主として〔フェミニズムとアンチ・ホモフォビアという〕ふたつの立場が共闘しうる土台を模索するために『男同士の絆』を執筆した。まず読者として念頭に置いたのは、他のフェミニストの研究者たちである。本書の執筆に取りかかった時、フェミニズムという学問はひとつの領域の研究としかみなされておらず、フェミニズムは他の領域で充分に活かされているとは言い難かった。そのため、フェミニズムの観点から比較的わずかとはいえ力強い公理に拠りつつ、あらゆる領域の学問を再構築することが可能であるばかりか、急務であるとも考えられていたのである。私は、脱構築の立場から極めて能動的で厳密な読みを心掛けており、アクティヴィストの提唱するつむじ風ともいうべき壮大な理論に出会うと、最初は驚いたものの、喜び、そして感謝の念も抱いた。また当時、フェミニストたちの間ではユートピア的な改革の気運が高まっており、これに私は敏感に反応するとともに、女性の思想家たちのコミュニティと共同研究することに日々興奮を覚えるようにもなっていた。だが同時に、多くのフェミニストと同じように、私もフェミニズムという学問研究を変えていきたいと思ったし、その必要性も感じていた。偶然わけても私が耐え難いと思ったのは、あのフェミニズム中心の女性学の、衛生的ともいうべき潔癖さである。偶然の所産である制度、概念、政治、倫理、感情は本来多様であるにもかかわらず、すべてがあまりにもきれいにフェミニズム中心の女性学――研究者本人ばかりか研究の主題・パラダイム・政治的主眼さえも女性と同一視されかねない学問――に発展すべく約束（脅迫？）されていた。そうした偶然の産物のひとつひとつに関わった上で、私は頑なまでの直観で、ひとつのことを感じずにはいられなかったのである。アイデンティティ、欲望、欲求、分析がすべて中心から一列に並びうる場をよしとすることよりも、多様なアイデンティティを認めることのほうが実り多いのだ、と。

とはいえ、私が比較的問題なく同一化できるのは、やはりフェミニズム運動である。したがって、『男同士の絆』の執筆にあたっては、本書がフェミニズム運動に対するひとつの貢献となるように、それも反分離主義かつアンチ・ホモフォビアという複雑な立場からの貢献となるように専ら心掛けたつもりである。が、だからと言って、語る主体と対象との間に生じる、あの転移の詩学とも呼ぶべき同一化が単純だと考えていたわけでは決してないし、事実、それは単純ではない。それでも当時の私には、（潜在的な読者とはいえ）果たして本書を読むかどうか定かでないゲイ男性よりも、多様な女性読者に語りかけるほうが自然なことのように思われたのである。たとえ、私の言わんとすることがうまく伝わらなかったり、女性の読者から非難されたりするようなことがあろうとも……。

本書を刊行してから二、三年後に、長きにわたるゲイ・スタディーズの草分け、マイケル・リンチに会う機会に恵まれた。彼いわく、『男同士の絆』読後の最初の感想は、「これを書いた女性は、いろんなことについていろんな意見をもっているが、ゲイについてはたいして知らないな！」だったという。まさにその通りである。当時の私はレズビアン・フェミニズムの文化や批評にのめりこんでいたものの、ゲイとしてカミングアウトした男性については、実はたったひとりしか知らなかった。だが一九九〇年代を迎えた現在、状況は一変しており、たとえば学界には、アクティヴィストによる洗練されたゲイ／レズビアン研究が確立し、また、声を獲得して可視の存在となった全国規模のゲイ／レズビアン運動も展開している。加えて、（多様な性を指向する私を含めた多くの男女にとって）極めて生産的と思われるクィアのコミュニティ——ジェンダー・人種・性の境界線の中でも、特に欲望と同一化に関わる境界線を、明らかに越境する人々のコミュニティ——も顕在化しつつある。それゆえ、あのはるかな国（本書が執筆された一九八〇年代）において、人々がどのように感じていたかを思い出すことは難しい。今、本書を再読すると、私の行った分析や普遍化の多くが、いかに乏しい経験に基づいているかにはっとし、しばしば当惑する。けれども、本書を執筆したいと思うに至った主な動機や、本書でやらねばならないと感じていた事柄が、未だに触知できることに関しては、安堵するとともに誇らしくも思う。

当時のアメリカの学界には、すでにゲイ／レズビアン研究が存在しており（リンチが編集する『ゲイ・スタディーズ・ニュースレター』を今一瞥すれば、そうした研究が早くも芽生えていたばかりか、活発だったことがわかる）、都市部のいくつかの場では同性愛解放を目指す文化が勃興していた。したがって、なぜ私がおおむねイギリスないしヨーロッパ大陸の、はるか彼方の同性愛思想の伝統に拠って本書を執筆したのか、なぜジェフリー・ウィークス、ギィー・オッカンガム、ポール・ホック、マリオ・ミエリ、アラン・ブレイらの研究に依拠したのか、それを説明するのは難しい。彼らの研究は当時、すでに本として出版され（原典が英語以外の場合は英訳され）ており、（いかなる点においても、本書とほぼ同じ時代に執筆されたものでありながら）『男同士の絆』の中では、一世紀も前に没した作者によるキャノンか、あたかも定評のある二次資料のように見える。つまり私は、彼らの研究を実在のコミュニティや現在の生活の証というより、ほとんど神学的な思索の対象として扱ってしまったのだ。(こうした意味で)本書を執筆した当時の著者は、いかんともしがたいほど偏狭だったと言えるだろう。そしてこの偏狭さは、著者とゲイ・コミュニティという創造の場との知的な隔たりを示しているが(しかし、ゲイ男性のユートピア的な祈りに暗黙のうちに誘われて本書は執筆されたのであり)、その偏狭さゆえに、著者は彼らの祈りと激しく、奇妙で、かなり不気味な同一化を行うこともできたのだ、と説明したら、読者は納得するだろうか。

欧米のゲイがアイデンティティを形成する過程は、結局、バルザック的な近代的アイデンティティの形成物語と言って済ますことができないようなものであり、地方からメトロポリス的な世界への参入物語と言うべきものなのだ。ひとりひとりの物語は奇妙な幼児期にそれぞれバラバラに始まるため、いきおい私たちは自身の姿を身近にある鏡に映し出し、苦しみながら自己誤認の道を歩まざるをえない。なぜなら、あの生殖中心の、いわゆる異性愛というイデオロギーに基づく――いまだ都市的でもなければ、もはや都市的でもない――アトム化された核家族しか、私たちには鏡となりうるものがないからだ。この異性愛中心の核家族から、心ない不適切な問いを投げかけられ傷つけられ、仮にその場を明るく健気にあるいは幸運に切り抜けたとしても、おそらく私たちは本来の生とは異なる生き方を強いられることになろう。だが、新たに形成されるあの脱自然的「家族」において、私たちは後天的かつ驚異的に自己/他者認識を変える/られるのである。そして、この第二の後天的な生をもたらす場こそ、メトロポリス〔メトロには「子宮」の意がある〕である。しかしそれは、地方のもつ不信のエネルギーを、いや、不信感そのもののもつ地方的エネルギーを採り入れてきたために、絶えず活性化し再編を経てきたメトロポリスなのである。

『男同士の絆』の著者は、是非、ゲイ・コミュニティに本書を読んでもらいたいと思っているが、本書の中には、著者がゲイ・コミュニティの存在そのものを疑っているのではないかと思わせるようなところもあろう。本書が彼らに開かれているからこそ、そのようなことになるのだ。と同時に、ゲイ男性の中には、文化的権威・ジェンダー／セクシュアリティ・学問の地図の上の、見慣れぬ――幾分特定し難い――場から親密さをもって直に語りかける本書と（はるかなる過去に）出会って驚いた人もおり、ゲイの読者と本書との間にも絆が生まれたと言ってよいだろう。

　知的力の中でいつまでも変わることなく残るものは、なんとしてもやり遂げようとする執拗さである。したがって、その執拗さによって生み出された本書に欠点があろうとも、執拗さ自体を批判するのはおそらく愚かなことだろう。私は、批判的な目をもつ多くのクィアな女性のためにも本書を執筆したつもりだが、彼女たちの場合は特に、本書を冷淡に受け止め、その趣旨をあまり理解してくれなかったようである。事実、『男同士の絆』はこれまで絶えず、多くの読者から（様々な反応の中でもおそらく）怒りを買ってきた。ただし、本書を効果的に用いてきた読者の反応はほぼ例外なく、単なる怒りよりも多様なものだったに違いない、と私は信じているが。本書が刊行されてから、驚くほど多くの、同じ領域の書物が執筆されているが、この事実は、思うに、ふたつの立場をとりもつ『男同士の絆』のような反因襲的な研究書は、直接的にせよ間接的にせよ、執筆意欲を高めることを物語っていよう。しかし長い間、クィアな読みの多層な歴史に潜んでいた、絶えることのない素晴しい生産性、思索の豊かさ、勇気、浸透性、アクティヴィズムについては、もっと多くのことが語られなければならない。

一九九二年一一月

謝辞

本書を完成させたのは、カーネギー基金より研究奨学金をいただき、とりわけ研究に適したラドクリフ・カレッジのメアリ・イングラム・バンティング・インスティチュートで過ごした期間のことである。本書を執筆するにあたって、この奨学金以外にもボストン大学、ハミルトン大学、カークランド基金より貴重な研究奨学金を頂戴した。

『男同士の絆』は、多くの方々から個人的な協力をいただいた上で完成させた著書である。人々に協力を仰ぐことになったのは、本書を学際的なものにしたかったからだが、それだけではなく、本書の内容が政治的で社会言語の問題に関わっており、また、その主題が私個人のみならず多くの知人の体験にも深く及んでいるからである。本書を執筆するにあたって、（精神面での支援は言うに及ばず）資料の点でも、惜しみない援助を特に三つのフェミニスト・グループ――ハミルトン大学のファカルティ・フォー・ウィメンズ・コンサーンズ、ID450コレクティヴ、ボストンの名前のない研究会――からいただいた。またいくつかの章については、多くの方々に目を通していただき的確な意見を頂戴した。ゴードン・ブレイデンはシェイクスピアのソネットについて、ローラ・ブラウンは『田舎女房』の経済的コンテクストについて、それぞれ教示してくれた。ヘンリー・アブラヴからは励ましをいただき、彼とは一八・一九世紀のイギリス史の様々な問題を論じる機会にも恵まれた。コッペリア・カーン、リチャード・ポワリエ、リチャード・ヴァンは『我らが共通の友』論に様々な感想を寄せてくれ、ジョナサン・カムホルツは精力的に意見を述べてくれたばかりか、『我らが共通の友』論を本として出版するよう勧めてくれた。また、マイケル・マッケオンは歴史相対主義の文献を特に有益なやり方で読み解いてくれ、デイヴィッド・コゾフスキーは世界のいたるところから次々に切り抜きや意見、そして励ましを送ってくれた。リンダ・ゴードン、キャロライン・ウォーカー・バイナム、ナンシー・K・ミラー、エレン・バサック、マリリン・チェイピン・マシィは、いくつかの章にわざわざ目を通し、各人の領域や感性に即したかけがえのない感想を寄せてくれた。

何年にも及ぶ研究の間には、この他にも様々な知的・精神的支援をいただいたが、具体的にそれらがどのようなものであったのかを記すことは極めて難しい。が、いつものことながら、私を支えてくれたと思われる候補者は、ラヴァーン・ベリィ、シンシア・チェイス、ポール・ファレル、ジョセフ・ゴードン、マデリン・ガットワース、エレイン・タトル・ハンセン、ニール・ハーツ、マーシャ・ヒル、ナンシー・ソーキン・ラビノヴィッツ、ナンシー・ウェアリング、キャロライン・ウィリアムズ、そしてジョシュア・ウィルナーである。リタ・コゾフスキーとリーオン・コゾフスキーは、いくつかの章の文体を磨きあげてくれた。だが彼らが実際にどのように文体を変えてくれたのかをここに記すことは到底できそうにもない――とりわけ難しいと思われるのは、具体的にどの部分をどのようなことばに変えてくれたのか、という点である。

本書の中にはこれまで学術誌に発表した論文に加えて、以下の場で口頭発表したものも含まれている。発表を行った場所は、MLA（全米近代語協会）、イングリッシュ・インスティチュート、ミッド・アトランティック・ウィメンズ・スタディーズ・アソシエーション、ノースイースト・ヴィクトリアン・スタディーズ・アソシエーション、オハイオ・シェイクスピア・カンフェランス、ウェズリー大学、シンシナチ大学、ハミルトン大学、コルゲート大学、ハーヴァード大学、ブルックリン大学、コーネル大学、ジョンズ・ホプキンズ大学、ヘブライ大学、ウェズリー大学の女性学研究所などである。それぞれの場において、ここで名前を挙げることができないほど、多くの方々から――その多くが名前のわからない人たちだが――意見をいただき、学ぶものがあったことを記しておきたい。

本書収録に際し改稿したが、第9章は『ラリタン』、結びは『デルタ』、そして第3章および第4章は『クリティカル・インクワイアリ』にそれぞれ掲載され、第5章は部分的に『スタディーズ・イン・ロマンティシズム』中の書評の一部として発表されたものである。掲載論文を本書に収録することを許可してくださった、これらすべての学術誌の編集者に感謝の意を表したい。

目次

まえがき　i
謝辞　vi
序章 …… 1
一　ホモソーシャルな欲望　1
二　性の政治学と性の意味　7
三　性か歴史か？　16
四　本書が論じるもの　23
第1章　ジェンダーの非対称性と性愛の三角形 …… 32
第2章　恋する白鳥 …… 41
——シェイクスピア『ソネット集』の例——

第3章　『田舎女房』……75
　　──男性のホモソーシャルな欲望の解剖モデル集──
第4章　『センチメンタル・ジャーニー』……103
　　──セクシュアリズムと世界市民──
第5章　ゴシック小説に向けて……127
　　──テロリズムとホモセクシュアル・パニック──
第6章　代行された殺人……147
　　──『義とされた罪人の手記と告白』──
第7章　テニスンの『王女』……178
　　──七人兄弟にひとりの花嫁──
第8章　『アダム・ビード』と『ヘンリー・エズモンド』……204
　　──ホモソーシャルな欲望と女性の歴史性──
第9章　ホモフォビア・女性嫌悪・資本……245
　　──『我らが共通の友』の例──

第10章　後門から階段を上って……………………………………275
——『エドウィン・ドルードの謎』と帝国のホモフォビア——
結　び　二〇世紀に向けて……………………………………308
——ホイットマンのイギリス人読者たち——
注　335
訳者あとがき　357
参考文献　巻末7
索　引　巻末1

序章

一　ホモソーシャルな欲望

本書が主題に取り上げるのは、イギリス文化の中でも、主に一八世紀中葉から一九世紀中葉にかけての小説に描かれた、比較的短期間かつ最近の、身近な現象である。何が多領域にわたる理論家たちをこの時代に惹きつけるかは明らかである。つまりそれは、経済・イデオロギー・ジェンダー配置に生じた変動——凝縮され自己反映的で広範に影響を及ぼした変動である。これから私は、次の三点について論じていこうと考えている。すなわち、男性の「ホモソーシャルな欲望」の連続体内で様々な変化が同時に起きたが、それは、他のもっと明白な変動と緊密に結びついており、しかも大抵の場合、その変動と因果関係があったということ、そして当時顕在化し始めた男性の対人関係のありよう——友情、師弟の絆、権力、ライヴァル意識、異性愛および同性愛——は階級と密接に連動していたということ、さらにこの関係のいかなる要素も女性およびジェンダー・システム全体との関わりを抜きにしては理解しえないということ、である。

「男性のホモソーシャルな欲望」——本書の副題に使われているこの表現には、区別と矛盾を鮮明にしようとする意図がある。[1] まず「ホモソーシャルな欲望」とは、一種の撞着語法である。「ホモソーシャル」という用語は、時折歴史学や社会科学の領域で使われ、同性間の社会的絆を表す。またこの用語は、明らかに「ホモセクシュアル」との類似を、しかし「ホモセクシュアル」との区別をも意図して造られた新語である。実際この語は、「男同士の絆」を結ぶ行為を指すのに使用されているが、その行為の特徴は、私たちの社会と同じく強烈なホモフォビア、つまり同性愛に対する恐怖と嫌悪と言えるかもしれない。[1] とすると、「ホモソーシャル」なものを今一度「欲望」という潜在的に官能的なものの軌道に乗せてやることは、ホモソーシャルとホモセクシュアルとが潜在的に切れ目のない連続体を形成しているという仮説を立てることになる。もっとも、私たちの社会では男性の連続体は徹底的に切断されており、連続しているようには見えないのだが——。しかし、この連続体に切れ目がないと言っても、私が問題にしているのは起源ではないということが、論を進めていくうちに明らかになるだろう。私は、なにもホモセクシュアルな性器欲動が男性のホモソーシャルな関係の「根源」にある、と言っているわけではないのだ。むしろ私の立てた仮説は、男同士の関係構造を普遍化すると同時に、その歴史的差異を明確にするための戦略である。「男性のホモソーシャルな欲望」とは、本書がこの途切れのない連続体に与える名称である。

私は、官能的な側面を強調するために「愛」ではなく「欲望」という用語を選択した。なぜなら、文学批評および関連領域の言説では、「愛」はある特定の感情を指すのに安易に使われるのに対して、構造を呼ぶ際には「欲望」が使用されるからである。本書は、社会的な衝動が社会構造の中でいかに配置されているかを論じるものであり、その論の積み重ねが批評的弁証法になっていくだろう。また私は、「欲望」という用語を大抵の場合、精神分析で言うところの「リビドー」の意味で使うつもりでいる。つまり、ある特定の感情状態や情緒ではなく、心的ないし社会的力——言うなれば重要な人間関係をつくる接着剤——を指すために使うのである。この力はたとえ敵意や嫌悪として、あるいはたいして感情が移入されていないかたちで顕れたとしても接着剤の役目を果たす。この力がどこまで性的なものと認められるかは（つまり「性的」であるとは歴史的に何を指すかは）重大な論点になるだろう。

本書の内容を男性のホモソーシャルな欲望に限定したのは、初めから私の主題の限界をある程度認め（その限界の重大さを強調す）るためだが、これにはもっと積極的かつ本質的な理由もある。本書の主なねらいのひとつは、セクシュアリティの姿とセクシュアリティとみなされているものとが、いかに歴史的な権力関係から影響を被ると同時にそれに影響を及ぼすかを探究することである。[2] このねらいを通して、権力獲得に男女差のある社会では、セクシュアリティの構造と形成についても重大なジェンダー間の差異が存在する、という結論が導き出されよう。

たとえば私たちの社会では、男性に比べて女性の場合、「ホモソーシャル」対「ホモセクシュアル」という弁別的対立は、遙かに不完全であるし二項対立的でもない。今というまさしくこの歴史的瞬間、女性同性愛とそれ以外の女性同士の絆――たとえば母娘の絆、姉妹の絆、女同士の友情、「ネットワークづくり」、フェミニズムの活発な闘争など――は、目的・感情・価値観を軸にして明らかに連続体を形成している。[3] その連続体には、極度のホモフォビアや人種・階級間の軋轢などの深い亀裂が認められるけれども、連続体そのものが存在することは現在ではまったく常識のように思われる。とすると、現代の女性たちについて、現段階で次のように述べるのは、ごく当然のことと考えられよう。政治的立場がいかに対立し、感情がいかに衝突しようとも、女を愛する女と、他の女の利益を促進する女――教え、学び、育て、授乳し、女について物を書き、女のために行進し、女に投票し、女に職を斡旋する女――は、相互に重なり合い、密接に関わり合うことをしているのだ、と。それゆえ（たとえば歴史研究家キャロル・スミス=ローゼンバーグの論考にみられるように[4]）、女の連帯を「ホモソーシャル」という用語で形容しても、それは「ホモセクシュアル」と真っ向から対立するとは限らない。明らかにこの用語は、途切れのない連続体を指しうるのである。

仮に性愛、社会、家族、経済、政治といった領域にまたがる「女を愛する女」と「女の利益を促進する女」との連続体が、こうまで著しく男性の関係配置と対照的でなければ、女性の連続体の明らかな単一性ないし統一性はここまで際立たないだろう。ロナルド・レーガンとジェシー・ヘルムズが「家族重視政策」を推進すべく真剣に手を組む時、このふたりは男の利益を促進する男たちに分類される（実際ふたりの関係は、ハイジ・ハートマンの家父長制[2]の定義を具現していると言ってよい――「〔家父長制とは〕物質的基盤をもつ男同士の関係であり、階層的に組織されてはいても、男性による女性支配を可能にする相互依存および連帯を樹立、もしくは生み出す」[5]）。だがふたりの絆は、愛し合うゲイのカップルの絆となんらかの点で重なり合うものだと言えるだろうか。レーガンとヘルムズはノーと答えるだろう――露骨にイヤな顔をして。大抵のゲイのカップルもノーと答えるだろう――露骨にイヤな顔をして。だがどうしてだろう。女性と違って男性の連続体には、「男を愛する男」と「男の利益を促進する男」を直感的に結びつけるような力がないのだろうか。

確かにないのである――それも、ない、と言って済ますことのできるような事態ではないのだ。というのも、家父長制の構造に関する最近の、最も有益な論文がほとんど例外なく示唆しているように、男性中心の親族体系には「強制的異性愛」が組み込まれている、あるいは異性愛結婚という父権的な制度においては、同性愛は必然的に嫌悪されることになっているからだ[6]。とすると、同性愛的な男たちの絆や男の地位を向上させる男たちの絆をすべて一緒にまとめれば便利になるだろうが――そうすれば便利なぐらいすっきりするだろうけれども――、そのようなまとめ方は明らかに構造的に無理であろう。現代社会の見晴らしのよい地点にいる私たちにさえ、ともかくホモフォビアと無縁の家父長制など想像できそうにもない。たとえば、ゲイル・ルービンはこう記している――「人間のセクシュアリティを構成している要素のうち、同性愛的要素を抑圧すると、同性愛者を迫害することになる。それはまさしく……女性を支配する法と関係のシステムの産物なのである」[7]。

歴史的に家父長制は、野蛮にしかもほとんど際限なく同性愛を迫害してきた。たとえばルイス・クロンプトンは、迫害の歴史を丹念に辿りつつ、それは大量虐殺の歴史であったと論じている[8]。また現代社会に目を向けても、やはり同性愛は徹底的に嫌悪されており、ホモフォビアは（対男性にせよ、対女性にせよ）、恣意的に生まれたものでもなければ、わけもなく生まれたものでもない。むしろそれは、家族・ジェンダー・年齢・階級・人種関係の襞《テクスチャー》にしっかり織り込まれている。仮に私たちの社会からホモフォビアが消えるとすれば、社会の経済的・政治的構造も変化せざるをえないだろう。

しかし、大抵の家父長制には構造上ホモフォビアが組み込まれているので、家父長制は構造的にホモフォビアを必要とする、と結論を出すにはまだ議論の余地があるだろう。たとえば、最近刊行された『古代ギリシアの同性愛』の中で、K・J・ドーヴァーが論じる古代ギリシアの場合を考えると、そう結論づけるのは無理のようである。ドーヴァーの論証するところによれば、男性同性愛は広範に見られた合法的行為であり、文化の中でも極めて大きな影響力をもっていたという。年長の男性が思春期の少年を求める行為は、階級に従ってしかも市民階級内では年齢に従って厳密に制度化されていた。その行為は、ロマンティックな異性愛を連想させるステレオタイプ（征服、降伏、「残酷な恋人」、愛の対象側の欲望の欠如）によって説明されており、それによると、受動的な役割は少年に割り当てられていた。しかし、少年もやがて成人になるため、役割が生涯変わらないということではなかった。[9] したがって、この恋愛関係は対象となる人間にとって一時的に抑圧的であったものの、極めて教育的な機能をも果たしていたと言えるだろう。この点について、ドーヴァーはプラトンの『饗宴』に登場するパウサニアスの台詞を引用しつつ、こうまとめている――「彼［少年］を賢明かつ高邁にしてくれる者に対して、どのような奉仕を彼がしようとも、その奉仕は正しい[10]」。とするとこれは、性愛の要素が附加された師弟の絆、ということになる。少年はアテナイ市民の慣習と美徳を習得する弟子であり、この絆を通して市民の特権を受け継いだのである。この特権には、男女を問わず全奴隷および（自身の階級の女性をも含む）全女性の労働力に対する支配権が含まれていた。「女性と奴隷は同類であり共生している」とは、ハンナ・アーレントの記したことばである。男性文化にとって本質的に最も重要なものを維持するためには、階級およびジェンダーの徹底した従属システムが是非とも必要なのであった――「労働に対する軽蔑は、元来その必要から解放されたいという熱望から〔生まれたのであり〕、さらに、記念碑も、記憶に値する偉大な作品も、痕跡すらも残さないような苦役にはとても耐えられないという労働に対する嫌悪感から生まれたのである」[11]。それゆえ、卑しむべき労働は女性と奴隷に圧しつけられたのである。

したがって、家父長制を維持するためには異性愛は必要だけれども、ホモフォビア（少なくとも男性同性愛に対する嫌悪）が不可欠であるとは限らない――こうギリシア人の例は証明しているように思われる。実際ギリシア人の場合、「男を愛する男」と「男の利益を促進する男」との間にはまったく切れ目がなかったようである。それはまるで、現代社会において、コンティネンタル・バス〔アメリカ合衆国のゲイ文化において重要な役割を果たした、同名の会社が経営するショーを中心とした娯楽施設〕における男の絆と、ボヘミアン・グローヴ[12]〔ボヘミアン・クラブが所有する広大な森林地。クラブは、一八七二年にアメリカ各界で活躍する男性によって結成されたもので、会員は年に一度、この森林地の施設でキャンプをし親睦を深める〕や、重役室、上院議員控室における男の絆との間にはなんら不連続性が認められない、と言うようなものだ。

とすると現代社会では、女性のホモソーシャルな絆とホモセクシュアルな絆との間に比較的連続性があるのに対して、男性のホモソーシャルな絆とホモセクシュアルな絆とは完全に断絶しており、男の絆と女の絆は明らかに非対称的な姿を呈している、ということになる。さらに、ギリシア人（およびG・H・ハートが研究したニューギニアの「サンビア」といった部族文化など）の例が示しているように、ホモソーシャル連続体の構造は文化的な偶然の所産であって、「男特有」の本質的な特徴を表すものでもなければ、「女特有」の特徴を表すものでもない。確かに、男対女の権力の問題にその構造が緊密に結びついていることは明らかだが、それを説明するとなると、「家父長制」というカテゴリーでは充分ではなく、歴史性を加味したより正確なカテゴリーが必要になってくる。というのも、（ハートマンの言う）家父長制の権力構造は、アテナイ社会にもアメリカ社会にも当てはまる特徴だからだ。が、ともかく現段階で、明白な公理として提示できる点をまとめると、次のようになろう。男性と女性のホモソーシャル性が歴史的に異なっていること――しかも時代とともに様々に現れていることは――、男女間に長きにわたる権力の不平等があることを示すものであり、またそのメカニズでもあるのだ、と。

なぜホモソーシャル連続体の異なるありようが興味深い問題になるのだろうか。なぜそれは文学の問題になるのだろう。近年、レズビアンとゲイが別々の戦略・哲学をもっていることが明らかになってきたことを踏まえると、同性愛解放運動の実際的政治――マイノリティの権利擁護運動――にとって、それが重要な問題であることはすでに明らかである。さらにそれは、「性の政治学」というもっと大きな問いを考える手段として、理論的に興味深い問題でもあろう。では、社会的ないし政治的関係が性化されるとはどういうことなのだろうか。それによってどのような影響がもたらされるのだろう。仮にホモセクシュアルな絆とホモソーシャルな絆との関係がそんなに捉えどころのないものだとしたら、一体私たちはどのような理論的枠組みにおいて、性的関係と権力関係を結びつければよいのだろうか。

二　性の政治学と性の意味

この問いはまさに今、様々なかたちをとりながら、多様なジェンダーの政治運動によって、また運動そのものにとっても、重要な問題として提起されている。たとえば、フェミニストの理論家やゲイの理論家たちは、権力支配と性のサドマゾヒズムとの間にどの程度直接関係があるかをめぐって激しく意見を闘わせている。この点について、人目を惹くふたつのイメージから論じ始めることにしよう。表紙には肌を露出したたくましいバイクのライダー、裏表紙にはショッキングなほど乱打された全裸の男の死体。これを掲載したのは、最近出版された『セミオテクスト』のいわゆる「ポリセクシュアリティ」特集号（第四巻一号［一九八一］）である。女性も寄稿しているとはいえ、これは『ポリテクスト』の「セミセクシュアリティ（半分の性）」特集と呼ばれてしかるべき号であった〔「ポリセクシュアリティ」は多様な観点からセクシュアリティを論じた特集号だったものの、無記名の者を除く寄稿者三七人のうち女性はたった四人であった〕。この特集は、過激で今風の刺激を与えるためだけに組まれたわけではないようだ。むしろそれは、サドマゾ的な暴力がわざとらしくて非日常的というより、現実世界の暴力と完全に地続きであることを主張するために組まれたと思われる。「ポルノグラフィに反対する女たちの会」や、一九八〇年のレズビアンおよびゲイの権利に関するＮＯＷ（全米女性機構）の決議案作成者たちも、派手なやり方ではなかったものの、これと同様の見解を打ち出している。暴力や暴力のイメージを性化すると、それは暴力の本質を変えずに、その射程と力を拡張してしまうことに彼女たちも直観的に気づいているのだ(13)。だが他のフェミニスト作家たちが気づかせてくれるように、これとは異なった見方もありうるだろう。たとえば、女性がマゾ的な性的幻想を抱くのは、漠然とした無力さや価値のなさを、女性が――感じているからだとは言わないまでも――自我の内に取り込んだからだ、と言ってしまって本当によいのだろうか。それよりも性的幻想のドラマとは、抑圧という女性の政治的経験に対しておそらくもっと間接的な、いや対立的な関係にさえあるとは言えないだろうか(14)。

同様の問いは、ゲイ・コミュニティや様々な場で「成人男性と少年との愛」について議論する際にも提起されている。成人と子どもとの性的関係は、より一般的な教育的・養育的関係の延長線上にあると言ってしまってよいのだろうか。それとも性が関与すると、その教育的・養育的関係は変質し、たとえば搾取にならざるをえないのだろうか。あのＮＯＷは、性化された暴力が社会における本物の暴力と地続きであることを前提にして公式声明を出したが、少年愛《ペドフィリア》に関しては、正反対の見解を打ち出した。すなわち、性が注入されるとまさしく関係は変質すること、になる（損なわれることになる）、というのだ。このように、問題がサドマゾヒズムから少年愛にかかわると、性的なものと社会的なものについての人々の見解もかわってくる。つまり、両者の間に関連がある、と言っていた人々が、ないと言い出すのである。

したがって、「性の要素が加わると社会的あるいは政治的関係はいかに変容するのか」という問いに対する答えは、様々というほかない。それはちょうど、異なる政治状況下に置かれた異なる集団にとって、同性愛行為がホモソーシャルな絆への支援にも妨害にもなりうるのと同じである。こうした点や、これまで挙げてきた例からも明らかなように、セクシュアリティの非歴史的な *Stoff*（材料）などというものは存在しないのである。つまり、その材料が加わるだけで、社会的関係が絶えず予測可能な方向に「性化」されるような、あるいは材料自体はなんら変化しないまま社会的関係から分離できるような性の注入はありえないのだ。また性化された形態を、より広範な関係を集約あるいは単に凝縮したものと仮定することも道理に叶っていない（キャスリン・バリーは『性の植民地──女の性は奪われている』において、売春婦の性的・経済的搾取や伝統的な性器切除・近親相姦など、女性を抑圧するもろもろの形態のまさしく中心にサド公爵を据えているが、これなど道理に叶っていない例であろう）。

性欲と政治的力との関係は、右のようなやり方によってではなく、ふたつの軸に沿って分析しなければならない。そこでまず、時代によって変化しうる権力の非対称性──たとえばジェンダーの非対称性や階級・人種の非対称性──を説明するのに最も有効な分析方法があるとすれば、それを利用しなければならないのはもちろんである。だがそれに関連して、表象そのものの分析も必要であろう。というのも、表象のモデルを利用して初めて、セクシュアリティが権力関係のシニフィアンとして機能する（広範とはいえ無限でもでたらめでもない）範囲を充分に把握できるようになるからである。修辞上のモデルを重視することは、この場合、セクシュアリティ・暴力・抑圧の問題のもつ切迫性や緊急性を軽んじることにはならない。むしろそれは、性の領域に関して、政治的に切迫したものを把握する直観を——真に多様な直観を——分析したり利用したりする助けになるのである。

この点について、キャサリン・マッキノンの論考に言及しつつ、さらに考えてみることにしよう。マッキノンは最近公にした眩惑的な論文の中で、フェミニズムの諸潮流における対立の原因を取り除こうと慎重に検討した結果、セクシュアリティこそがもろもろのジェンダー問題の核心にあるという結論を出している。

> 女性ジェンダーのステレオタイプを構成するあらゆる要素は、要するに性的なものとして表れる。たとえば脆いとは、性的に接近しやすい外見／事実を意味する。受け身であることは受け入れることであり、抵抗できないことを指す……柔らかいことは、何か固いものによって征服されることを意味する。……女性のもつ幼児性は少年愛を想起させる。身体の部位への固着は……フェティシズムを、無気力に対する崇拝は死体姦症を想起させる。ナルシシズムは、男性にとって理想的な女性のイメージに女性が同一化するようになることを保証する。……マゾヒズムは、強姦される歓びが女性の官能になることを意味する。

そしてマッキノンは、自身の論のこの項を「社会的に見て、女であることは女性性を意味し、それは男性にとっては魅力を、ひいては性的魅力を意味するのであり、男性の観点からすると、性的にものにできることを意味する」と要約している。[15]

この引用文には「意味する（mean）」という語が多用されている。マッキノンは、セクシュアリティは多様な表れ方をしても、結局、ひとつのものに収斂すると言っているが、そう主張できるのは、「意味する」という語の意味するものをその都度変えているからだ。たとえば流行を論じる記号論のシステムでは、ある特質はある要素を「意味する」ことがあるとマッキノンは言う（「柔らかいことは、何か固いものによって征服されることを指す」）。あるいは、ある特質は依存的自己愛風に言うと、相補的な対立関係にあるものを「意味する」こともありうるし（女性のもつ幼児性は、少年愛を想起させる）、あるいはまた、時が経つと、ある特質は結果を「意味する」こともあると言う（ナルシシズムは、男性にとって理想的な女性のイメージに女性が同一化するようになることを保証する。……マゾヒズムは、強姦される歓びが女性の官能になることを意味する）。「このように女性を定義するものこそ、男性を興奮させる」と彼女は結んでいる。しかしマッキノンの言う「定義」とは一体どういった定義なのだろう。確かに性的経験の結節点はどれをとっても、ジェンダーの抑圧からなる織物全体に対してなんらかの意味があり、抑圧の織物全体も性的経験の結節点にとってなんらかの意味がある、というのは真実であるし重要でもある。とはいえ、このような認識をもったぐらいでは特定の政治的問題を正確に分析できるようにはならないのである。問題は、もちろん、私たちが次のように思い込んでしまう点にある。セクシュアリティをこのように要約して済ませてしまう分析を読めば、どこに女性のセクシュアリティを見出しうるか、また見出したらいかにセクシュアリティの収奪を回避できるのか、それを知ることができる、というように。

　しかしその反面、マッキノンの論にも有意義な点がある。それは、過去二〇年にわたって論争されてきた問い――「私たちが（女性として）演じるセクシュアリティの主体は、誰なのか、あるいは何なのか」――が、一層巧みに問われるよう弾みをつけたことである。この問いはこれまで、多かれ少なかれふたつの異なった観点から取り上げられてきた。すなわち、斜《アンティック》めか真正面《フランタル》か、男性中心か女性中心か、怒《アングリィ》った調子か狂《フランティック》った調子か、あるいはもっと端的に言うと、おそらく英米《アングル》の観点か、仏《フランコ》の観点か、といった具合にである。が、いずれにせよ、この問いが問われてきたからこそ、一九六〇年代のアメリカにおいて女性たちは、「性の対象」であることへの不満を露わにし、七〇年代になると、「女性の身体的決定権」を主張するようになったわけである。またフランスのフェミニストたちが実践し、近年アメリカに輸入されてきている「主体の批評」が活況を呈しているのも、この問いがあってのことなのである。

さてここで、白人ブルジョワ・フェミニズムのイデオロギーを神格化し超ベストセラーになった小説を取り上げて、セクシュアリティと主体について考えてみることにしよう。その小説には、何世代にもわたりアメリカ人女性を悩ませてきた数々の問題——たとえば「女らしい」役割のもつ束縛、女性の野心を挫くものと逆にその野心を実現しようとする飽くなき欲望、経済的動機の重要性、ロマンティック・ラヴの衝動性と破壊性、そして（マッキノンであれば強調するであろう）女性のセクシュアリティの最重要性およびその完璧な搾取など——が、極めて密接に絡み合いながら主題化されている。もちろん、「その小説」とは『風と共に去りぬ』である。マッキノンのパラダイムが予言しているように、スカーレット・オハラの人生において、女に生まれることは、明らかに「レディ」の役割に照らして徹底的に定義されることであり、そして、その「レディ」の役割のありようや意味を決定するものは、女性を主体ではなく対象にしてしまうセクシュアリティである。したがって、スカーレットにとって、女として生き抜くことは、セクシュアリティ、男性による権力支配、伝統的なジェンダー役割を、すべて等しく危険視することにほかならない。これらすべてから黙したまま遠ざかり、隠れて、すべてを対象か純粋無垢なシニフィアンのように操るべし——これが、感覚を麻痺させることと引き替えに彼女が人生から得た有効な教訓である。

しかし、こうした見解によって神格化されるのは、白人ブルジョワ・フェミニズムだけである。というのも、セクシュアリティ、ジェンダー役割、権力支配が、完璧に一列の鎖のように並んで同じ意味を指すように見えるのは、どの社会であれ、それらをひとつの固定した地点から眺める時だけだからである。それはちょうど、錯覚によって水が上へ流れ、子どもが両親よりも背が高く見えるだまし部屋《トリック・ルーム》での現象のようなものだ。したがって、その三つのシニフィアンをほんの少々中心からずれた、言うなれば、権力の奪われた人間の視点から眺めると、その鎖にはずれと不連続性があり、それが決定的な意味をもつことが鮮明になってくる。この点を、小説に登場する女性を例にとって考えてみると、こういうことだ。この小説ですべての女性が「レディ」という役割に従って、なんらかの意味をおびて存在するのは事実であるとしても、女性たちとこの役割との間に社会や人種の距離があればあるほど、シニフィアンとシニフィエの関係は曖昧になっていく——と同時に、この小説の白人の視点からすると、それはますます完璧かつ決定的にもなっていく。メラニーはレディであると同時に女性であるが、スカーレットは不本意にも女性でありレディのふりをする。またアトランタの売春婦ベル・ワトリングは女性であるにはあるけれども、それは、彼女が「レディ」の役割をほんの少々演じるからではない。むしろ、メラニーやスカーレットのレディとしての役割を補いつつそのパロディになるから、という否定的な意味においてである。そしてマミィはと言えば、完璧に「レディ」の理想に囚われて物事を考え生活するものの、彼女自身はその理想から隔絶している。彼女は、スカーレットを「レディ」の役割の鋳型にはめこみ、その役割を支え、強化するが、その結果、スカーレットとなんら関係なく存在するはずの、自身が女であることの意味は完全に失われてしまう。マミィとは一体誰の母《マミィ》なのだろう。

　支配とセクシュアリティのふたつが正確に交差する地点——ここで浮上するのがレイプの問題である。『風と共に去りぬ』は、小説の場合も映画の場合も、ひどく鮮烈なレイプのイメージを私たちの記憶に残す。

> 黒い顔をいやらしい笑いで歪めながら、黒人が馬車に向かって突進してくると、彼女はまともに彼に向かって発砲した。……黒人が彼女の傍らに立っていた。あまりにも間近であったため、その男が彼女を馬車から引きずり降ろそうとしたとき、あくどい体臭が彼女の鼻をついた。自由の利くほうの手で必死になって、彼の顔を引っ掻きながら彼女は抵抗した。だがそのとき、男の大きな手が彼女の喉もとにかかったかと思うと、彼女の上着はビリビリという音をたてて、胸から腰のところまで引き裂かれた。そして黒い手が彼女の乳房の間をはった。彼女は未だかつて覚えたことのないような恐怖と激情にかられて、気が狂ったかのように叫び声をあ

げた。(16)

この襲撃後、彼女の文化において「レイプ」を意味するもろもろの装置が作動し出す。日が暮れると、スカーレットの取り巻きやクー・クラックス・クランに加入している友人たちは、襲撃者を殺害するだけでなく「あのシャンティタウン全体から敵を一掃」しようとし、その結果、案の定、敵味方両方から大量の死者が出る。その後、白人たちの死に対してどの程度スカーレットが責めをおうべきかが広く論じられ、たとえば、ベル・ワトリングは「レディ」の役割が何たるかを説きながら、次のように語る――「あの方がこんなことを引き起こしておしまいになったのですわ。アトランタをおひとりで跳ね回って、黒人やならず者の悪心をそそってしまったのです」。小説の中心的視点ともいうべきブルジョワ・フェミニズムの観点から発言することの多いレット・バトラーは、絶望的な罪悪感を抱くことはない、そんなことは迷信じみていると、スカーレットに断言する(第四六、四七章)。この中心的な挿話に先だって、小説中には〔レイプ事件が描かれ〕レイプの被害者に対して法がどのような立場をとるべきかがわざわざ取り上げられていた(第四二章)。そしてスカーレットは、その事件だけでなくレイプのもつ古典的な力のせいで、自由に出かけられなくなり、その結果、以前に比べて個人的力や経済的力もあまりもちえなくなっていた。そもそも彼女がシャンティタウンに行くのに馬車を使ったのは、早く帰ってくる必要があったからである。

端的に言うと、スカーレットに対する襲撃は、レイプ以外の何物をも意味していない――彼女にとっても、彼女の文化において強烈な意味を産出し循環させるもろもろの力にとっても。レイプの構成要素がひとつ欠けていても構わないのである。とはいえ、欠落している構成要素はまさしく性である。スカーレット襲撃は金めあてであり、黒人の手が白い胸をはったのは、そこに金が隠されていると聞かされていたからである。スカーレットはそのことを知っていたし、それ以外の動機はなんら記されていない。しかし、そのようなことは全く問題にならないと言ってよい。性が不在であっても、それは、人物や小説、あるいは社会にとって、レイプ言説が成立しえなくなるような意味の空白を生み出してはいないからだ。

　しかしながら、力づくの性行為の問題が『風と共に去りぬ』において不問に附されているわけではない。実のところ、レイプ事件がひとつかなり生々しく詳細に描かれている。が、白い手が白い皮膚を強引に触る時、それは、イデオロギー上「祝福された結婚」と呼ばれる――「［レット］は彼女を卑しめ、激しく狂ったような夜の間、彼女を野獣のごとく自由にした。しかも彼女は、その中にあって歓喜にひたりきっていたのである」（第五四章）。小説には白人男性による黒人女性への凌辱行為も描かれているが、力づくか同意の上かという問題は不問に附されている。白人男性による黒人女性のセクシュアリティの搾取は、白人女性の場合とは異なるように描かれており、レイプということばもレイプという意味を全くもちえなくなる。そして、この小説世界で力づくの性行為が黒人の男女間で行われたとしても、性的な出来事は意味する力を失ってしまうだろう。なぜなら、黒人のセクシュアリティということばは確かにあるけれども、ここでそれが「意味」することは、文に含意された真の主語＝主体と目的語＝対象は白人であり、たまたま文法的に変化して黒人になった、という点だけだからだ。

　とすると、フェミニスト小説の原形かつイデオロギーの小宇宙ともいうべきこのテクストには、レイプの意味とレイプの行為そのものが絶えず流通する象徴の交換体系《エコノミー》があると言えるだろう。しかし、社会には人種の亀裂があるため、レイプの行為とレイプが意味するものとはまさしく正反対の方向に流通することになる（黒人男性が白人女性に暴力を加えると（性の要素が不在であっても）その行為はレイプになりうるが、白人男性が白人女性をレイプした場合、それは結婚を意味しうる）。これは極端なケースだろう。が、アメリカでは、おそらくジェンダーを除くと、人種の亀裂こそが最も先鋭化したかたちで二項対立を生み出すため、こうしたことがありうるわけだ。ただしジェンダーや人種以外にも、たとえば階級のような象徴的亀裂が多々あり、社会組織をあまねく明確に引き裂いている(私の言わんとする亀裂とは、権力の配分の境界線のことであり、この境界線をはさんで権力の量は不平等に配分される。だが社会が変わると、不平等なのは量より権力の質で、不平等を指すことばも変わるかもしれない)。性と権力や、性の搾取と政治的抑圧との表象関係は、こうした亀裂の圧力を被っているため、決して固定されえず、社会の結節点の中でも最も捉えどころのないものなのである。

これまでの事柄を踏まえると、政治的に非常に重要なのは、次の二点ということになろう。ひとつは、シニフィアンとシニフィエの関係を吟味するためには、精妙かつ分析的な道具を利用しなければならないということ、もうひとつは、意味は最も曖昧かつ間接的に流通するものであるから、本当の暴力、――特に性(的な)暴力や性への暴力――が誘発するパニックのイメージに出会っても、文学上の知識を極端に単純化してはならないということである。隠喩あるいは提喩によって性が意味するものは権力、と固定的に考えてしまうと、修辞的で華々しいものは認識できたとしても、階級や人種という歴史性をおびたカテゴリーを見落とすことになってしまうだろう。むしろ私たちは、直観力を充分に高めつつ、性的関係がそのカテゴリー(抑圧関係)にどのような力を及ぼすのかを――「性の梃子の力」とはどのようなものなのかを――把握する必要があろう。だがそれにはまず、現段階で私たちが表象について理解している事柄を、もっと違った、複雑な、しかも通時的に適切かつ脱中心的なやり方で――すなわち、もっと型破りで鋭敏なやり方で――利用してみなければならないのである。

三　性か歴史か?

ここまでくると、性の問題を本書の中心に据えている点が、方法論上の目論見にとっても重要であることは明らかであろう。これから私は性の主題に何度となく言及するが、その際に性を、特に強烈に梃子の力が作用する点と考えることにする。言い換えれば、性こそが、ジェンダーや階級（そして多くの社会では人種）――つまり、労働の境界線を画定するものとして一般に言及されるカテゴリー――の間で、意味を入れ替えるものと考えていくわけである。そして本書を通して私は、フェミニズム理論の中で、女性の抑圧を歴史化することに積極的な立場と消極的な立場との弁証法に、方法論の面から貢献するよう努めたい。

大雑把に言うと、多様なフェミニズム理論の中でも、歴史化に最も積極的な分析は「マルクス主義フェミニズム」、逆に最も消極的な分析は「ラディカル・フェミニズム」と名づけられよう。もちろんラディカル・フェミニズムが「ラディカル」と呼ばれるのは、伝統的な政治の勢力地図において、それが最も「左」に位置しているからではなく、むしろジェンダーそのものを、いやジェンダーのみを、極めて根本的《ラディカル》に人間の経験を切り分ける境界線であるとし、この境界線をどちらかと言うと不変的なものと説くからである。

右の点や本書の論点、さらには、これから詳細に説明する事柄をも考慮に入れて、私は「フレンチ」・フェミニズム――脱構築フェミニズムおよび／あるいはラカン的なフェミニズム――を、ラディカル・フェミニズムの項目に一括するつもりだ。「フレンチ」・フェミニズムと「ラディカル」・フェミニズムは必ずしも同質ではなく、すべての人間は女性か男性に分類されるという生物学的事実にどれだけ配慮すべきかを始め、極めて多くの極めて重要な問題をめぐって異なる立場をとっている。しかし人間の文化・言語・人生は、何よりも性差のドラマによって、根本的に、超歴史的に、本質的に似たように――粗雑にであれ精妙にであれ――構造化される、と考える点では同じである（本書では構造主義が問題にする事柄を固有の観点＝用語で表すが、この点については第1章でさらに詳細に論じることにする）。またいずれも、執筆時に、現在形を予言的でおそらくは帝国主義的な調子で使用しがちである。が、そうした点があるにせよ、修辞上なんとも捉えにくい性を論じるにあたっては、私としては、やはり脱構築フェミニズム理論のもつ表象力を利用してみたいのである。脱構築フェミニズム理論を、より歴史的な分析法の確立になんとしても役立ててみたい、と私は強く願っており、ある意味では、それがエネルギーとなって本書の論を支えていると言えるだろう。

本書では強調すべき主題としてセクシュアリティを取り上げているため、現在のマルクス主義フェミニズム理論とラディカル・フェミニズム理論との差異が露わになり問題になってくるだろう。というのもふたつの理論は、セクシュアリティをどの程度重視すべきかをめぐって異なる見解を打ち出しているからだ。具体的に言うと、マルクス主義フェミニズムは、一方に歴史的・経済的変動、他方にジェンダーの境界線の変化というふたつの項目を立てて、両者の重大な相関関係を研究する立場をとっている。そしてその特徴は、セクシュアリティに関する理論を構築せずに、また、セクシュアリティの意味や経験に対してもほとんど関心を払わずに展開してきたことであろう。あるいはもっと正確に言うと、マルクス主義フェミニズムは暗黙のうちに、女性のセクシュアリティを本質的に生殖に関わるものとみなし、人口統計学を用いて研究するか、あるいはそれを本質的に単純かつ支配的な法のイデオロギーに関わるものと捉えて、知ないし法の歴史を通して研究してきたのである。マルクス主義フェミニズムによるセクシュアリティ研究の中で、重要な進歩があったとすれば、それは、社会の法の言説によってすでに明らかに逸脱行為とみなされていた領域——特に男性の場合は同性愛、女性の場合は売春——に見出せよう。ところが、女性にとって男性を愛するとは歴史的にどのような事柄であったか、という異性愛の研究となると、マルクス主義フェミニズムはほとんど有効性を発揮してこなかった。同様のことは、女性同性愛についてさえも言えるだろう。今世紀に入ってその存在が法的・医学的に可視になるまで、女性の同性愛はほとんど研究されてこなかったのである(17)。

これに対して、「ラディカル・フェミニズム」——便宜的に「ラディカル」の項に一括したものの、本来は多様なフェミニズム——は、比較的うまくセクシュアリティを際立たせ問題にし、しばしば脱中心化の現象や矛盾をうまく析出してきた。そうした例として、キャスリン・バリーの『性の植民地』、スーザン・グリフィンの『ポルノグラフィと沈黙』、ギルバートとグーバーの『屋根裏の狂女』、ジェイン・ギャロップの『娘の誘惑』、アンドレア・ドウォーキンの『ポルノグラフィ——女を所有する男たち』などが挙げられるだろう。これらは、多くの点——文体、切迫感、フェミニストとしてのアイデンティティの表明の度合、フレンチ・フェミニズムもしくはアングロ・アメリカン・フェミニズムとの連帯、「知的」水準の向上に対する貢献度——において、実に様々なテクストである。とはいえ、いずれも、セクシュアリティを女性の経験の中で最も重要な問題になりうるとしている。また、いわゆる家父長制文化において女性が異性を愛する時、その究極的な対象はもちろん、主体すら男性であるということも、多少なりとも洗練された彼女たちの公式によって明らかにされてきた。人間対人間の問題という文学的観点に立脚するにせよ、個人の内面という精神的・言語的観点に立脚するにせよ、彼女たちの研究法から窺えるのは、セクシュアリティを特権化する姿勢であり、大抵の場合それを、レヴィ=ストロースの言う「男同士の女性の交換」という構造のコンテクストで論じようとする姿勢であろう。

しかし、こうしたアプローチは他の構造主義の場合と同じように、通時的な問題をうまく処理できないという欠点をもつ。そもそも構造主義によると、構造とは自らを再生産するものであり、したがって、歴史的変化が起きるとすれば、それは構造の外で起きるのであって、結局、構造を脅かすことになる——あるいはもっと悪いことに、脅かすことがないことになってしまう。つまりこうした観点からは、変化と構造との間にある重要かつ弁証法的な関係が見えにくくなってしまうのだ。そのため歴史は、往々にして不可視のものとして片付けられてしまうか、さもなければ対照的にあまりにも単純化・カリカチュア化されて歪められてしまうか、そのいずれかである。[18] なるほどラディカル・フェミニズムは、ジェンダーやセクシュアリティの意味がこれまで著しく変化してきたことを、暗にであれ露骨にであれ、否定しがちである。そしてもっと危険なことには、これから先、変化が起きることなどありえないように思わせるか、もしくは、望ましい変化が起きてもその時は世界が終末を迎える時だ、と思わせてしまわないとも限らない。またそうでなければ、重大な変化をもたらす要因を徹底的《ラディカル》に単純化してしまうかもしれないのだ。そのうえ、歴史が共時的なかたちをとって社会の残滓として、たとえば階級ないし人種の差異や軋轢として立ち現れた時でさえ、その姿は普遍化を旨とする構造主義的な視点からは見落とされるか、あるいはあまりにも粗雑に扱われ二項対立に組み込まれてしまうか、そのいずれでしかないのである。

とするとフェミニストの読み手として、私たちは、さしあたり性中心の読みと歴史中心の読みを前にして、（誤った考え方ではあるが）共時的なものと通時的なものとの二者択一を迫られているように思われる。だがそのように考えてはならないのは、究極的には、一方を理解するためには他方が必要だからだが、しかし理由はそうした抽象レヴェルの問題だけではない。なぜなら、具体的に言っても、私たちが考察する領域では共時性と通時性はそれぞれの特徴を刻印し合っているからだ——たとえば、マルクス主義に則った歴史の物語化は極めて図式的であるし、構造主義に則ったセクシュアリティの図式化は極めて物語的である、というように。

本書の中で私は、このふたつのアプローチが潜在的に共有しているものを活性化し利用していこうと考えている。そのためには、いかにイデオロギーというカテゴリーがセクシュアリティ分析の一端を担いうるかを、絶えず考える必要があるだろう。そもそもそのふたつのカテゴリーには、いくつかの重要な点において、類縁性があるように思われる。たとえば、いずれも実体と表象を媒介しつつ、そのふたつを結びつけるものであり、また、イデオロギーはこれまで考察してきたセクシュアリティと同じように、権力のからんだ広範な社会関係を凝集すると同時に、その関係に影響を及ぼすものである。さらにまた、いずれもこれから論じる通り、社会での経験に関わる通時的で物語的な構造と、共時的で図式的な構造とを媒介する機能をもつものでもある。仮に常識に基づいて、歴史化を目指す「マルクス主義」フェミニズムを通時的で物語的な理論、それに対して「ラディカル」・フェミニズム、構造主義フェミニズム、脱構築フェミニズム、「フレンチ」・フェミニズムを共時的で図式的な理論、というふうに大雑把に分類できるとすれば、こうした媒介の機能をもつふたつのカテゴリーを利用することは、方法論の面からも有益なことと言えるだろう。

『ドイツ・イデオロギー論』において、マルクスは、イデオロギーの機能とは現状に存在する矛盾をたとえば起源のある通時的な物語に鋳造し直して隠蔽することである、と示唆している。この機能に呼応してイデオロギーは、それまでのシステムに内在する古い価値観を一見理想的に見せて肯定するものの、実は新しいシステムを擁護し古い価値観の物質的基盤を浸食するという重要な構造的特徴をもつ[19]。

こうした点を踏まえつつ、たとえばジュリエット・ミッチェルは、資本主義への移行期にいかに家族がイデオロギーの観点から重要な役割を果たしたかを、次のように分析している。

> 封建社会の農民大衆は私有財産をもっていたし、彼らの理想は単に、それをもっと多くもつことであった。資本主義社会は、個人の私有財産という観念を新たなコンテクスト（あるいは新たな思想のコンテクスト）において強調したため、より多くを与えてくれるかのように見えた。要するに、資本主義社会は個人主義（古い価値観）に加えて、それをより十全に実現してくれそうに見える新しい手段——自由と平等（封建主義には著しく欠落した価値）——をもたらしたのである。しかし、この理想を具体的に支えようとすれば、なんとしても古い制度——すなわち家族制度——を維持する必要があった。それゆえ、家族は変容を遂げたのである。封建主義下では、家族は個人の私有財産の経済的基盤であったが、資本主義という、生産の中心的様式から家族的基盤を排除するシステムの下では、個人の私有財産という観念の焦点へと変化を遂げたのである。……労働者階

級は、自身と家族のために個人の私有財産を獲得しようとしつつ、社会では少数の資本家の私有財産のために生産労働に従事する。[20]

「男の家は城」という句は、ここで言うイデオロギーの機能と構造とが巧みに要約された例であろう。この句は、過去に遡り、封建制度下の支配や調和という実体のないイメージに依拠する一方で、男性賃金労働者を——今やアトム化され要塞と化しつつも、一層理想化された家を守ろうとする男性を——未来に向けて、疎外された労働へとさらに駆り立てる。この家を所有する男性は城を所有する領主ではない。ふたつの所有格（彼の［抵当に入った］家／彼の［相続した］城）に含意される財産の所有形態も異なるだけではなく、ミッチェルの指摘通り、相反するものでさえある。とはいえ、領主の城周辺への政治的・経済的支配は父の家人への個人的支配のイメージへと変換されており、この変換ゆえに、両者の対立の度合は緩和されて溝が埋められている。つまりイデオロギーの形成には、この例からもわかるように、行為者、時間、空間の交差が伴うのである。そして重要なことに、ここで言うイデオロギーとは何の変哲もない平叙文（「男の家は城である」）で表現される時でも、常に（少なくとも）暗黙のうちに物語的であり、その物語はイデオロギーの織り直し作業を不可視にするために、必然的に交差配列法《カイアズマス》（同一または類似の語句を繰り返す時、ギリシア文字のカイ（χ）のように順序を逆にする技法）の構造をとる——すなわち、物語の初めの主語＝主体は、最後の主語＝主体とは一致せず、その不連続性を隠蔽する修辞表現を介して、ふたつの主語＝主体が入れ替わるのである。

と同時に、このイデオロギーの物語に（おそらく、これまたイデオロギー的な）別の物語を併置してみると、矛盾の縫目がこれ以上ないほど明らかになる、という点も重要である。さらにこれに関連して、次の点も指摘しておこう。イデオロギーとは現状に存在する矛盾を隠蔽するために、それを通時的な物語に鋳造し直すものなのであるが、その反面、隠蔽する行為が逆に批評に新たな梃子の作用を与え、新たな矛盾を浮き彫りにすることもありうるのだ、と。したがって、比較的単純に見えるテクストを分析する時でさえ、物語のイデオロギー化と脱イデオロギー化を理論上区別できるとは限らない――ましてや本書で取り上げるのは膨らみのある豊穣なテクストであり、そのような区別は決してできないのである。

セクシュアリティもイデオロギーと同じく、通時的・共時的レヴェルの双方から再定義されて形成されるものである。フロイトらによって明らかにされたように、セクシュアリティとは、その成立に関わる大抵の感覚や感情との関係から、常に事後的にセクシュアリティと名づけられるものだが[21]、このセクシュアリティと発達に関わる事実こそ、通時的に重要な点である。そしてこれから考察するように、何が性的とみなされるかは変わりやすくそれ自体政治的でもある。したがって、政治と性の境界線上にまさしく偶発的に生まれ、しかもなんとも捉え難い――時の推移につれて変化する――空間は、実際にはイデオロギーが最も豊穣に生成される場と言えるだろう。なぜならイデオロギーは、セクシュアリティと同じく、主体に名前やラベルが附されて遡及的に修正されると、それに影響されて形成されるものだからである[22]。

このように、政治と性愛は不可避的に互いを曖昧にし誤表象するのだが、しかしそうであるからこそ、ジェンダーと階級の歴史的闘争に関与するありとあらゆるものたちに、変化しうる重要な空間を与えるのである。

四　本書が論じるもの

本書の理論の土台となっている歴史中心のフェミニズムと構造主義フェミニズムとの、やっかいとはいえ潜在的には生産的になりうる緊張は、本書の構成、方法論、強調点にもこだましている。つまり、本書の構成、方法論、強調点のある部分は歴史にこだわり、また他の部分はより本来的な意味で文学そのものにこだわっている。本書における歴史的議論は必然的にほとんど最初から最後まで、文学テクストの読みを通して具体的に展開され導かれるが、それは——他に適切な理由が見あたらないとすれば——、私の適性やこれまで受けてきた訓練ゆえに、である。良きにつけ悪しきにつけ、物語を広範に歴史化すれば、それは個々のテクスト読解に対して脱中心的な効果を及ぼすだろうし、逆に文学テクストそのものにこだわって内省的な分析テクニックを用いれば、歴史的議論に対して脱中心的な効果を及ぼすだろう。したがって本書は、絶えず歴史的な動機と脱歴史的な動機との間を媒介する構造をとることになろう。同様の緊張は、これまで本書の目的として私が思い描いてきた次のふたつの点にも認められる。すなわちひとつは、男性のホモソーシャルな絆という、ヨーロッパ異性愛文化を貫くエロティックな特性に、読者が焦点を知的に定められるようにすること、もうひとつはしかし、マルクス主義フェミニズムのある種の歴史的カテゴリーが——これまであまり影響をもちえなかったとはいえ——、文学批評においていかに有効かを、セクシュアリティの主題を通して論証することである。

本書の第1章「ジェンダーの非対称性と性愛の三角形」では、まず三角形という構造から異性愛的欲望を捉え、そのうえで男性のホモソーシャルな欲望に焦点を当てることにする。ルネ・ジラール、フロイト、レヴィ゠ストロース——特にゲイル・ルービンによって解釈されたレヴィ゠ストロースの論——が、「男同士の女性の交換」という本書全体の基本的パラダイムを構成する。第1章以降の三つの章では、シェイクスピアのソネットを脱歴史的な観点から、またウィッチャリー作『田舎女房』を部分的に歴史的な観点から読むことにし、さらにスターンの『センチメンタル・ジャーニー』を、一八世紀中葉のイギリス人男性が抱くジェンダー・階級・国家に絡んだ欲望という切り口から読み解いていく。これらの読みによって、本書の議論全体に通底するパラダイムが確立するとともに、近代イギリスを問題にする際に必要となる、固有のパラダイムも確定し始めるだろう。

第5章と6章では、ホモフォビアとロマン主義のゴシック小説を取り上げる。イギリスでは一八世紀を境にして、ホモフォビアの意味とその重要性が変わっていくが、パラノイア的なゴシック小説の伝統こそ、その変化を探究したものである、と論じるつもりである。ジェイムズ・ホッグ作『義とされた罪人の手記と告白』(邦題『悪の誘惑』)を読むにあたっては、「ホモフォビアすなわち同性愛者の抑圧」といった単純な公式は採らず、むしろホモフォビアを、男性のあらゆる絆——したがってジェンダー・システム全体——を操る道具と位置づけることにする。

第7章と8章では、ヴィクトリア朝社会のイデオロギーを扱った、より「主流」派のフィクションに注目し、ホモソーシャルな絆を結ぼうとする男性たちに交換される女性の運命に焦点を当てることにする。このふたつの章が取り上げるのは、男同士の絆に対する女性の関わり方の変化を歴史的ないし疑似歴史的に描いたヴィクトリア朝のテクスト、テニスンの『王女』、サッカレーの『ヘンリー・エズモンド』、エリオットの『アダム・ビード』の三作である。生物学的性としてのセックスと文化的構築物としてのジェンダーの問題が、構造主義的アプローチと歴史的アプローチによってそれぞれどのように説明されうるか、両者の差異が最も露わになるのが、このふたつの章であろう。

第9章および10章は、ディケンズのヴィクトリア朝ゴシック小説を取り上げ、いかにディケンズの最後の二作が、ホモフォビアと一九世紀のジェンダー・階級・人種の境界線との相互作用を描写しているのかを論じる。

最終章にあたる結び「二〇世紀に向けて——ホイットマンのイギリス人読者たち」では、イギリス人読者のホイットマン理解(誤解)の中でも影響力のあるものを提示し、そのうえで、ヴィクトリア朝中期のイギリスにおける性の政治学と、お馴染みの現代アングロ・アメリカ社会の性のありようとの関連を素描することにする。アメリカ社会に関しては、私たちが理解している(と思っている)同性愛・異性愛・ホモフォビアのありようを取り上げるつもりである。

具体的に論を展開するにあたって、私はいくつかのテクストを選んだが、しかし男性のホモソーシャル性の観点からもうひとつ別の文学のキャノンを提示しようとしてそれらのテクストを選んだわけではない、ということは述べておきたい。実際私の論が成立するためには、ヨーロッパ文学のキャノンとみなされているテクストが確かにキャノンであること、しかも極めて異性愛的なテクストの場合は、ことさらキャノンとして確立していることが前提になっている。この点からすると（第1章でもっと明確になるように）、本書をこう説明するのが最もわかりやすいだろう。本書は、ルネ・ジラールが『欲望の現象学』において三角形の図式という切り口からヨーロッパ文学のキャノンを読み解いたものを、焦点を変えて論じ直したものである、と。事実私は、イギリス文学のキャノン、あるいはキャノンに近いと考えられているテクストの中から、思いつくままにテクストを選んだにすぎない。たとえば、男性のホモソーシャル性の政治学を理解する上で特に興味深い解釈上の問題を孕んだテクストとか、歴史とイデオロギーの、特に兆候的な結節点を表象するテクストなどを選んだだけである。

これまでのところですでに明らかとは思うが、私としては、急激に展開しつつあるフェミニズム理論の言説に対して、本書を権威的なものではなく、むしろ弁証法的に有用なものにしたいのである。もちろん、個々の読解と解釈に関しては、可能な限り細心の注意を払ったつもりではいる。しかし同時に私は、他のテクストを読む場合でも、弁証法的に有効となりうる、ある顕著な（それゆえ非時間的）公式や、潜在的に普遍性をもちうる公式も特権化したつもりでいる。また、本書を執筆するにあたって、形式上のモデルとして念頭に置いたのは、ジラールの『欲望の現象学』とドロシー・ディナースタインの『性幻想と不安』という、全く異なる二冊の研究書である。この二作をモデルにしたのは、私の論と彼らの論旨が一致しているからではなく、むしろ二作とも、見たところ独特の焦点の当て方をした比較的簡潔な研究書でありながら、複雑な思想を力強く——繰り返しと言ってよいほど

——表明しており、だれでもこの二作を読めば、個人的経験を考えたり、今後文学テクストを読んだりする上で役に立つような方法を見つけられるからだ。しかし、その方法という点から、さらに二作とも批判され修正されうる——いや、批判され修正されねばならないのである。なんとしても本書でやりたいと私が強く思ったことは、まさに、そうした批判や修正を加えることであった。だが是非そうしなければと思いつつ、本書で充分に取り上げることができなかった事柄もいくつかある。それは次のような点である。

第一に、私は物語を歴史化することによって、本来の意味での文学の読みに暴力をふるってしまった。この点がおそらく最もはっきり表れているのは、私がジャンルの違いや構造を無視した点であろう。たとえば「文学の慣習」とか「文学史」といった、歴史とテクストを媒介するメカニズムはやはりいくつも存在するし、しかもそれらは種々様々なのであるから、一般的にはその複数性と差異が新たな公式に当てはめられて、今一度強調されるべきであろう。

だがそれよりも、一連の文学テクストの読みを通して歴史的議論を展開した際に、論そのものに加えた暴力のほうが、おそらく数からしてももっと多く、また内容も深刻であろう。第7章と8章で論じるイデオロギーの圧縮および置き換えは別としても、私が最も暴力的だと思うのは率直に言って、「文筆を生業とする階級」に限定して歴史的な論を展開した点である。暴力的と感じるのは、この階級は社会経済的観点だけでなく他の点からしても、他の階級とは異なるし、社会経済的要素だけを問題にすれば、ことさら異なったひとつの集団にすぎないからである。

次に、本論の構造に関わるパラダイムにおいて（詳説は第1章参照）、女性を徹底して二次的に扱ったことは言うまでもなく、別個に論じたことは、必然的に女性の権力、絆、苦闘を不当に矮小化することになった[23]。早い段階で私は、本書では女性同性愛については論じないことにしたが、それは思うに、必然的な決断であった。というのも、男性のホモソーシャル連続体と権力の不平等な配分との、特有の関係を中心に論を構築することにしたからである。とはいえ、本書が異性愛の観点にだけ立って女性を分析していることは、それ自体ひどい欠陥であり、それによってもっと大きな歪みを生む結果ともなった。女性の絆を、男性のホモソーシャルな絆および交換のコンテクストにおいて明確に論じたのは『ヘンリー・エズモンド』論だけであり、今後、女性のホモソーシャル構造と男性のホモソーシャル構造との関係を論じた、よりよい分析が望まれる。

こうした研究の端緒が開かれたばかりのこの段階では、男性作家しか取り上げていない点も、私としては妥当だと考えているが、しかし抵抗、適応、修正、生存といった、女性独自の豊かな文化を捉えそこなう結果をも招いてしまった。また私には、「イデオロギー化」を促す物語と「脱イデオロギー化」を促す物語とを区別することにためらいがあり、その結果、逆説的なことに、「キャノン」とされる文化的言説を極端に流動的なもののように、そして(この言説内に矛盾があるがゆえに)矛盾から逃れえないもののように論じてしまったかもしれない。さらに、本書で用いる「女性の交換」のパラダイムと、男女ともに抱く母権への根源的恐怖——ディナースタインやチョドロウ、そして『恐怖の権力』でクリステヴァが立てた根源的恐怖に関わる仮説——との関係は、これから分析されねばならないだろう。

また、フェミニズム理論が新しい潮流である現段階では、暴力、性的暴力、暴力のサドマゾ的性化の複雑な関係を理解する上での完全に有効なパラダイムがないため[24]、本書ではジェンダーの抑圧のありようをおそらく充分に説明することができなかったように思われる。パラダイムがあれば、もっと抑圧を経済的観点から(多少なりとも隠喩を使用することによって)説明することもできたかもしれない。

と同時に、ひとつには、文学そのものにエロティックで個人主義的な傾向があり、またもうひとつには、フェミニズム理論のパラダイムを使用してエロスや性について語ることが、もちろん純粋に悦びであるとともに比較的容易でもあったため、論じる魅力に乏しいと思われた、たとえば公共機関、官僚、軍隊における多くの、決定的に重要な男性のホモソーシャルな絆については、あまり強調しなかったと言えるだろう。

最後に——私としては、これが最も重要な点だと考えているが——、ヨーロッパの社会分析・心理分析の言説全般には、歴史的に「普遍性」を求める空気が暗に支配的だけれども、本書ではあくまでもイギリス社会の構造に焦点を絞っており、そのため、私の論が非ヨーロッパの文化や民族とどう関わるのか、全く明らかになっていないし、またそれは、おそらく現時点ではあまり明確にすることができないように思われる。イギリスの性のイデオロギーとアメリカの人種差別のイデオロギーとを絶えず比較したサブテクストは、本書が踏み込めなかった空白を単に隠蔽しようとする試みではない。そうではなく、イギリスのイデオロギーについて考えるにあたって、私が参照したアメリカ白人社会の特質のいくつかを、アメリカ人読者にとってわかりやすくしようとする、私なりの試みなのである。そしておそらくこれほど当然なことは他にあるまいと思うが、本書の公式を有益だと感じた読者に覚えておいてほしいことがある。この公式をヨーロッパに当てはめることはもちろん、文化を超えて当てはめたり、（さらに）普遍化したりすることは重要だけれども、その前にまず、各自が極めて綿密な分析を行う必要があること、仮にそれを怠れば、そうした行為のひとつひとつが非難されてしまうことを忘れないでほしいのである。

女として、男性のホモソーシャル性について（幾分）物を書くフェミニストとして、私は、本書の政治的立場、前提、願望についても特に鮮明にしておかなければならないと感じている。私が一貫して行おうとしてきたことは、フェミニストの立場だけでなく、アンチ・ホモフォビックな立場から研究することである。ところが、女性と男性同性愛との関係についてこれまで公にされてきた（数少ない）分析の大半は、フェミニズムの視点やゲイの視点それぞれに立脚した分析に比べて、洗練さと注意深さの点で見劣りするものであった。男性のホモソーシャル連続体に関しては使える公式がないため、この種の研究は最近の二、三の研究を除くと[25]、次のふたつのうちのいずれかを前提にしている。ひとつは、ゲイとすべての女性は時代を超えて「自然に」共闘し、（たとえば、ジェンダーのステレオタイプを打破したがっているというように）利害が本質的に一致しうるという前提であり、[26] もうひとつは、男性同性愛は女ぎらいの権化、人格化、結果、おそらく第一原因であるという前提だ。[27] 私はどちらも誤りだと信じている。特に本書は、男性のホモソーシャルな絆と女性にとり抑圧的な家父長制との間に認められる、連続性、構造の潜在的一致、（変わりゆく）意味関係を論じるものであるから、次のような私の立場を強調しておくことが重要であろう。すなわち私としては、家父長制の力が根本的または必然的に（ホモソーシャルというよりは、完全な）同性愛的性質をおびているとか、男性の同性愛的欲望が根本的もしくは必然的に女性嫌悪《ミソジニー》に結びつくと仮定する気になれないし、そう論じる気にもなれないのである。そうした立場をとれば、論はホモフォビックになるだろうし、思うに、不正確になろう。ただしホモフォビアの中でも、男性が他の男性に向けるホモフォビアはミソジニスティックであるし、おそらく汎通的にそうしたものであるということは指摘しておきたい（私は「ミソジニスティック」という用語を、男性が自身の中に存在するいわゆる「女らしさ」に対して抑圧的な場合だけでなく、女性に対して抑圧的な場合にも使うことにしている）。誤解を招く危険性が最も高いのはここであろう。すなわち、誤解は「同性愛」と「ホモフォビア」との区別が必ずしも容易ではない（時にはほとんど不可能である）から生じるのだ。そしてなぜ両者が区別しにくいかと言えば、第一に、「同性愛」と「ホモフォビア」はいかなるかたちを具体的にとるにせよ、歴史的に構築されたものだからであり、第二に、互いに強烈に関わり合い、互いに他を映し出す相互補完的なものと考えられがちだからであり、そして第三には、両者の葛藤が公の場だけでなく、精神内部や制度内部で展開されるからである。したがって、たとえばパラノイアのメカニズムを——常識的な基準からすれば異性愛者と考えられる男性が同性愛的欲望を抑圧すると、パラノイア的症状を呈するようになることを——明らかにしたのは、フロイトによるシュレーバー博士の症例研究であるが、しかしそれに基く精神分析的アプローチはこれまでのところ、同性愛──同性愛者──に対して否定的な立場をとって「同性愛」と精神病とを結びつけてきたのである。むしろホモフォビアや、それが原因で生まれる狂気的な力に対して否定的な態度をとるべきであるにもかかわらず、間違った方向に進んできたというわけだ。同様の混乱は「同性愛」とファシズムとの関係を扱う論にも認められよう。しかし、制度として歴史的に構築されてきた「同性愛」の性質がより十全に析出されるにつれて、同性愛とファシズムとの違いはもっと正確で、もっと偏見から解放された理論のコンテクストにおいて理解されるようになるだろう。

以上のように、私たちの社会ではフェミニズムとアンチ・ホモフォビアとの絆はしばしば深く直観的に把握できるとはいえ、ふたつの力は同一ではない。共闘は自動的に成立するものでもなければ超歴史的に成立するものでもなく、私たちが分析的で先入観に囚われない時、それは最も実りあるものになろう。これらの問題を踏まえつつ、重要な文学テクストはもちろん、共闘の土台とその含意するものに光を当てること。それが、以下の読解の目的である。

第1章　ジェンダーの非対称性と性愛の三角形

以下の読解で私が最も依拠することになる図式は三角形である。なぜ三角形かと言えば、それは、私たちが知的伝統の「常識」に則って、性愛関係を図式化するのに便利な図形だからであるし、また三角形を利用すれば、幾分多様化している最近の思潮を凝縮し、この通俗的な認識と併置することが可能になるからである。

ルネ・ジラールの初期の著作『欲望の現象学』は、性愛の三角形という通俗的な知恵を図式化したものである。ジラールは、性愛の三角形を積極的に構成するふたりのライヴァルに注目し、そのライヴァル関係が形成する権力の演算法を、主要なヨーロッパ小説の読解を通して明らかにした。なかでも本書の論点との関わりから興味深いのは、次のような彼の主張であろう。すなわち、性愛上の対立がいかなるものであれ、ライヴァルふたりの絆は、愛の対象とふたりをそれぞれ結びつける絆と同程度に激しく強い――つまり、彼によると「ライヴァル意識」と「愛」は異なる経験であっても、同程度に強く多くの点で等価というのだ。たとえば彼は、多くの例を挙げながらこう論じている。人が愛の対象を選ぶ際、まず決め手となるのはその対象の資質ではなく、ライヴァルがその対象をすでに選択しているかどうかである、と。要するに、性愛の三角形では、愛の主体と対象を結びつける絆よりも、ライヴァル同士の絆のほうがずっと強固であり行為と選択を決定する、というのが彼の見解のようだ。しかも、ジラールが言及する――ヨーロッパのハイ・カルチャーともいうべき男性中心の――小説の伝統において、三角形を構成するのはほぼ例外なく、ひとりの女性をめぐるふたりの男性の競争である。とすると、彼が最も精力的に暴き出したのは男同士の絆、と言えるだろう。

　とはいえ、ジラールの著書の索引を見ると、「同性愛」そのものへの言及は二箇所しかない。なるほど彼の公式の長所のひとつは、いかなる歴史的瞬間であれ、実体としての同性愛がどのように認識あるいは経験されたか――ありていに言えば、何が性的であり何が性的ではないとみなされたのか――に左右されないことにある。事実、彼の公式は、いかなる感情が「セクシュアリティ」の一部を形成するのかしないのかといった、主観や歴史に左右されうる判断を常に抑圧しており、だからこそ、その公式は対称的になるわけだ。しかし、このようにして得られる超歴史的な明晰さには、これから論じる通り、当然代価が支払われなければならない。精神分析、フーコーの最近の研究、フェミニストによる歴史研究が異口同音に指摘するように、性的なものと非性的なものとの境界線は、ふたつのジェンダー領域の境界線と同じく、流動的であっても恣意的なものではないのだ。（『風と共に去りぬ』の例が示唆するように）特定の社会でこれらの境界線が定められると、それは、性的／非性的、男性的／女性的といったことばの定義だけでなく、明白には性的とは言い難い権力の配分にも影響を及ぼすことになる。影響を被るものの中には、たとえば商品の（再）生産方法・人間・意味に対する統制などがあろう。とすると、ジラール本人は、男性／女性や性的／非性的の二項対立から抽出された権力の弁証法を論じていると思っているのだろうが、実のところ、すべての社会で権力配分を実際に管轄するカテゴリーについては考えていない、ということになる。しかも権力とは、それぞれの項に対称的に配分されるものではなく、またおそらく配分されえないものであるから、ジラールの言う対称性は――彼の三角形によって明らかにされた、あの隠れた対称性は――、常に隠れた歪みを孕んでいるわけだ。とはいえ、ジラールの対称性のもつ潜在的な可能性を活かしさえすれば、三角形を使って歴史的な偶然を図式化できるようになる。そしてそうなれば、男性のホモソーシャルな欲望とヘテロソーシャルな欲望がテクストの中でどのように互いを刻印し合うのか、また、何がふたつの欲望に抗うものなのかを認識したり論じたりすることが、これまでよりも容易になるだろう。

ジラールの論は、性について伝承されてきた通俗的な知恵を真面目に取り入れようとする素晴しい直観に基づいているが、それだけではなく、もちろんフロイトの図式にもかなり依拠している。その図式とは、権力をもった父と最愛の母との間で幼児はどう自己を位置づけようとするかを表す、あのエディプスの三角形のことである。フロイトの「同性愛」的病因論の示唆するところによると（この病因論は「同性愛者」個々の歴史を普遍化するため、現在では疑問視されているようである）[1]、成人して同性愛者となるか異性愛者となるかは、男親と女親への欲望と同一化の複雑な作用の結果であるという。つまり、幼児が母を媒介として欲望／同一化を経験し父の役割に到達するか、逆に父を媒介として母の役割に到達するか、そのいずれかによるというのだ。リチャード・クラインは、こうした議論を以下のように要約している。

「終わりある分析と終わりなき分析」のような後期の論考で、フロイトがますます強調しているように、男児が正常な発達を遂げて異性愛者となるためには、「陽性」のエディプス段階を経なければならない。この「陽性」のエディプス段階とは、男児が異性愛者の役割モデルを発見するための不可欠な条件であり、具体的には男児が父と同性愛的同一化を、父への女性的従属を行うことである。この理論によると、男児が逆に同性愛者となるには、父が不在か、あるいは父との関係が疎遠であること、加えて、男児が異常なまでに極度な母との同一化を経て、その同一化で父の代理となることが必要条件として挙げられている。この図式から得られる結果は、ふたつの正反対なものの驚くべき中和作用であろう。すなわち、男性が異性愛者という……正常な発達を遂げるためには同性愛の段階を、逆に同性愛者となるには強度の異性愛的同一化を経なければならない。[2]

先に私は、ジラールはジェンダーの対称性を前提にして自身の読みを提示していると指摘した。彼はおおむね、ヨーロッパの伝統における三角形——ひとりの女性を「めぐる」ふたりの男性の「ライヴァル意識」——を土台にしつつ、その見解を打ち出しているのだが、彼の論では、いかなるライヴァル意識も同一の競争と同一化の作用によって構造化されることになっている。つまり、三角形の角に置かれる実体がヒーローであれ、ヒロインであれ、神であれ、書物であれ、何であれ、このパターンは変わらない、というのが彼の見解なのだ。そもそもフロイト自身、エディプスの心理劇を説明するにあたって、「小児」の項目にしばしば男児を置き、女児の場合も多かれ少なかれ男児と同じで「必要な変更を加え」ればよい、としたのは有名である。その点は別としても、フロイトがアメリカの保守的な精神分析によって解釈されると、ともかく、重大な性差は——男女にどのような権力がどの程度配分されるのか、といった性差は——ほとんど無視されてしまう。たとえ考慮されたとしても、発達と家族・精神構造との関係を積極的に決定する要因としてではなく、むしろその結果として捉えられてしまうのである。したがって、ジラールと（少なくともこうした解釈の伝統における）フロイトに共通する点は、性愛の三角形を対称的に捉える姿勢であろう。ふたりとも、三角形を構成するものたちの間で性差による権力差が生じても、三角形の構造は比較的影響を被らないと考えているのである。

さらにもうひとつ別の観点から考えてみても、フロイトやジラールはジェンダーの非対称性を捉え損なっていると言えそうである。序章第一節において指摘したように、私たちの社会では、女性のホモソーシャルな欲望は比較的なめらかな連続体をなしているのに対して、男性の場合、性的絆は非性的絆から完全に断ち切られている。この点を踏まえると、三角形の構造はジェンダーの影響を被るように思われるのだが、フロイトにせよジラールにせよ、この非対称性には言及していない。言い換えればふたりとも、西洋の近代社会においてさえホモソーシャル連続体に切れ目がない——ともかく、たいした意味をもつような切れ目などない——とするプラトン的光のもとで性愛の三角形を論じているのである。この点に関して、ふたりの論じ方はある意味で勇ましいものの、歴史的視点が欠落しているとも言えるだろう。

これに対して、近年、ジェンダーの非対称性を考慮に入れつつ、フロイトを再読および再解釈しようとする動きが見られる。フランスでは、ジャック・ラカンによって推進されてきた最近の精神分析の言説が、権力、言語、〈法〉そのものを、ファルスおよび「父の名」と同一視している。言うまでもなく、こうした言説はフェミニズム的分析と女性嫌悪を露わにした分析をともに活性化する可能性を孕んでいるが、少なくとも精神分析は、精神的観点（エディプス的葛藤）と社会的観点（言語と〈法〉）の双方から、家父長制の力のメカニズムを分析する道具を――（現段階では）歴史性をあまり踏まえた道具ではないけれども――提供してくれる。そのうえラカンの説は、解剖学で言うところの実際のペニスと、権力の場であるファルスを（不完全とはいえ）分けており[3]、それによって解剖学的セックスと文化的ジェンダーが区別され、「男の権力」への男性の様々な関わり方が（たとえば階級の観点から）探究される可能性が生まれてきた。加えて、ラカンの説は、男性支配の文化制度――あの、表象＝代表の項目に便利に収まりうる制度――と個人の男性との関係について語る術をも示唆してくれる。

さらにもうひとつ、ラカン（派）の精神分析の功績の中から、私たちの研究にとって重要になるであろう点を挙げるとすれば、それは（すでにフロイトの論にも認められたが）、欲望と同一化の捉えにくい関係を分析する際の巧みさであろう。先に引用した一節で、リチャード・クラインは見事に図式のもつ簡潔さを利用して、女性への欲望が人の女性化を、男性への従属が男性化を促す可能性を要約していた。このように彼がまとめることができたのは、若干フロイト的ではありながら、少なくとも幾分かはラカン的にレンズを研磨して論を仕上げたからである。ラカンおよびラカン派は、取り込みや体内化を入念に考察し、一見異なる過程を経る欲望と同一化とを結びつけている。

ドロシー・ディナースタインやナンシー・チョドロウによる最近のアメリカのフェミニズム研究も、フロイトを修正してジェンダー／権力差にかなり注目する方向に向かっている。たとえばコッペリア・カーンは、彼女たちの論に通底する主題を以下のように要約して（自身のシェイクスピア論に応用して）いる。

シェイクスピアの時代にせよ、フロイトの時代にせよ、私たちの時代にせよ、たいていの子どもは男児であれ女児であれ、女性から生まれるばかりか、女性によって養育される。それゆえ、女児によるアイデンティティの形成の仕方と、男児によるそれとは決定的に異なるわけだ。女児も男児と同じように、一連の共生的結合、分離と個体化、自己同一化、対象愛を経験するものの、男児の男性性が異性との関係から育まれるのに対して、女児の女性性は同性との関係から育まれる。さらに女児は、アイデンティティの形成以前に、母親との原初的な共生的結合および同一化を経験することで、その女性性は強化される。これに対して男児の場合、女児とまったく同じ結合と同一化を経験するとはいえ、逆に男性性は脅かされる。男児の自我の感覚が、女性との共生的結合によって生まれるのに対して、男性性は逆に反発して生まれるのである。(4)

したがって、以上のことから明らかな点は、女性の性の連続体／男性の性の連続体、女性・男性のセクシュアリティ／女性・男性のホモソーシャル性、そして最も先鋭化したかたちでは男性のホモソーシャルな対象選択／ヘテロソーシャルな対象選択、これら二者間には完全に非対称的な要素が数多く存在するということである。が、その一方でやはり明白なのは、女性を排除するように見える関係——たとえば男性のホモソーシャルな関係や同性愛的関係——でさえ、その構造には女性の地位やジェンダー配置に関わるもろもろの問題が逃れようもなく深く刻印されている、という点である。つまり、ハイジ・ハートマンの「男同士の関係」に基く家父長制の定義（序章第一節参照）が示すように、男対女の権力関係は男対男の権力関係に組み込まれているのであり、したがって、大規模な社会構造は、男―男―女の性愛の三角形――ジラールによって最も力強く説明され、他の者によって最も思慮深く明確にされた三角形――の構造と同じ、ということになる。さらにここではもっと踏み込んで、こう述べてみることにしよう。男性支配社会では、男性の（同性愛を含む）ホモソーシャルな欲望と家父長制の力を維持・譲渡する構造との間に、常に特殊な関係が――潜在的に力をもちうる、独特の共生関係が――存在するのだ、と。時代によってその関係は、イデオロギー上はホモフォビアとして、あるいは同性愛として顕れるだろうし、そうでなければ、このふたつがひどく反発し合いながら強烈に構造化され組み合わさって顕れることもあろう。（家父長制と女性同性愛との間にも、常に特殊な関係があることは間違いないが、その場合、その関係は異なった［時には正反対の］根拠およびメカニズム作用の上に成り立つと言える）。

こうした問題を扱う伝統的な学問分野を踏まえ（かつ、それに反発し）つつ、おそらく近年、最も力強い議論を展開している領域は人類学であろう。たとえば、ゲイル・ルービンはその影響力のある論考において、フロイト、ラカン、レヴィ＝ストロース、エンゲルスを援用するとともに批判をも加えながら、家父長制社会における異性愛体制を的確に論じようとすれば、なんらかのかたちで女性の交換という観点を採り入れなければならないと主張している。女性の交換とは、男同士の絆を揺るぎないものにするために、女性を交換可能なおそらくは象徴的な財として使用し、その根源的目的を達成することである。たとえば、レヴィ＝ストロースが論じるには、「婚姻を構成する交換関係のすべてを吟味すると、婚姻とは……ひとりの男とひとりの女との間に成立するものではないということがわかる。その関係は、男性からなるふたつの集団の間に成立するのであり、女性は婚姻相手としてではなく交換される物のひとつとして姿を現す(5)」。要するに、レヴィ＝ストロースの言う典型的男性は、リチャード・クラインが説明するフロイトの「異性愛者」と同様に、真の相手である男性との「関係を結ぶ導管」として、女性を利用するというわけだ(6)。ルービンの場合、レヴィ＝ストロースと違って、女性を儀式上の贈与の対象と位置づけるだけでなく、そのメカニズムを記述し分析する数々の道具も提供している。

リュース・イリガライは、レヴィ=ストロースの「女性の交換論」を援用しつつ、異性愛の絆と男性のホモソーシャルな絆との関係について、代価が高くつくとはいえ新しい観点から果敢に論じてみせた。英訳タイトル「商品たちの間の商品（"When the Goods Get Together"）」という論考で、彼女が出した結論とはこうだ——「[男性]同性愛は、社会文化的秩序を支配する法である。それに対して異性愛は、経済における役割分担に帰着する」(7)。素晴しく生産的な点は、異性愛の絆 対 男性のホモソーシャルな絆の関係には（大雑把に言うと）、ラング対パロールの非対称性があるというように、彼女が新しい観点を導入したことである。仮にイリガライは非対称性を歴史的視点に基づいて論じたのではないとしても、この概念を用いれば、従来よりも巧みに歴史的差異を記述できるようになるだろう。

しかし奇妙なことに、イリガライは男性同性愛を説明する上で、性そのものを犠牲にしている。論文を読めばわかることだが、彼女の言う男性「同性愛」とは、決して男性間の実際の性交渉を指しているわけではなく（重要なことにそれも確かに「同性愛」と呼ばれているが）、性交渉のほうは、彼女の言うもっと包括的な「真の」「同性愛」に比べて、常にタブー視されてしかるべきものとなってしまった。それはちょうど、レヴィ=ストロースの親族関係一般にとって、近親相姦がそういったものであるのと同じである。イリガライの概念のように意味を柔軟に捉えて記述する装置でさえ、本来、水銀のようになんとも捉えにくい性を固定し、その後昇華させてしまうのである。

さらに、イリガライのように公式から通時性を排除してしまうことも、極めて重大であり看過しがたい問題である。フーコー、シーラ・ローボタム、ジェフリー・ウィークス、アラン・ブレイ、K・J・ドーヴァー、ジョン・ボズウェル、デイヴィッド・ファーンバックらによる歴史研究はもちろん、最近の人類学も、数世紀にわたる西洋文化において、男性同士の性器接触行為に関して激変したことや、文化によって異なることは、次の点であると指摘している。すなわち、その行為の頻度、排他性、階級との関連、支配的文化との関係、倫理的な位置づけ、またその行為が実践者のそれ以外の生活をどの程度左右するとみられるか、そしておそらく最も根本的な事柄としては、ジェンダーが権力の重大な決定要因である社会において、その行為が女性的なものと関連づけられるのかあるいは男性的なものと関連づけられるのか——これらは変わりうるというのだ。たとえば、男性の欲望が高度の同性愛度を示した場合、現代の大衆文化では、それは当然女々しさに結びつけられるが、古代スパルタ人にとって——おそらくホイットマンにとっても——男らしさに結びつけられるのは自明であった。そして、病因論や実際に営まれている男性同性愛において、どれほど（「女らしさ」ばかりか生身の）女性が重要かという点も、歴史的に（時代によって、階級によって）変化すると考えられる。男性同性愛に関わる変化は、ジェンダーおよび階級の不平等が刻み込まれた、変わりゆく制度の姿と分かちがたく絡み合っているのである。

以上のように、ラカン、チョドロウ、ディナースタイン、ルービン、イリガライらは、多層な伝統の内側に身を置きながら批評を実践し、性愛の三角形を次のように捉え直す分析方法を提供してくれる。性愛の三角形は、非歴史的かつプラトン的な図形ではなく、むしろ、ジェンダー・言語・階級・権力の非対称性という歴史的な偶然を反映する図式である。それを使用することによって私たちは、権力と意味の関係や、欲望と同一化の作用を——個人が権力を獲得する上でどう社会と関わるのかを——、視覚的にわかりやすく、精妙に提示できるのである。

第2章　恋する白鳥〔1〕
――シェイクスピア『ソネット集』の例――

男が女性的になるのは、性倒錯者だからでなく、恋をしているからである。
――バルト〔1〕

三角形の図式は、脱歴史的なコンテクストでも柔軟性と体系力を発揮することを示すために、シェイクスピアの『ソネット集』を簡単に見ておきたい。本論考はふたつの小説的でないテクストによってはさまれており、『ソネット集』はそのうちのひとつである（結びで扱うのは『草の葉』）。私がこれらに惹かれた理由は大体同じで、どちらも（単にホモソーシャルなだけでなく）まさしく同性愛の、男性の間主体性の形成において重要な位置を占めてきたからである。ホイットマンを訪ね、ホイットマンを好み、「ホイットマン」関連の品を贈る――こういったことがヴィクトリア朝の人々によって、同性愛を表す符牒とみなされたのは今更言うまでもない。だがそれよりもっと重要なことは、ホイットマンはヴィクトリア朝の例の新興階級の多くの者に、同性愛者として自己を認識させ、ブルジョワ同性愛者として自己形成させたということである〔2〕（ホイットマンについては結びを参照のこと）。それと同じようにシェイクスピアの『ソネット集』も、男性同性愛の言説において浮動小数（小数点が移動でき、その移動桁数を別途表記する書式。小数点が数字の各位の値を変更し、決定する力をもつ）の役目をした。ワイルドやジード、オーデン、パゾリーニ〔2〕らが私たちの『ソネット集』理解を大いに深めてくれた一方で、『ソネット集』は解釈されるだけの存在にとどまらなかった。というのも『ソネット集』は、同性愛の伝統とは無縁の批評家たちに、同性愛が存在する事実を突きつけ、彼らに考え方の変更を強いた——彼らに、敢えてその名を口にさせ〔「敢えて名乗らぬ愛」とはアルフレッド・ダグラスがワイルドとの恋を形容した表現〕、同性愛を少なくとも考慮に入れて論を組み立てさせた——のである。そういった例は、一八九五年以前のテクストとしては稀であろう。

ただし『草の葉』と違って、『ソネット集』が（同性愛的な内容ゆえの流行か否かはさておき）人口に膾炙したのは、数世紀の後、それがもとの社会や性愛および語りのコンテクストから引き離されてからのことである。『ソネット集』の公然の伝統と言えば、歴史から——まさに事実に関する土台から——それを引っこ抜いて読むことである。その結果、悪名高い謎が無限に残っている。それは連作として書かれたのか、いつ書かれたのか、誰に、そして何人にむけて書かれたのか、どの程度自伝的なのか、どの程度慣例的な事柄だったのか、なぜ出版されたのか、などが謎のままである。とはいえ、こうした脱コンテクスト化のお陰で、『ソネット集』を連作とみなす大抵の読者は、それを最少人数——詩人、美青年、ライヴァルの詩人、黒い女の四人——による効率の良い、比較的まとまった性愛の物語と解釈しても構わないだろう、と思い込む。そこで私としては、最小限に還元するこうした解釈の伝統を楯に（というのも実は私もそうした読みをするひとりなので）、今度は、男性のホモソーシャルな欲望が辿るパターンと私が思うものを、いくつか単純化したかたちで示すのに『ソネット集』を使ってみたい——『ソネット集』は共時的で非歴史的であるから、まさに単純化したかたちでそれを提示できるはずである。ただし、歴史的コンテクストから切り離された抽象概念は「膨らませたり、矮小化したり、戯画化したりしたかたち」になりやすいとのマルクスの警告を、議論の入り口に立つにあたって、目立つように掲示しておくべきではあろう。(3)

『ソネット集』が格好の説明材料となるのは、性の三角形の対称性とジェンダー配置の非対称性とが驚くほどはっきり現れているからである。話し手は、黒い女だけでなく、最終ソネット群で彼女をめぐってライヴァルとなる美青年のことも同じくらい愛している。そうしたまさにジラール的な点こそ、シェイクスピアの狙いであり、ほかのどの批評家よりも詩人が一番、この対称性を維持するのにこだわっているようである。

きみが彼女をものにしたことが私の悲しみのすべて
とは言えない、私は彼女を心底愛してはいたけれども。
私のおもな嘆きは彼女がきみをものにしたこと、
そちらのほうが私にとっては傷の深い愛の損失。
愛の罪びとたちのために私はこう弁明しよう。
きみは私の彼女への愛を知るゆえに彼女を愛す、
彼女も同じく私への愛ゆえに私をあざむき、
私のために、敢えてきみに抱かれてお墨付きをもらうのだ、と。
私がきみを失っても私の損失は私の恋人の得、
私が彼女を失っても失ったものを見つけたのはきみ、
私が二人とも失っても二人はおたがいに見つけあい、
私への愛ゆえにこの十字架を背負わせてくれる……。(4)

このようなソネットを読むと、恋人の性別は『ソネット集』の意味を考えるにはまったく関係ない――少なくとも（男性にあてたと普通考えられている）ソネット一番から一二六番については関係ない――と主張する批評家がいるのも、わからないではない。たとえば、マレー・クリーガーが「事実はどうあれ、シェイクスピアの語る新プラトン主義的な愛の純潔さを考慮すると、私の主張は、恋人がどちらの性であろうとあてはまる」(5)というのも頷けなくはない。というのも、このソネット（四二番）では、対称的で均衡のとれた理想的な状態を是が非でも維持するために、恋人の性別や、異性愛か同性愛か、といった「偶然で意味のない」差異は、徹底して見事なまでに巧みに消し去られているからである。この四二番はクリーガーが言うほど、特に新プラトン主義的ではないし、プラトニックですらないにもかかわらず、そうなのである。
対称的で均衡のとれた構造を維持しようとした詩は、他にもうひとつ、もっと有名なものが『ソネット集』にはある。その詩では、水晶のように厳密な対称的構造をジェンダー差の力が崩そうとする両者の拮抗状態が、もっとはっきり見える。

私には慰めになる人と絶望させる人と、二人の恋人がいる、
二人は守護霊のようにたえず私にささやきかける。
善霊のほうは色の白い実に美しい男、
悪霊のほうは色の黒いまことに不吉な女。
女の悪霊はすぐにも私を地獄に引きずりこもうと、
男の善霊を誘惑して私のそばから引き離す、
そして邪悪な誇りで彼の純潔をかき口説き、
私の聖者を悪魔にまで堕落させようとする。
そして私は天使が悪魔に変えられたのではないかと
疑うのだが、確かなことはわからない、
だが、二人とも私から離れて、二人ともたがいに友だちになったのだから
一方の霊はもう一方の霊の地獄にくわえこまれているかもしれぬと私は推測する。

私はこのことがわからないまま疑いながら生きるだろう、
悪霊が善霊に悪い病をうつして追い出すまでは。（一四四）

このソネットは、ふたつのものが常に対等もしくは正反対に見える統語的配置になっており、そうした対《つい》を次々に生み出しながら展開していく。

恋人　その一	恋人　その二
慰め	絶望
善	悪
〈男〉	〈女〉
色の白い実に美しい	色の黒いまことに不吉な
善霊	悪霊
聖者	悪魔
純潔	邪悪な誇り
天使	悪魔
私から離れて　その一	私から離れて　その二
たがいに仲よく　その一	たがいに仲よく　その二
……	……

表にした場合、ぱっと目につく統語上の構造はかなり対称的である。ところがしかし、ソネットの最初の九行から

作ったこの表の中ですでに、意味上の差異が吹き出ており、それは最後の五行で激しさを増し、ついにはソネットの統語的形式性を押し流す。最後には統語的対称性すらなくなる。たとえば、女は能動的動詞を三つ〔「誘惑し」「かき口説き」「堕落させ」〕支配するのに対し、男はただひとつ、それも受動的な動詞〔「変えられた」〕しかもっていない。さらにもっと意味深いことには、女はある象徴物（「地獄」）をもっているのに対し、それに匹敵するものを男がもっているか否かは統語的にはっきりしないのである。

意味の上でももちろん、男女の評価の仕方は歴然として不均衡である。価値が真っ向から対立している（単純には、善対悪のように）だけでなく、力や活力が非対称的なのだ。たとえば、女は欲望を抱き行動するが、男はせいぜい抗う程度でしかない。また、三角形として見た時に、頂点から頂点への道のりは一方通行でしかない。というのも、天使は悪魔に変わる可能性があるのに、悪魔が天使に変わる可能性は示されていないからである。対になっているはずの霊二者のうち、一方だけが主導権を握ってプロット全体を動かしているように見える。

加えて「地獄」に関しても、極めて不安定な位置づけしかできない。五行目でそれが初めて出てきた時に私たちが予期するのは、ヘラクレスの選択さながらのタブローである。地獄か、それとも天国か――霊が両方から語り手を誘惑する光景が思い浮かべられる。ところが、まさにここから、対称性を維持しようという計画は軌道をそれてしまう。(1) 天国は言及されず、善霊も積極的に誘ってこない（このことから私たちは、「慰めになる人」とはいっても、所詮それは、このタブローで「善霊」に与えられた、随分と間接的で瑣末な役割にすぎなかったのだと思い知らされる）。(2) もっと均衡を乱しているのは次の点である。悪霊は狡猾かせっかちなのか、語り手の所有権をめぐって善霊を相手に激しく公平な綱引きをしようとはせず、まず善霊を買収しようとする。その後この詩の最後まで、彼女は詩人を完全に無視する。そして実際にこの詩が描き出すタブローは、五行目以降で大きく配置転換している。つまり中心――ヘラクレスの位置――にいるのは善霊で、その片方の袖を悪霊が引っ張り、詩人は呆然としてその反対側で最善を望みながら立ちつくすのである。悪霊が目論んでいる夕ブローの最終的なかたちは、（ここには書かれていないが）明らかに非対称的と思われる。すなわち、悪魔に変えられた善霊と一緒に、ふたりで詩人を引っ張り、確実に彼を屈服させてしまうのである。ただし一四行目になる頃には、それすらたいした問題ではなくなってしまう。というのも、詩人が「天国」に至る可能性（や詩人の運命とか、そもそも詩人は中心的主題なのかといった問題までも）が、いともあっさりとこの詩から霧散してしまうこと自体に、読者ははっとさせられるのだ。たしかに、この詩がかくも不安に満ち、感動的なのは、ふたりの霊が親密かどうかをめぐって疑惑があるからではなく、むしろ詩人の運命が忘れ去られてしまうからである。

「地獄」が対称的存在か否かの問題は、一二行目までには焦点がすり変わる。すなわち悪魔の地獄に対して、善霊の天国があるかどうかではなく、悪魔が地獄をもつように善霊も地獄をもつかどうか、が焦点となる。というのも、一二行目の「一方の霊はもう一方の霊の地獄にくわえこまれているかもしれぬと私は推測する」が、その前の行の均整のとれた対称性のために、誰の地獄を論じているのか、一見はっきりしないからである。だがもちろん、意味の上からそれを決定することは可能かもしれない。つまり「地獄」の意味を広く捉えれば、それは性愛に取り憑かれた苦しみであろうし、あるいはそれを女性の陰部と限定して捉えることも可能だろう（前者の場合、地獄はどちらの霊のものでもありうるが、後者の場合、地獄は悪霊のものである）。最終行を見ると、誰の地獄を論じているのかが確かにはっきりし、さらに具体的に、その地獄は女性の陰部を指すとの解釈の方向が示される。

さて、このソネットが抱えている問題を「対称」とか「非対称」といった次元に抽象化するのはここでやめて、他を見てみよう。すると、男女それぞれに特質が割り当てられている事実が見えてくる。女のほうには、女性の特徴として以下の点が認められる――この上もなく救い難いほど否定的《ネガティヴ》な道徳評価を与えられていること、主導権・欲望・権力を独占支配していること、女が凹形の器で、他の者がその中に入るイメージを構文や語の選択の仕方に盛り込んでいることである。否定的《ネガティヴ》な道徳評価と陰《ネガティヴ》（凹形）の空間とが同類項になっているのは、女性の表現として驚くにあたらないし、男性が消極的なのに対して女性は激しい《アクティブ》欲望をもつという組み合わせも意外ではない。ただしポスト・ロマン主義の立場からすると意外なのは、男ふたりを無視して、「地獄」の渇望だけが（曖昧で不明確にしか書かれていないのに）行動を引き起こす積極的な力として描かれている点であり、これは特異と言うほかない（たとえばバルトが、既成概念をまとめた解説書の中で女性を不在と結びつけた時、それは女性の消極性を根拠にしてのことであった――「〈女〉は貞節で（女は待つ）、男は不実である（世間を渡り、女を漁る）。不在に形を与え、不在の物語を練り上げるのは〈女〉である。女にはその暇があるからだ(6)」。所詮、〈黒い女〉を、ブルジョワが生み出したあの無益な〈永遠の女性像〉と比べること自体が、時代錯誤なのだろう）。

これに対してこの女性とペア／対立関係にある男性は、行動力をまったくもたず、特質もせいぜいひとつしかもたない（それも「フェア（fair）」を「黒くない」だけでなく、「美しい」と解釈すればの話だが）。「誘惑され」、「堕落させ」られるのすら、このソネットが示す限りでは、彼にとって深い内面的な経験とは思われない。彼は無表情で、心を乱されることもなく、常に安定して、天使か悪魔か、地獄の内にいるか外にいるか、だけの存在にすぎないようである。

三角形の三人め――統語的には誰とも組み合わされていない一人称の第二の男――は他のふたりのどちらとも共通する特質をもつ。悪霊と同様に彼も、実際は能動的《アクティヴ》な動詞の主語＝主体であり、出来事の単なる目的語＝対象というよりむしろ、彼の内面を舞台にして出来事が起きるのである。だが、これらの動詞はあまり能動的ではない。というのも、それは〔疑う・わからない・推測する・疑いながら生きる、といった動詞で〕、「知っている」の意ならまだしも、「知らない」を表すものばかりだからである。となるとこの語り手は意識をもち、分裂した自己を抱え、「私の女の悪霊」とある程度同じ欲望すら抱いているにもかかわらず、彼が同一化しているのはむしろ（消極的な、目的語＝対象である、男性の）「私の聖者」と言える。

こう見てくると、ここでの基本的な人物の配置図は次のようになる——思考ではなく行動の主体として様式化された女、純粋な対象として様式化された男、そして、思考の主体としては機能するが行動の主体としては機能しない、あまり様式化されていない男性の語り手、である。一般的には言われていないかもしれないが、この構造こそは『ソネット集』全体の特徴であり、戯曲でもたびたび見られるものである。ここで私の関心を惹くのは、女性嫌悪や女性恐怖症が、いかに激しい勢いで、徹底して『ソネット集』に描かれ主題となっているかではない。そうではなく、そのあまりの激しさに、男性の多様な絆や、対称性を確立しようとする語り手の計画がなし崩しにされていく様子に、私は惹かれるのである。

実際『ソネット集』には、明らかに対称的と呼んで差し支えない関係が、ふたつある。まずひとつは、語り手の欲望の対象であるふたりの恋人——美青年と黒い女——の間の関係である。これはソネット一四四番「二人の恋人がいて」ですでに論じた通りで、後ほど改めて触れることにする。が、とりあえず述べておくと、このふたりの間には、対称的な関係が成り立ったかと思うとすぐにそれが転覆されるのだった。こうした対称性が一番よく現れるのは、一四四番のように三人の三角関係を真正面から語ったソネットだが、その他にも美青年にあてた前半のソネット群と、女あての後半のソネット群を対置することによっても、それは浮かび上がってくる。では、もうひとつの対称性はどうだろう。こちらは『ソネット集』全体に大きく広がっているため、かえって目につきにくい。具体的にはそれは、第一群（独身生活をやめて異性愛秩序に従うよう、語り手が美青年に懇願する部分）と第二群（美青年の異性愛の相手が自分の恋人だったために、語り手が苦悶する部分）の間にある。第二群における詩人／青年／女の最終的な配置図は、第一群で語り手が美青年に対して出した要望と、どれほど正確な対になっているだろう——残酷なほど皮肉な反応であろうとも、あるいは文字通りそれに従っただけの反応であろうとも、ともかく語り手の要望に対称的につり合うかたちになっているだろうか。

実のところ、第一群の異性愛——詩人が青年に命ずる異性愛——が、第二群の異性愛——詩人をさいなむ青年と女の関係——とピッタリ対称的に重なり合うと見るのは、多少無理がある。ひとつには、周知の通りソネット第一群には女性がほとんど言及されていないし、わずかに言及されたとしても、女性は、男性が他の男性を楽しませようとしてもっと男性を殖やすために使う道具でしかないからだ。

私への愛のためにもう一人のきみをつくってくれ、
美がいつまでもきみの子どもの中に生きるように。（一〇）

これら第一群のソネットでは女性は厄介者扱いされるのがせいぜいで、それすら後になると無視される。

未墾の処女地にきみを夫として迎え、きみの手で
鍬入れされるのを望まないような美女がどこにいます？（三）

きみが独身のまま生涯をむなしく費やすのは
妻を未亡人にして泣かせるのがいやだからですか？
ああ、きみが子どもをつくらないまま死ぬことになれば
この世が夫を亡くした妻のように嘆くだろう。（九）

概して、男同士のつきあいを維持したままで異性愛者として生きるよう、美青年に新たなアイデンティティを植えつけようとするこの企ては、男同士のつながりと助け合いの強化を目的としている。仮に女性に対するなんらか

の態度を青年に見出すとすれば、それは無関心か、あるいはひょっとすると強い嫌悪感で、たとえばそれはソネット八番に見られる通りである。

美しい音と音とが結びついてみごとな諧調を保つ
真の協和音がきみの耳に快くひびかないとすれば、
その音はやさしく叱っているのです、きみは独りはずれて
自分のパートを奏さず調和を乱しているのだから。

（この詩は「独りは無（none）に帰す」と結論づける。これは、この後ソネット一三六番に出てくる「数のうちに入らぬ（none）」や「無（nothing）」を予示している。これが意味するのは、男子高校生むけのわかりきった道理「身につけた技能は使わなければ無に帰す」とほぼ同様の内容である）。女性への欲望はおろか、支配権すらもたいした問題ではないらしい。肝心なのは、現在の社会体制の連続性を維持することである。

ソネット第一群の論の展開は、異性愛つまり男らしさを唱道しつつ、ホモソーシャル性あるいは男性との結合に目標を置いている。本物の女性は意識の中心からあまりにも遠いため、相手が男性である限り、男性が女のようになったとしても、それはさほど危険なことではない。以下の句、

大自然がみずからの手で描いた女の顔をもつ
わが情熱の支配者、恋しい男よ――

で始まることで有名なソネット二〇番ですら、これら第一群のコンテクストの中に置いて見ると、異性愛を推進する運動の一環に見える。女を抱いてもなおかつ私を愛し続けることはできるのだよ、という語り手の声が次の句か

ら聞こえてきそうだ。

　私には愛をくれ、愛の営みは女たちに恵むがいい。

このソネットで語り手は、肉体関係を想定した具体的な性的関心を青年に対して抱くことは一切ない、と断言していると思われるのだが、そのことばすら、暢気な曖昧さが感じられ、本当に青年に異性愛を勧めているのか、それとも青年との性器的なつながりを求めているのか、はっきりしない。というのも、青年のペニスは「私には無(nothing)でしかない一物」と言っている反面、その「無《ゼロ》(nothing)」を語り手は『ソネット集』のいたるところで違った意味に用いており、そのひとつとして女性性器という意味を持たせているからである（私は、この男たちの間に性器の接触を含む性的関係があったと『ソネット集』が言っていると主張するために、この指摘をしているのではない。そもそも私が理解する限り、当時の性愛に関するコンテクストはあまりにも昔のもので、どれが自慢で、どれが告白か、根底にどんな意味があるのか、どんな意味が付け加えられているのか、それは冗談か、途方もないことか、当然のことか、あるいは口に出すのは憚られたとしても実際にはよくあることだったのか、といった点を説き明かすのは私たちには無理である）。言えるのは、次のようなことである。このソネットの語り手は、なんらかの理由で（発表される予定のないテクストだったからかもしれないが）、男女の性が入れ替わり可能であるという主題を——男性に対してだけは——のんびりと悠長に語ることができたのである。男同士のこの親しさを異性愛ととるべきか、同性愛ととるべきかは、『ソネット集』が書かれた社会の文化の外側にいる読者にとっては、どちらとも決め難い。だが、男同士のつきあいに貢献するため異性愛を結ぶよう説得しているコンテクストの中にあっては、このふたりの関係は何の問題もないようである。

　私は繰り返し、美青年のソネットは異性愛的なものであると指摘しているが、この点はもう少し説明が必要かもしれない。もしすべてこれが異性愛的ならば、一体何が同性愛的なのか、と常識的な読者は尋ねるだろう。だが考えてみるに、それが同性愛的であるためには、ひとつに、同性愛を異性愛に対立するものとして定義する文化的コンテクストが必要である。私の論点は、もちろん、『ソネット集』の男同士の愛や、それを描写する強烈で性器に関係あることばを否定したり軽んじたりすることではないし、その愛が性器の接触を伴う行動に移された可能性すら、私は否定したり軽んじたりするつもりはない。また、ふたりの恋人との絆のうち、黒い女との絆に比べて男性の恋人との絆が、強さに欠け、中心的でない、と言うつもりもないし、ましてや倫理的に軽く見られていると言うつもりもない。そうではなく私が言いたいのは、これらのソネットの世界には、(呼び名はなんでも構わないが)同性愛対異性愛というふたつの制度に分けられるような対等な二項対立とか二者択一は存在しないということである。『ソネット集』が描くのは、ギリシア人の愛と同じく、女性を通じて維持され制度化されている社会的つながりの構造にしっかりと嵌め込まれた、男同士の愛である。すなわち結婚・家名・血筋・先祖や子孫に対する忠誠などすべては、青年が女性をある一定の目的に沿って利用して初めて維持されるのであり、しかも青年が女を利用したとしても、理論的には、女との絆が青年と語り手の絆を妨害したり、否定したり、弱めたりすることはないのである。

ところが、前半の詩に書かれた異性愛から結末部分の詩の異性愛に目を転じると、そこにあるのは脅威と混乱である。一番顕著な違いは、後半の異性愛には女性が実在する点である(正確にはひとりの女性がと言うべきだろう。この高度に凝縮された連作では、複数の女性をめぐる人間関係が想定されるような枠組みを通すと、世界が違って見えてくるかもしれない)。女性が存在すると言う場合、「二人の恋人がいて」で指摘した通り、確かに彼女は行動の主語＝主体ではある。だが、彼女の視点が表現されるわけではないし、彼女のことがすべてわかる立場に私たちがいるわけでもなく、また彼女が意識の主体であるとも限らない(この女性もしくは青年がどんな人間か『ソネット集』はあまり書いていないが、そのことは看過されがちである。文学を読みうるものとして読む視点から生じるこうした欠点は、特にあるひとつの理由による。それはすなわち、『ソネット集』を小説のような感覚で読むのが最も一般的となった一九世紀の時点において、小説とは、主要登場人物が把握可能なものであるとの見方がすでに、できあがっていたからである。そのためにオスカー・ワイルドは、語り手も女も同じような方法で解釈できるはずだと言わんばかりに、語り手を分析したのと同じ権威的な見方で、黒い女を分析しようとする。ワイルドはたとえば、黒い女はどんな男に惹かれるかまで推測し、いかにも自信たっぷりに、リチャード・バーベッジ〔一五六九頃―一六一九、俳優〕は彼女が「惹かれるような男ではなかった(7)」と結論づけるのである。ジェイムズの言う単なる視点の戯れとは違う、幻視《ヴィジョン》を欲望する偏愛的な読み方は、小説読者がプルーストに教育されて初めて取り戻したものかもしれない。小説が登場する前の、『ソネット集』を小説ではなく抒情詩として読んでいた頃の読者にとってはそれは当然だったのであろうが)。黒い女がどんな女か探ろうと思っても、彼女は大部分、瞳と膣しか描かれていない。ところが、そうした断片的なかたちでしか登場しないにもかかわらず、彼女は、異性愛に込められていたあのイメージを引き裂いてしまう。つまり彼女が現れた途端に、異性愛とは、男性から男性へ資質を継承し続けるための大道であるというイメージが崩れ去るのだ。実際の女性が場面に侵入するや否や、子どもたち――前半のソネット群で性的交わりの目的とされていた将来父となるべき子どもたち――は姿を消す。そして同時に、父親として自らの肉体および自らが受け継ぐ家系を、常に大事にするよう青年をさとす修辞も影を潜める。

女性の存在をうまく隠した状態で語られる異性愛は、前にも述べた通り、比較的安泰で、男性が他の男性に対して女性化しても、異性愛は異性愛として存在しえた。ところが、女性が実在する枠組みで、男性が女性化したりジェンダーが混乱したりすると話は別で、それは悲惨な結果を招く。しかもこれから論じる通り、相手が実際に女性の場合は、いかない、いかなる性愛関係であろうと、男は常にそれによって去勢される危険にさらされる。性欲そのもの

（つまりこのコンテクストで言うと女性への欲望そのもの）が、男性の自己同一性を揺るがす装置なのである（ソネット一二九番参照）。

女性が存在するかどうかで影響を被るのは異性愛関係だけではなく、典型的なホモソーシャルの関係もそれによって影響を受ける。語り手が恋人を通じて他の男たちとつながりをもつことができる点は、ソネット前半の美青年の場合も、後半の黒い女の場合も同じである。どちらの恋人も、男性の主体が他の男たちとつながりを獲得するのに寄与する。ただしそれは、必ずしも彼を主体として確実に位置づけるのに寄与するとは限らず、逆に、彼の主体としての地位を転覆させることもある。

他の男たちと性の縄張りを共有することに対して語り手は、たとえそれが黒い女を共有する場合であろうと、（一瞬とはいえ）意外にも浮き浮きした気分でそれを受け入れていると言えるかもしれない。というのも、語り手は恋人を共有することによって、男たちが全体としてもっている女性に対する支配権に自分も与ることができ、自分よりも権力のある男たちに近づくことができるからである。ところが、次に引用するソネットふたつには、この高揚のメカニズムと、それが内部から脅かされていく様子がはっきり表れている。

おまえという女は思いのままにウィルを手に入れた、
さらには第二のウィルも、第三のウィルまでも。
いつもおまえを困らせている私は、おまえのやさしいウィルに
こうしてもうひとつ余計に加えるだけのものだ。
おまえのウィルは大きくて広いのだから、一度でいい、
私のウィルをその中にすっぽり包み込んでくれぬ《ウィルト》か？

ほかのウィルはありがたい恩寵に浴しているようだが、
私のウィルも気持ちよくそこに受け入れてくれないか？
海は全部水だがそれでもつねに雨を受け入れる、
ゆたかにある富にさらに富を加えるのだ、
おまえもウィルはゆたかにあるが、おまえの大きなウィルに
私のウィルを加えておまえのウィルをふやしてくれ。
無情な拒絶で正当な嘆願者を殺してくれるな、
すべてはひとつと思い、私もそのひとつのウィルに入れてくれ。
私を近づけすぎるとおまえの心がおまえを叱るなら、
私こそおまえのウィルだと目の見えぬ心に誓うがいい、
ウィルならおまえの心の中に入れてもらえるはずだ、
それぐらいは私の愛の願いを聞き入れてほしい。
ウィルはおまえの愛の宝庫をいっぱいにするだろう、
数多くのウィルで満たすだろう、私のウィルもそのひとつだ。
数多いウィルでは広い宝庫では
容易に証明できるのだ、
数多い中で一という数は数のうちに入らない、と。
だから数多い中で私は数えないで通してほしい、
おまえの財産目録の中では私も一品目であるけれど。

私のことは無《ゼロ》だと思ってくれ、もしもおまえの気に入るなら、
私というこの無《ゼロ》を、おまえにとって大事なものとして、受け取ってくれ。
私の名前を、おまえの愛《ラ》しいもの《ヴ》と呼んでずっとそれを愛してくれさえすれば、
おまえは私を愛することになる、なぜなら私の名前は「ウィル」だから。（一三五、一三六）

語り手はこれらのソネットでは、（「いつもおまえを困らせている私は、もうひとつ余計に加えるだけのもの」とあるように）可愛いらしい少年と化し、大勢いればいるほど陽気で楽しいと思っているようだ。ひとりぐらい増えても気づかないだろうから僕も入れてくれ、と言って女性に求愛するとは、奇妙な話あるいは非常な侮辱ですらある（乱交まがいの言い方は言うまでもなく、その中のイメージが、侮辱的なのである。なぜなら、女性のセクシュアリティを、大きな社交上のるつぼで、わずかな不注意で中に入れてしまったものを面倒なことは言わずに引き受けてくれるもの、というイメージで見ているのだから。もっとも、それを素適と思う女性もいるかもしれないが）。「二人の恋人がいて」（および『ソネット集』全般）においては女性だけは性的な喜びを感じているようだが、この卑猥で楽し気なソネットでは奇妙なことに、男性に限らず女性もあまり性的なものを感じる立場にないらしい。一三六番の最後の四行になるまでは少なくともそう言える。なぜなら、男たちもしくは彼らの「ウィル」は胎児かプランクトンくらいのサイズに縮められており、しかも彼らが漂う女の体内は、温かいけれど意識をもたない海のようなものだからである。となると、われらの「ウィル」が期待しているのは一体どんな喜びだろう。隠れる喜び、いや、隠してもらうほうがもっと楽しいかもしれない――いずれにせよ、幼児の感じる喜びだろうか。だがもっと意味があって大人に相応しいのは、自分の呼び名（ウィル）を女性（または女性の身体の器官）に差し出す喜び。さらに、その女性に対して所有権をもっている男（たち）に間違えられる喜び。ひょっとしたら、もっと若くて元気のいい男に間違えられる喜びか

もしれない。まとめて言うと、合体する喜び、ただし自分を入れてくれた女性との合体ではなく、中にいる他の男たちと合体する喜びである（「すべてはひとつと思い、私もそのひとつのウィルに入れてくれ」）。ここにいるのは、自分のもてる限りの強さともてる限りの優しさをひとつの玉に丸めようと真剣になっている男である。

　繰り返しておくが私が言いたいのは、同性愛がここに描かれているということではもちろんない（同性愛という概念自体が時代錯誤だろう）。むしろ（時代錯誤の危険を敢えて冒して言えば）、ここに描かれているのは男性の異性愛的な欲望なのである。それは、女性の体内や身体を通して権威のある男性と連帯したいというかたちの異性愛的欲望である。

　だが、異性愛的な欲望の道は決して平坦ではない。ふざけて浮かれているすきに、ごまかしようのない危機が一四行目に至るまでの間に生まれている。そしてこの二連に続く次のソネットは、主題こそ今までの幸せなソネットとつながっているものの、その惨めな苦々しさはソネット全体の中でもひときわ目立つ。「ウィル」のソネットのどこにこのような悲劇の可能性が秘められていたのだろう、どのようにしてその悲劇は形成され始めたのだろうか。

　悲劇になるのは嫉妬が待ち構えているからだ、と言ってはあまりにも説明にならない。脇へそれて、修辞的技法を見たほうがおそらく参考になろう。一三五、一三六番の喜びのうち、性器に名前をつけるという楽しみ、こうした卑猥な迂言法が果たす奇妙な働きに注目してみよう。スティーヴン・ブースは、ここで使われている単語にはひとつの音節に別な意味がかけてあり、そのような例は、他の作家たちの中にもみつけることができると指摘している。だが、（たとえば）「ウィル」についてはそうした学識を拝むまでもない。途方もない反復の仕方（ソネット一三五番は「ウィル」を一四回使っている）を見れば、すべてわかる。すなわちこれは両義性《ドゥーブル・アンターンドル》を意図しており、したがって当然のことながらそれが本当に意味するのは、結局そのうちの片方〔性的なこと〕だけである。ただし、ここの両義性にはあまりにも多くの意味がありすぎる。たとえばこの「ウィル」は少なくともあるひとりの、いやふたり、ひょっとすると三人の男性の名前である。あるいは未来時制を表す助動詞でもある。（おおまかに）欲望を意味する普通名詞である。ペニスを指すかと思うと女性の陰部も指す。この語のジェンダーは中立とはとても言い難く、やたらと両方のジェンダーにまたがって使われており、しかも（そのうちわかってくることだが）そのために、語り手の身に危険が生じるのでもある。

この詩の「ウィル」の使い方で非常に際立っていると思われるのは、この語（正確にはこの語の主な意味）の範囲を拡大して、女性性器という意味で使っている点である。この語は最初、男性――詩人あるいは彼の恋人――の名前だったはずである。なぜ詩人はこんなことをするのだろう。性器の意味をもたせた語のジェンダーが変化する例は、一三六番にもある。そのひとつ「無（nothing）」について、ブースの解釈（ソネット二〇番に彼がつけたもの）を見てみよう――「無（nothing）」は「(1) つまらない、(2) ゼロのもの、存在しないもの、を意味し、『零(naught)』とならんで（おそらくは0《ゼロ》の形から）『女性の外陰部』を表すのによく使われる隠語だった」とブースは述べる。[3] 語り手は一瞬自己放棄的なくらい楽天的になって、（特権を得るためなら）「数のうちに入らな」くとも気にしない――私を受け入れてくれさえすれば「私のことは無（nothing）だと思ってくれ」てもいい、「私というこの無（nothing）を、おまえにとって大事なものとして、受け取ってくれ」と主張する。この最後の無（nothing）、すなわち「おまえに」と言って差し出されているものは、紛れもなくペニスだろう。黒い女の「ウィル＝陰部」がいかに大きくて、多くの男が中にはいれるかを語ってきたこれらふたつのソネットの中で、実に、「無（nothing）」を使ったこの行にきて初めて実際の性器接触を伴った興奮らしきものが聞かれる。ところがしかし、語り手の「無」（＝ペニス）は性的興奮を感じはじめた途端に、女性性器つまり「ゼロの形をしたもの（nothing）」と見分けがつかなくなってしまう。なぜなら、私を受け入れてくれるなら「私のことは無だと思ってくれ」という語り手のことばは、こうも解釈できるからである――私を受け入れてくれるなら「私のことは無《ゼロ》（＝女性性器）だと思ってくれ」と。黒い女が感じる快感――彼（ウィル）のペニスを受け入れる喜び――は結局、（他の男たち、つまり他のウィルを受け入れる快感ならともかく、そうではなく）、彼女自身の性器を愛撫する快感にすりかわってしまう。同様に二行連句の部分では、男女両方の性器を指すもうひとつの呼び名として、「愛しいもの《ラヴ》（love）」が使われる。「私の名前こそおまえの愛しいペニス《ラヴ》だと言ってくれ」と詩人は頼み、自分の名前は「ウィル」であると述べ、ウィル＝ペニスを示唆する。だが、彼のことばの意味はいつの間にかすりかわり、「私の名前こそおまえの愛しい陰部《ラヴ》だと言ってくれ」となってしまう。そして自分の名前は「ウィル」である、と述べることによって、ウィルは女の陰部を意味することになるのだ（もし詩人がもうひとつの名前を強調していたら、ジェンダーをめぐる曖昧性はバランスを失ってしまっていただろう）。「ずっと愛してくれさえすれば、おまえは私を愛することになる……」。

これらの詩で珍しい点は、女が自慰の喜びを感じていることで、そのこと自体は穏やかな感情移入と言えよう。それにひきかえ、語り手が他の男たちと同一化することに狙いを定めて異性愛の冒険に飛び込み、思いがけず相手の女の罠にはまって、彼女と同一化するというより、アイデンティティの混乱をきたしてしまう時の律動は、珍しいものではない。虚勢をはったり冗談めかして相手を侮辱したりしつつも、性の喜びがこの詩に入り込んでくるのは、語り手が「無」とみなされる危険を冒す時である。そしてまた、自分の名前を彼女の「愛しいもの《ラヴ》」にしてもらおうとして、彼の名前そのものが女性化してしまう時である。このすぐ後のソネットは、怒り狂った呪いで始まる。

盲目の愚か者、愛しいものよ、私の目に何をした？
この目は見ているようで見ているものが見えていない。
美とは何か知っているし、どこにあるか見てもいる、

それなのに最低のものを最高と思いこむのだ。（一三七、傍点セジウィック）

レズリー・フィードラーは、シェイクスピアの詩の密接に絡み合った事柄をいくつか論じるにあたって、女たちから逃れようと泉に飛び込み、半男半女の姿にされてしまった男ヘルマフロディトスを描いたオウィディウスの表現を見事にうまく利用している。彼の呪いは次の通りである。

……おお、父よ母よ、この願いを叶えたまえ。
これよりのち、この泉に
飛び込みし者、半男となり、弱き姿とならんことを
この邪悪な水に触れて！[8]

この変身が起きる池に相当するのは、『ソネット集』では女の〈地獄〉である。女だけが地獄の世界で男を男以下のものにする力をもつ。しかし同時に、れっきとした男になるためには、女の手におちて姿を変えられる危険を冒して、女を道具として使うことを学ばなければならない。

愛する男をめぐる競争を通して他の男たちとつながりをもつこと――これは黒い女をめぐる競争と構造的に似ているが、前者は後者に比べて、根本的に危険が少ない。「大きくて広い」黒い女が、恋人全員を「ひとつと思い、私もそのひとつ」に入れてくれるのと同じように、美青年の中にもエリートたちの資質が結集している。美青年の中には「愛の愛すべき特性」「亡き友たちの記念の品々」が「飾られ」「埋葬され」て「隠れて」生きているのである。

わたしの愛した人たちの姿が、きみのなかに見える。
きみは彼らのすべてであり私のすべてをもっている。（三一）

青年は、他の男たちの愛を集めて凝縮する力をもっており、彼の価値はそれゆえにますます高まる。男性が「目という目がじっと見とれる美しい面立ち」（五）に恵まれているのは魅力でこそあれ、罪ではない。しかし、「ウィル」のソネットに続く一三七番——悲劇的大団円——で黒い女を謳った憎しみに満ちた数行は、「目という目がじっと見とれる美しい面立ち」というこの穏やかな表現を、呪い・呪われた響きでこだまさせたものである。

あばたもえくぼと見るほど堕落した目が
どんな男たちをも乗り入れさせる入り江に投錨すると、
どうしておまえはそのような目のあやまちを釣針にして
私の心の判断力を引っかけたりするのだ？
ここは広い世界の共有地と知りながら
どうして私の心はそれを自分だけの私有地と思いこんだりするのだ？

「どんな男たちをも乗り入れさせる入り江」とはもちろん、一三五番（「海は全部水だがそれでもつねに雨を受け入れる、ゆたかにある富にさらに富を加えるのだ、おまえも『ウィル』はゆたかにあるが……」）の精子の集まりを不快な調子に書き替えたものである。それに対して、青年の描写や、恋敵の詩人と青年の間柄の描写には、もっとつつましやかで、感情を抑えた船乗り精神が使われている。

きみのりっぱな心は大海のように広く、
豪華な帆船と同様粗末な小舟も浮かべてくれるから、
思いあがった私の船も、彼の船よりはるかに劣るにもかかわらずきみの広大な海原に胸を張って現れるのだ。
私はきみの浅瀬に助けられて浮かぶけれど、
彼はきみの測り知れぬ深海をかきわけていく、
私は難破したところでとるにたらぬ小舟、
彼は絢爛豪華に飾られた巨船。（八〇）

ただし、語り手は黒い女が心変わりした時には嫉妬したのに、美青年が（黒い女の登場以前のソネットで）心変わりしてもまったく嫉妬していない、と判断するのは大きな誤りである。どちらの恋人も海の隠喩で書かれていることからわかるように、ふたつの愛の並行関係は、主題上もまたいわゆるジャンル上もかなり完璧に近い。ふたつの愛は互いに呼応しており、どちらも恋人を賛美したり、恋人の行動に動揺したり、恋人を誹謗したり、恋人のために自分を苦しめたり、恋人を描くのに叙事詩的な直喩を使ったりしている。そしてその呼応関係は、最終的な三角形の中で脅威的な統一体に編み込まれる。にもかかわらず主題上の呼応関係がほとんど見えなくなりがちなのは、それぞれの愛を描く時の感情や構造や様式に差異があるためである。

これはジェンダーとの関わりで特に興味深い点なので、青年と黒い女の、二面性および自己同一性の問題を例に取り上げてみよう。『ソネット集』から得られる「事実」に関する事柄から判断する限り、ふたりとも語り手を騙せるだけの二枚舌をもち、そのことは語り手自身も実際に、少なくとも時折は感じている。ところが『ソネット集』の詩学は、青年を道徳的に一貫した人物として描くためなら、いくらでもスペースを割く。それに対して女のほうは初めから、二重人格の不実な人間として定義されているように思えるくらいである。もともと似た人物がかくも違ったイメージになるのは、語り手の位置――語り手が恋人に対して自分をどのような位置において見るか

——が変化しているからである。

美青年にあてたソネットには不協和音や二重性や二面性が多く見られるが、それらはすべて、青年のせいではなく、可能な限り語り手に原因があるものとして描かれる。青年が語り手を裏切っても、〔青年の完全性は損なわれることはなく〕太陽が雲で翳ったか、せいぜい、日食で翳ったにすぎないように描かれる。それに対して語り手は、青年を純粋で牧歌的なはずと信じ込み、彼の裏切りを理解し庇おうとするがゆえに、自分を自分に敵対させて自分が二面性を抱え込む羽目になる。

きみの罪をほかと引きくらべて正当な行為なりと認め、
きみの過ちを言いつくろって私自身を堕落させ、
きみの罪をことさら軽くみて許そうというのだから。
そのうえ、きみの官能の罪を助けるのに分別を呼びいれて、
このきみの敵をきみの弁護人に仕たてあげ、
私自身を相手に、法にのっとって訴訟をおこすしまつ。（三五）

だから、私の身につきまとうああいう汚名は、
きみの手をかりずに、私一人で背負わねばならない。（三六）

いずれはくるその時〔きみが私を愛することをやめる時〕にそなえて身を守るべく、
私は自分のとりえのなさを自覚しておこう、
この手をあげて宣誓し自分に不利な証言をし、

きみの合法的な論点を弁護するとしよう。（四九）

いずれきみが私をばかにしようという気になり、
私の価値を軽蔑の目で見るときがくれば、
私はきみの側に立ち、自分相手に戦おう、
たとえきみが私を裏切っても、私はきみの正しさを証明してみせよう。（八八）

私が過ちを犯したから捨てたのだ、と言うがいい、
私はさらにくわしくその罪について話をしよう。
私の足が悪いと言うがいい、足を引きずって歩いて見せよう。（八九）

私の真実の心はきみでいっぱいだ、そのため
ほかのものを受け入れられず、目に偽りを見せるのだ。（一一三）

青年が二面的になりえないこと自体が、おぞましく思える。なぜなら彼が語り手を裏切っても、それを察知するのは不可能と思われるからである。

きみの眼に憎しみが宿ることはありえないので、
私にはきみの心変わりを知るすべがない。
多くの人は不実な心を怒りの表情やしかめ面や
よそよそしい額の皺で顔に出してしまう。

だが天はきみを創造するとき布告をだし、その顔には
つねにやさしい愛が宿るべき、とされた、
きみの思いや心の働きがどうであれ、その顔には
やさしさのほか何ものも現れてはならないというわけだ。（九三）

ソネット九四番の「他人を傷つける力をもつが、自らは何もせぬ者たち」という詩句は、意味不明なことで悪名高い。これも少なくとも部分的には、青年が（見たところ）一貫性のある人間であることと、自分を愛する男を分裂させずにはおかない力をもつこととの、相互作用であると言える。そしていざ、青年が本当に心変わりすると、専制的で厳しい外的な原因――〈時〉――のせいにされる。

　これはすべて、黒い女を描写する時の語り口とは極めて異なるが、しかし奇妙にも、女性に言い寄る――つまり女性を対象化する――やり方のひとつとしては、よく目にするパターンである。『ソネット集』は、無垢な少女のごとき美しい若さを描くのに、分別や道徳をまだ身につけていない、基本的に人間になりきっておらず、それゆえ抵抗することも理解することも非難することも叶わぬ相手というイメージを使う。青年はまるでマリリン・モンローのように、彼を見る男に、自分は何と年老いて落ちぶれ、非を負っていることかと感じさせる。たとえそれが、現在、若さと自己統率力を謳歌している男（あるいは若さと自己統率力をほぼ一生保証されている男）であってもである。語り手が認識上の役割分担を定めていることは一目瞭然である。すなわち、きみは官能で、僕は分別だ。きみは動物のように憂いがなく、やさしく真実そのまま、僕はおとなの罪深さと自己破壊、両義性に満ちているというように。このような役割分担の結果、必然的に、きみは僕に何をしてもよい――僕を拒絶しようが、苦しめようが、憔悴させようが、狂気に陥れようが、役割からはずれて僕に不意打ちをかけない限り何をしてもよい

——ということになる。というのも、青年に対する語り手の態度の中には、先を見越して自己防衛しようとするはっきりした態度があるのである（私には何をしても構わない、私にはもっとひどい振る舞いができるから）。これはプルーストの恋人たちとの一番の共通点のひとつであり、青年がありのままの姿で見えなくなっているのも、ひとつにはまさにこのためである。語り手にできる最高の愛の表現（少なくとも最も特徴的な表現）は、青年の振る舞いが不実になったり、青年が後悔したりするのを——後悔するとは限らないが——未然に防いでやることである。

私が死んでも、あまり嘆かないでくれ。
せいぜい、陰々滅々たる鐘が鳴り渡る間だけでいい……
いや、この詩を読んでも、これを書いた手は
思い出さないでくれ、私はきみをあまりにも愛しているので、
私を思って嘆かれるより、
きみのやさしい思いの中で忘れられるほうがいい。（七一）

私が死んだら、愛する人よ、私のことは忘れてくれ……（七二）

自分のやったことを嘆くのは、よしたまえ……（三五）

愛する人よ、私の愛も何もかも、一切合切奪うがいい……（四〇）

はじめに私をきみの奴隷にした神が禁じたもうたのだ、
私はきみの快楽の時を制限しようと考えてはならぬ……（五八）

青年が心変わりしたり、不実を働いたり、良心の呵責を感じたり、二面性に苛まれたり、下心を抱いたりするかもしれない、といったことを彼の求愛者は徹底的に予測し、自分がそれを具現する。これは、恋人を純粋でひたむきな人間というイメージで——そんな人間などありえないと自分でも承知の上で——とっておきたいからである。だがそのために、青年自身の本来の姿は平らにならされて、ほとんど抹消されてしまう。結果として、読者が直観的に受け取る青年のイメージは大きく異なる。ある読者にとって彼はアルキビアデス〔ソクラテスにその美と将来性をかわれ師弟関係を深めるが、権力欲しさにソクラテスを裏切るに至った〕のような人間でも、別な読者にとってはアルフレッド・ダグラス卿のような人間となりうる。

ただし、語り手が青年を頭の鈍い金髪美人になぞらえて表現していると言っても、それは、青年が詩の中で女性化しているということではない。むしろ逆にそれは、女性のイメージが——最も影響力をもった抑圧的なものですら——いかに歴史的な偶然の産物であるかを強調するだけである。女性の典型的なイメージ、たとえばマリリン・モンローやヘティ・ソレル〔『アダム・ビード』の、男に誘惑されて捨てられる女〕、ベラ・ウィルファー〔『我らが共通の友』の、金に目がくらんで人の心を忘れる女〕、またはミルトンのイヴのようなイメージですら、シェイクスピアの女性像のどこを探しても——彼も女性を貶たり賞賛したりしてはいるが——見当たらない（美青年は、「女の顔」とかその他様々に形容されているが、結局それらすべては、大げさなくらいファルス的イメージ——単一的で、単純で、軽はずみな、桃色の、愚かなものとして——を使って描かれている）。女のような顔だちをしていても、青年は、『ソネット集』のゲシュタルトにおいては男であることの基準そのものなのだ。つまり彼は、純粋な対象としての男らしさを表象するのである。二面性が青年から語り手に乗り移って、語り手が二面的な行為に駆り立てられることから判断すると、このコンテクストにおいて、より女性に近くなっているのは、実はむしろ語り手である。

というのも、他から感染して自己が二分裂すること——もっと端的に言うと「伝染性の、自己を偽る病」（自己がふたつに分裂する伝染性の病）――こそ、『ソネット集』における女性性の定義と思われるからである。黒い（dark）女を色白（fair）と呼ぶ「逆説」がやたらと増幅されて強調されている（逆説でなければ、これは出来の悪い洒落ということになるが、そうすると、黒い女のソネットの少なくとも十篇はわかりにくい洒落が核心ということになる）。この事実が示すのは、女そのものが相手を分裂させる一種の撞着語法的な存在であり、女を愛したり欲望したりすると、自分もその撞着語法に感染し、撞着語法の鑿でふたつに裂かれるということである。

わが心も、言葉も、狂人のそれと同じで、
ひどく的はずれなうえ、愚にもつかぬ話しぶりだ。
　地獄のような闇、夜のように黒い（dark）おまえを、
　私は白い（fair）と断言し、輝くばかりと思ったのだから。（一四七）

ここには、白い（fair）／黒い（dark）／／誠実な（fair）／邪悪な（foul）という相同関係が暗黙のうちに存在しており、邪悪さから伝染病が連想され、また黒さから地獄と女性性器が連想される。その後、この女の肌の黒さ、黒いにもかかわらず見る者に色白と思わせる「二面性」、彼女が性的に不特定多数を相手にすること（一種の、二面性を他に伝染させる行為）、語り手がふたつに分裂した状態（女の二面性に感染したひとつの例）がすべて、同類項としてみなされるのである。

美青年との関係で語り手がとった精神的戦略は、青年がふたつに分裂した場合の衝撃を、彼になりかわって自発的にすべて引き受けることだった。というのも、「誠実（fair）」であるとは、心が一貫性を保ち、変わらないことを意味するのであり、青年の場合それは、彼の「誠実さ（fair）」を信じたい者が、自分自身の心の判断力を偽ることによって可能となるからである。黒い女との語り手の関係も、青年の場合とそれほど違わない。だが異なる点

は、彼女の場合、彼女に二面性があるという事実は最初からわかっており、語り手はそれに感染し、しかもそれをどうすることもできないことである。青年のために語り手がとった態度——将来を予測して先に許しを与え、自分自身を裏切ることによって相手の行為が裏切りになるのを避けるという態度——は女には示されない。そのかわり語り手は狂乱状態に陥り、抵抗の末、嫌悪しつつ彼女に屈服する声だけの存在となる。

男同士の絆と男女の絆の差異をうまく表現すると、次のようになるだろう。すなわち、男同士の絆に潜在する緊張は空間的に捉えられ（きみはこちらへ、私はあちらへ）、したがって安定したものとして考えられる。それに対して、男女の絆の緊張は時間的に捉えられ（おまえがそうだから私はこうなる）、よって明らかにうつろいやすい。ゆえに、美青年を愛して分裂するのは禁欲と似たようなものだが、黒い女を愛して分裂するのはまるで身の破滅のように感じられる。別な表現で言うと、男が男と関係して屈辱的な変化を被っても、まだ自分は男性権力の総体を保持、あるいはそれに参画していると感じられるが、女との関わりで変化を被ると、実体が根本的に堕落したと感じられるのである。

この差異はさらに、語り手と美青年の間柄を考える時につきまとう、ふたりの間には性が存在しないという印象を説明するのにも役立つ——たしかに、破廉恥なことを言ったり、性器をほのめかしたり、非常に個人的なことに干渉したり、欲求不満を感じたり、またはっきりとした愛情をどれほど描いたりしていようとも、ふたりの間には性が欠如している印象が否めない。だが、そういった印象があるのは、『ソネット集』ではセクシュアリティそのものが、右に挙げたような事柄とはあまり関係のない、むしろ不可逆的な変化の原則——通時性そのもの——として定義されているからではないか。

体験中は至福、体験後は悲嘆そのもの、

行く手にあれば喜び、通りすぎれば一場の夢（一二九）

とあるように、セクシュアリティは愛すなわち「毅然と立ち続ける灯台」（一一六）とは反対の位置にあるのだ（したがって、美青年を謳ったソネットに登場する、人の手足を切り取らんばかりの飢えた男の姿をした〈時〉は、（女性の）セクシュアリティとは同類項かもしれないが、詩とは対立し、それだけでなく結婚制度や家族制度とも対立するのである）。ソネット一四四番「ふたりの恋人がいて」で私たちは次のような指摘をした――そこに描かれている三角形は、最も鮮明な対称性を備えていると思われているが、そこでさえ実は、女性しか行動力やセクシュアリティをもっていない、と。だがさらに付け加えて言えば、この行動力とセクシュアリティが存在しうるのは、男性を変化させることによって、つまり男性を天使から悪魔に変えて、天国から（場合によっては天国を経由して）地獄へ通じる片道の旅に連れ出すことによってなのである。

ここからいくつかの異なった理論的戦略が優勢になってくるかもしれない。真っ先に考えられるのは、先に述べた、男女間の権力譲渡を表す性器的アレゴリーをもっと明確で複雑なものに発展させることである。そして私としてはそれをさらに広げて、『ソネット集』に見え隠れする家族についての――つまり幼年時代や母性、そして一番関心をそそる父性についての――微妙で極めて絶え間なく変幻するイメージを追ってみるのも意義深いかと思う。

しかし議論をさらに興味深い方向に発展させ、家族をめぐる問題になんらかの具体性や土台を与えるためには、権力の概念を複数化し、もっと明確にする必要があろう。というのも、これまでのところで、私は権力を物象化されて量的に把握すら可能なものとして扱わざるをえなかったからである。この点を考え始めると、私たちは『ソネット集』が小説だったらと思い、『ソネット集』を小説として読んでしまい、いっそ『ソネット集』を小説として読むより、『ソネット集』に関して私たちが惹かれる点を本物の小説で見てはどうかと考えるのである。というのも、『ソネット集』の場合、多くのことが私たちには謎だからである——たとえば、青年がふるう「他人を傷つける力」とは、貴族がパトロンとしてもっている権力を表すのか、それとも役者が劇作家に対してふるう権力を表すのか、どちらも愛の絆に具現しうるとはいえ、知りようがない。「その美しい家……に手を入れるのが、きみの第一の望みであるはず」(一〇)とは、受け継いだ家と家名に対する青年の財産管理権を表すのか、それとも青年が容貌や男らしさといった自分の資質に向けるナルシスティックな関心を表すのか、知りようがない。法律や、資本と高利とか、食糧と欲求といった一般的なことばが、ここに描かれている人間関係を実際のところ、どのような具合に撚り合わせていた可能性があるか、わからない。ある特定の階級や特定のジェンダーとか、ある特定の歴史的瞬間に限定した場合、「夫婦の契り」(一五二)を女に破らせようとするのはどのような男か、また、「他人の寝台に入る収益をかすめ」(一四二)とろうと危険を冒すのはどのような男か、わからない。ある男がある女に、

　おまえの力は追いつめられた私の手には負えぬほど
　強いのに、なぜ、計略を使って傷つける必要があるのか?　(一三九)

と尋ねる時、そこに込められた冷笑的な嘲りにどれほど重要な意味があるのか、わからない。端的に言うと、この作品がどれほど当時の社会を表象しているかを知るための手引き書すら、私たちは持っていない——この作品が純粋に自己反映的であるということ以外、私たちは何も知らないのである。これらの大きな空白部分で私たちが失うのは「シェイクスピアという男」でも彼の時代でもない。そうではなく、性の政治学についての水銀のように変わりやすくかつ強迫的な思考が、どのようなテクスチャーを織り成し、どのようなつり合いの上に築かれ、どのような統語や修辞をもっていたのか、その大部分が私たちにはわからないのである。しかも、これらの大きな空白を無視して読み進めることは、さらに大きな過ちを犯すことになる。つまり、自分たちの時代や階級が抱えている不安

から身を守ろうとするあまり、他の時代や階級の言説の中で使われ、たまたま現在まではっきり残ったにすぎないわずかな特質（たとえば、性器的アレゴリーなど）を一部取り上げて、それを普遍化したり、本質的なものと考えたりしてしまいかねないのだ。ジェンダーと性器はいつの時代、どの社会にあっても存在する。ところが、「家族」「セクシュアリティ」「男らしさ」「女らしさ」「権力」「業績」「私的なもの《プライバシー》」「欲望」、ジェンダーや性器の意味や実体――こういったものは、時代や制度や、その中の文学に具現されて存在することを忘れてはならない。

だがしかし、『ソネット集』を歴史から引っこ抜いて読むことによって得られた仮の一般論を次のようにまとめて、これから行う読み――作品を生み出した社会の中にその作品を置いて読む、小説的な読み――の一助とすることはできるだろう。

性愛の三角形は、程度の差こそあれ、対称的な関係になっていることが多い――すなわち、ジェンダーの間や、ホモソーシャルな絆とヘテロソーシャルな絆の間とか、同性愛的絆と異性愛的絆の間に対称的関係が見られるのである。

だがその対称性は、不自然であったり、歪んでいたりする。なぜなら、男女の権力には量と種類において厳然とした差異が存在するし、大抵の文化の言説において、一方のジェンダーは他方のジェンダーの「対立物」「対応物」「相補物」と修辞上呼ばれてはいても、実際は対等な選択肢というより、むしろ周縁部に追いやられた下位区分として扱われているからである。結果として、同性同士の絆を異性間の絆と直接比較することはできない（また、同性同士の絆でも男性の場合は、女性の場合と違った意味や側面をもっている）。男性の同性愛の絆は、ちょうど女性であることが男性であることに含まれたまま周縁化されているように、男性の異性愛性という集合体に含まれて、その中で周縁化されているのである。だが男性の同性愛の絆が占める位置は、女性が男性に対して占める位置とは異なる。なぜならば、男性の同性愛の絆は、支配権を握っている男性のホモソーシャル性の中に含まれるからである。

対称性は、ジェンダーの差異を抑圧したり、そうした差異を空間的かつ／あるいは時間的な修辞的表象に翻訳して、わざとらしく対にしたりすることによって成立する。これらの「対をなす」表象を見て、それらがもともとは非対称的だったことを察することは可能だが、それをもとのかたちに翻訳して、もともとの原型がそれぞれどれくらい異なっていたかを知るほどの印しは、これらの表象には残っていない。

男性でもなく女性でもない、「中性」とでもいうべき人間像が、ジェンダーの対称性を描いた物語の重要な主題《トポス》としてしばしば見られるが、最終的にはそれは、対称性を確立しようとの意図がその根底にあったことを露呈する。これは、『ソネット集』を論じた極めて鋭い大胆な批評にも見られる欠点である。たとえば、対称性を築きたいという修辞的または政治的な力に導かれて、ワイルド、ウィンダム・ルイス、G・ウィルソン・ナイトらは、女性化した男性を、シャーマン——つまりジェンダーを超越した観察者——として特権化してしまう。「詩はそれ自体が、両性愛的な意識または行動なのである」とか「いかにありふれた恋愛であろうと、男性は女性と一体化して完全となる。詩人はここぞという瞬間に、女性と完全一体化したのである。そしてここでは完全一体となった統一体が、ひとりの人間［美青年］として肉体的に具現し、統一体の魂の状態が美青年の中に反映されるのである。そうした類まれな経験から、これらの傑作は開花したのだ」[9]というふうに、彼らは結論づけるのである。

最後に、次の点を挙げておこう。序章で示唆した通り、性器的なセクシュアリティは権力関係に関することばの凝集を探すには格好の場である。だがその一方で、そのことば——そして実にセクシュアリティそのもの——と他の権力関係とのつながりも、意味を生み出すのであり、よって、そのつながりは緊密に構造化され、高度に偶発的かつ可変的で、往々にして曖昧である。性器接触を伴わない絆や権力のあり方が変化するにつれて、「性的なもの」を性器的なものに結びつける絆の強さやかたちすらも変化し、そしてその絆の性質が、今度は権力の配分法に影響を及ぼすのである。

第3章 『田舎女房』

――男性のホモソーシャルな欲望の解剖モデル集――

シェイクスピアの『ソネット集』は、ひとりの男性のホモソーシャルな冒険の中に起こる危険や辛苦を、とりとめもなく心の中で感じたまま語ったひとつの物語と思われる。そこに女性は含まれてはいるが、おそらく、必要不可欠ではないだろう。そもそもこのような脱歴史化された抒情詩は、書かれた状況が謎に包まれており、たとえば、異性愛的な関係を経由しない男同士の様々な性愛関係が、シェイクスピアの時代や社会ではどのようなかたちをとったのか、私たちはまったく知らないのだ。(1) その点、次の世紀のテクスト、王政復古喜劇ウィリアム・ウィッチャリー作『田舎女房』は『ソネット集』を補ってくれる。具体的には、まったく女を介しない関係について私たちの知識の欠落部分を埋めるというより（アラン・ブレイらは、一六・一七世紀の他のテクストを頼りにこの空白を埋める作業にとりかかったようだが）、まったく逆のことを、すなわちホモソーシャルな欲望を満たすために女性を利用することが明らかに義務とされている社会を取り上げて、それに対する多様な反応をまるごと分析しているのである。いわばこの劇は、こうした関係のわかりやすいモデルを各種揃えた巡回図書館のようなものと言える。それならば、これから後のテクストを読む時の参考に、あと数ページ割いてそれらのモデルの輪郭をもう少しはっきりさせておくのもよいだろう。

『田舎女房』の中で前提となっているのは、他人の妻を寝とることがこの貴族社会を渡るための主な動力源だということである。「人妻を寝とる」とは定義すると実は、男が男に対してしかける性的行為である。それが劇の中心にあるということは、この劇が異性愛を、ホモソーシャルな欲望を満たすための手段としてしかほとんど見ていないことを意味する。この劇に「男性性の解剖モデル」というピッタリの呼び名をつけて論文を発表したのはデイヴィッド・ヴィースだが[2]、私はもう一歩踏み込んで、この劇は、男が他の男と満足のいく関係を結ぼうとして辿る道を数種類にわたって分析したものである、と主張したい。私が示そうとしているのは言うまでもなく次の点である――この劇では男性が異性愛関係をもつのは男同士の究極的な絆を結ぶためであること。そしてこの絆がうまく結べた場合、「男性性」にキズがつくどころか、むしろそれがあって初めて「男性性」が確かなものになる、というこの二点である。

相手を寝とられ男にする絆は、「寝とる」側が「寝とられる」側に対して明らかに優位にあるため必ず階層構造をなしており、その点で、少なくとも一部の同性愛の社会的形態とは異なる。最も特徴的なことに、力の差は知の差として現れる。つまり、寝とられた男は自分がそのような関係にあることすら知らないはずなのである。したがって妻を寝とる行為は、同性愛の絆ではたまにしかない特質――すなわち相手の男より多く知っているという認識上の非対称的な関係を優先させるために、水平もしくは相互的な関係を犠牲にすること――を刻印し制度化するのだ。『田舎女房』の、人妻を寝とる関係を一番ありふれたイメージで言うと、トランプで一方の男がもう一方の男を騙す関係であろう。

「妻を寝とる関係」が、他のもっと直接的に性的な男性のホモソーシャルな絆と異なるもうひとつの点は、当然ながら、妻を寝とるためには女性が必要だということである。そしてシェイクスピアの『ソネット集』で指摘した通り、異性愛を経由してホモソーシャルな充足に至る男性の道は、滑りやすく危険だらけである――もっとも、大抵の文化で、ほとんどの男性にとってそれは避けて通れない道ではあるが。加えて女性にとって、男性のホモソーシャルな欲望が異性愛を経由することは、その欲望が達成されるか否かにほぼかかわらず、害となりうる。ただし、その欲望の「達成」度によって、女性が被る影響は様々だろうが。

他のテクストの場合、女の所有権をめぐって男ふたりがかわす三角形の取り引きが、そのテクストの骨組みになっていても、ことによると、なんらかの推理を経なければその存在を突き止めることはできない。ところが『田舎女房』では、人妻を寝とる行為が計画的に強調されており、この三角形の取り引きが作品の主題にほかならないことは一目瞭然である。この劇で断然問題となるのは、こうした取り引きにおける女性の位置である。具体的には（一般的な政治的意味での女性の地位ではなく）、女性が、象徴交換の対象でありながら同時に象徴の使用者かつ主体にもなりうるという、女性の曖昧な性質を私は言っているのだ。レヴィ゠ストロースが言うように、「女性は、記号であって記号以外の何ものでもないものには決してなりえない。なぜなら、たとえ男の世界にいようと女性はまさにひとりの人格であり、女性が記号として定義されている限り、彼女は記号の産出者でもあるからである」[3]。この劇は、女性が重要な意味において財であり、しかも『ソネット集』の場合と同様、変幻自在で危険な種類の財であることを教えてくれる。さらにもうひとつ――『ソネット集』ですでに論じたことだが――女性性が持っている曖昧さは伝染しやすい。女性とはどのような財か、また女性の価値がしっかり効力を発揮する唯一の取り引きとはどのようなものか、それを見誤ると、たとえ男といえども取り引きにおける主体としての自らの地位を危険にさらすことになる。つまり、他の男たちとの関係において永遠に女性の位置に貶められる、言い換えれば対象としての位置に追いやられてしまうのである。ところがその一方で、この取り引きをうまく成功させるためには、一時的に危険を冒して女性の位置に身を置くか、またはそのふりをする潔さと能力が必要となる。こうした象徴体系が性的交換を支配していることを念頭においた上でそれを認識的に操りながら、このような過程を経ることのできる男性だけが、他の男性を支配できる。

こうした象徴循環の規則を誤解する人間もおり、この劇のスパーキッシュとピンチワイフはそんな人間の喜劇を、見せしめの意味を込めて、非常にはっきりと具現している。彼らは相補的関係にある。つまり、ふたりは規則書の中から相手の持っていないページをそれぞれ持っており、しかも自分ではおのおの、我こそは完全な規則書を持っていると思い込んでいる。

スパーキッシュの特徴的な気質は、才人《ウィット》になりたい、粋《スパーク》な男になってあの若者たちの仲間になりたいという子犬のような熱心さである。彼の欲望があまりにも見え透いているためにそれは叶わずじまいだが、この劇は彼の欲するものの価値を終始低く見ているわけではない。物事を全体的に図式化した場合、男との絆に比べて女との絆は従属的・補足的で道具のようなものでしかない、というスパーキッシュの理解は確かに正しい。この劇の世のならいの代弁者ドリアンはこう説明する――「愛人ってのは、都会からちょっとだけ離れた田舎に避暑に行くみたいなものさ。ずっとそこに住むのではなくって、ほんの一晩滞在するだけのため。それっていうのも、そうすれば都会に戻った時、都会が一層おいしく感じられるからな」[4]。スパーキッシュも同じように味覚を使った比喩を好む。「妻を取り合うライヴァルが欲しいと思うようになるかもしれない」。なぜって、「自分ひとりで愛するのは、ひとりぼっちで食事をするのと同じくらい退屈きわまりないものだから」(三幕二場)。

> なんだって、ハリー、もう僕には妻を取り合うライヴァルがいるのかい？　でも、それはすごくうれしいことだね。将来ライヴァルが役に立つかもしれないからな。今は、ひもじいときにまずいものはなしっていう状態だから、ライヴァルなんかいなくてもいいけれどね。でも、結婚した男にとっては、ライヴァルの存在が子牛の肉にオレンジがあうのと同じように、いいソースになるときがやってくるだろうさ。（四幕三場）

しかし友人ハーコートを自分の婚約者アリシアに紹介するスパーキッシュの態度から判断すると、彼は結婚生活の甘味料としてハーコートを利用しようとしているのですらなく、それより彼の一番の狙いは、ハーコートに彼女の価値を認めさせ、それを利用してハーコートやその他の才人たちとのホモソーシャルな絆を強化することなのである。彼はアリシアに「ぼくたちのものは何でも、あの方におすすめするんだぞ」と指図する一方で、ハーコートには彼の判決を求めて不安げに質問する――「ぼくの好みを認めてくれるかい?」「教えてくれよ、ハーコート、彼女のこと気に入ったかい?」「頼むよ、フランク、あそこにくる僕の妻だけどさ、きれいだと思わないかい?」そして、ついには「さあ、彼女をどこか隅のほうへ連れてって彼女に機知があるかどうか試してみてくれないかい。彼女に何でも話してみてくれよ。ぼくがいると、彼女は恥ずかしがるから」と言う。友人と妻をふたりきりにするのは、才人の仲間入りをしたいスパーキッシュにしてみれば、「才人同士のつき合い」なのである。だがピンチワイフはこれをもっと辛辣かつ正確に表現する――「自分の女房に売春を斡旋するがいいさ。男をつれてきてお前の目の前でやらせるがいい。ふたりを隅のほうに押し込んで、ふたりっきりにしてやることだな」(二幕一場)。

スパーキッシュはハーコートに「君と別れるぐらいなら、僕は彼女とまず別れるよ」(三幕二場)と言うが、これは彼にとっての優先順位を正確にまとめたものである。彼はこう考える――自分の美しい婚約者を的確に利用すれば(つまりそれは気前よく彼女をさしだすことだと彼は解釈するのだが)、自分の最も崇拝する男たちとの絆が確保できるばかりか、彼らに対する一種の支配権さえ獲得できるだろう、と。スパーキッシュは、アリシアに対するハーコートの欲望を見抜いた点ではぬかりはない。だが、その欲望を利用すれば、理想の男ハーコートを、高価な財産をエサにして思い通り操れる「つつましく忠実な友」にしてしまえると考えた点で、あまりにもせっかちで単純すぎたきらいがある。彼は「ぼくなら喜んで妻を見せびらかすかもしれないね。初日の芝居小屋に行ってきれいな服を見せびらかしながら、貧しい奴らの前で金を数えるのと同じさ」(三幕二場)と(彼にしてみれば)見下したつもりで言う。彼はアリシアにはまったく楽しみを見出さない。男友達と一緒に歩きながら彼女を見かけると、彼は、男らしい交わりやその後のホワイトホールでの国王の催しへの出席を邪魔されるのではないかと恐れ、彼女から隠れようとする。そして劇の結末で彼女を失うと、彼は次の点を明らかにする。

今の今まで、どんな強い感情もお前に抱いたことなんてなかったさ。今は、お前なんか大嫌いだ。たしかにぼくは、持参金めあてにお前と結婚しようとしたかもしれないさ。アタマのいい遊び人たちならよくやってるじゃないか。ならば、うやうやしく別れのあいさつぐらいしてやろうってんだ。まったく何とも思っちゃいないってことを見せるために、お前の結婚式に出て喜んでお前を男にくれてやるさ。ちょうど、間抜けな何も知らない男に使い古しの売女を喜んでくれてやるようにね。いや、初夜のあとくれてやるのと同じくらい喜んで、と言ったほうがいいのかな、もしお前と結婚してたのならね。（五幕三場）

プロットの展開の仕方としては、さすがのスパーキッシュもこの最後の場面ではついに「嫉妬」するはずである。ところが彼が必死になって守ろうとするのは、男たちにどう思われるかという男たちの間での評判だけである。「馬鹿にするんだったら、お人好しの田舎の馬鹿でもつかまえられなかったのか？　なにも、都会の機知と享楽を身につけた紳士たるこのぼくではなくて？　ところがお前ときたら自信たっぷりで、機知あるこのぼくを馬鹿にしないではいられなかったんだ。信用の置けないいかさま女め」（五幕三場）。こうなると彼に残された最善の名誉挽回策――彼にはそれがおよそ妥当と思われるのかもしれないが――は、自分は「アタマのいい遊び人たち」にならって行動しただけだと主張し、アリシアを使い回しの貨幣のように今なお（男同士で）手から手へ受け渡しているのだと空想することである。

アリシアを貨幣――それ自体では価値がなく、男の間で流通させて始めて価値を持つもの――として扱う点で、スパーキッシュは真実の半分は見抜いているようである。結局、彼の引き立て役ピンチワイフがはるかに馬鹿げて恐ろしいほど暴力的になるのは、男同士で女性を交換して循環させるコンテクスト内で、ひとりの女性と安定した関係を築くのは不可能だと気づかなかったからである。スパーキッシュは、自分にとってアリシアは単に道具のような象徴としての価値しかない、と公言して憚らず、惨めな結果に至る。一方のピンチワイフは、妻を他の男たちと取り引きするのをやめ、彼女の実体としての価値のみを認め、それを彼女の中に固定させ、独占しようと無駄な試みをして、彼女を隠すという精神病的な極端な行動へと追いやられる。

ピンチワイフも、男同士で女を交換する体系が世の中の前提条件だと思っている点ではスパーキッシュと同じで、対応の仕方が違うだけである。ピンチワイフには、男性のホモソーシャルな分類項目「寝とられ男」がまず念頭にあり、それが夫としての彼の言動を隅々まで支配している。寝とられ男にされるのではないかという、幻に怯えたような夫の、強迫的な繰言を聞くうちに、世間ずれしていない彼の妻でさえ、夫を寝とられ男にしたいと願い、その方法まで会得する。スパーキッシュが、女性の持つ換金性にあまりにも容易に投機して女性に内在する価値を見過ごしたのと同じように、ピンチワイフは、女性の価値を呪物化することしかできずに、女性の象徴的価値を見過ごしてしまう。「女房が頭がよくったって、それが何の役に立つんだ？　亭主を寝とられ男にするだけじゃないか」（一幕一場）。女の捉え方に関してもピンチワイフはスパーキッシュと同じ考えをもっており、女とは三角形という関係に入れて謎めかすことによってしか食べられない、基本的に気分の悪くなるものとみなす――「女は蓋をした料理と一緒で、仮面をつけているとかえって男の好奇心と食欲をそそるんだ。蓋をとれば、胸がむかつくかもしれないっていうのに」（三幕一場）。両者の違いは、この三角構造がもっていると思われる全能性をスパーキッシュは重視しすぎるのに対して、ピンチワイフはそれに怯える点である。

ピンチワイフはまた、さも自分は「娼婦たちのいいダンナ」で「都会を知り尽くし、女を知り尽くした男」だという顔で、他人の妻を寝とり、放蕩三昧した話をしてみせる。ところが、ホーナーはその彼に次のように尋ねる。

そのほうがよかったんじゃないの？　結婚するより女を囲っているほうがいいんじゃない？

ピンチワイフ　なんだと、こんちくしょう。あのあばずれ女たちときたら浮気っぽい。娼婦をオレひとりのものにしとくなんて、できやしない。

ホーナー　とすると、あなたは娼婦を囲うために結婚したというのね。（一幕一場）

この会話が示す通り、ピンチワイフは、男たちの間の交換可能な財として、女性が取り引きされること自体に脅威を感じている。女性を共有する流れを止めて、女性を個人所有することによってのみ、彼は、他の男たちに権利を侵害されるかもしれないというビクビクした投射的恐怖を、和らげることができるのである。

ピンチワイフは、交換の大きな流れからある要素をひとつだけ拾いあげ、その値段をそれに貼り付けてしまえば、永遠にそれは値札通りの値うちを保つはず、と想像する——実際には、値段とは交換の流れの中に置かれて初めて意味をもつものなのに。それはちょうど金銀の取引業者が、現金の価値は「経済学者」が決めるものにすぎないが、貴金属の価値は目減りすることはない、と言いたがるのと同じである。ピンチワイフが言うには「妹や娘は高利貸しのお金みたいなもので、外に貸し出されてる時が一番安全なんだ。ところが女房っていうのは、金貸しの取る証文《ライティング》と同じで、押入の中にしまいこんで鍵をかけておかなければ絶対安心できない」（五幕二場）。このことばからもわかる通り、女性・貨幣・書かれたことばはいずれも、指示対象との関係が曖昧なために、ピンチワイフにとっては耐え難いのである。ホーナーへの別れの手紙を書かせようとピンチワイフが妻を脅すのに使うイメージは、衝撃的で非常に意味深い——「私が言う通りに書くんだ。でなければ、このペンナイフでお前の顔に『娼婦』と書いてやる」（四幕二場）。ここで彼がやろうとしているのは、貨幣の中の特にこの一枚を取り出して、これは自分だけのものだ、と印をつけることである。それは金や銀の譬えでいうと、一枚の貨幣の価値は、それが象徴として交換体系の中で占める位置ではなく、実体としてそれに内在する物理的性質によって測られるべきで、しまいこんでおいてこそ価値があるのだ、と言うのと同じである。これは彼にできる唯一の方法なのだが、彼がここでやろうとしていることは、不可避的にふたつの点で彼の意に反した結果を招く。第一にそんなことをすれば、彼いわく、しまいこんでおいてこそ価値があるはずのせっかくの対象〔妻の美しい顔〕を、物理的に傷つけることになる。第二に、彼が刻みつけようとしている「娼婦」ということばは、広く共有され取り引きされるべきものという彼女の性質を表しており、それこそ彼の最大の不安を具現することばなのである。

さらに加えてピンチワイフは、自らを表現しようとする妻の衝動をことごとく抑圧して（「思うに、彼女の文体はずいぶん柔らかいはずだ」）ホーナー宛ての手紙を書き取らせると、次のように命令する――「さあ」と彼は言う、「私が蠟とロウソクを取ってくるから、手紙を閉じるんだ。裏に『ホーナー様へ』と書いてな」。ピンチワイフの欲望を入れた小さな包みは蠟のように柔らかで型がつきやすく、表に「娼婦」、裏には「ホーナー様へ」と書き込まれ、目的地にむかって即刻送り出される。ところが中に入っているのは意図していたのとは正反対のメッセージである。「手紙を書くことを夫に教えてもらった」妻は、その中身を、自分で書いた優しい手紙にすり替えてしまうのである（「みんなに手紙を書くようあのひとは絶対私にすすめるでしょうから、それに紛れて、ホーナー様への手紙も送ればいいわ」）。この世界の象徴交換の体系には次のような特性がある。個人所有かそれとも共同所有か、交換される対象の物質性〔実体〕かそれとも透明性〔表象〕か、欲望の目標は異性愛かそれともホモソーシャル性か――こうした観点のどちらか片方に体系を固定しようとすると、この二項対立のうち否定されたほうの項が、即座に、制御の手をふりはらって、復讐するかのように作用し始める。つまり、突然、その否定された項自体が全象徴体系の中心となり、記号の使用者となるはずだった、今では女性の位置に貶められた（つまり寝とられた）人物は、彼がもともと否定したはずの項の価値――つまり交換される対象としての位置――を引き受ける羽目になるのである。

女性をめぐる象徴の交換体系を操るにあたってスパーキッシュとピンチワイフは相補的な過ちを犯すが、それに対してホーナーは、完全な規則書を持ち、自由にそれを使う。彼は時期を逃さず手綱を締めたり緩めたりして、たっぷりと、だが度を超さない程度に女性の良さを味わう。そして女性という商品を個人所有したり取り引きしたりと、まるで曲芸のように楽々と自分の位置を変える。男性の存在目的が男を寝とられ男にすることだすれば、ホーナーはまさに名人である。男性が両性具有になる物語――つまりひとりの人間（男）が男女の「中間」に位置して、ふたつのジェンダーを同じように見て、両方のよさを味わうという、ジェンダーの対称的関係についての物語――は、シェイクスピアの『ソネット集』と同様この劇にとっても、また劇中のホーナーにとっても、主題となるべき重要な可能性を秘めている。ところが（これも『ソネット集』と同じように）、男性が「両性具有」になるという物語はむしろ実際には、女性を、権力が非対称的に配分された位置――周縁化され、男性の下位区分でしかない、対象化された位置――に効率良く追いやるための仮面として機能するのである。

もっと気楽にかつ安全に火遊びを楽しめるよう、自分や相手の女性のために性的に不能で「宦官みたいにまったく駄目」（一幕一場）なふりをする彼の戦略は、一見すると、あるいはホーナーのことばに従えば、男性のホモソーシャルな欲望の回路を批判し、その回路から逃避しようとしているとも見える。ホーナーが言うには、周りの男たちと違って彼こそ、他の男たちからどう見られるかより、本当に女性そのものに関心があるのだという。

虚栄心の強い女たらしが、女に言い寄り身だしなみに気をつかい、から騒ぎするのは、
男同士の間で、女にもてる男と思われたいがためさ。
だが、女にもてたい男は、
見てのとおり、そんな男たちからまっさきに軽蔑されねばならない。（五幕四場）

たしかに男同士の友情について語る時のホーナーは——味気なさそうなスパーキッシュならともかく、立派なハーコートやドリアンに対してすら——威勢がない。ハーコートとドリアンをけしかけて、大げさな女性嫌悪まるだしの論をやらせて男同士の絆を擁護する時も、内心軽蔑したように、わざとやっている。

ホーナー　女なんてものは、男同士のもっといいつきあいの邪魔になるだけですわ。わたくし女は我慢できないんですけれども、その分あなたたちともっとたくさん楽しめるのよ。良き仲間と友情こそ、長続きするし、合理的だし、男らしい楽しみなんですわ。

……

ハーコート　恋人は本のようなものさ。じっくり眺めすぎると、眠くなるし、そんな人間とつきあったって、面白くない。だが、うまく利用すれば、それだけ人とつきあうときの話題が増えるってもんさ。

……

ホーナー　よろしいかしら、良き仲間、良き友人で、しかも同時に女を好きでいるというのは難しいことなのよ。ちょうど良き仲間、良き友人で、しかも同時にお金を好きでいるのが難しいようにね。二兎を追うものは一兎も得ずというでしょう。だからあなたたちは、男のほうを選ぶことね。ワインは自由を与えるけれど、恋愛は自由を奪ってしまうって言うものね。

ドリアン　ああ、まったくだ。まさにこいつの言うとおりだ。

……

ホーナー　さあさあ、わたくしとしては、へベレケに酔ってだらしなく振る舞う、あの実に素晴しい男らしい楽しみに身を委ねるといたしましょう。（一幕一場）

ホーナーは、女性との快楽を優先させるために自分は、男性のホモソーシャルな回路を進んで逸脱するばかりか（ホモソーシャルな見方をした場合の）男性性すらも犠牲にするのだというふうに自分を表現する。そして、一部の女性には実際にそう思われている。たとえばレディ・フィジェットは驚嘆のまなざしを彼に向ける。

でもお気の毒なあなた。名誉を重んじる私たち女性のために、そこまで寛大で、信義に厚い男性でいてくださるというのですか？　ご自分が一人前の男ではないとうわさされても構わないだなんて？　一人前の男ではないだなんて！　男性にとってこれ以上ないくらいの辱めを甘んじて受けてくださるのですか？　ご自分を人々のうわさ話の種にすることによって、私たち女性が辱めを受けることのないようにしてくださるとおっしゃいますの？　（二幕一場）

ところが、いたるところでこの劇が示す通り、ホーナーは、男性のホモソーシャルな欲望の達成を断念したり妥協させたりするどころか、実際には別な、もっと超越的な地位を狙っているのである。彼が他の男たちからの友情や賞讃を断念していても、それはひとえに彼らに対してもっと親密で密かな関係にありたいがためである。つまり、ホーナーがあまりにも完璧に、相手の男の認識を操る立場にあるため、相手はそのような関係があることすら知らない――そんな関係を築きたいのである。そもそも、ホーナーという名前そのもの（不貞な妻をもった夫に嫉妬の角を生やさせる、の意味あり）に、女を楽しむより、男を寝とられ男にすることが彼の第一関心事であることが、表れている。彼がマージャリー・ピンチワイフを狙い始めたのは、彼女の美しさに惹かれたからではなく、彼女こそピンチワイフが嫉妬にかられて監視の目を光らせている新妻だったからである。何よりも重要なことに、必死に追いかけた女性と安定した非三角形の関係になるのは、ホーナーの最も望まぬことだということが、劇の結末で明らかになる。マージャリー・ピンチワイフは、ホーナーが夫を寝とられ男にしたがっているのだから彼は自分を欲しているに違いないと無邪気に思い込む。だが、そのような思い込みはホーナーが丹念に積み上げてきた戦略の根幹を揺るがしかねない。したがってそれを防御し、自分の選んだ条件で自分自身を流通させるために、彼は迷わず、暴力的で抑圧的な夫のもとに彼女を送り返す。ホーナーに対する好意を彼女が公然と表しそうになって、彼はこうこぼす——「いやはや、ばかな愛人というのは警備のうすい屋敷と同じで、簡単に手に入ったかと思うとすぐに手放さなければならなくなる。物色するひまもありはしない」(五幕四場)。ただし彼らの情事をつかの間のものにしているのは、彼女ではなく彼の欲望なのである。彼いわく「新しい愛人をつくるのに次いで楽しいのは、古い愛人を捨てることさ」(一幕一場)。

スパーキッシュとピンチワイフは、男性のホモソーシャルな性愛の交換体系の中において、女性の立場に裂け目《スキズム》があるのを否定したり抑圧したりしたために、結局自分たちが女性の位置に貶められるか、あるいは移動性を失って、流通から外れて固定されてしまう。それに対してホーナーがとったもっとうまい戦略は、その裂け目を否定したり抑圧したり投影したりするのではなく、むしろその裂け目を自ら具現してその裂け目を操るという方法である。彼は自ら進んで「去勢」を表象し——表象するだけであって実際に「去勢」されるのではない——、受動的な、取り引きされる商品の役目を引き受ける。すなわち、ひとつの領域で彼は女を取り合うライヴァルの役から、対象の役に降りる。それによって彼は別な領域で、能動的主体として、比類なき権力を獲得できるのである。ただし、自己放棄することによって逆に彼の移動性と権力が増すのは、ひとえに彼が男性だからである。女たちも自分の立場に潜む矛盾を演じる「自由」を時にはもつが、これから指摘する通り、彼女たちには、ホーナーが疑似女性化した男性性によって手に入れたような認識上の梃子の力——すべての選択のあり方を操る力——を獲得することは、決してできない。

すでに示唆した通り、ホーナーは去勢されたふりをすることによって、女性の立場に存在する裂け目のひとつの側面――表面上は男性の異性愛的欲望の対象、だが実際の機能は、男が他の男に向けるホモソーシャルな欲望の導管――を演じることが可能となる。男性の友人に対してホーナーは、相手をあざ笑いつつ、しかも機を窺いながら、ホモソーシャルな絆だけが大事と思うようになったふりをする。たとえばジャスパー・フィジェット卿に対してホーナーは、フィジェット家附属の財産のように、特に女のように卿から扱われても、よしとする。だが、彼のこうした態度は女性に近づくためである。それというのも、男たちには完全にホモソーシャルだと思い込ませたまま、女たちに対しては、男の中でも自分だけが完全に異性愛で、自分にとって大事なのは彼女たちの夫たちにどう思われるかより、彼女たちとの関係である、と信じ込ませることができるからである。しかし実を言うと、彼の動機はやはり、これまで論じてきたようにホモソーシャルである。あえていえば普通よりもっとうまく、相手にわからないように、相手の認識を操ろうとしているのだ。ホーナーは女性の性愛的宿命に潜むホモソーシャル性／異性愛という相反する力を具現するのだが、彼はこの一見矛盾する力を男女両方に対して自分の有利になるよう使うことができる。それは彼が男、つまり男性のホモソーシャルな欲望の能動的主体であり、男のホモソーシャルな欲望と異性愛的欲望は必ずしも対立する必要はなく、まったくの共犯関係になりうることを、ただひとり心得ているからこそ可能なのである。

もうひとつホーナーが演じ、利用している女性の裂け目は、女性が所有の対象であると同時に交換の対象でもあることから生じる、私的側面と公的側面という裂け目である。これのひとつの表れは、マージャリー・ピンチワイフのところで示唆した通り、交換の〔象徴的〕対象が物質的存在〔実体〕になったり非物質的存在〔表象〕になったりするという一見矛盾する錯覚である。ホーナーは、交換の象徴的対象が生み出すこうした緊張を見事なパロディにしてあの有名な「陶器」の場面で演じている。そこではまったく恣意的に、「陶器」が突然、物象化された性行為のシニフィアンとなる。登場人物たちは仕草や触れあい、肌を伝わる興奮を共有するのではなく、馬鹿げたことに、有限で物質的な日用品をめぐってその量を競い合うのだ。

ミセス・スクィーミッシュ　まあ、私にも陶器を頂けますかしら。ご立派なホーナーさま。他のひとに陶器をさしあげといて、私に下さらないなんて、いけませんわ。ねえ、私とも一緒にお部屋にはいってくださいまし。

ホーナー　誓って申し上げますが、もう何も残っていないのです。

ミセス・スクィーミッシュ　いえいえ、あなたが陶器はもうないとおっしゃるのは、私、以前にも聞いたことがございます。でもそれぐらいで私、引き下がりはいたしません。お願いですわ。

ホーナー　こちらのご婦人に最後のひとつをさしあげてしまったのです。

レディ・フィジェット　本当ですわ、奥様。私の知る限りでは、もうホーナーさまには何も残っていらしゃいませんわ。

ミセス・スクィーミッシュ　あら、あなたがみつけなかっただけで、ホーナーさまはまだお持ちかもしれませんわ。

レディ・フィジェット　あら、ホーナーさまがまだお持ちなのに私がそれを頂かないでいるなんて、そんなことがあるとお思いですの？　私たち貴族階級の女性にとっては、陶器はいくらあっても、もうこれで充分なんてことはございませんの。

ホーナー　どうか気を悪くなさらないでください。あなたがたみなさんに陶器をさしあげることはできないのです。でも、今度はあなたにも筒形の花瓶をさしあげましょう。（四幕三場）

この場面では、女性が身体を値踏みされるように、ホーナーが運悪く、性的能力をおおっぴらに対象化され、測量され、評価される——もっとも、彼の性的能力は絶大という可能性もあるのだが。しかしその一方で、彼は自分を対象化し女性化しようとするこの場の勢いに身を委ね、その上、対象化され女性の位置に貶められた自分の立場をさらに強調することによって、いつもの通り会話の中のことばを密かに操る力をさらにしっかりと確立させるのである。

レディ・フィジェット（ホーナーにこっそりと）あんな約束をなさるなんて、一体どういうことですの？
ホーナー（レディ・フィジェットだけに）ああ、あの女は無邪気に文字通りにしか受け取ってませんよ。
（四幕三場）

女性が交換の象徴的対象としてもっている裂け目のうち、大きなほうの裂け目——広く取り引きされるか、それとも個人所有されるかという裂け目——に関しても、ホーナーは、自らその裂け目を具現してそれを操るという巧みな方法を取る。彼がレディ・フィジェットに説明する通り、彼が性的能力をもっているという「秘密」は、彼がそれを実行してできるだけ広くに知らしめたほうがうまく機能する——すなわち秘密が厳守される——のである。なぜなら、

［他の女たちが］あなたの名誉に文句をつけるぐらいなら、私がその女たちの名誉に文句をつけてやりましょう。あなたにお仕えするため、女たち全員と懇ろになって、全員が秘密をもつように仕向けましょう。そうすれば、誰もしゃべったりしませんからね。これ以外に口やかましい女たちを黙らせる方法なんてないのですから。（四幕三場）

ホーナーにとって、「情報」を広めるとは、自分の身体を——女のように——共有財産なのに、まるで個人の所有

物であるかのような錯覚を与えながら、流通させることである。ただし彼が女性と違うのは、自分の性の旅路の条件をこのように自分で決める力をもっている点である。

すでに述べた通り、ホーナーの戦略が成功するのは、それによって性愛的／政治的関係を二つの「領域」にそれぞれ分けることができるからである。このふたつの「領域」の区別の仕方はいろいろ考えられる。ふたつの間の相違を表す最も一般的な言い方は、見かけと現実、あるいは記号とシニフィエである。(5) 事実、この劇の主題や語彙は確かにこの相違を大きなテーマにしている。だがここで今一度、私たちは、この相違を利用するホーナーの能動的で可変的な、操作性の高いやり方が、女性たちの静的な方法とどう異なるのか、その違いを知っておく必要がある。この劇の女性たちは丹念に、だが単純に、誠実な女から不実な女へと様々なタイプ別に順次配列されている。アリシアは徹底して貞節な女として厳密に位置づけられており、フィジェット／スクィーミッシュといった女たちは、徹底的に（往々にして自滅的なまでに）偽善的であることに固執するよう定められている。自分たちがいかに偽善を信条としているか、彼女たちは隠そうともしない。

レディ・フィジェット　政治家にとっての宗教、クエーカー教徒にとってのことば、ばくち打ちにとっての悪態、偉大な男性にとっての名誉。私たち女性にとって貞節というものは、こうしたものと似ていると言っていいでしょう。私たちを信頼する男たちを騙すために、女性だって貞節を利用するのですわ。

ミセス・スクィーミッシュ　劇場の仕切り席にいる私たちの顔にあなたがご覧になる慎み深さや、はにかみ、つつましさなんて、平土間にいる娼婦がやさしい女のふりをよそおっているのと似たようなものですわ。（五幕四場）

マージャリー・ピンチワイフは劇の進行に従い、単純で物事を文字通りに受け取ることにかけてはこのうえもなく極端な性格から、同じくらい極端に単純な大嘘つきへと変わる。この女性たちは、自分のことばと行動の一致のさせ方はそれぞれ違っているが、ことばと行動の対応関係を定められたもので、一義的なものとして受け入れている点では同じである。結婚と「貞節」という「記号」もこの図式に当てはまる。アリシアが〔フィアンセとの〕社会的絆を一貫して守り通すように、フィジェット／スクィーミッシュといった女たちは、まるで何かに強迫されたかのように徹底的に、一貫して〔夫との〕社会的絆を欺く。つまり、どちらの女性たちも結局は、自分の社会的存在を定義している構造そのものに関しては、それを承認するよりほかないのである（たとえ妻という定義に拒否の態度を示すことによってであろうとも）。（ついでながらもうひとつ述べておこう。アリシアの誠実さは、ホモソーシャルな欲望が異性愛的欲望に扮して現れるこのシステムを覆しかねないのだが、ハーコートと彼女の恋愛関係は劇の中でも最も三角形らしからぬことを考えると、実は問題ではない。それというのも、彼女は例外的に（見たところ）自分の財産を持った孤児であり、したがって、家父長的所有制度から比較的自由だからである。三角形とはなかなか言い難い彼女の恋は、ウィッチャリーの戯曲に見られる例の袋小路のひとつで、それはまるで別なジャンルから流れ込んできたような孤立した泡であり、『率直な男』ではこれがもっと深刻な問題となる）。

ところがホーナーは女性たちと違って、最初から自由自在に――つまり、わかったうえで――表象の真実さに対して、中心をずらした関係になるように、自分の位置を定める。中心がずれているというのはひとつには、彼が〔男に対しては「男の能力を失った男」、女に対しては「女のために男としての名誉を捨てる男」と〕、相手の性別によって見え方が違うからだが、それだけではなく、潜在的に苦痛を伴う時間的ずれに耐え、それを操るからである。彼は機知たっぷりに、時間的ずれを利用してバランスをわざと崩した性愛の公式に則ってこう言う――「亭主たちの信頼につけこんで奴らを誤解させさえすれば」、「すぐに女房たちのもってる誤解を解くさ」（一幕一場）。ジェンダーの表象には制御し難い、裂け目を生じさせる力があり、ホーナーはその力に身を委ね、そこから弾みを得て、その力を今度は収奪する能力をもつ。それを利用して彼は、まず女性化し、その後（女性化への反動ではなく女性化の次のステップとして）男性性を回復するという明確な二段階の物語を、自らのために構築するのである。

さて、この劇がジャンル上、喜劇として位置づけられるという事実にもっとも関連のある商品は機知であるが、その機知が『田舎女房』の中でもつ交換価値について少し述べて、この章を終わることにする。ある伝記的断片から話を始めよう。ジョン・デニスは手紙の中で次のように伝えている。

ウィッチャリー氏がバッキンガム公ジョージ様の寵愛を受けることになったのは、ウィッチャリー氏とこの夫人［クリーヴランド公爵夫人バーバラ・ヴィリヤーズのこと。公爵夫人となる前、長年チャールズ二世の愛人でもあった］との間の文通がもとです。公爵はこの夫人を熱烈に愛しておられたのですが、夫人に冷たくあしらわれ、さてはウィッチャリー氏が運のいいライヴァルに違いないと思い込んだというのが、ことの次第なのです。公爵は長いこと夫人に言い寄っていたのですが、いろよい返事がまったく得られません。もっとも夫人にしてみれば、公爵と懇ろになるなど、もってのほかだったのかもしれません。というのも、彼女は公爵のいとこでしたから。それとも、公爵のような身分と気性をお持ちの方で、世の関心を惹きやすい方と不義をしようものなら、必ずやそのうち国王のお耳に入るに違いないと思われたのかもしれません。理由はどうあれ、夫人は公爵が訪ねてこられるのをなかなかお許しにならなかったのです。そんなわけでついに公爵の愛も、憤りと怒り、軽蔑へと変わり、夫人を破滅に追い込んでやろうと決心なさった次第。こう決心したからには、スパイをつけて彼女をつぶさに監視させることにしました。するとすぐに、ライヴァルと思われる者たちが浮かび上がってきたのです。ライヴァルが誰だかわかると、公爵は夫人の秘密を暴いてやろうと、自分を訪ねてきた人々すべてに、ライヴァル全員の氏名をばらしたのです。その中にウィッチャリー氏の名前がありました。

ウィッチャリー氏は宮廷にすべての望みをかけておりましたから、そのことを聞き及ぶとすぐに、そのような噂が国王の耳に届いた場合の成り行きを心配しました。そこで彼はロチェスター伯ウィルモット様とチャールズ・セドリー卿のところへ行き、自分はバッキンガム公爵のお目通りを願う栄にも浴していないし、公爵の気を悪くするようなことは何もしたことがないのに、公爵からとんでもない災難をふりかけられそうだ、と抗議してくれるよう頼み込んだのです。このことを聞くや否や、公爵はこう叫ばれたとか――「ウィッチャリーを責めているのではなく、いとこを懲らしめてやりたいだけなのだ」と。「ええ、ところが」と彼らも黙ってはおりません。「そのような不義の疑いを彼にかけることによって、公爵様はこの男を破滅に追い込もうとしていらっしゃるのです。もし一緒にお話しなさることがあれば、きっと公爵様のお気に召すと思われる男ですのに」と。彼らはウィッチャリー氏の輝かしい才能と会話の魅力をここぞとばかり喋りましたので、例のいとこを愛するのと同じぐらい、機知をもこよなく愛しておられる公爵は、彼と夕食を共にするまでは気がせいてなりませんでした。その夕食というのはそれから二、三日後の晩でした。ウィッチャリー氏は当時、心身共に充実した絶頂期にありましたから、夕食が終わると、力の限りお仕えしておかねば、と考えたのです。公爵はウィッチャリー氏の虜になり、馬車の中で「ああ、我がいとこが気に入るのももっともだ」と感嘆の声をあげられたのです。それ以来公爵は、運のいいライヴァルめ、と思っておられた男と友達同士になられたわけです。

ウィッチャリーの伝記作者が語るところによると、「バッキンガムが、彼自らが大尉として指揮する歩兵中隊の中尉に、ウィッチャリーを世話したのはそれからすぐのことだった[6]」。

機知は、欲望の対象が表向きの異性愛的なものから、真の対象であるホモソーシャルなものへ変わるための重要なメカニズムである、とは「機知――その無意識との関係」のフロイトの主張であるが、この逸話はまさにそれを裏づけるものである。[7] そしてもうひとつウィッチャリーに関して――この伝記的逸話はもとより、さらに重要なことに劇との関連で――興味深いのは、機知が、階級の一員である印、またはその階級への移動性をもっている印として特別な位置にあるという点である。『田舎女房』では、機知に富んだ才人と（「いかさま師」や「詐欺師」から金をまきあげる）博打打ち、放蕩家、他人の妻を寝とる男はすべて、都会の貴族紳士に関連づけられる。逆に、機知に欠けることは、寝とられ男や都会のブルジョワジー、または充分垢抜けしていないジェントリーと同類であることを意味する。たとえば、シティで商取り引きを始めた准男爵ジャスパー・フィジェット卿は、才人とは程遠い「仕事一辺倒のまじめくさい男」（一幕一場）であり、よって、いつ寝とられ男にされても不思議はない。彼の妻は言う。

　自分が仕事をしたいがために、妻から逃れようと、
　妻の仕事もうまくいくよう取り計らってくれる。（二幕一場）

そもそもジャスパー卿が、ホーナーを是が非でも自分の家に引き止めようとするのは、何もかも手に入れようとするしつこくて鼻につくようなブルジョワ的性格によるものである。彼はホーナーを「我が宦官」（三幕二場）と呼ぶのを好み、妻にこう説明する――「貴婦人たるもの余分な馬車が必要なように、外出できぬときに備えて世話役の紳士も余分に抱えておかねばなるまい」（二幕一場）。

　スパーキッシュは、裕福だが機知に乏しく、貴族の称号をもたない。だからこそ彼は貴族を好み、「自分にとっては才人たることがこの世で最高の称号」（一幕一場）なのである。才人のふりをするばかりに彼がいかに寝とられ男にされやすいかは、すでに論じた通りである。たとえばホーナーはこう言う――「彼から女を騙し取るのは、

彼のお金をまきあげるのと同じで、彼と一緒にいるときのほうが簡単よ――だって彼と一緒にいて、彼の女を共有させてもらえばいいのですもの」（三幕二場）。またピンチワイフは彼のことをこう呼ぶ。「都会の気どり屋の骨頂。相続する前に財産をすっちまい、結婚する前に女を寝とられるんだ」。

スパーキッシュが金銭や性の対象を流通させるのとは対照的に、むっつり屋ピンチワイフは例によって保守主義――ここでは土地を基盤とした保守主義――を信条とする。ピンチワイフはマージャリーを指してこう言う――「さて、私の不動産のところに行くとしよう」（二幕一場）。彼もジャスパー卿と同じく貴族で、都会を中心とするこの劇の視点で見ると、卿とは正反対の方向に没落の道を辿る――つまり本拠地の田舎に引き籠り、現金支出に対して今さら田舎じみた恐怖を抱いているのである。田舎から妻を娶って彼が喜んでいるのは、彼女は金持ちではないが「都会の外から二万ポンド持ってきてくれたのと同じこと。なぜならロンドンの浮気女どもはいくら持参金を持ってきても全部使ってしまう。その点彼女は、持参金こそ多くはないが、絶対そんなに使わないから」（一幕一場）なのである。彼もスパーキッシュも、程度の差こそあれ、機知と女を性的に所有することは互いに交換可能だとみなしている。ピンチワイフが「笑うがいい。だが私の女房と寝ようなんてそんなマネは絶対させないぞ」とわめくと、一方のスパーキッシュはまったく逆のことを考える。

スパーキッシュ　何だって？　ぼくがまるで田舎者みたいにやきもち焼くだろうとでも、思ってるのかい？

ピンチワイフ　いいや。だまされやすい市民《シティズン》連中〔ジェントリーの下の階級〕みたいに女房を寝とられるだろうって思ってるのさ。（二幕一場）

そうすると才人や、他人の妻を寝とる男は、田舎者でも市民でもなく、ふざけ半分の賭け事以外には直接金を扱う必要のない貴族の若い洒落者ということになる（とはいっても賭け事も金もうけには違いないのだが）。ドリアンが考えるに、「放蕩者と言われてる僕たち」こそが、「毎日新しい快楽を買うのに金をつぎ込む」（一幕一場）ことができる本当に裕福な人間である。

これらの若者たちは都会的雰囲気を装ってはいるが、都会で行われる商取り引きとは縁がなく、経済的・政治的基盤は土地所有にある。ライフスタイルと経済的・政治的基盤とが直接結びつかない、もしくは基盤から引き抜かれたようなこうした関係は、資本主義の王政復古期イングランドになると早くも、危なげで不安定なものとなる（だからこそ彼らは、金銭活動のイメージとして賭け事に惹かれるのかもしれない）。このような関係を自分たちなりに昇華させたひとつの結果が、この劇の中では「機知」によって表されているものである。すなわち、経済的・政治的基盤のシニフィアンである「機知」を身につけた男なら、たとえ本当の経済的・政治的基盤はなくとも、本来なら然るべき地位になければ手にはいらないような権威にあずかることができる、というのである。

しかし、この方法で社会的地位につこうと思った男は、野心を抱くと同時に、すべてを超越した放棄の原則にも従わなければならない。ピンチワイフやジャスパー卿の例が示す通り、物の蓄積や収集にこだわっているような印象を与えるのは、裕福な貴族階級の「才人」といえども命取りとなる。莫大な財産を持つでもなくこれといった地位もなく、自分の機知を働かせて世間の「才人たち」に寄生して生きようとするウィッチャリーのような男には、それこそホーナーのような戦略と技能が必要になる。自分の本質的な欲求を先延ばしにして、昇華させ、一見女性化したふりをいろいろよそおって自分の野心を隠し、本物の「才人たち」との相互的絆よりも、一方的に彼らを操れるような関係だけを思い描く――そんな人間こそ、自分の羨望する人々の立場に潜む本質的あるいは外見的な矛盾に声と身体を与えることができ、上へ通じる道――さらには彼の欲する物質的品々に通じる道――を開くのに成功するかもしれないのである。ただしそのような生涯が危険に満ち、成功するより失敗することが多いことは、ウィッチャリーの生涯を見れば明らかである。(1)

この戦略の性的な意味あいは、『率直な男』にウィッチャリーが附している「献辞としての恋文」に幾分示されている。ウィッチャリーは、この劇をロンドンの売春婦周旋屋の女将マザー・ベネットに捧げて、洒落をふんだんに使いながら、女将の商売を、劇作家を揶揄する風刺家たちの仕事に譬える。

あなたはいつも、年老いた好色家には悩みの種、若い者には恐怖のもと。あなたは情欲を罰するに情欲でもってこれを行い、肉欲の火を消すのに肉欲を用いる。まるで火事を消し止めようと、家もろとも爆破するのと同じこと。(8)

同様に、ウィッチャリーがホーナー役の男にしゃべらせている『田舎女房』の前口上も、劇作家の立場の弱さを訴える。そこでは劇作家が、性の対象にされる女性たちになぞらえられる。というのも、劇作家も女優もともに、男の役者たちに裏切られ、観客の下衆な欲望に引き渡されるからである。

しかし私たち俳優は、今も、そしていつでも、平土間にご臨席いただいている皆様に、
頭を垂れて従うことでしょう。
いや、私たちは皆様のお怒りをかうのではないかと思い
舞台で詩人を殺してしまうことも多々あるのです。
楽屋では皆様からの批判に応えるつもりでいるのです。
ですが、皆様が大成功だと言いに来てくださるのでしたら、
詩人、生娘、いや私たちの妻ですら、ご覧のとおり
皆様のためとあらば、健気にさしだしましょう。(六)

ここでは、劇作家が俳優たちに依存せざるをえないという主題にもなっている事実と、「俳優たちの」ことばを操るのは目に見えないが劇作家である、との事実が混在している――たしかに、彼らを観客に引き渡しているのは劇作家なのだから。この混在ぶりは、「ミセス・ネップ［レディ・フィジェット］による納め口上」ではもっとあからさまに、性と絡めて現れる。女優として、つまりおそらくは性市場で売りに出されている女として彼女は、観客席の男たちをからかう。ホモソーシャルな威信のために法螺を吹くのはいいけれど、寝室では思いを遂げることができないではないか、と言って。

結局、老いも若きも、香水をふりかけた殿方は、
ご熱心で、手がはやくってお強いと思われておいでだけれど、
ご婦人がたに不義理な仕打ちをなさるのですわ、彼女たちの夫ではなくってね。

……

世間は男の能をもたない男も公平に扱ってくれるから
あなたは、世間を欺くことは可能だと、経験からご存じでしょう、
あなたがお強いと、男の方たちはまだ信じておいででしょう、
ですが、私たち女性は――騙そうと思っても無理な話ですわ。（一四二）

この結末をもって、劇そのものはホーナーのように、他の男たちに対する男としての見栄を捨てて、女性の喜びに同一化しているように見える。また劇だけでなく劇作家自身も、変身を遂げるように思われる。前口上や納め口上は、戯曲の仕掛け――複数の身体が劇作家のことばを自分のことばのように喋って、劇作家の意図をそのまま、あるいは曲解して表現する仕掛け――が強調され伝達される場である。こともあろうにその場で、劇作家は男――つ

まり女を取り引きする（役）者――から、女――すなわち取り引きされる腐食性の対象――へと変化を遂げるのである。

しかしここでもう一度、この劇の結末――自分を流通させるために自分で設定した条件を維持しようとして、ホーナーがマージャリー・ピンチワイフを暴力的な夫のもとに送り返すという内容――を、王政復古期の劇場通いというさらに大きなコンテクストに結びつけてみよう。すると一見「納め口上」が女性と同一化しているように見えても、それは男性とのホモソーシャルな結びつきをめざす、もっと大きな戦略の一環にすぎなかったのではないかと思えてくる。「女性」の台詞を喋るために女性の身体が舞台に上がること自体が、当時としては稀な驚くべきことで、それは劇の主題――つまり、女性は交換の対象として物質的でもありかつ透明でもあるとの内容――と密接に共鳴し合うのである。すなわち、女性は男性劇作家の考えを具現すると同時に、自分の身体を男性に売り出すため舞台に上るのだという仮説が、何の疑義も挟まれることなく劇に広まるのである。さらに、アリシアは例外としても、観客の中の女性たちまでが、観客としてというよりむしろ、見世物および貸し出されるものとしてそこに座っているかのように見えてくる。

「ミセス・ネップ」の納め口上は女性の声を代表したものだが、それすらこのシステム内での抗議にすぎず、システムそのものに対する抵抗ではない。それというのも「ミセス・ネップ」が露骨に要求しているのは、作り物の喜び――具体的に言うと、男たちが、男としての威信を強化するために娼婦や愛人の交換劇を演じる時に、たまたま女たちへのおこぼれとして生じる副産物と思しきもの――にすぎないのである。男性の声を具現する女性は「モリー・ブルーム」〔『ユリシーズ』の官能的な女性〕を始め多数存在するが、彼女らの場合と同様「ミセス・ネップ」が話す性的言語も、それが伝えるメッセージはひとつに限られている――すなわち、彼女らは「イエス」を表すことばしか発しないのである〔『ユリシーズ』はモリー・ブルームの官能的な夢の中のことば「イエス」で終わる〕。たしかに、彼女の要求するような喜びは、交換に基づく性の体系の中で彼女が置かれた立場をもっと楽しいものにはしてくれるだろう。だがしかし、彼女の地位を変えるわけではない。彼女は「ノー」と言う選択肢を新たに開拓することはないのだ。この納め口上は、不完全にすぎない解剖学的なペニスという脆弱なものと、父権的ファルスのイメージや権力とを区別するための戦略である（第1章参照）とみなしたところで、女性の語り手がそれによって、何か行動することのできるような新たな空間を手にするわけではない。というのも、ペニスやファルスが支配する空間の中にあって個々人の男性の経験はいかに不安定であろうとも、交換体系の中での女性の役割は、紛れもなく、ファルスに結びつけられているからである。

実際、「ミセス・ネップ」の長広舌によって得をするのは「彼女」自身よりも、この女性の声と身体に具現されることに同意した著者たる男性である。この野心に満ちた活動的な男は、男性の異性愛的行動が、本来の目的であるホモソーシャルな対象によって動機づけられ、かつ弱体化もされる、という知られざる奥義を知っている。それによって彼は、周縁的な存在でしかない女性には手にできない梃子を自分のものにするのだ。ウィッチャリーは女性のふりをして、一見、男らしさを犠牲にするかに見える（バッキンガム公爵に、どうか自分を「破滅」させないでくれと人を介して頼み込む時のように）。そしてそれによって、男性の欲望が通る本来の道を支配することに成功する（というのも「公爵は……いとこを愛するのと同じぐらい機知をこよなく愛しておられた」から）。こうしてこっそりと高みに登ったこの風刺家は、相手の男性を自分に対してさらにもっと徹底的に女性化してしまうのである（「公爵はウィッチャリー氏の虜になり、馬車の中で『ああ、我がいとこが気にいるのももっともだ』と感嘆の声をあげられた」とあるように）。

こうした階級とジェンダーをめぐる戦略が、もっと密に心理化されてもっと多くの人間がひしめきあう社会環境を背景にして描かれると、どうなるだろうか、次の章でスターンの『センチメンタル・ジャーニー』を取り上げて見てみよう。そして第5章と6章ではパラノイア的なゴシック小説を取り上げて、男同士のホモソーシャルな絆の連続体がホモフォビアによって切断され、また顕在化しつつある男性同性愛の役割と絡んで構造化されていった様子を、もっとはっきりと論じてみたい。だがこの章の目的としては、それとの関連で『田舎女房』に見られる三つの点を改めて強調しておけば充分である。すなわち『田舎女房』の中では、男同士のホモソーシャルな絆には女性の関与が不可欠であり、しかも女性の存在は両刃の剣のような働きをするということ。二つめに、男同士の直接的な性器の接触はないということ。三つめに、妻を寝とることによって表されるホモソーシャルな絆は、認識の上で階層的であり、独裁的で、「超越的」な性質があるということである。この社会のホモソーシャル性は異性愛の中に十全に具現されていると言えよう。しかもそれは兄弟愛のようなかたちはとらず、極端かつ強制的で、極度に可変的な、支配と被支配のかたちをとるのである。

第4章 『センチメンタル・ジャーニー』

――セクシュアリズムと世界市民――

本章の読みは、次のふたつの章とともに、男性のホモソーシャルな欲望が近代的特徴を宿して社会的に表明され始めた様子を追うものである。二〇世紀のアメリカ人にとって『センチメンタル・ジャーニー』が最も異質に感じられる点は、階級がかなりはっきりと違いをもたせて描かれていることである。反対に、私たちからすればごく当然でも、当時としてはまだ稀だったと思われる点は、数々の権力取り引きの描写に、家族のイメージ――父親と母親の間に主体としてひとり息子がいる、いわゆる精神分析でいう家族のイメージ――が自動的に利用され、顕著だという点である。『センチメンタル・ジャーニー』やゴシック文学は、もっと後の思潮と同様、想像上の対称性――全能に対して徹底した無力、去勢に対してファルスの獲得、母親の愛情に対してその喪失、といった対称性――を背景に、その他の権力のやり取りを描く。情や私的な事柄に満ちたこの温かな空間が、新たに顕著になり重要性をおび始めたことに関して、エリ・ザレツキーやその他の人々は、それは発達途上の資本主義がもたらした一種の補足的産物であると主張する。[1]だが私に言わせれば、この空間の根底にあるのは、若干心理化して心地よい響きに変えられてはいるものの、実は人を操ることを目的とした、ホーナーの冷たい性愛的戦略――ホーナーの近代版――なのである。『センチメンタル・ジャーニー』のような小説やゴシック文学は、ホモソーシャルな関係を結ぶことによって権力を獲得しようとする、男性の複雑な戦略を、家族の情で優しく覆う一方で、世俗的な絆や語り手の企ての意味を、複雑に魅力的なまでに露骨に表している。それは精神分析そのものに似ており、言い換えれば、赤ん坊の顔をした帝国主義と言えよう。

家族を精神分析のように捉える見方は従来から非難されており、ヨーロッパのブルジョワジーの視点に縛られ、そこを超えた見方をしていないと言われてきた。だが、本章と次のふたつの章の主張を先に言わせてもらえば、男性のホモソーシャル性を主題化したこの近代的物語は、むしろ、さまざまな階級を、極めて特定の読みで捉えるために、紡ぎ出され影響力をもつようになったのである。具体的に言えば、当時生まれつつあった、家族の物語にとっては、本書に取り上げた小説に見られるような明確で歴然とした階級の区別の仕方こそが、非常に重要だったのである。ただし、この物語が階級を強く意識している（あるいはもともと意識していた）と言ったからといって、必ずしもそのことを賞讃しているわけではない。この物語の階級意識は鋭く重要ではあるものの、それはブルジョワ中心主義であるばかりか、中産階級とは何たるかについての観念的よりどころを確立しようとして、労働者を強引に牧歌的に仕立てたり、貴族を引きずり下ろして自分たちの空想に利用したりしている。要するに、新たな展開を見せつつあった男性ホモソーシャル連続体を支配するための闘争[2]が、「私的」な、ブルジョワ家族という新しい物語——階級間の関係をわかりやすく描くことができるように思われたため、社会的に強い影響力をもった物語——を稼動することによって行われるようになったということなのである。

——フランスじゃ、こういうことはもっとうまくやっている、と私は言った——

——旦那様はフランスへいらしたことがおありで？　私の従者はきっとこちらに向き直り、慇懃無礼この上もない態度で、さも得意げにこう言った。[3]

ローレンス・スターンのヨリックは、『リア王』のグロスターと同じように他人の何気ない発言につられてドーヴァーへと旅立つ。[4]盲目でよるべないグロスター伯が、重要人物たちの謎めいた動きにつられて自分の意図していなかった方向に向かわざるをえなかったのは理解に難くないが、それにひきかえ、洒落た紳士が使用人から慇懃無礼で勝ち誇ったような一瞥を向けられて旅行鞄を取り出したとなると、こちらはもっと社会学的関心を払うに値する近代的タイプと言えよう。ひょっとするとこれは、ウッドハウス〔模範的執事ジーヴズを生み出した二〇世紀作家〕的社会──すなわちジーヴズのような従者がこまごまと臨機応変の抜け目なさで、主人の折紙つきの育ちの良さを守ってくれる社会──なのかもしれないが、本当のところはわからない。というのも、この使用人は五語〔旦那様は／フランスへ／いらした／ことが／おありで？〕をつぶやき、一瞥を与え、それきり小説から姿を消してしまうからである。主人を見下した態度（嘲笑？）に威力があるとはいえ、従者の性格には別段特徴はない。となると、むしろ問題なのは、従者の主人に対する位置関係や機能（あるいは機能の欠如）、つまり紳士と従者の絆と言える。すなわち、主人と従者の絆には小説全体を通じて、感情や階級意識の面で特別な何かがあり、実利的な面で従者らしからぬ振る舞いがあっても、それは構わないらしい。ちなみに、ヨリックと別の従者との絆は小説中で最も堅く慈しまれているもののひとつであり、大抵その絆は、さまざまなかたちの女性の征服および交換を通じて表されている。

フランス人従者ラ・フルールに対するヨリックの接し方は、干渉の仕方が並外れているという点で、根本的には保守的である。絶対的な父権主義が、ヨリックがラ・フルールを「正直者」とか「哀れな」と繰り返し呼ぶたびにほの見える。たとえば、私の幸福はラ・フルールの幸福でもあるのだとか、ラ・フルールが私の役に立とうとする抑え難い個人的な欲求をもっているのは、雇用契約に合致するだけでなく、私たちの特別な個人的つながりの証でもあるのだ、ラ・フルールの悩みや関心は私の悩みや関心をもっと瑣末で滑稽にしたにすぎないのだ──といった思い込みがそこにはある。海峡の向こう側でヨリックが出会う農民たちに関しても言えることだが、ラ・フルールはまったくの子ども──大事な任務には不適格だが、音楽や踊り、浮かれ騒ぎならいつでもござれといった人間

——として見られている。ラ・フルールには農民一般と同様、自然で素朴な音楽の才能と、生まれながらの陽気な気質が備わっているのである。その一方で、彼は心配ごとからは庇ってやらねばならず、その点でも彼は子どもと同じである。たとえば、旅券不所持のためにバスティーユに送られるかもしれないという時、ヨリックは、

わたしは自分の窮地を深刻な顔をして思いつめ、ラ・フルールの心を苦しめる気にはなれなかった。それがこの問題を平然と扱った理由であった。そしてほとんど気にとめていないことを彼に示すため、わたしは旅券についてはそれきりまったく触れず、彼が夕食の給仕をしている間、普段よりもっと陽気にパリやオペラ・コミック座の話をした。……この正直者がテーブルを片付け、自分も食事をしに階下へおりて行ってはじめて、わたしは自分の今の立場をすこし真面目に考え始めたのである。（九四）

要するにラ・フルールは徹底して、子どもそのもの——微笑ましいが足手まといな人間——として認識されており、それに対してヨリックは、上品に子どもっぽい大人のふりをしさえすればよい。普通と違ってヨリックは、「大人」の責任を自分があやふやでぼんやりとしか把握していないことを認識している。だが、責任を論じる段になると必ずラ・フルールを子ども扱いする点で、彼は完全に保守的な人間なのだ。結果として、『田舎女房』でジェンダーを軸として存在していたのと類似の、不均衡な役割の構造がここにもでき上がる。ヨリックはホーナー同様、役割を変えることにより自由に身動きしながら人を操ることができる。しかも他の人間がひとつの役に固定されているのに比べると、自由に役を選べる有利な立場にいる、と同時に、決まった役をもたないため、どことなく自己放棄的にも映る。ところがスターンの労働者たちは、ウィッチャリーの女性たちと同じく、そうした柔軟性をもたない。ヨリックとホーナーのひとつの違いは、後者の場合、人を操る力は劇の観客によく見える——彼が支配力を維持しようと躍起になっているのすら、よく見える——のに対して、ヨリックの支配力は、彼がそれから利

益を得ている時ですら、登場人物たちはもちろん読者にさえ一種の脆さや弱さとしか映らない、という点である。

ヨリックがラ・フルールに対する見方をあからさまに表すのは、ふたりの絆のあり方を賞賛しながら、実はそれを言語化して正当化する必要性に迫られているからである。ということは、それは使用人との関係がもはや、安定した、先祖代々の伝統的かつ父権主義的な絆ではなく、イデオロギー上危機に瀕した不安定なものであることの表れである。彼がラ・フルールに異常なほど心的エネルギーを備給したのも、やはり同じことに起因する。もっと正確にはこう言えよう——それは伝統的な絆の表れというより、そのような絆について語ることによってそれをイデオロギー化するための物語である。そして、ヨリックはそうした従来の安定した絆よりもあとの時代に属し、彼にはそのような絆を手に入れることはできないのである、と。序章第三節で論じた通り、イデオロギーのひとつの効果的な見方は、まさしくそれをひとつの物語と見ることである。すなわちイデオロギーは、従来のシステムの価値観を理想とする一見同時代と思える表現で、その時代遅れで古臭い価値観を浮きぼりにし、実際にはそれらの価値観を土台から侵食する新しいシステムを擁護するような物語として、現れるのである。そう考えるとヨリックは、「主人―召使」という絆を結ぶには遅れてきたのであって、そのことを非常に気にして、自分たちの関係がいかに「自然」か正当化しようと躍起になっているのだと言えよう。たとえば、「彼女の機嫌をとるため（プール・フェール・ル・ギャラン・ヴィザヴィ・ド・サ・メトレス）」に一日の暇をもらいたいとラ・フルールに要求された時のことである。ヨリックは大いに困り果てる（「実は、私の方こそそうしようと思っていた」）。だが、自身の感情や一般通念として彼が培ってきたものに照らしてみても、そこに見つかるのは、むしろ近代的で資本主義的な解釈による〈自然〉と、使用人に労働を命じる彼の権力を事実上侵食する社会契約説である。

——奉公人たちは男であれ女であれ、雇い主との契約によって〈自由〉を断念する。だが〈自然〉を放棄したわけではない。彼らは生身の人間であり、契約につながれた家の中にあっても彼らは雇い主である主人と同様、彼らなりのささやかな見栄や希望をもっている。もちろん、彼らは自己否定に値段をつけて売り物にしてしまったのだし、彼らの要求があまりにも不合理なこともある。したがって、もしも彼らを失望させることなど私の一存で簡単にやれるのだという境遇に彼らがいなければ、何度となく彼らの願いをはねつけることだろう。

「さ、さ、私はあなたの僕でございます」〔旧約聖書「サムエル記」下、第九章六節〕と言われた途端に、私は主人としての権力を振りかざせなくなってしまうのである。（一二四）

他人に自由を放棄させるとなると、ヨリックは『田舎女房』の主人たちと違って、それを正当化するための「自然」な理由づけの必要性を感じる。しかも、金の力と貧困といういかにも合理的な平等主義の可能性を秘めた近代的なことばではなく、家族的義務にかこつけた、安心できる懐古的なことばでそれを語ろうとしても、何ら不思議ではあるまい。ラ・フルールが子どもだとすれば、彼は少し大人のような人物と〔所有関係ではなく〕血縁関係にあるはずだ——そしてその大人とは、彼の主人である、というふうに。

一方、ラ・フルールにも子どもらしからぬ点はある。それは性にかかわる事柄である。だが、それは父権主義の歴史においてはなんら珍しいことではない。上品で周囲の目を気にする主人や経験未熟な主人のために、使用人が性に関する知識や行動を任せられるのはよくある話である。ただしこの点に関してもこの絆が普通と若干異なるのは、「使用人—主人」の絆のこの側面が描写され正当化される際に、感情的な緊張や、ことさら濃密で小説的なテクスチャーや厳密さが伴う点である。また、自分の女にするために女性を口説くのと、他の男のために女性を口説く三角形の征服とが、自由に入れ替わる点も、私たちに戸惑いを覚えさせる。ラ・フルールは女をものにしようと、女性を口説くのに余念がない――つまり、易々と一度に複数の女を口説き、しかも「ヨリックのさらに偉大なる栄光のため（アド・マジョレム・ヨリック・グローリアム）」に、ヨリックが心を寄せる女性の女中たちに狙いを定めるのである。ところがその同じ振る舞いが、主人のために女性を探して言い寄る役割も、果たす。たとえば次のような例がある。「私のためによかれと思って働いてくれる男の世話好きな熱心さ」のために――つまり、ラ・フルールが子犬のような熱心さで、ヨリックのパトロン（それとも恋人？）になりうる貴族の女性に対してヨリックをよく見せようとしたために――ヨリックが急いで恋文を書かねばならない羽目になる場面のことである。ヨリックはうまく筆を運べずにいるが、心配は無用。ラ・フルールはその場しのぎで穴を掘ったかと思うと、今度はその穴を埋めるために次のような申し出をするのである――「差し出がましいことを申し上げてまことに恐縮なのですが……同じ連隊の鼓手が伍長のかみさんに宛てて書いた恋文をポケットの中に持っております。この場合それがお役に立ちませんでしょうか」。それに対してヨリックは「この哀れな男の気のむくままにさせてやろう」（六九）と、その安っぽい恋文を読む。

伍長という語を伯爵という語にかえて――それに水曜日に衛兵に立つことなどなんにも言わなければ――まずこの手紙は可もなく不可もなし――それで、私の名誉と自分の名誉とこの手紙の名誉のために、ふるえて立っているこの哀れな男を満足させてやろうと、――私は手紙の一番良いところを選んで私なりによくかき混ぜて――それに封蠟をし、彼に持たせてL夫人のもとに送った――。（七〇）

これはいかにも無頓着な対応だが、ヨリックはここで農民階級の男と貴族の女性に「想像上」の役割をそれぞれ与え、ふたりを対立させ、そのうまい汁を吸う。すなわちヨリックはラ・フルールを「哀れな」能なしの役に嵌め込んで子ども扱いしておきながら、性愛に関しては、彼を指導者／父親とみなして彼と共謀して、その助言に従い、念願の女性を手に入れようとするのだ。ラ・フルールとの共謀がもたらすのはそればかりではない。下層階級とのつながりを隠すどころか大いにそれを強調して利用することによって、ヨリックは、これまで自分が気後れを感じていたL夫人をそれとなく軽んじ、侮辱すらしているのである。となると、ブルジョワ的な、男のホモソーシャルな欲求を抱えたヨリックは、牧歌的な分裂した見方でラ・フルールを見ていると言えよう。つまり、ラ・フルールは何もできない無力な子どもであり、同時に性に関しては熟練した父親／助言者なのである。（ただし、どちらもヨリックと対等にはなりえない。牧歌的イメージに相手を嵌め込もうとするこの分裂は、ニグロを子どもと見たり母親として見たりする南部の白人イデオロギーと同じと言えよう）。さらにヨリックは、〔親子が入れ替わる〕分裂した関係の中に組み込まれた男同士の共犯関係を使って、今度はL夫人を二重に利用する。一方では、「哀れな」ラ・フルールを見下す資格が自分にあることを証明するのに彼女との絆を利用し、ところがもう片方では、そのL夫人をがっちりと、当然のように、自分のものにして支配してしまうのである。後者は、ラ・フルールとの親密な絆の、下層階級特有とされる卑猥な側面を利用することによって可能となる。また、女性の扱い方について男性がもっている「普遍的」な知恵も、ふたりしてL夫人を引きずり下ろすのに一役買っている。

ヨリックはジェンダーと階級を対立させてうまい汁を吸い、簡単で頼りがいのある、一見平等主義的な「家族」を自分の周りに作りあげる能力をもっており、この挿話はそれを示すごく一例である。ジェンダーが階級をいかに徹底的に切り分け、階級がジェンダーをどれほど徹底的に切り分けるか、われらがヒーローは気づいており、彼が具現する新しい男性のタイプとはこれらの差異の巧妙な仲買人を指すと言えよう。彼の戦略で少なからず巧みなのは、これまでも示唆してきた通り、理想化された「階級のない」核家族を自分の周りにつくりあげて、その中で女性を取り引きする——つまり男同士の取り引きを懐古的な、情に満ちた雰囲気で覆い隠す——というやり方である。(5)したがって私としては、ヨリックを精神分析的に読むより、次のように読もうと思う。すなわち、男性の中産階級知識人に特有の、ホモソーシャルな願望を表現し充足させるために、男性を「両性具有」として描いたり、表向き普遍的とされる精神分析的な認識を利用したりして、それをイデオロギー的に使った先駆的な例、それがヨリックである、と捉えてみたいのである。

ヨリックがこのように人を操ることができるために、『センチメンタル・ジャーニー』の社会風景はどのような特徴をもっているのだろう。初めに、階級差の描写が、社会の全体図を描く際の重要な次元のひとつであるにもかかわらず、とりわけ様式化されている点が挙げられる。使用人／農民階級は牧歌的に描かれ、それればかりでなく、使用人や農民以外の労働者階級（特に男性）が欠如している。使用人は、ヨリックやそれより上の階級の人々を個人的に世話すると同時に、彼らの父権的保護下にある。他方、農民は小説の牧歌的遠景に配置され、美しい風景に色を添える、生き生きした飾りにすぎない。どちらの集団も、私的幻想を通して――ありていにいえば中産階級の男性の幻想にそぐうような視点で――見られている。労働者階級の中でも女性は特に、想像の中で実体を奪われて、都合よく利用される対象となる。というのも、彼女らは使用人として直接雇われてはいないが、身の回りの衣類や手袋を扱う売り子か、あるいはまさにセックスの相手だからである。このようにこの小説は、有閑紳士の欲望を挫いたり、無視したり、根本から妨害したりする、有閑紳士にとってままならぬ社会を提示するどころか、逆に、紳士のもっているイメージや欲望に都合のよいように、労働者階級を修正し、手直しするのである。同様に、貴族階級の力――あるいは王族の力さえ――も、この小説では、根源的に中産階級知識人の利益と衝突するものではないし、また、彼らの権力が原因で中産階級知識人に損害が生じることも基本的にはありそうにない。ヨリックと貴族階級の彼のパトロンたちとの差は、偶然で最初から定められており、種の違いほどに大きいとはいえ、水銀のように簡単に昇華しうる。貴族といえども、ヴェールを引き剝がしてしまえば神秘的でも何でもなく、ヨリックとなんら違いはない。そもそも、物質面の違いは本質的な違いを示唆することはあっても、必ずしも本質的違いが原因でそれが生じたとは限らないだろう。したがって、媚びたり、個人的に服従したり、気取ったり、優しくしたり、誘惑したり、といった家族的雰囲気を使った技法——すなわち、階級や集団の利益とはほとんど無関係な、純粋に個人主義的な技法——は上の階級を扱うのにも有効なのである。

こんなにまで欲望を孕んだ、魅惑的で、一面的な社会地図を、これほど強い説得力をもってこの小説が提示することができるのは、おそらく『センチメンタル・ジャーニー』が定義すれば旅行小説だという事実と関係があろう。イギリス人（今世紀ならアメリカ人）が——特に貧しい地域や国へ——観光旅行するのは、幻想が欲求するままに、社会全体を自分のものにして脚色することができるからである。これは、性的な幻想についてはおそらく特に当てはまるだろう。私の知人が旅していわく、日本でよく見かける英語入りTシャツ（たとえば、「一日猛烈にスポーツをして汗を流そう」など）の中で群を抜いて人気があるのは、ひとこと「セクシュアリズム」と書いたものだという。性的欲望を文字として物象化し、移動性やコスモポリタニズムを獲得するためにそれとなく使うこの方法は、スターンの作品に見られる戦略に近い。

ウィッチャリーについて論じた際、私たちは、一七世紀の流通可能な社会的溶媒の呼び名として「機知」を指摘した。「機知」は、男性のホモソーシャルな枠組みにおける政治的力を表象する記号であると同時に、昇華（意味されるものとのつながりが消滅）すると、それ自体で、おそらく階級とは無関係な商品となりうる記号だった。スターンでも「機知」はそうした溶媒である。たとえばヨリックがついに旅券を入手するのは、見ず知らずのB伯爵を（意図せず）、自分はあのヨリック、『ハムレット』のヨリックだと信じ込ませることによってである。「笑う人間は危険ではなかろう（アノム・キ・リ……ヌ・スラ・ジャメ・ダンジュル）——もしこれが王の道化師のためでなかったら、と伯爵はつけ加えて言った、旅券を二時間で手にいれるなんて無理だったでしょう」（一一二）、という具合である。しかしながら、一八世紀後半のこの心理小説では、機知に加えて、性そのもの——性的欲望——も同じような可変性を備えており、ありとあらゆるかたちの移動性〔階級の垣根を越える力〕や、権力に近づく可能性を表象することができる。『田舎女房』でも、確かに性はそれ自体で商品となりうる流通可能なものではあったが、それは妻を寝とるという状況においてのみであり、しかも暗黙のうちに存在するにすぎなかった。ところが『センチメンタル・ジャーニー』では、ありとあらゆる肌の触れ合いや、人間関係や、物のやり取りの中に性が潜んでおり、性的な言語に翻訳されることを声高に要求している。つまり、充血や脈拡張が性的な意味をもった言語となったり、モノを女性に見立てて、そこに性的な意味が込められたりするのである。この小説がこんなにまで「精神分析的」な理由のひとつは、こうした翻訳の予測が立てやすいからであることは言うまでもない。

階級／ジェンダーを利用するヨリックの戦略の重要なカギは、小説冒頭の数段落で出揃っている。イギリス人使用人の発言が巻き起こした旋風によって、彼は第二段落のまん中あたりでフランスに上陸し、そこで彼は――本物のフランス国王ではなく――空想の中に出てきたフランス国王に捕らえられる。彼は外国人財産没収法（フランス国内で死亡した外国人の財産はフランス国王に没収される旨を定めた法律）を思い出し、無力でよるべない思いにかられ、恨みがましくなる（「なんてむごいことを!……国王様、それはひどい。嘆かわしいことです……」）。だが夕食をますと、気前がよくなり、万人を許し、無欲で、すべてを超越した気持ちになり、ついには無上の喜びを感じるに至る――「いま、私がフランス国王だったら――と、私は叫んだ――みなしごが死んだ父親の旅行鞄を返してもらうのに、こんな絶好の機会はないだろうに」。

これらの段落でヨリックは終始ひとりだが、妄想の中でフランス国王を眼前に呼び出し、国王を咎め、許し、しまいには自分が国王になりかわる。だが彼の妄想が呼び出すのは国王だけではなく、実に、女性をも、空想の道具として呼び出すのである。ホモソーシャル的／経済的／国粋主義的な考え事によって彼のうちにかき立てられた興奮を、さらに煽り、何が原因で生じた興奮か見きわめ、別な方向にそらし、吸収して鎮めるのに、その女性を使う。その興奮とは、いかにも彼らしく、血液が血管を駆け巡って激しい高まりを覚えるという肉体的症状となって現れる。興奮は、国王の血筋について思いをめぐらした時に始まる（「ブルボン家は決して残酷な血筋ではないし……彼らの血には優しさがあるんだ」）。その次に、この興奮はワインを飲んだ後のほてりではないかと思うのだが、この解釈を彼は否定する。さらにこれは無欲と、金銭に惑わされない崇高さの閃きであると解釈し、その後やっと、性的な興奮ではないかとの解釈をおぼろげながら導き出す。

人と仲良くやっているときは、手のひらのどんなに重い金でも羽毛より軽く思えるものだ！　財布を取り出し、浮き浮きとゆったりとした気分で財布を手に持ち、まるで一緒に使う相手を探しているかのように、あたりを見回す――私もそうやってみると、体内のあらゆる血管が広がり――動脈は一斉にゆったりと脈打ち、生命を支えるすべての活力がほとんど何の支障もなく活動したので、さしものフランスきっての唯物主義の貴婦人だってこれを見たらまごついただろう。彼女の唯物論全部をもってしても、私を機械と呼ぶことはできまい――

きっと、と私はひとりつぶやいた、彼女の信念だってひっくり返せただろう。

その考えにたどり着くと、そうすると、彼女と同じ高みに生命の力が到達した――世間とはもう既に仲直りしていた、そしてこれで私自身との折り合いもついた――

――いま、私がフランス国王だったら……　（二八）

財布を引っぱり出し、金を施し、女を征服するところを想像することによって、ヨリックは孤児から国王に変身する。必要とあらば、財布を「ゆったりと広げる」と途端に、幻の女性がひとりでに姿を現す。もともと財産や現金の返還を求めて行われていたはずの男同士の取り引きは、「まるで一緒に使う相手を探し」ているかのように、旅人ヨリックの血液の流れにじっと注目する貴婦人のまなざしへと迂回される。

ヨリックの内面で起きたこの小さなドラマは、ヨリックの想像の中でいったん確立すると、これに続く一六の短い章では、もっと広範囲で文字通り間主体的に演じられる。するとまず、女性の幻は現れないし、ヨリックは、思いきり金を使う都会的なイキの良さは持ち合わせない、という事実が明らかになる。高貴な風貌のフランシスコ派修道士にまっすぐ歩み寄られて、ヨリックは、金がなくなったらどうしようとパニックに陥る。彼は日頃の主義や感情に反して（彼いわく「私は魔法にかけられていたのだ」）、喜捨を求める修道士を断るばかりか、彼の托鉢行為を非難する。非難の根拠はこうである――世間にわずかしかない善意の蓄えに対して「多大な要求」がすでになされており、本当にそれらを必要としている人たちがまず優先されるべきで、「私たちの国の不幸な人々こそ、どう見ても、最初にその権利を与えられるべき」である、そして、フランシスコ修道会は慈悲を広めようとしているのではなく、「神を引き合いに出して怠惰と無知で一生を過ごそうとする以外、何の目的も持っていないのだ」（三〇―三一）。

感情の豊かさをモットーとするヨリックにとって、このようなピューリタン的で国粋主義的な、感情を押し殺した態度は、本来の自分が抑圧されており、恥ずかしいことこのうえない。自分の信条とする開けっぴろげなスタイルとは反対に、彼は「財布をポケットにしまい込み――ボタンをかけて――心持ち身をそらせ」てしまったのだ（二九）。そうしてしまった後、彼の最初の衝動は、別な女性――月――を思い浮かべて「われわれの感情の満ち引き」を彼女のせいにすることである。

多くの場合、私は世間からこう言われたほうがはるかに気が落ち着くだろう――「月と交わってしまったんだ。それ自体罪でも恥でもないさ」と。すべて自分でわかっていてやった行為、ふるまいなのだ、とみなされ

るよりいい。後者の場合、非常に罪深く恥ずべきことだから。（二九）

無慈悲な振る舞いの罪滅ぼしをしたいと思ってヨリックは、さらに別なものを女性に見立てる。彼は宿の主人に、ボロボロの軽二輪馬車を買い取りたいと申し出る。彼の損はすべて宿の主人の儲けになるにもかかわらず、ヨリックはこれを、馬車（女性）を救うための騎士道的行為とみなすのである――「あまり褒めことばも見当たらない馬車である――しかし何か取り柄はあるかもしれない――ほんのひとことふたことで哀れな女を悲しみから救ってやれるのに、そのことばを惜しむ男を私は憎む」（三七）。宿の主人もこの気前のよさに賛成するに違いない、と彼は主張する。だが実際には、女性（に見立てられたもの）の悲しみを救うためと称して行われるこの小さな取り引きは、馬車の売買成立ではなく、宿の主人がヨリックを「名誉あるお方、機知のあるお方（アノム・デスプリ）」（三八）と認めるタブローで、円満に幕が降りるのだ。

ライヴァルの男たちが女のボロボロの残骸をめぐって助け合い確認し合い、新たに絆を結ぶ光景は、この後に取り上げる小説でたびたび深刻に描かれるが、まずこのような大雑把なパロディとして、スターンの中に見られるのは何とも頼もしい。空想の中に現れた唯物主義の貴婦人を打ち負かすことによってフランス国王との交渉が成立したように、女性のボロボロの姿も――何が「ボロボロ」で、何が「女性」かは今のところさておき――、宿のあるじと宿泊客、主人と使用人、商売人と客、あるいは国王と臣下の間の力の差をなくすのに、格好の潤滑油となる。だが、実を言うと、女性（女性に見立てられたもの）なら誰でも潤滑油になれるわけではない。空想の中の女性や、「女性」に見立てられた馬車はなりうる。狂女や農民の女、月、労働者階級の女、娼婦――これらもみな、後に論じる通り潤滑油になりうる。ところが、空想ではなく生身の身体をもった、しかも貴族階級の女性が小説のこの時点で登場するにいたって、ジェンダーの境界線以外に、別の境界線が構造上の支点として作用していることが明らかになってくる。それは階級の境界線である。階級の境界線の中には差異を生み出す大きな力があり、特に、名前の中の貴族を示す小詞「ド」がもつ構造的な力は、ジェンダー差の構造的力と同じくらい強力であり、ジェンダー差のもつ構造的力の意味をも変えうる。

この貴婦人は、テクストのこの時点で初めて私たちに紹介されるのだが、彼女の存在そのものはその前に遡る。すなわち、正式に登場する前から、すでに、彼女の存在は力を行使してヨリックの意識や行動を密かに形成していたらしい。

一人乗馬車（デゾブリジオン）から降りたくなかったのは、例の修道士が宿についたばかりの婦人と親密に話を交わしていたからである、と私は読者に言った。それは事実である。が、事実のすべてではない。というのは、私が馬車から降りたくなかったのは、彼の話し相手の婦人の容姿や容貌に、私はすっかり自由を奪われてしまったからでもあったのだ。疑惑が私の脳裏に浮かび、こう言った――彼があの女性にさっきのこと［ヨリックが修道士に寄付するのを拒んだこと］を話しているぞ、と。わたしは何か嫌な気分になった――彼が修道院にじっとしていてくれればいいのに、と思った。（四〇）

この夫人についてこの時点で、ヨリックにわかったことといえば、彼女が「由緒正しい家柄のひと」ということだけである。だが、自分の周囲の薄い大気中に三次元の家族小説《ファミリー・ロマンス》を投影するためには、この社会的位置づけだけで充分である。権力のある地位にいる女性が男性と会話を交わし、その話題が自分のことに違いないと想像しただけで、ヨリックは、自分を中心とした家族を空想の中に構築できる――すなわち、男性は父親の役に、女性は身分さえ高ければ、母親の役に嵌め込まれるのである。こうした想像上の原風景を幸せなトーンにすると、次のようになろう。子どもが夜中、両親の寝室にこっそり忍び寄り、両親が（セックスの最中ではなく）彼のことを囁いているのを耳にする――「今日、ヨリック坊やが、かわいいことを言ってるのを聞いたかい？」と。不快なトーンにしたのが、父親が子どもの悪さを告げ口している、この場面である。だがこの不快なほうですら、子どもは、両親の間の話題が自分のことではないという思いをせずにすむ。

結局ヨリックは、想像上の家族の中心に自分を据えることによって、無上の喜びと成功を手にする。夫人が実際に物語に登場する時にはすでに、ヨリックは彼女の手を握っており、その保護のもとに力を得た彼は、ついには修道士との関係も望み通りの正統な間柄にしてしまう。自分を責めるヨリックと、彼を褒めそやし、なだめようとする修道士や夫人のことばの大合唱は、「論争がこのとき感じられたほど神経に優しく心地よいものになりうるとは、私は知らなかった」（四四）と感じられ、ふたりの男性の間で嗅ぎ煙草入れが重々しく交換される場面で頂点に達する。これは、女性化することによって男性性を獲得するというエディプス劇である（あった）。そのことは、修道士を小説から退場させるふたつの段落に明らかである。修道士からもらった嗅ぎ煙草入れを、ヨリックはそれまでずっと肌身離さず持ち歩いてきた。それは、彼いわく「もとの持ち主の思いやり深い心」すなわち「軍人としての務めが充分報いられず、同じ頃失恋の痛手を受けたこともあり、剣と性をともに放棄した」（四四）修道士を通じて、自分自身の心を律するためであった。そのロレンゾ尊師が死んだ今、ヨリックは彼の墓を参り、亡き修道士の戦略――放棄することによって自由を獲得する道――を自ら引き継ぐのである。「涙が溢れるにまかせた――どうせ、私は女のように弱いのです。どうか世間よ、私を笑わず、憐れんでやってください」（四五）というふうに。

ただし、いかにヨリックが放棄の精神を引き継いでいるとは言っても、彼は性的欲望という「普遍的」貨幣を放棄することは決してしない。いやそれどころか、この精神分析のアレゴリーにも見られるように、性を放棄するという考えが意味をなすのは、性的な衝動が最高に帯電された状況にある時のみである。性的衝動が蓄積されていないのに、性を放棄するとは言い難いだろう。さて、L夫人の貴族階級ならではの厳しさは、肌の触れ合いを拒むことによって表される（「彼女に手を引っ込められて、私の心は非常に苦しんだ。なぜ彼女が手を引っ込めたかを思い起こすと、傷口につける油にも酒にもなりようがなかった。あんなにまでみじめに、臆病な劣等感からくる苦痛を味わったことはこれまでの人生でついぞなかった」（四二））。そして彼女の寛大さも、肌の触れ合いを再び許すことによって表される。貴族階級に受け入れられるという社会的移動性を獲得するためには、自分を過大評価するテクニックが必要である。ヨリックはそれを手の握り方を通して学ぶのだ。

彼女の指を握っている私の指の血管の脈動が、私の心のうちを彼女に伝えた。彼女はうつむいた——しばし沈黙が続いた。

この間に、私は彼女の手をもっときつく握り締めようとほんの少しばかり力をいれたのに違いない。というのも、別に彼女が手を引こうとしたというより、手を引こうかと考えたかのような感覚を自分の手のひらにかすかに感じたからである。もし、理性というより本能が、これらの危機に際して私を最高の臨機の才に導いてくれ、彼女の手を軽く握るように、今にもこちらから手を離しそうな感じで握るよう教えてくれなかったら、私はその手を再び失っていただろうことは明らかだった……そうする間私は、あの貧しい修道士が彼女にあのことを話していた場合、どうやって彼女の心に植え付けられた私に対する反感をぬぐい去れるだろうかと考えた。（四二―四三）

では、相手の女性がヨリックより下の階級の場合はどうだろうか。その場合、ふたりの間の関係を性的なものにするかどうかの決定は、ヨリックの一存で決まる。ヨリックを非難したり、辛辣にあしらったり、性的に拒否したりできるのは貴族の女性だけのようで、彼より下の階級の女性の場合、問題は彼がその気になるかどうかだけである。その気のない時のヨリックは、いやらしくて、しつこく、侮辱的なくらい道徳ぶっており、かわいい女性を見ると「不実な羊飼い」（九〇）を空想の中にでっちあげて、彼女の純潔が汚されるのを想像せずにはいられない。小間使（フュードシャンブル）に彼が渡す硬貨は、「純潔に対してあげずにはいられないささやかな贈り物なんだ、と私は言った。そして私がこれをあげたひとには何としてでも思い違いをして欲しくないんだ――でも君の顔には、ねえ、純真さがあらわれている――その行く手にワナをしかける男に災いあれ！」（九一）。ヨリックは彼女を家族の中の（不特定の）一員と考えることによって、彼女の私生活に干渉するのを正当化する。「私は血の近さを非常に強く確信したので、ぐるりと顔を向けて彼女の顔をまともに見ずにはいられなかった。そして家族のように似たところがどこかあるのではないかと、確かめずにはいられなかったのである――ちぇっ、と私はつぶやいた、人間なんてみんな親類じゃないのか？」（九二）。

小間使との血縁関係を確信したとしても、決してそれはヨリックにとって障害とはならない。それどころか彼が次に彼女と出会う時には、それはおそらく刺激、ムードに必要な火花になっている。結局、彼らはベッドに一緒にひっくり返り、その後のクライマックスは（仮にクライマックスがあったとすればだが）、章の切れ目でごまかされる（「――そして、それから――」というふうに）。章が改まって（「そうだ――そして、それから――」と言って）語り手がまた先ほどの話の続きを始めると、次のことが明らかになる。つまり、「不実な羊飼い」をめぐる先ほどの幻想では、彼が小間使のことを親身に心配しているように見えたかもしれないが、実は、この小間使――この作品に登場する他の労働者階級の女性たちの例にもれず、常に名前のない女――は、ヨリックの精神を試す訓練台にすぎなかったのである。

もし自然が、愛情と情欲の糸をなにがしかそこに織り込んで親切な心を織り上げているのならば、愛情と情欲とを抜き取ってしまえば、織り物全体がばらばらになってしまうではないか？　自然を司る神よ、どうか私の

> ためにそんな禁欲主義は鞭打って下さい！　そう私は呟いた。私の徳を試すためあなたの御心が私をどこに据えようとも、――私の危険がいかなるものであろうと――私のおかれる状況がいかなるものであろうと――どうか、そこからわき上がり、人間として私に備わっているはずの心の衝動を私に感じさせて下さい。そして、もし私が善人としてそれらの衝動を支配するなら、私はすべてのことをあなたの裁きにお任せします――何となれば、あなたが私たちを造られたのであり、私たちがひとりでに生まれてきたのではないのですから。
>
> （一一八、傍点セジウィック）

小間使の純潔は、ヨリックによって大層熱っぽく道徳話に仕立てられ、小さな繻子の財布をめぐる主題として非常に鮮やかに取り上げられているものの、彼女の内面の変化を表すものではまったくない。むしろ彼女の純潔は、ヨリックが、不実な男や、父親のような存在の「自然の神」を想像して、彼らと対立／一体化するために引き合いに出されるにすぎない。彼女自身はと言うと、他の労働者階級の女性たちと同様、牧歌物語さながら純潔か、さもなくばセックスの相手として「いつもすでに準備できている《オールウェイズ・オール・レディ》」かであり、いずれにせよ、ヨリックの都合のいいように想像されるだけの存在である。

『センチメンタル・ジャーニー』の語りの声や形式の、見事な響きやしなやかさに価値をおく人々にとっては、右のような解釈は、まともに演奏もせずいい加減にかき鳴らしているだけで、不作法かつ融通がきかず、この本の醍醐味を味わうには的外れに聞こえるだろう。だが実のところ、分析しようとしても結局、中途半端にかき鳴らすしかできないことこそ、この本のひとつの特徴であり、この本がイデオロギー的に用いている技法のひとつなのである。この本はトーンやジャンルの選択が変わりやすく、水銀のように微妙であり、批評家が「代表的な」出来事をまとめたり、どれがそれにあたるか特定したり、あるいはこの本を読みうるものとして読む「規範的」な読み方を仮定したりしようとしても、それは普通以上に難しい。

このうえなく魅惑的な技法で書かれた審美的鑑賞のための一品として、この本に手を触れずにおくこともできようが、それを敢えてかき鳴らしてみるのはなぜか。それは思うに、分析を拒む技法そのものが、この本の性の政治学の根本にかかわるからである。たとえば、家族の情で結ばれた温かで疑似平等主義的な空間は、小説の主題のしわざとばかりは言えない。それには文体も大いに関係している。読者は次から次へと連なる文章に連続性を与えようとするのだが、そうすればするほど、彼／彼女は、徐々にしみ込んでくるような、神経質で、寸断された文体に引っ張られて、複雑な合わせ鏡のような同一化の戯れに引きずり込まれる。なかでも重要なのは、句読点の問題——つまり話者が頻繁に交代するのを読者に合図するシステムが欠如していること——であり、これは一見些細に見えても、実は非常に重要だと私は思う。句読点のシステムをもたないことによって、この文体は、一見あたかも民主主義的に語りを開放して、社会の多様な声を語りの中に充満させているように見えるが、その一方で、それらの声をヨリックの意識の中の事柄に同化しているのでもある。またそれと同時に、この文体は、ヨリックの空想の中のものに（彼の空想の中の話者や脇役、些細な心の中の像にいたるまで）、彼の周りの生身の人間に与えているのとまったく同じ「現実」を附与する。間主体性を一個人の精神内的なもののように描くこの技法は、階級とジェンダーという大きなスケールの社会学的事柄の上に、家族内における個人の発達という私的な物語を重ねるという目論見を、実行しやすく——あまりにも当然すぎて目につかないように——するのである。

この小説は、ヨリックの語りの声に複数の声を取り込んで普遍性を主張しようとする。その一方でそれは、彼を資産がなく、健康にも自信のない、中年のイギリス人知識人男性という像に厳密に当てはめようとする。だが、この両者は必ずしも矛盾はしない。むしろ、そういう人物だけが普遍的意識を獲得できるということが、この小説の主張であるらしい。それにまた、ウィッチャリーの例でも見たように、何かを「普遍的」な価値として文学的に主張することによって一番得をするのは、この世紀ではおそらく、資産を持たない知識人男性だろう。ともかく、ヨリックの力はホーナーの場合と同じように、ジェンダーと階級を軸として「欲望」と「同一化」を一方的に一致させることによって力を発揮するというかたちで提示される。ヨリックは上の階級への移動性を持ち、他の階級を自分のために利用し、普遍的である。それに対して、他の人物たちは固定されて、変化せず、限定されている。これらこそ力のありかたであることをホーナーは他の人々から隠すのだが、ヨリックは、家族のイメージを使って自分自身にすらそれがわからないようにしてしまうのである。

ヨリックのエロスはゆらぐため、ある意味で、異性愛的なものとホモソーシャルなものとを区別するのは特に難しい。だがここでも、このような認識上の難しさ——こうした主題の透明性——は、たまたまあるひとりの作家の技巧が生み出したもの、とばかりは言えない。むしろそれは、社会的言説がますます性愛化され、家族の概念に支配されるようになるにつれ、「普遍的」文学の合意が新たに生まれつつあったことを表す。すなわち、両性具有を装い、性的に原子価が高くあらゆるものに性的意味を結合させる力をもった男性知識人が規範となり始めたのである。

すでに述べた通り、ヨリックは使用人—主人の間柄がいかに「自然」なものであるか執拗に説明しようとしたが、実際には、彼の意図しているよりもっと近代的で不安定な関係が、懐古的でイデオロギー的な表現をまとって推進されるのであった。このことは家族に関しても言え、家族のイメージは『センチメンタル・ジャーニー』の中心でありながら、家族そのものは、現実には安定性を失っているのである。典型的な家族像として最もあからさまに描かれるのは、「白髪頭の老人とその妻、五、六人の息子や婿たち、そして彼らそれぞれの妻たちとその賑やかな子どもたち」（一四二）という家父長的な農民一家を描いた保守的なものである。収穫期の大陸を旅してヨリックが目にする農民たちにも見られるように、まさに貧困・服従・喜びこそが、この農民家族という範疇の特徴であり、それは「一歩一歩踏みしめるごとに音楽が労働にあわせて拍子をとり、自然の子どもたちが葡萄の房を摘み取るごとに喜びさざめくような旅」（一三六—三七）である。私たちがつぶさに見ることになる農民一家は、このイメージを文字通り表したにすぎない——家長たるその老人は「ずっとこれまで……夕食が終わるといつも家族を集めて踊り楽しむのを習慣にしてきたのです。きっと、と彼は付け加えて言った、喜びにあふれ満ち足りた心でいることが、無学な農民にすることのできる最高の、天への感謝のあらわし方だと思うので」。そして老人は「ヴィエル」を弾き、「彼の妻は時折、曲にあわせて歌い——ひと休みしては——そしてまた夫にあわせて再び歌いはじめ、子どもや孫たちはふたりの前で踊るのだった」（一三四—四四）。

　ところが、ヨリック自身の生活や関心事が小説の前面に出てくると、この一節のような牧歌的で理想的な美しい家族は遠退いていくように見える。もっとも、家族のイメージが消失するのではない。いや、それどころか、家族のイメージはますます強力になる。言うなれば、家族のイメージは拡散しているのである。ヨリックが使うのは、明確な文字通りの世代的な連なり（祖父母—子ども—孫）という意味での家族ではなく、もっと手軽で便利な、ただし特定し難い「血縁」というイメージの家父長的家族である。こうしたイメージを使うことによって彼は、小間使を性的に搾取するのを正当化する。また、裏切られて気の狂った百姓娘マライアについて空想する時も、同じ方法で、彼女を情婦と見たり娘と見たりすることができるのだ。

　苦悩が彼女の表情にこの世のものならぬ雰囲気を与えていた——が同時に彼女は女らしかった——彼女には、男の心が女性に望みうるほとんどすべて、男の目が女性に求めうるほとんどすべてが、備わっていた。だから、もし彼女の脳裏から恋の記憶が消え去り、私の脳裏からエライザの思い出がすべて消え去るようなことがあれば、彼女に私のパンを食べさせ、私の水を飲ませるのみならず、彼女マライアを私の胸に抱き、私の娘の

ようにしてやりたいと思うのだった。（一四〇）

私たちがこれまで論じてきたのは、家族のイメージが、この小説に提示されている階級の図をいかに影響力をもって、また変化させながら支配しているかという点であった。特に階級やジェンダーの問題が、男性のホモソーシャル性を描いたエディプス的な物語と交差する場合を、私たちは取り上げてきたわけである。今なお明確にしておく必要があるひとつの点は、おそらく主に、ヨリックにとって文字通り家族と呼べるものが断片すら小説に存在しないという単純な事実であろう。そもそも、もっと広い範囲を扱う近代ヨーロッパ思想でも言われることだが、「家族」の概念が持つイデオロギー的な力が強まるのは、すべてをアトム化する初期資本主義の力のもとで、家族そのものの支配権が弱体化し、家族が生産労働をも担いうる私的な基盤ではもはやなくなり、内部に矛盾を抱え始めた時である。フーコーが『性の歴史』で主張しているように「セクシュアリティ」が、ゆらぎつつも分離可能なひとつの意識として開花した――あるいは、少なくとも広範囲にわたって受粉した――のは、家族がイデオロギー的に止揚された時期でもあったのだ。

次のふたつの章では、『センチメンタル・ジャーニー』では隠れていたか、あるいは欠如していたと思われることばを、改めて紹介しよう。いや、『センチメンタル・ジャーニー』のみならずこれまで扱ってきた前近代の作品すべて――男性のホモソーシャルな欲望を描くのに、必ず（いかに危険であろうとも）それを女性に迂回させることを義務とする世界――では見られなかったことば、と言うべきだろう。そのことばとは「ホモフォビア」である。『センチメンタル・ジャーニー』以降、真ん中の項の女性を単純に省いたらどうなるか――魅力的かつ危険な選択肢――が、文学にとってはっきりとした、実に強迫的な主題となり、それに附随するかたちで、セクシュアリティやホモソーシャルな絆に対するもっと緊密に組織化された、もっとあからさまに禁止的な態度が現れ始める。

私がここで言わんとしているのは、イギリスのゴシック文学のことである。このドラマを家族の場に描こうとする動きはスターンにも潜在していたが、それがはっきり描かれることになるのがゴシック文学なのである。それにまたゴシック文学には、ジェンダーおよび階級間の関係について一八世紀の小説がもっていたような関心も引き続き見られる。言うならばゴシック文学は、階級と家族を絡める試みをさらに進めると同時に、階級と階級の関係についての、その他の読みをも試みていると言えよう。

第5章　ゴシック小説に向けて

――テロリズムとホモセクシュアル・パニック――

『田舎女房』初演から一世紀半の間――それは、男性のホモソーシャル連続体が近代的に結晶した決定的な時期だったと考えられる。一九世紀以前の男性同性愛史として最も洗練された研究書――『同性愛の社会史――イギリス・ルネサンス』――において、アラン・ブレイは、王政復古期の頃に相互に関連しながら展開したふたつの重要な出来事を指摘している。ひとつは、明白なゲイのサブカルチャーが顕在化したこと、もうひとつは――本章の論点からすればこちらのほうがもっと重要なのだが――、ホモフォビアのイデオロギーが世俗化し、その結果、イギリス一般大衆にとって日常経験を認識し説明するのに便利なカテゴリー〔ホモセクシュアル／ホモフォビア〕が誕生したことである。ブレイの説明によると、一七世紀前半までの男性同性愛に対する弾圧は、神学的な見地から、主に異端排斥の名のもとに（絶対的かつ黙示録的に）実施されたが、人々が互いの言動を同性愛と認識して迫害することはまずありえなかった。[1] 同性愛が日常の場で認識され、男性同性愛者が（ブレイの言うように）法的に「一斉検挙」されるようになったのは、一七世紀も最後の四半世紀に入ってからのことだという。

同性愛が以前よりも、徹底的に否定されるようになったわけではない。同性愛が強烈に憎悪されるようになったことを示す証拠はないのだから。……絶対的な変化があったというより、実際に人々が憎悪に遭遇する範囲に変化があったのであり、変化した理由も、憎悪そのものではなく憎悪の対象にあった。綿々と営まれてきた同性愛が文化として定着すると、それを表現する場が広がり、したがって認識されることも多くなった。服装、しぐさ、ことば、特定の建物や公共の場といった、あらゆるものが特に同性愛を連想させるものとして、識別されるようになったのである。(1)

同性愛という新しいサブカルチャーに関係したであろう男性の数に比べれば、「一斉検挙」で逮捕されたのはそのごく一部にすぎなかったが、ブレイによると、「一斉検挙」の効果とは数によって測れるようなものではなかったという。すなわち法的弾圧には、顕在化した同性愛のアイデンティティを震感させるだけでなく、彼らを特定の場所に集結させる効果もあったというのである。そして、その制度空間として彼が位置づけたのが、「モリー・ハウス」、すなわちゲイの集う居酒屋や屋敷であった。法的「一斉検挙」は、このモリー・ハウスを威嚇することを目的としたテロであり、実際それなりの効果をあげたのだが、その反面、モリー・ハウスが長期にわたって比較的襲撃を免れ放置されたのも事実なのである。この矛盾を、ブレイは次のように説明しようとする。

モリー・ハウスは緊迫した敵意に取り囲まれていたとはいえ、事実上、黙認されていた。それは、一定期間をおいて実施された一斉検挙の容赦なさや実力行使の厳しさとは、どうも矛盾する。となると、反論もあろうが、モリー・ハウスはそこに逃避する人々の需要に答えるだけではなく、それ以上の機能をも果たしていた、との結論を出せざるをえない。すなわち、社会の態度がいかに二律背反的であれ、社会はそれによってひとつの利益を得ていたのではないか。……事実、モリー・ハウスは二重の役割を果たしていたと考えられるのであるる。モリー・ハウスは、同性愛が存在する場を確保すると同時に、同性愛が蔓延するのを防いでいたに違いないからだ。同性愛者という今までにないアイデンティティを獲得することは、恐るべき運命を背負うことであり、それに耐えられない者も出てこよう。仮に同性愛者になることが、そこまで重大な意味を含むとすれば、多くの者にとっては、同性愛者になるなどとんでもないことだ、ということになる。となると、敵意を感じながらも見て見ぬふりをするのは、そんなに驚くようなことだろうか？　モリー・ハウスはある人々に対しては解決策であり逃避の手段であったが、ある人々に対してはその道を閉ざすという効果を発揮した。なぜなら同性愛の道にはあまりにも多くの苦難が待ち受けていたからである。かくして、モリー・ハウスは迫害する側と迫害される側との両方の要求を、同時に満たしたのである。[2]

社会は、モリー・ハウスに対して矛盾した態度――（断続的な）迫害と（局所化を促す、ささやかな）寛容さ――を使いわけていた。そこでブレイは、「寛容さ」を迫害と同じくらいに重要な理論上の争点にしたのだろうが、論の展開はと言えば、そううまくいっているわけではない。その原因は、思うに、男性同性愛はヨーロッパ社会の秩序と本質的に相容れないと彼が暗黙のうちに想定していることにある。要するに、彼は次のように考えてしまっているのだ。なぜ社会が同性愛を規制する手段として、徹底した集団虐殺ではなく、断続的な攻撃を選んだかと言うと、ひとつには、男性同性愛者が多すぎたからであり、もうひとつには、極端に迫害すると、同性愛文化を根絶するどころか強固にしてしまうからである、と。

［モリー・ハウスは］見つけやすかったし、攻撃に対しても脆かった。それなら、なぜそれを封じ込めるだけで満足するのだろう？　なぜ一挙に根絶するという処置をとらないのだろう？　このようなもっともな疑問から浮上するのは、モリー・ハウスに対する戦略の一貫性の欠如であり、事実その戦略はふたつの〔封じ込めと根絶という〕相反する反応の間で、不安定な揺動を繰り返したのである。風紀改善協会の出番があったのは、ちょうどこの点においてである。この協会の役割は、可能なときに封じ込めから一斉検挙や撲滅策へとバランスを逆転させることにあった。しかし結局、それは絶望的な任務である。右の手が自分に対して罪を犯したか

> らといって、その手を切り落とすことができるとは限らない。この場合もそれにあたるだろう。というのも、モリー・ハウスは切り落とすことができるような、社会のごく一部の存在ではなかったからだ。それは、社会全体の機能だったのである。したがって、一斉検挙による瀉血がすめば、モリー・ハウスを生み出した最初の圧力が再び作用し始める。そして、もう一度モリー・ハウスが登場し、再度弾圧が企てられるまで、それは一時的に安定する。結局、断続的な迫害は目的を達成できなかっただけではない。明らかな迫害行為が終結してみるとわかることだが、皮肉なことに、その迫害行為こそが例の圧力に精気＝蒸気を与えてしまい、モリー・ハウスを再生させてしまうことになったのである。モリー・ハウスが熱心に必要とされたのは、この種の避けがたい明白な生命力をもっていたからなのである。(3)〔傍点セジウィック〕

モリー・ハウスや顕在化しつつある男性同性愛文化はいかに「社会全体の機能」だったのか、この点をブレイは説明しているつもりらしいが、実際には、水力学ふうのことばを使いながら、「社会対モリー・ハウス」という構図を述べているにすぎない。彼によれば、モリー・ハウスや同性愛文化は社会に敵対する「圧力」か、あるいはせいぜい単なる気体で出来た社会の副産物であり、対する社会は保守的な利益を守ろうとして、その衝撃をなんとしても最小限に食い止めようとした——したがって社会は、それを撲滅（実行不可能）するか、弾圧（逆効果）するか、その活動領域を固定・限定（比較的効果的）するか、いずれかを選ばなければならなかったというのである。こうしたブレイの論は、思いのほか柔軟性を欠いているばかりか、幾分堂々めぐりに陥ってもいる。というのも、彼が説明しようとしているのは、同性愛が実体として形成される過程であるにもかかわらず、「圧力」という語が示すように、実体が——社会的にせよ心理的にせよ——すでに形成されていることを暗黙のうちに前提にしているからだ。ブレイ本人もこの堂々めぐりに気づいており、なんとかその循環を絶とうとしているようだが、彼の概念モデルに難があって循環を絶ち切れずにいる。一体モリー・ハウスは、どのような意味で「社会全体の機能」なのだろうか。

　こうしたブレイの論は、ジェフリー・ウィークスがメアリ・マッキントッシュの研究を踏まえながら発展させた論に似ている。ウィークスによると、近代の「同性愛の役割」には、

> 　ふたつの効果がある。ひとつは、許される行為と許されざる行為との明確な分岐点を規定することであり、もうひとつは、「逸脱者」のレッテルを貼られた者を分離し、彼らの行動パターンを制限し封じ込めることである。[4]

これに対して私たちは、「同性愛」だけではなく多様な男同士の絆に注目して、「男性のホモソーシャルな欲望」の重要性を論じてきた。私としては、これこそ、ブレイが提起した重要な問い――「モリー・ハウス」はどのような意味で社会全体の機能であったのか――に対する少々変わった、しかもより弁証法的な答えの第一歩になると思うのである。なぜなら、男性同士の性器接触を伴う同性愛は「社会全体の機能」かどうか、つまり連続性と交換という社会構造の必要かつ本質的要素かどうか、はっきりしないのに対して、より包括的なカテゴリーである「男性のホモソーシャルな欲望」は確かにそうだと言い切れるからである。

　女性の交換を土台とする社会では、強烈な男同士の絆がその中心にあるだけでなく、その事実が社会構造のあらゆる局面にとって決定的な意味をもつ、ということは明らかだ。そして、男性のホモソーシャル連続体が社会の中心にあるからこそ、それに作用するイデオロギーはいかなるものであれ、社会全体を――最小限の力で最も効率よく――統制する梃子になるわけである。ということはつまり、男性の絆の境界線を画定し、統制し、操る（おそらく必然的に恣意的な）弁別法が、社会全体を強力に管理する道具になる、ということだ。このように考えると、な

ぜ「同性愛／者」のカテゴリーが重要になるのか、その理由（のひとつ）が明らかになってこよう。それは必ずしも、このカテゴリーを使えば、潜在的ないし顕在的マイノリティである同性愛者や同性愛的欲望を規制できるから、というわけではない。そうではなく、男性の社会的な絆すべてを定義し構造化することが誰にでもできるようになるからなのである。

今まで論じた点を明確にするために、もう少し説明を続けてみることにしよう。ブレイはまずいことに、「同性愛／者」をすでに形成された実体として捉えてしまったばかりか、「社会」や「現状」を、「同性愛／者」に対立するものとして――「同性愛／者」を抑圧ないし支配することによって利益を得るものとして――性急に想定してしまった。要するに、「同性愛／者」を実体化するより先に、「社会」を反「同性愛／者」として実体化してしまったわけである。その結果、彼の論には機能主義的な論にありがちな、次のような憂慮すべき問題が生じている。ブレイは、モリー・ハウスは「迫害する側と迫害される側との両方の要求を同時に満たしていた」と言っているけれども、「迫害する側」が「風紀改善協会」のことではないのは明らかなので、何が「迫害する側」なのか、はっきりしない。「迫害する側」とは同性愛を封じ込めることによって利益を得る実体である、と同語反復するだけで、その実、彼は何も明確にしていないのである。だがこの実体が「当局」や「現状」、あるいはこのふたつのように「社会構造を固定的に要約した何か」と同類であることは間違いない。とすると、そうした実体が――そのように想定された実体が――同性愛を封じ込めることによって達成されうる目的をなにかもつようになるのは、当然のことではないだろうか。

抑圧された集団の視点から歴史を記述しようとすれば、機能主義的な同語反復は避けられないのかもしれない（そうした危険は本書にもあろう）。が、これまで論じてきた点をまとめるために、ひとまずこう述べておきたい。男性のホモソーシャル連続体をホモセクシュアルとホモフォビアに可視的に二分する――それゆえ連続体全体を操りうる――力とは、まさに闘争の対象なのであって、ただ漫然と実体化された「現状」にあるものではない、と。どのような「現状」であれ――特権を手にする人々の間でさえ――利益が対立すれば、社会の重要かつ様々なイデオロギーも衝突することになる。そのため最終的には、いかなる「利益」であれ、当初の「目論見」通りの結果を得ることなどできないのであり、また、個々の「利益」は、権力の残留空間を――おそらく権力の真空地帯さえも――なんとしても領有しようとし、そして領有すると、自らも変容せざるをえないのである。

したがって、新しい社会的ないし技術的展開がどう抑圧されたのかを説明するのに、陰謀説――全知ないし全能の、特定の一派や利益が抑圧を企てたという説――に依拠する必要はないと言えるだろう。とはいえ、種々様々な利益をいっしょくたにし、それについてまったく考えなくてもよい、というわけでもない。そこでブレイはフーコーに倣って、複数の利益を擬人化しながら陰謀説を立てるといった粗雑なやり方を回避しつつ、いわば社会全体をひとつの有機体に見立てて擬人化しているわけだ（たとえば社会がホモフォビックな迫害の対象を切り落とす、といった具合に）。フーコーはおそらくブレイと違って、機能主義者のように同語反復して説明したところで、あまり実りがないことに気づいており、大抵の場合、「説明」を留保している。こうした「説明」を回避するやり方には高い代価がつくため、その点に関してブレイが、フーコーのやり方を踏襲しなかったのは賢明だったと言えるだろう。が、ブレイは、ホモフォビアが社会に及ぼした影響範囲を性急にしかも限定的に捉えてしまい、その結果、事態を充分に説明するとも思われない二項対立――「同性愛」対「社会」――を解体するどころか、むしろ絶対化してしまったのである。

確かにブレイは、「同性愛／者」の概念が世俗化し日常経験を説明するカテゴリーになった事実を鋭く見抜いていた。だが世俗化に連動して生まれたのは、マイノリティ集団を効果的に迫害する状況だけではなく、実は、社会全体を非常に強力に操る道具も、その時に誕生していたのである。この道具を使うと、ジェンダー・システムに

（間接的にせよ）影響を及ぼす権力をすべて操ることが可能になり、したがってヨーロッパ社会においては、文字通りあらゆる権力を統制下に収めることになる。また、この道具は――男性のホモソーシャルな欲望の規範的・記述的な境界線を画定する力は――、社会のひとりの行為者によって生み出されるようなものではなく、それゆえ、人々の間で、（境界をある時侵犯する者を迫害する道具となったばかりか）闘争の対象となったのである。とすると、近代ヨーロッパ型のホモフォビアを考察することによって明らかになるのは、支配の主体とか、動機とか、政治的目的というより、むしろ支配の場であり、おそらくは支配のメカニズムであろう。したがって、分析に際して是非とも留意すべきは、この戦略の統制対象がマイノリティだけではなく、社会的と呼びうるすべての絆であるということだ。ただし、この点が強調されすぎて、ヨーロッパ社会における同性愛の迫害およびアイデンティティの特殊性や重要性が矮小化されてはならないが――。

ホモフォビアとは、特定の弾圧を少数派に加えることによって、多数派の行動を統制するメカニズムである――このように捉えると、ブレイの提起する問題にずっと取り組みやすくなるだろう。彼の問いはこうであった。大抵のモリー・ハウスは大抵の時代、比較的長きにわたって迫害を免れたが、社会にホモフォビアという毒性のあるイデオロギーが浸透していたとしたら、その事実はどう説明すべきなのだろうか。あるいは、問いをもっと広く捉えて、近代ヨーロッパ型ホモフォビアについての問いとして考えてもよいだろう。男性同性愛者に対する迫害が、文字通りの徹底した大虐殺ではなく、テロのような提喩的構造をとるとしたら、一体ホモフォビアとは何なのだろう。それによって一体誰が利益を得るのだろうか。

ここでなぜ「テロ」と「提喩」を結びつけたかと言うと、構造上不安定かつ不確かな、部分と全体との関係を言い表すためである。たとえば、権利と自由を主張するアメリカ黒人は集団リンチに脅威を感じたが、仮に彼らが漠然と「誰かが」だけでなく、具体的に「誰が」殺害されるか、という点まで知っていたら、リンチは、彼らに対する強力な武器にはならなかっただろう。アメリカ南部では、労働力の支配が闘争の争点だったので、黒人を大虐殺するわけにはいかなかった。したがって、彼らを抑圧しようとする者にとって、本体を痛めず、かつ本体に必要なだけの梃子の力を加えることができたのは、ただひとつ——無作為に暴力をふるい、最小限の力で最大限の効果を、あげるテロだけだったのである。

ヨーロッパ社会にとって、男性同性愛は真に「必要」条件であったかもしれないし、なかったかもしれない。社会にとって必要だったのは——いや、機能主義的な言い方は避けることにしよう——社会の「利益」にとって、どのようにも使えて便利だったのは、実は、すべての男同士の絆に加える梃子の力、それも最小限の力で最も効率よく男性を管理する力だったのである。だがその効力を維持するためには、いつその力を加えるのか、男性にはわからないようにしておき、しかもその力を加えるのは、規制されているとおぼしき「犯罪」を本当に男性が犯す時なのかどうか、曖昧にしておかなければならない（たとえばアメリカ南部では、女性をレイプしたという理由で黒人男性がリンチされることが多々あったが、本当のレイプ犯はその三分の一足らずであった。リンチの対象になるようなことを実際に行っていない男性にもリンチを加えたほうが、テロの効果は下がるどころか上がるのだった）。

とすると、男同士の絆を世俗的により円滑に統制するために、モリー・ハウスを無差別かつ断続的に攻撃し、また、正真正銘の同性愛者にすら自身が法的襲撃の対象になるかどうかわからないような状況をつくりあげた、というのは理に叶っていよう。そして同性愛者だけでなく、いわゆる同性愛のサブカルチャーとは無縁の男性たちをも強力に統制するためには、もっと巧妙かつ有益な戦略が必要であった。すなわち、自身がホモフォビックな「無差別」攻撃を受けるのかどうか、同性愛者にわからないようにしておかなければならない（must not）のはもちろん、「自分は同性愛者ではない」（他の男性との絆が同性愛的ではない）という確信を誰ひとりとして持ちえないようにしておかなければならなかった（must not）のである。このように、男性をほんの少々リンチや法によって脅迫すれば、広範囲にわたる行為や人間関係が管理できるようになるのである。

右の段落で私が何度か使った「……しなければならない（must）」という助動詞は、先に論じたばかりの、あの機能主義にふらふらと陥ってしまいそうな表現である（「……したのは偶然ではない（It is no accident…）」という不吉で漠然とした表現をもっと強めると「……しなければならない（must）」になるのだから）。だが繰り返しておくが、私たちが説明しようとしているのは機能ではなく、潜在的な力が生成される場ないしメカニズムなのである。そもそもその力が生成されるには、先の段落でかいつまんで述べたような鋏打ち状態がつくられなければならず、実際欧米文化では過去三世紀にわたって、様々な利益が絡んでその力が生まれるか、あるいは生まれるよう何度となく目論まれてきたと言ってよい。そしてイデオロギーは過去に遡るかたちで形成され、その構造は保守的であるため（序章三節参照）、ホモフォビアを利用したテロの力――西洋男性を脅す力――が社会に残存することになったのである。

二〇世紀に生きる西洋男性の多くは、社会のホモフォビックな脅迫に脆く、その脆さが最も私的に心理化されたのが、いわゆる「ホモセクシュアル・パニック」である。が、彼らにとってさえも、「ホモセクシュアル・パニック」は、やはり社会による統制法のひとつであり、フーコーらの言う制度――「性的なもの」という漠とした領域の境界線を画定・支配する制度――を通して下される公的裁下を補完するものなのである（これまで考察してきた通り、また第8章でさらに論じるように、性に関して抑圧的な近代において、「性的なもの」の領域に政治的力が宿るのは、この領域がまさに漠としているからにほかならない）。

こうした観点から捉え返すと、新たに納得がいくようになる現象がひとつある。それは、最も肯定されてしかるべき男性のホモソーシャルな絆と、逆に最も非難されてしかるべき同性愛とを比べると、両者には往々にして重大な類似や一致が認められるという現象である。たとえば、二〇世紀のアメリカ社会に生きる私たちが、アメリカン・フットボールの試合や、友愛会や、ボヘミアン・グローヴや、戦争小説のクライマックスに起こる出来事をほんの少し視点をずらして眺めてみると、それらは全く驚くほど「同性愛的」に見えてしまう。だがそうした瞬間を捉えて、それは男性たちが性器接触を伴う同性愛を抑圧ないし昇華した結果である、と考えてもあまり意味がなく[5]、むしろ通常は表に現れてこない威圧的なダブル・バインドが可視になる瞬間だ、と考えるべきなのである[6]（この点は、レイプに関してアメリカ人女性が体験するダブル・バインドに似ているかもしれない。女性が「魅力的」に、いわば規範的に装い振る舞うと、必ず「レイプされたがっている」と言われてしまう、あのダブル・バインドである）。要するに、男性にとって男らしい男になることと「男に興味がある」男になることとの間には、不可視の、注意深くぼかされた、つねにすでに引かれた境界線しかないわけだ。こうした類似や一致は、今では私たちの文化のいたるところに認められるし、すでに文化の一部になっているとさえ言えるかもしれない。だが一八世紀と変わらず、今でも人々は競って、文化の残余物ともいうべきダブル・バインドを設定し、操り、利益を得ようとしているのである。

おそらく現在では自明であろうが、ゲイ解放運動は初めから、「同性愛／者」を再定義することよりも、歴史的な残滓ともいうべき伝統的な定義――ことば――を、彼ら独自のやり方で（再）利用することを目指してきた[2]と言えるだろう（この点については、ストーンウォール事件[3]以降、ゲイの政治において、たとえば「異装」「キャンプ」「挑発《アウトレイジャスネス》」などが盛んに論じられていることを考えてみればよい[7]）。同じように、「保守派」の政治内部でも――たとえば、共和党内の「道徳的多数派」と資本家党員の間で――アメリカ社会の残余物であるホモフォビアとホモソーシャル性の利用の仕方、効果、目的をめぐって熾烈な闘争が展開している。ただし、それは大っぴらにやられていないだけである。

本書は、同性愛体験を特に取り上げるのではなく、むしろ男性のホモソーシャル連続体全体がどのように形成されているのか、それがどのような影響を女性に及ぼしているのか、この二点を論じるものである。これまで見てきたように、顕在化したサブカルチャーの組織やその構成員に対する積極的な迫害の性質、展開、結果については、すでに男性同性愛史の研究者たちが取り上げている。本書が力点を置いて論じるのはそうした点ではなく、非同性愛の男性がホモフォビックな脅迫を受けて統制されていくメカニズムであり、言うなれば、非同性愛者の生活に侵入するイデオロギーの触手である。

一九世紀および二〇世紀のヨーロッパ文化においては、男性のホモソーシャル連続体はホモフォビアによって切断され操られるようになったが、本章と次章では、ゴシック小説をこうした現象が描かれた重要な場と位置づけることにする。こうした観点からゴシック小説を分析するのは、ゴシックを例によって「倒錯」の探究と考える現代批評の「常識」にもある程度叶っていよう。確かに、ゴシックはデカダンスという魅惑に包まれており、私自身もそれに誘われてゴシック小説を学部学生時代に読み始めた。デカダンスの概念は曖昧なことで有名だが、(8) なぜ中産階級の思春期の若者がデカダンスに魅了されるかは明らかで、デカダンス文学こそ秘められた大人の真実への近道だからである。たとえば性の秘めごとは、デカダンス文学では公の慣習に反するもの（最も露骨なケースは近親相姦やレイプ）によって表象される。そしてこれと密接に結びついたかたちで、階級の秘密はブルジョワジーの批判分子たちによって、つまりブルジョワの生産的な様式から訣別し、時代遅れとなったはずの貴族階級の価値観を口にして、自身の公認文化に批判的立場をとる――可能なやり方で文化に梃子の力を加える――人々によって表象されるのである。

未熟とはいえ好奇心旺盛な読者がなぜゴシック小説に惹かれるかと言うと、そこにデカダンスの雰囲気が漂っているからだが、それ以上に、ゴシックを読めば、重要な歴史的問題についてのなんらかの洞察が得られるからであろう。たとえばゴシック小説は、中産階級と上流階級が接近した点を、産業革命という歴史的枠組みの中で執拗に描いている。また二世紀にわたって、顕在化した女性作家および女性読者がゴシック文学の発展に寄与したという歴史があることから、ゴシック小説は、女性についての――家父長制支配の形態が変わるにつれて、女性の地位がどのように変わっていったかに関する――有益な研究資料としても用いられている。(9) これに比べればあまり目だたないけれども、「デカダンス」という世評と関係して、次のような点も指摘できるだろう。同性愛の様式が――いや、それだけでなく、同性愛の可視性および明別性さえも――、ジェンダー・階級の格差や緊張を表した時代にあって、ゴシックは男性同性愛と比較的はっきりと密接に結びついた、イギリスにおける最初の小説だったのである。

さらに、ゴシックに関してもうひとつよく知られていることは、ゴシック小説が、個人や家族の心理を特権化して提示していると考えられることであろう。なるほどゴシック小説の中ではエディプス・ファミリーの特徴が絶えず前景化されており、たとえば、放埒と禁欲の絶対化、近親相姦の可能性への拘泥、性行為の執拗な禁止、世代間を支配する暴力的な雰囲気などが執拗にモチーフ化されている。そのため、エディプス・ファミリーの超歴史性を認めない者でさえも、ゴシック小説を読めば、ブルジョワ社会においてエディプス・ファミリーが規範として強化されていった状況や条件はよくわかるだろう。実際、フロイトの著作のいたるところにゴシック小説の痕跡が見受けられ、それは「不気味なもの」や「夢と妄想」などの文学研究に限らない。ゴシック小説を説明する道具として、精神分析という、ゴシックから多くの隠喩を借用した学問が利用されたとしても、それは両者が循環していることの証差であれ、驚くにはあたらないだろう。

なかでもゴシック小説と関係があるのは、フロイトがシュレーバー博士の症例研究を踏まえた上で打ち出したパラノイアについての見解――パラノイアとはホモフォビアのメカニズムを生々しく体現する精神病であるという見方――であろう。次章でゴシック小説を論じる際に、フロイトの分析をそっくり借用することは避けるが、小説を一作取り上げて、彼の分析の根拠や仕組みを吟味するつもりである。が、その前に、初期ゴシック小説の大まかな見取図を提示しておきたい。ゴシック小説には、「古典」とみなされる少数の正統派とサブグループに属する多くのテクストがあり、サブグループのプロットはシュレーバー博士の症例とおおむね一致する（サブグループの小説としては、たとえば『ケイレブ・ウィリアムズ』、『フランケンシュタイン』、『義とされた罪人の手記と告白』、おそらくは『放浪者メルモス』、もしかしたら『イタリア人』などが挙げられよう）。なかでも目を惹くのは、ある男性が他の男性から迫害を受けるばかりか、その男性が相手に見透かされ、しばしば相手の衝動に抗えなくなる様子が描かれている点である。仮にフロイトに倣って、こうした迫害意識を、同性愛的（あるいはそうとまでは言わなくとも、ホモソーシャル的）欲望に対する恐怖と妄想が混じった一種の拒絶反応と捉えれば、これらサブグループの小説はホモフォビアのメカニズムを強烈に具現していると言えるだろう（ここで私が指摘しておきたい点は、ホモフォビアを主題とする伝統が、パラノイア小説を通してゴシック文学発展の推進力になったということであって、［登場人物はさておき］「作者」ないし小説が文化に及ぼした全般的な効果が、必然的にホモフォビックであったということではない）。

一方、正統派の初期ゴシック小説の作者たち（ウォルポール、ベックフォード、ルイス）は、厳密な意味でパラノイア的な小説を書いたとは言えないが、彼ら自身がなんらかの重要な意味で同性愛的であった――ベックフォードが同性愛者だったことは周知の事実であるし、ルイスもおそらくそうであろうし、ウォルポールとなると不確かではあるが。ベックフォードは、年下の男と関係をもった廉で一七八五年にイギリスから追放の憂き目にあっており、また他にも何人かの若い男性と関係があったことが知られている。「マンク」・ルイス［『修道士』（一七九六年）の著者マシュー・グレゴリー・ルイス（一七七五―一八一八）の通称］の場合、彼に「男の恋人」がいたという（たとえばバイロンの）記録が残っており、伝記作家たちは程度の差こそあれ、それを信じている。たとえば、慎重で保守的な伝記作家のルイス・F・ペックは、「それは裏づけることも否定することも不可能だ」と言いつつも、大いにありうることだと考えているらしく、バイロンの説を裏づけると思われる証拠をコメントぬきで伝記に記している。ウォルポールについては、彼の記録保管人ウィルマース・ルイスが「公然の秘密とされている行動を裏づける証拠はない[10]」とだけ述べて論を打ち切っているため、それ以上のことは不明である。が、ともかく、ゴシック小説というジャンルに「デカダンス」や「不道徳」という烙印——時には名誉ある烙印——が押されるようになったのは、サブ・グループの五人〔ウィリアム・ゴドウィン、メアリ・シェリー、ジェイムズ・ホッグ、チャールズ・ロバート・マチュリン、アン・ラドクリフ〕よりも、断然、この三人のもつ同性愛のイメージのせいである。イギリス人読者にしてみれば、ゴシック小説とは男性同性愛とホモフォビアとの弁証法的関係を結晶化した小説であり、ホモフォビアはパラノイア的なプロットの主題として作品に登場したわけだ。しかしこれと同じかたちで、同性愛が作品中に主題としてはっきり姿を現すようになるのは、ヴィクトリア朝後期ゴシック小説の時代に入ってからのことである。ゴシック小説の初期の段階においては、男性同性愛らしきものは二、三の作者の生涯にこれ以上ないほど鮮明に認められるものの、作品中にはほとんど見られないのである。

ところで、大衆文学やローレンス・ストーン[11]ら歴史学者たちは、イギリスの男性同性愛者は大半が貴族だったとか、そこまで断言しないにせよ、少なくとも同性愛のサブカルチャーの出現は貴族階級と深く関わっていた、という説を広めた。そしてこのステレオタイプに異を唱えることこそ、ブレイが『同性愛の社会史』でなんとしてもやろうとしたことであろう。モリー・ハウスに足繁く通っていたのは、驚くほど広範な階層のイギリス人だった、というのがブレイの論である。しかし一八世紀末の時点で、貴族階級とブルジョワジーとの境界線は事実上浸食されていたものの、イデオロギーの境界線としては依然として機能を果たしていたのであり、なかでも男性のホモソーシャル連続体のありように関する知識や認識の重要な断層線《フォルトライン》は、階級の境界線と一致していたようである。たとえば、同性愛がどの程度表現されうるかをめぐる保守的な慣習は、階級によって歴然と異なっていた。貴族階級の場合、秘密は往々にして守られたため、ウォルポールの生涯を記した膨大な資料に目を通しても、彼の同性愛度ははっきりしない。一方、ベックフォードの生涯については全体としてわからないことがずっと多いけれども、彼が同性愛者だったことは公のスキャンダルであった――スキャンダルはつくられ、しかも時を置いて再燃した、なんとしても成り金のベックフォード家を貴族にしないために！

またこの時代、ブルジョワジーのイデオロギー上の意義を熱心に説く者たちが現れ、それに伴って、貴族階級のイメージが変容を遂げたように思われる。前章で述べたように、彼らは、イギリスの階級制度はエディプス・ファミリーに似て、親の役割を演じる貴族が権威を失墜するばかりか消滅する（＝父が息子に殺害され、母も犯される）運命にあると考えていた。わけても目を惹くのは、なんとしても貴族階級全体を女性化したい、という願望を彼らが執拗に抱いていた点であろう。事実この時代、貴族階級の女性（スターンが描くような女性たち）はもちろん、貴族階級全体が非現実的で派手で怠惰というイメージで捉えられるようになり、その結果、中産階級の精力的・生産的価値観と対照をなすようになったのである。（第7章および8章で論じるように、こうした「女性的な」イメージと「貴族的な」イメージが重なり合う瞬間は女性性のイデオロギーの歴史においても際立った瞬間である。階級、ジェンダー、家族に関わることばの意味はまさに歴史的な偶然の所産であり、ジェンダーと階級のイデオロギーの相互関係を論じる際には、この点を常に強調することが重要であろう）。

イギリスにおいて、いわゆる同性愛（者）の役割がどのように変化したかを辿ると、少なくとも一七世紀には男性同性愛の近代的ステレオタイプが――少なくとも貴族階級の間では――出来上がっていた、と言えそうである。キング・ジェイムズ・ヴァージョン（？）〔同性愛の「近代」的ステレオタイプのこと。ジェイムズ一世の同性愛的性癖と、彼が編纂し「近代英語」の記念碑と目される欽定訳聖書（キング・ジェイムズ・ヴァージョン）とをかけた表現〕ともいうべきこの役割の特徴は、女々しさ、鑑識眼、超保守的宗教、カトリック系ヨーロッパに対する関心などであり、すべてがゴシックに結びつく（ブレイがモリー・ハウスと関連づけて論じた同性愛文化と私の言う同性愛文化が食い違うか、もしくは両者にわずかな共通点しかないとしたら、それは彼がイギリス国内に的を絞って論じたからである。居住空間の移動や国際性こそ、イギリス貴族を貴族たらしめ、他の階級の人々と区別する最も顕著な特徴なのである)。もちろん、このステレオタイプは同性愛者に限らず、貴族一般の——少なくともブルジョワジーの目から見た場合の——ステレオタイプと大差ない。したがって、様式だけを考えた場合、アルフレッド・ダグラス卿に似ているのは、一九世紀の同性愛者ハウスマン兄弟やエドワード・カーペンターよりも女遊びにふけった皇太子ジョージ、ということになる。ハウスマン兄弟やカーペンターは中産階級出身で、どちらかと言えば貴族の伝統とは無縁だったし、女らしいというよりは雄々しく、大陸的というよりは古代ギリシア的な同性愛の役割を理想としていたからである（ヴィクトリア朝後期に男性同性愛の様式が階級によっていかに異なっていたか、その詳細な説明は第9章と結びを参照）。

一九世紀になると、全般的に貴族の規範的な力はイギリス社会において弱まっていたが、初期ゴシック小説の中では（個々の作品はさておき、ジャンル全体としては）、奇妙なことに、貴族的な同性愛の役割が強固なイメージとして定着したと思われる。さらにオスカー・ワイルド裁判を経て二〇世紀に入ると、上流階級であれ中産階級であれ、同性愛者はほぼ一律に「貴族的」と考えられるようになった。そのため、ゲイは——政治的には一九六〇年代まで孤立していたかもしれないが——イギリスのハイ・カルチャーに対しては、多くの点で保守的な影響力を少なからず及ぼしたと考えられる。(12) こうした変化と相まって、女性や女性に対する人々の認識はもちろん、顕在化した中産階級のホモフォビックな文化——「男同士の絆」の文化——も極めて複雑に大きな変化を遂げたのである。

これまで述べてきた一連の変化において予兆ともいうべき役割を果たしたのが、最もゴシック的な転義のひとつ、「ことばにできない」ということばである。ユダヤ－キリスト教の伝統では、男同士の性は、まさしく名づけえぬものとして当事者の間で通っていた。ルイス・クロンプトンによると、「ことばにできない」「口にするのも憚られる」「キリスト者の間では口にしてはならない」などが同性愛を指すことばとして使われていたという。[13] もちろん、同性愛が名前をもたず隠秘的であったこと自体、社会によって同性愛がどのように統制されてきたかを物語っていると言えるのだが……。多くのゴシック文学の批評家が指摘しているし、また私自身も別の研究書で詳細に論じたように、[14] ゴシック小説にはことばにできない事柄について語ることばが明らかに横溢している。たとえば、『放浪者メルモス』というパラノイアを描いた小説には、迫害者メルモスが遂に男を追い詰めて観念させ、自分は一体何を望んでいるかを相手に漏らす場面がある。ところがその内容は決して読者に明らかにされない――この地点で手稿はぼろぼろに「全く判読不可能」になり、しかもメルモスが口にできないことばをあえて口にしようとすると、そのことばもかき消されてしまう。つまり、彼の誘いは「ひどく恐ろしく不敬の精神に満ちており、そんなものを耳にしたら、それは誘いに応じたことに勝るとも劣らぬ犯罪を犯すことになる！[15]」と考えられ、省略されてしまうのである。

この場面で使われている「ことばにできない」という転義にはふたつの機能があると思われる。メルモスが「例の［名づけえぬ］術を使い、それが『キリストの名を唱える人間』には等しく忌まわしい罪と映った[16]」とあるので、そのことばがファウスト的な契約を指すことは間違いない。もうひとつの機能は――すなわち性的な意味をもつほうは――、同性愛者でない限り、当時の読者には（おそらくマチュリン自身にも？）わからなかっただろう。だが、マチュリンの大甥オスカー・ワイルドには当然ピンときたに違いない。七〇年後にワイルドが、同性愛行為ゆえにスキャンダルの渦中の人となり、投獄され、果てはイギリスから逃れるようにして去る際、メルモスと変名しているのだから。

ロマン主義の時代においては、ゴシックの「ことばにできない」という転義は、階級と男性のセクシュアリティが独特に絡みあった隠秘的な符牒であったが、二〇世紀初頭には、その役割も著しく変質していた。ワイルド自身の意識的、無意識的な影響も幾分あって（「私は、敢えてその名を告げることのない愛である」）、符牒も常套句と化したのである。貴族的だった同性愛の様式や、同性愛に附随するホモフォビアの様式の一部も中産階級に広がり、それとともに先に指摘したような、複雑な政治的効果が生まれたのである。ゴシック小説も同じく変質したと言えよう――『放浪者メルモス』や『ヴァテック』の中で同性愛は同性愛者にしかわからない符牒であったのに対して、『ドリアン・グレイの肖像』は部分的に、ゲイの様式や作法の手引き書となった（もしくは手引き書として使用されたた）のである。

ところで、ベヴァリー・ニコルズの『父親像』という二〇世紀の自伝には、ゴシック的な挿話が収められているが、その挿話には、今世紀初頭に至るまで、ゴシック小説や「ことばにできない」という転義が男性をコミカルに脅迫する道具となりえた点が生き生きと描かれている。ニコルズの中産階級の両親は、貴族階級の男性と懇意にしていた。この友人は口紅をつけているし、女々しく振る舞うし、気の利いた観察者であればたちどころに同性愛者だとピンとくるような人物だった。だがニコルズの両親は、保守的であっても世事に疎く、こうしたことにまったく気づかない。むしろ、友人が若い息子に関心を寄せてくれるのを無邪気に喜んでいたのである。ところがある晩のこと、ベヴァリーの父が酒を飲んで息子の部屋に入ると、息子が『ドリアン・グレイの肖像』を所持していることに気づく――本は、例の友人からのプレゼントであった。驚いた父はことばを失い、いきなり本を摑むと息子にビシッと投げつけた。そして口のまわりに泡をふきながら、何度も何度も本に唾を吐きかけ、その挙句、本をずたずたに歯で引き裂き始めたのである。

ベヴァリーは恐ろしくなり当惑してしまう。どうして父さんは、そんなに怒っているのだろう？　父はなぜ息子がポカンとしているのかわからなかったが、息子が当惑しているのを見て、本当に事情が飲み込めていないのだとついに納得した。「ワイルドが何をしたかだって？」――が、ことばにするのは憚られた。説明する代わりに父は、夜明け頃、息子の寝室にこっそり忍び込み、ワイルドが犯した恥ずべき行為を記した細長い紙切れを置いて出ていった。父がいなくなると、ベヴァリーは期待に胸をドキドキさせて、部屋の反対側の紙が置かれているところへと、そっと忍び足で寄った。紙にはこう記されていた。

「ILLUM CRIMEN HORRIBILE QUOD NON NOMINANDUM EST（名づけえぬもの――ゆえに、その罪は恐ろしきものなり）[17]」。

今日では、ゴシック小説やゴシックの転義が、そこまで重要で神秘的な力をもちえたとは想像しにくい。だが、ニコルズ家を取り巻く人々にとって、ゴシックはふたつの世代、ふたつの階級、ふたつの性の選択の間に存在する、触れると感電する障壁の役割を果たしたのである。今日の中産階級の読者にとって、ゴシック小説はスーパーマーケットで買わずにやりすごすものでしかないが――。次章で私はホッグの『義とされた罪人の手記と告白』、そして第9章および10章では、ディケンズのヴィクトリア朝後期ゴシック小説を論じるが、その際一八世紀後半になって出現するようになったホモフォビアを手がかりに、何が階級とジェンダーの関係に作用する梃子の力となるのか、またそれがどのような意味をもつのかといった点について、いくつかの指摘をしたい。

第6章　代行された殺人（1）

――『義とされた罪人の手記と告白』――

「前と同じ強さかね」
「何言っているのさ、お兄ちゃん」
「何言っているかって、言いたいことを言っているんだよ」
――ディケンズ『エドウィン・ドルードの謎（1）』

ジェイムズ・ホッグ作『義とされた罪人の手記と告白』は、初期のゴシック小説としては、やや遅れて世に出た作品（一八二四年）だが、なかにはこの小説をゴシックと呼ぶこと自体に異を唱える者もいるかもしれない。というのも、この小説をゴシックに分類したら、それまで主にカトリック系ヨーロッパを舞台にすることで知られていたジャンルに、国内（スコットランド）の景色や宗教が闖入してくるのを認めることになるからである。が、『ケイレブ・ウィリアムズ』や『嵐が丘』のように、ピクチャレスクな外国が舞台でなくても、ゴシック小説のキャノンとみなされている作品も、これと前後して執筆されている。ということはつまり、舞台にこだわる必要はたいしてないということだろうし、しかも、『罪人の告白』の場合、ゴシック小説に分類したほうがよいと思われる理由はほかにもあるのだ。すなわち、この小説がぼんやりとではあっても超自然的であること、不気味であること、「心理化」する傾向にあること（つまり通常内在化されている葛藤を、たとえば殺人ないし悪魔の誘惑のように言語化し外在化すること）、見たところ宗教的な絶対性が原因で事件が起きること、そして最も重要な点としては、男性のパラノイアを余すところなく取り上げて主題化していること、である。このように、『罪人の告白』では（厳密に言うとゴシックらしからぬ）国内の一地方が舞台であり、登場人物が個性的かつ微妙に造形されているばかりか、階級間の葛藤が正確に切迫感をもって描かれている。また、だからこそ、いかに男性のパラノイアが表現され、いかに欲望と迫害がジェンダーと権力獲得に結びついているのかを分析するのに、この小説は格好の場となるのである。

『罪人の告白』の冒頭部は、多くのゴシック小説と同じく、酷似していてもうまく区別がつくように設定された人／物《ダブル》を登場させているように見えるが、その区別は、小説の展開とともに徐々に不明確かつ微妙になっていく。[2]周知の通り、この小説ではほとんど同一の出来事がふたつの異なる語りから説明されており、また、ある男が他の男を脅すパラノイア的な迫害事件がふたつと、ある人物が他の人間の分身《ダブル》になる点なども描かれている。加えて、この小説には――あまりゴシックらしい仕掛けではないが――対照的な兄弟も登場しており、彼らは、小説世界の露骨に道徳的・社会的な意味を生成しつつ、ゴシックのコードとは（少なくとも暫定的に）こう読み解くべきだという価値の図式を提示してくれる。だがこうした構造の統語的対称性は、ソネット一四四番と同じように、やがて消滅するため、その図式自体、崩れて成立しなくなってしまうのである（ソネット一四四番では、対称性が男女のジェンダーのもつ意味的・倫理的非対称性によって浸食されていた）。

この小説に登場する兄弟は、同じ父親の子かどうか明らかではないが、ともかくふたりは極端に異なる位置を社会および家庭の中で占めている。この本のほぼ前半にあたる「編者の物語」によると、ふたりの母はグラスゴーに生まれ、「ベイリー・オードなる人物の、唯一の遺産相続人で評判のひとり娘」[3]（「ベイリー」（市参事会員）は、ほぼ「オールダーマン」に対応する役職）であり、「誰よりも宗教改革の精神に偏執する、厳格で妥協を許さない女性」（四）であった。彼女は「そうした信仰心を熱烈な予定説の信奉者である牧師、ただひとりから吸収した」――その牧師とは、ロバート・ウリンギムという男で、娘が若かりし頃、かなり年上で裕福なダルカースルの領主ジョージ・コルウァンに嫁することが決まると、このウリンギムが、娘とともにかの地に赴き婚礼の式を執り行ったのだった。その結婚は不幸なものであった――「領主は村人から『不謹慎なお道化者』と呼ばれるような男で、神を畏れる心も人間を恐れる心もほとんど持ち合わせていなかった」（四）からである。そして領主は、妻が執拗に性の交わりを拒むと、自分の屋敷の最上階にある、ひと続きのふたつの部屋に妻を――後には妻の教導者も――それぞれ追いやったのである。

この結婚に潜在する、ジェントリー対都市のブルジョワジーという対照的な価値は、息子たちの代になると一層先鋭化し不協和音を奏でるようになる。息子たちの父親が誰かという点は、ふたつの語りのいずれを読んでも判然としない。弟はロバート・ウリンギムの息子だと憶測されるばかりか、そう信じられるのに対して、兄は領主の息子だと「編者」を含む小説中のすべての人々から了解される。が、なぜふたりを異父兄弟と考えなければならないのか、という肝心の点になると、「編者の物語」さえ明らかにしない。にもかかわらず、ふたりはそれぞれ別の場所に、多かれ少なかれしっかりと割り当てられる。兄は領主の名をとって「ジョージ」と名づけられ、父の姓を問題なく継いで領主の住む屋敷の下の階で育つ。しかし弟は母の夫から認知されず、ついに「ウリンギム牧師が、同情と親切心から夫人自身を後見人として、子にロバート・ウリンギムという洗礼名をつけた――それは、名高き牧師自身の名であった」（一八）。

このように、確実な「遺伝的」根拠がないにもかかわらず、ふたりの少年は、この小説で著しく対照的に描かれるふたつの階級にそれぞれ割り当てられて育つ。そして「氏より育ち」を実証するかのように、ふたりは割り当てられた環境に見るからに完璧に適応する。ジョージは、ヴィクトリア朝小説で高らかに謳われる、あのイギリス人の理想像にぴったり合うように理想的に描かれていると言えるだろう。たとえば、彼は「寛大で親切な青年であった。誰に対してもいつでも優しく、不満を抱くようなことは滅多になかっ」（一八）たし、また「勉学」の点では弟にかなりひげをとったとはいえ、「勇気や姿、風采といった、生まれのよさを感じさせる態度や身なりに関しては、はるかに弟を凌駕していた」（一九）[4]。他方、年少のロバート・ウリンギムはと言うと、「鋭い才知をもった少年で……強烈で抑え難い情熱をもっていると同時に、その振る舞いには他の少年たちを寄せつけない厳しさがあった。文法、読み書き、計算といった授業で彼は一番であり、また神学上の論議を喚んでいる様々な問題について論文を書くのを好んだ」（一九）。要するにロバートは、母親の熱狂的な信仰心を倍もち合わせていたのである。編者は彼のことをよく「まじめくさった」人間だと言う――「唇はきゅっと固く結ばれていたので、彼の口元は、はっきりとは認められないほどであった。……彼がいると、あらゆる社交もしくは楽しみの場が、白カビの生えたような雰囲気になるのであった」[5]。さらに彼は、肉体を攻撃されることにひどく怯えており、また本人の説明によると、ついつい嘘をついてしまう人間ということであった。

ここでは階級と宗教の問題が交差しており、これは、多くの点で『ヒューディブラス』（サミュエル・バトラー（一六一三―八〇）作の風刺詩（一六六二―八〇年））経由で、『十二夜』にまで遡れるほどお馴染みの設定である。だが私としては、年少のロバートを社会学・性格学的見地からどう位置づけるべきかを考えることよりも、一見、あまり意味のなさそうな比較から始めてみたい。具体的には、この陰気なカルヴィン派の若者を、『田舎女房』に登場する青年スパーキッシュ――あの裕福で子犬のような自称遊び人――と比較してみたいのである。第3章でスパーキッシュに言及した際、私たちが力点を置いて論じたのは、彼が男同士の女性の取り引きの回路について誤解していたこと、あるいは少なくとも中途半端にしか理解していないため、それが彼にとって致命的な結果を招いたことであった。確かにスパーキッシュは、女性の究極的な機能が男性のホモソーシャルな欲望を循環させることにあると、（この戯曲世界の観点からすれば）正確に見抜いていた。だがその反面、女性を欲望することは軽視してしまい、かねてより憧れていた男たちとの絆を女性を介さずに結ぼうとし、男同士の関係では彼のほうが女性化する羽目になったのである。

女性を露骨に低く評価するという点で、年少のウリンギムはスパーキッシュに似ている——スパーキッシュを極端にしたような人物だ。ただしウリンギムの場合、女性蔑視の背景に宗教的な理由があると言えるだろう。たとえば彼は、自分の人生について次のように語っている。「特に」、

> 私は女性の美しさを、憎悪とまではいかないにしても、軽蔑するように努めていたし、これが人間にとって最も恐ろしい罠であると考えていた。そして青年男女ばかりか（母を含む）年配の女性までが私を変態《アンナチュラル》だと非難したが、自分ではこの潔癖さを誇りに思っていた。そして私は今日まで、あらゆる罠の中でも最も危険なこの罠からうまく逃れてきたことに感謝している。（一〇三）

ウリンギムの「不自然《アンナチュラル》」で徹底した女性蔑視はひとまず置くとして、女性を介さない男同士の絆に論を転じてみると、この小説の中で最も複雑かつ矛盾する領域に立ち入ることになる。まずここで指摘したいことは、この小説の第一部と第二部——「編者の物語」とウリンギムの「告白」編——は、別々の視点から同一事件に言及しているが、実際に描いているのは全く別の、男性のホモソーシャルな絆であるという点だ。「編者の物語」で中心になるのは、年少のロバートが兄ジョージを激しく迫害する様子であり、その物語はロバートがジョージを殺害する時に頂点に達する。他方、ロバート自身の告白で中心になるのは、ロバートがはるかに激しく、ギル・マーティン——「編者の物語」には登場しなかった見るからに〈悪魔〉そのものの男——に迫害される物語である。要するに、ふたつの物語とも、先に指摘した〔ジェントリー対ブルジョワジーという〕心理社会的カテゴリーにおおむねすんなり納まる関係を扱っているように見えるけれども、同一事件を説明しているとは言えないのである。

それではまず、ふたつの絆のうち、ロバートと兄ジョージとの関係から考察することにしよう。このふたりの関

係について論じるということは、とりもなおさず、（私たちにとっては事後的に）馴染みのある、あのドストエフスキーの世界に入っていくということだ。[6] ふたりが青年になり——見たところ初めて——出会うのは、エディンバラが特に政治的な対立をみた時のことである。ロバートは、スポーツマンで颯爽とした人気者の兄を見かけると、その兄に、徹底的にことばでいやがらせをする。そのやり方は、現代の私たちが受動—攻撃〔他人から声をかけられたいと望んでいるものの、わずかなことで自分が無視されたように感じ、自尊心が傷ついてすねた態度をとるといった、両面価値を示す態度〕型と呼ぶであろう「女性的」な戦略である。ジョージと彼の取り巻きがテニスをし、「若き郷士が巧みなボールさばきと敏捷な動きを披露して、仲間から惜しみない賞賛を勝ち得る」と、ロバートは「試合の間じゅうずっと兄のすぐそばに立ち、時折痛烈な嘲りのことばを差し挟んだ」。試合が終わるまで彼は、

余りに［ジョージの］近くに立っているので、球を追って素速く動くジョージの邪魔になり、当然のことながら、手荒く脇へ押しのけられた。それでもロバートは兄から離れない。それどころか、体をぶつけられたり押されたり、時には矢つぎばやに悪口を投げつけられたりすると、一層、テニスの王者の近くにまとわりついた……。次の日から毎日、悪魔のような姿をしたこの青年は、まるで影のようにまとわりついたのである。

（二二）

ロバートは青年紳士たちの試合見学を諦めようとはしない。ボールが飛ぶ範囲から離れるように言われても、彼は「離れなくてはいけないなんて、そんな法令なり何なりがあるのですかね？」と、「軽蔑したように唇を噛みながら」尋ねる。「まじめくさった顔つきで」彼は、

少しも動くまいと決心したようであった。球の動きを追っているようなふりをしながら、その実、目は常に

ジョージに向けられている。ジョージの試合相手は、巧く決めると喜んで、思わず「どうだい、まいったか、ジョージ！」と口走った。これを耳にした侵入者は挑戦者によくあるように、球が打たれるたびにこのことばを繰り返した。（二二）

事態は悪化する。ロバートは突然ジョージと取っ組み合いを始め、出血し、自身をどうにも耐え難い嫌悪の対象にしてしまう。彼は口と鼻から流れ出る血を止めようともせず、またその血を拭い取ろうともしなかった。そのため頰や胸は血だらけになり、血はつま先にも飛んでいた。そして、そんな姿のままで競技者の間に割って入ると、その場にじっとしてはいずにあたりを駆け廻って、相手かまわずテニスをやろうとする者の邪魔をするのだった。全員が彼に罵声を浴びせたが、どうにもなりはしない。彼はむしろ迫害や虐待を求めているようであり、相変わらず例のことばを使って茶化しては、徹底的に試合を妨害するのである。そのためテニスをしていた者たちは何とかして彼にやめさせようとしたが、しかし結局、彼のおかげで試合は諦めなければならなくなった。（二三―二四）

ロバートの「悪意ある」（二一）目つきに情動が見てとれるかもしれないし、また、その情動はスパーキッシュの「機知のある男」への純粋な憧れとは全く別物のように見えるかもしれない。だがそれにもかかわらず、ロバートが、スパーキッシュと同じく、権力・権威・地位のある男に接近しようとして――実際には男を怒らせてしまうのだが――女性化していることは明らかである。ここで特記すべきは、鼻からの出血によって、とりわけ女性特有の無力さが象徴的に示唆されていることだ。ジャネット・トッドが指摘するように、女性が性的な危機に瀕すると鼻から血を流すのは、一八世紀小説のひとつのパターンである。[7] 後に、ロバートの鼻から「また血が溢れ出てきた。これは臭い動物の類が放つ悪臭と同じく、彼の身に備わった保身術だった」(四一―四二)と語られる格闘場面があるが、ここでも彼は血を洗い流そうとしない。明らかにロバートは、どんな手を自分はもっているのか、どんな手を使えば兄に接近できるのかを自覚しており、まただからこそ、去勢された男だけが――著しく無力な、うんざりするくらい無力な男だけが――利用できる手を使っているのである。彼の強みは、社会的地位を獲得する上でなんら失うものがないという点にある。言い換えれば、徹底したおぞましきものであるからこそ、彼は悪ふざけをし、倒れている兄を蹴り、また権利を要求して他人の行為を妨害することができる――要するに、厄介なゲリラになりうるのだ。そもそもロバートは肉体的に脆弱で人に抵抗しないため、兄は「左手で弟の口と鼻を、頬に指が埋るくらい強く」(四一)摑むことができたし、また、エピローグでロバートの死体が掘り返されると、「下半身は腰から足の指先に至るまでまったく完全で少しも損なわれていないように見えたが、手で触れてみると極めて脆く、ダラリとしたかたちを保っていた大腿部を除いて、墓に戻す前にすべてボロボロになった」(二二七)。さらに棄却にあたっても、ロバートは女性を欲望の対象としてみることができないため、女性を導管に利用して男性を欲望することができない。その代わり、いやいやながら女性と同一化し、男性権威に最も近いところにいると思われる男性に、いやいやながら我が身を委ねるのだ。編者の物語は、男性のホモソーシャルな欲望を、――ロバートがジョージを不気味に「追跡」するという主題を通して――殺意を孕んだルサンチマンとして描いている。そしてその欲望は、『田舎女房』の寝とる行為に比べて、濃密な共同体内で循環すると言える――欲望が家族内で発生するだけでなく、みながその欲望を抱いており、しかも充分に女性を介さずにそれを循環させているからだ。と同時にその欲望は、あの素朴な階層的支配より、はるかに暴力的かつ抑圧的でもある。すでに示唆した通り、ホモソーシャルな欲望に、個人的で憎悪に満ちた要素――ホモフォビア――が新たに入りこんだのである。

社会でうまくやっていくために男同士のつきあいは不可欠なものと考えている点では、ジョージも弟のロバートと変わらない。ジョージは、頻繁に青年貴族のグループと行動をともにしており、その中でうまくやっている男と常に考えられている。ところがジョージはロバートと違って、女性を利用してホモソーシャルな欲望を三角形に流通させる術を心得ており、男の知人たちとは男としてつきあう。こうした男のつきあいとは、最もさりげないかたちでやりさえすれば済むもので、たとえばジョージが、「恋人に逢いにグレイフライアーズ教会に行くつもり」の友人にばったり会い、「コルウァン、一緒に行く気があるのなら彼女に会わせよう。そうすれば、君だって僕と同じ位夢中になるだろうよ」（三五）と、誘われる時のように。あるいは、友人たちと酒を飲んで騒ぎながら、ジョージが彼らと「一緒に売春宿へ繰り込んでこれから一晩を過ごそう」（四八）とする時のように。

　ジョージは、（ほんの少々とはいえ）女性を男同士の取り引きの媒体として、楽しそうにしかも自信をもって利用する。そしてその行為はと言うと、（ともかく法律上の）父であるダルカースル領主がやっていることを、例によって反復しているだけのことだ。そもそも領主と花嫁の間に不和が生じたのは、花婿である彼が、結婚式で「そこそこの顔をした娘を見かけると必ず挨拶をし、その返礼として自分の花嫁にも同じように振る舞ってくれと、彼女たちの恋人に頼」（五）んだからである、と考えてまず間違いない。所詮、彼女は生身の人間としては価値のない、男性の絆を結ぶための貨幣でしかなく、この点は、後に花嫁が父の許に逃げ帰り、父と体面する場面――ロバート・M・アダムズいわく「民衆のユーモア溢れる秀逸な場面」（xii）――で明らかになる。父は娘に対する領主の仕打ちに立腹したふりをし、自分の娘を夫の身代わりとして叩く。

「……妻としてのお前に、夫がどのように接すべきかということになると、これについては、わしより奴の判断を尊重せねばなるまいよ。しかしだ、わしの娘にそんな振る舞いをしたからには、一度くらい仕返しをせずにはおかぬぞ……」。

そう言うとこの市参事会員は、夫の許から逃げ帰ってきた妻を殴打するのだった。……「あの男はまったく人でなしだ！」彼は叫んだ、「そんなひどい態度をわしの娘にとったからには目にものを見せてやるわ……生憎あの男を直接懲らしめるわけにはいかんから、この世で奴と一番近しい奥方を痛めつけてやる」。（一〇）

もちろん、父は夫の許に帰らせようとして娘を叩くのであり、父の目論みは功を奏する。

とすると小説の前半は、魅力的で男性的なジョージが、腹黒く不気味で女性化した弟から、迫害や不気味な追跡を受けた挙句、究極的には殺害される事件を、ぶっきらぼうで男権主義的な編者の視点から語っているると言えるだろう。一方、後半部は、編者とは少々異なる視点からロバートが語り直したもので、ジョージに関する物語ではない。むしろ分裂症を呈した、哀れで、女性化したロバートが、魅力的で不気味な「ギル・マーティン」なるよそ者――ロシア皇帝ピョートルだとロバートがずっと思い込んでいた男――に愛され、迫害され、ついには奸計に陥れられる物語である。ということはつまり、ロバートとギル・マーティンの関係を考察すれば、編者の物語の奇妙な出来事も説明できるようになる、ということだ。

純粋にエロティックなことばが使われ始め、男同士のロマンティックな情熱――情動――が描写されるようになるのは、小説もいよいよ後半に入ってからである。前半部のロバートとジョージの感情と、この情動とは少なくとも初めのうちは全く異質なものである。しかし、ふたつの絆を描写することばは、奇妙なくらい似ているのである。たとえば、ロバートが例のよそ者に初めて会った時、

この男は身を躍らせて私の行く手をはばもうとするのでどうにも避けようがなかった。しかも私は、この男の方に引き寄せられていく一種の目に見えぬ力、抗う術のない何か魔力といったものを感じた。互いの距離が縮まり、眼が合った。あの忘れ難い瞬間、戦慄にも似て私の体を貫いた不思議な感覚を書き表すことはとても出

来そうにもない。（一〇六、傍点セジウィック）

二人の目が合ったときの状態はこのように描かれており、これはロバートがジョージを不気味につけまわした時の目つきに似ている。

誰にも知らせずに［ジョージが］どこへなりと気晴しに出かけると、必ず弟のウリンギムが現れ、大体いつも同じくらいの距離——数ヤードと離れてはいないところ——から、時折心臓を凍らせるようなぞっとする目つきで彼をにらみつけるのだった。その目つきは何とも形容しがたく、ともかく心の一番の奥底までも貫き通すように思われた。（三四、傍点セジウィック）

よそ者を見かけたロバートが「あの若者は私とそっくりだ！」（一〇六）という事実に気づいて驚くと、その男も「あなたは私のことを兄弟だと思っていますね……あるいはあなたの分身とでも考えているのでしょう。その通り、私はあなたのブラザーです」（一〇七）と応える。また小説の前半部で、ジョージが「実体から投影された影のように、あるいは光源から放射された光線のように……絶えず」（三五）ロバートにまとわりつかれているようだと感じると、ロバートもギル・マーティンに「まるで影のように絶えずつきまと」（一二〇）われているようだと語る。さらにこれに関連して、ロバートがおそらく心ならずもふたつの殺人事件に関与してしまい、よそ者のことを身の気もよだつ不愉快な人間と感じ始める場面を見てみよう。ロバートは、嫌悪で身がすくんでしまうと言いながら、この男のことを次のように語っている。仮に兄ジョージが、テニスコートで彼にまとわりついてプレーを妨害し、血を流しながら無抵抗を貫いたクズのような弟を描写していたとしたら、おそらく同じような口調になっていたであろう。

蛇が身体のまわりに巻きついたかのように感じられた。しかもこの蛇は、何の餌食となったのか獲物に思い知らそうとして、うろこに覆われたその忌まわしいとぐろを勝ち誇ったようにうごめかすでもなく、また獲物を傷つけるでもなく、それでいて生殺しにするようにその毒牙を放そうとはしないのだ。（一七五）

またロバートは、兄たちのことばをわざとそっくりまねて彼らをぞっとさせており、これは、ギル・マーティンが神学上の議論をする際にロバートに対してとった戦略に似ていると言えるだろう。

彼は私の言うことをすべてそっくり鵜呑みにした。そしてその日ふと感じたのだが、彼の議論には時折、神を冒瀆することになるのではないかと、この私が密かに恐れるほど、極端に走るところがあった。とはいっても彼の態度は実に素晴しく、私の意見にはすべて敬意を払って耳を傾けてくれるので、私はすっかり有頂天になっていた。しかしそれにもかかわらず、どういうわけだか分からないが、この男に一種の畏怖を感じ、彼の前からすぐにでも逃げ出して姿をくらましてしまいたいという衝動に我知らず襲われることが何度かあった。（一〇八）

ふたつのホモソーシャルな関係には多くの類似点があり、しかもそれは単なる類似ではなく、明らかに文字通り呼応するように設定されている。たとえば、〔ジョージの幻想に〕ロバートの亡霊が現れる時、その亡霊は、兄を尾行するだけでなく、いつも決まって右側のある特定の位置に現れたという（三五）。これに呼応して、ロバートがつきまとわれていると感じる時は、「いつも決まってもうひとりの人間の姿が目にはいってきた。しかもその人物は、私が坐っていようが立っていようが、私から見ていつも同じ位置におり、それは左手の方で、私から三歩ほど離れたところだった」（一三九）。また、ギル・マーティンがロバートの「ブラザー」であると主張する場面に戻ると、その主張は重要にも「二重の意味」で真実と言える――ギル・マーティンは、ロバートに初めて出会う場面ではロバートにそっくりで、その後、別の場面では兄ジョージにそっくり（七六）だからである〔ブラザーには「兄弟」の他に「分身」という意がある〕。もっとも、ギル・マーティンは実のところ、どんな人間（少なくともどんな男）にも変身可能なのだが……。さらにまた、編者の物語では、ロバートが兄を迫害していたかのように描かれているが、それに呼応する「告白」編の箇所によると、ロバートはその大半の時間、奇妙な譫妄状態に陥って自宅で臥せっていたか、そう思っていたかである。あるいはまた、編者の物語の部分だけを読めば、「ロバート」は自由に田園に出没して、次々と殺人を犯したのではないか、といった印象を受けるものの、当の本人は眠っていただけと認識しているのである。

端的に言えば、ロバートの姿貌《すがたかたち》をしたギル・マーティンがほぼすべての虐殺事件の首謀者だった、あるいは心理化して言うと、ロバートの無意識の願望がギル・マーティンに投影され、彼が殺人を代行した――これが、この小説の強く示唆するところであろう。だがこうした点はすでに指摘されており、この小説の批評としてはなんら目新しいことではない（「告白」の冒頭部に限定すれば、ギル・マーティンがロバートに変装した時でさえ、私たちにもロバートにもふたりを区別することは比較的簡単なのだが、後に小説が通常のゴシックのパターンを踏襲するようになると、その区別は急に難しくなる。この点こそ、私たちが注目すべき点であろう）。確かに、ギル・マーティンはロバートの性的・パラノイア的分身のように見えるけれども、そのことが、本書の論点との関わりから最も目を惹く点というわけではない。むしろ、ギル・マーティンのアイデンティティが流動的で、彼が二重の意味でロバートの「ブラザー」である――ロバートの分身にもなれるし、兄ジョージにもなれる――という点が重要なのである。

要するに、その流動性には男性が異性愛者になって権力を獲得するためには一旦同性愛者にならなくてはならないという、まさに欲望と同一化の不可分性がドラマ化されているのであり（第1章参照）、これこそ重要な点なのだ。エディプスの図式に反するけれども、人の（たとえば〈父〉の）所有するものを欲望することと〈父〉を欲望することとの間に、明確な境界線は引けないのである。変幻自在なギル・マーティンが表象するのは、まさにこの境界線の流動性である。とすると、なぜロバートが彼を愛していながらも恐れるのかと言うと、ギル・マーティンが権力をもった男性―他者と同時に自分の姿を、それも殺意をよび覚ますあの棄却行為における姿を、鏡のように映し出しているからであろう。このように欲望と同一化が溶け合う様子を、まざまざと描いた例がロバートの病床場面である。その場面を見ると、ロバートになりすましたギル・マーティンはどうやらジョージを追跡しており、一方、ロバートはと言うと、その間、譫妄状態に陥っている。

私は奇妙な病にとりつかれていた。……始終自分がふたりの人間であるように感じるのだ。ベッドに横になっていると、そこにはもうひとりの自分がいるように思え、身体を起こすと、決まってそのもうひとりの人間の姿が目にはいってきた。……まわりの人間が多かろうと少なかろうと、そんなことは問題ではなかった。この第二の私は必ずお決まりの場所にいる。このため何を話すにも考えるにもまったく混乱してしまい、友人たちをすっかり驚かせることになった……自分がふたりの人間であるという妄想を前にして、私の理性はまったく無力だった。こうした妄想で一番手に負えないところは、自分自身がこのふたりのいずれかであるとはほとんど考えられないことであった。大抵は、そのふたりのうちのひとりが例の高貴な友人で、もうひとりは兄であると思えた。そして、自分ではない別の人間として受け応えをしなければならないというのは、結局何と厄介なことなのかを思い知らされたのである。（一四〇）

このように、この寝室の場面ではアイデンティティの混乱が描かれており、それは、後に考察するふたつのテクスト――『我らが共通の友』のジョン・ハーモン襲撃と『知恵の七柱』のT・E・ロレンスへの性的暴行場面

——にも共通するということを指摘しておきたい（第10章参照）。スティーヴン・マーカスは、こうしたアイデンティティ（ないし同一化）と欲望との溶解をサドマゾ的なポルノの特徴として批判している。しかし、本書の例だけでなくマーカスの例も含めて検討してみても、やはりアイデンティティの溶解は——私が思うに——性の衝動と男性のホモソーシャルな欲望というふたつの軸に沿って論じるほうが適切であろう。(8)

ギル・マーティンのアイデンティティはなんとも捉えにくく、それに名称を与えるとすれば、「男性のホモソーシャル的な権力獲得における同一化と欲望の不可分性」であろう。そしてこのように表現することは、小説中の極めて重要な心理学的関心事を明確にすることになると思われる。が、ギル・マーティンの変幻自在なアイデンティティによって生じる、徹底した混乱——顔、アイデンティティ、パラノイア、家族、重なり合うがわずかに異なるプロットなどの拡散——について考えようとすれば、精神内部の細かい分析を一旦やめ、後ろに下がって社会構造全体を眺めることも必要になってこよう。というのも、結局その混乱を辿ると、それがこの小説における取り引きの象徴の連鎖を構成していることがわかり、しかもその連鎖は、事後性と置き換えからなるとともに両者を誘発する比較的広範な体系に現れるように思われるからだ。

その取り引きに関連して、この小説の奇妙な点を指摘しておこう。すなわち、一見したところ編者やダルカースル家の人々は、男性の欲望のために女性が取り引きされ抑圧されることを、喜んだり楽しんだりしているように見えるけれども、奇妙なことに、小説全体——特に「編者の物語」——は、その抑圧の仕組みや結果を珍しいくらい生々しく説明していると考えられるのである。たとえばすでに考察したように、領主の妻が夫や父から権力を誇示する交換貨幣として扱われると、語り手は同情的とは言えないにせよ、その悲しみをわかりやすく説明していた。また妻に、寝室をともにすることを拒まれた女たらしの老領主が、気を紛らすために囲った女——ミス・ローガンという「太った見るからに威勢のいい女」（一二）——について考えてみてもよい。領主も語り手もミス・ローガンに愛情をたっぷり注いではいるが、少なくとも金銭面からすれば、彼女も領主に搾取されていることを、小説全体は明らかにしている――何年にもわたって忠実に、妻、家政婦、乳母、看護婦の代わりを務めたにもかかわらず、彼女は、領主の健康が衰える頃になっても、自分のために遺言書を彼に書かせることすらできないのだから(五一)。

さらにもうひとつ例を挙げてみよう。先に述べた通り、息子のジョージは喜々として男友達と「売春宿」に出かける青年で、それが彼の男らしい魅力につながっているとのことだったが、しかし「編者の物語」の別の場面では、娼婦を物のように扱うことに対して、意外にもはるかに否定的な見解が〔アラベラ・カルバートを通して〕示唆されているのである。アラベラは例の晩、売春宿の外で人目につかないように佇んでいた――客を待っていた――ため、ジョージ殺害を目撃する娼婦だが、自分のことばで語り、語り手とは全く別の視点を提供できるため、「編者の物語」の中で重要な役割を果たす女性である。たとえば彼女は、ジョージ父子をふたりとも「知って」いたけれども、「だからといって別に何の得にもならなかった」(五六)と語っているように、ふたりのことを冷静に考えられる立場にあった。生まれは卑しからずとも、貴族に誘惑され、捨てられ、その後アラベラは「投獄され、鞭打たれ、詐欺師の烙印を押された。それも、世の最もよこしまな男たちに、彼女が少しもゆるがぬ誠実さをもって心の底から尽くしたからであった。この男たちが皆、極貧と恥辱の待ち受ける奈落のどん底に彼女をつき落としたのである」(六四)。運命の晩のエディンバラで、彼女はジョージの友人に声をかける。その青年紳士は、彼女の淑女のような話し方に気づき、思わず感傷的になって、「どうか元気を出して下さい。災難を話して下さい。もし私に出来ることがありましたら……力添え致しましょう」と申し出る。アラベラが話を続けるには、

私はそのときなんとしてでもわかってくれる人が欲しかったのです。今がそのチャンスだと思いました。です

から私は、話し始めたのです。……ですが、赤裸々な真実をありのままにしゃべってしまい、やりすぎてしまったことにすぐ気づきました。つい先日、詐欺、いかさま師として鞭打ちの刑を受けて追放までされた重罪人と、怪しげな家の汚辱にまみれた一室にいることがわかると、慎ましいあの男《ひと》は、すっかり動転してしまいました。憐みを催すどころか、あの男は逆にひどい衝撃を受けてしまったのです。たまたま私の腕に残っていた、鞭で打たれた縞のあざに目を止めると、そのときから落ち着きがなくなり、しきりに帰りたがるそぶりを見せ始めました。（六六―六七）

青年紳士は最初、アラベラを更正させてやりたい、哀んでやりたいと思っていたが、「真実」を告げられると、青年の――ヨリックのような――同情心など打ち砕かれてしまった。彼女が辿ってきた運命は、それほど残酷なものだったのである。実際アラベラは、文字通り男の手から手へ譲渡され、幾度となく、彼女を所有した男たちの「代わりに」（六五）罰を受けてきた。その運命が最も印象的かつ象徴的に表れているのは、本人の心に浮かんだある光景だろう。想像の中で彼女は、盗みを働いた科で絞首刑に処せられる――「物見高い大勢の人たちの目の前で絞首刑に処せられてさらしものになるなんて、その中には情けを交した男たちもいるというのに」（五五）。

しかしながら、女性のセクシュアリティが浸食性のある、罰し罰せられる商品として描かれているのは、ジョージ親子を中心とする「異性愛」のプロットの中だけではない。たとえばロバート・ウリンギムの物語は、「男性的な男と女性化した男」の欲望と葛藤という図式に圧縮できるけれども、それを理解するとなれば、実際には女性の――彼の母の――禁じられたセクシュアリティの問題を考える必要があろう。具体的には、母親のセクシュアリティの問題を通して、息子のロバートに最も深刻な影響を及ぼす社会的力――宗教的・階級的欲望――について考えなければならないのである。

この小説の場合、母親のセクシュアリティの問題は例によって、過去を含むあらゆる場面において様々なかたちで浮上しており、たとえば母ラビーナ自身もおそらく非嫡出子ではないかとの指摘がなされている（三、一〇、四四）。語り手が思いつくままに書いているような印象は否めないものの、ともかくそうした指摘が、ロバートの正統性をめぐる問題の布石になっている（ただし先に述べた通り、ジョージの正統性が問われることは決してない）。そしてロバートは、嫡子――領主の子――ではないからこそ、独特のホモソーシャル的環境において、今ある姿に成長したのである。彼は、母と年長のロバート・ウリンギムの世帯に育ち、牧師とウリふたつであるという。もっとも、牧師本人はこの点について、次のように語っているのだが。

血のつながりがなくとも似ることなど幾らでもあるではないか。似るかどうかは、母親の考え方や愛情に大きく左右されるもんなんだ。あの子の母親は、人間の屑とも言うべき夫に棄てられ、その後は私の方を頼りにしていたから――いや、母親の保護者として然るべきことだが――そのために私とあの子が驚くほど似てしまったのではないかと思う。（九七）

このように牧師はそつなく説明するものの、果たしてこの説明に説得力があるのかどうか、実のところ、彼自身疑わしく思っているようである。そのため使用人がその説明に疑義を挟むと、牧師はその男を解雇してしまう。さらに、若者の魂の救済を求めて彼が神と闘うのも、ほぼ間違いなく、不義を犯したという罪の意識からだと思われる。

私は神を相手に長い間一生懸命闘ってきました。……しかし、私の願いを拒絶されることなど殆どなかった神が私をはねつけておしまいになるのです。神みずからのおことばを唱え、何とか約束を守って下さるようお願いしたのですが、神の至上の力は大変気紛れで、私の願いはこれまで受け入れられていないのです。（九一）年長のウリンギムが、ついに神から若者の魂を救済するとの約束をとりつけたと宣言する日は、まさしく年少のロバートが初めてギル・マーティンと出会う日であり、こうしていよいよ殺人のプロットの諸要素がすべて出揃うことになる。

とすると、父親は息子をギャンブルの数取り札にして、神と無言のうちに取り引きをしていたわけであり、これがきっかけとなって、息子ロバートは女性化するようになったと考えてまず間違いない――（告白いたしませんが）願わくば我が罪を許し給え。（我が罪をすべてお許しくださるという証に）息子を救い給え……。ディドロの『修道尼』とマチュリンの『放浪者メルモス』というふたつのゴシック小説には、姦通の結果生まれた不義の子を修道院に入れ、その罪を贖おうとするカトリック教徒の親が登場するが、ウリンギムの取り引きはそのカルヴィン主義者版と言えるだろう。しかしこの場合、プロテスタント信者は取り引きを心の中で行っており、しかも、その条件を心の中でさえことばにしていないし、条件の内容そのものも筋が通っていない。そのため子どもが分裂症を呈するようになったのだ、と厳密に心理学的レヴェルで考えたとしても、おかしくないだろう。

なぜロバートが母を嫌悪するのかを、この取り引きに絡めて考えてみると、それはかなり明確になってくる。本人は不思議だと言っているが、実際には彼自ら説明している。

母がキリスト者であることは承知していたものの、正直言って私はいつだって彼女の雑多な教訓を軽蔑していたし、人間としても格別の尊敬を払っていたわけではなかった。これは許されがたいことかもしれないが、何とも仕方がなかったのである。率直に言ってしまえばそういうことなのだ。それも昔彼女が犯したなんらかの罪ゆえに神より彼女に下された審判だったに違いないと思う。それに当時の私は他に接するすべを知らなかっ

たとも言える。（一〇四）

自分が私生児であることにロバートが気づいていたかどうかは、本人の「告白」編を読んでも、はっきりしない。だがこの箇所でロバートは、いかにも彼らしく信心ぶらずにはいられないといった調子で母を非難しているので、やはり気づいていた、と考えるのがともかく妥当であろう。自分にとって、女は正統性を否定する存在でしかなく、自分を認知できるのは（領主親子を別とすれば、年長のロバートと神の）男だけだ、と信じ込んでロバートは育ったようである。彼によると、領主に認知を拒まれた後、「天のもとで」彼が「気高く生」まれえたのは牧師のおかげということである。

ロバートの家庭生活を描いた最初の場面を見ると、彼は、早くも牧師にひけをとらない巧みさで宗教を論じている。しかも彼は、罪人への復讐を問うた教理問答で気の利いた答えを出せずにいる母を、こてんぱんにやっつけてしまうのだ。すると、事態はヨリックの原光景を愉快に作りかえたような展開を迎える〔ヨリックの原光景については、第4章一一七―一一八頁参照〕。

「何て素晴しい子でしょう！」と母が叫んだ。

「わしゃあ末恐ろしいよ、この子は大の自惚れ屋になるかもしれんぞ」と牧師の下男だったバーネット老人が言った。

これを耳にすると、父（これからこう呼ぶことにする）でもある私の師は反論した。「いや、そんなことはないよ、バーネット。彼は実に素晴しい少年だが、それも驚くにあたらない。何といっても、この少年が幼い時から、こうした才能が授かるように私は祈り続けてきたのだからな。神がこれほど私心のない祈りを拒絶なさると思うかね？　いいや、そんなことはありえない。しかし私が恐れているのはですね、夫人」と、彼は母の方に顔を向けて先を続けた。「この子が今でも不義の繫にいるということなのです〔『新約聖書』「使徒行伝」第八章二三節「我なんじが苦き汁と不義の繫に居るを見るなり」より〕」。（九〇―九一）

家族の形成に関わるこの短い挿話には、年少のロバートがいかに女性を嫌悪しつつ、熱心かつ盲目的に父の野望を引き継いで男だけの家族をつくろうとするかが描かれている。つまり少年は、神、年長のウリンギム、自分の三人で――母を除け者にしつつ――ホモソーシャルな絆を結ぼうとするのだ。だがこの男だけの家族は、少年のために「私心のない」祈りを捧げてきたという牧師の嘘が土台となって形成されるため、少年の立場は、母の不義を牧師がもちだす度に浸食されてしまう。少年が、どんなに母をやっつけてその存在を否定しても、母の不義の結果生まれた子だという事実は否定できないし、しかも、まさにその罪を否定するために、男だけの家族は形成されるはずだからである。年長のロバートは嘘を嘘と承知の上で、それを幾分利用して母を除け者にするが、年少のロバートはその嘘を真に受け、それゆえ嘘に翻弄され除け者にされてしまう。まただからこそ、年長のロバートは母親を見捨て、年少のロバートは母を殺害してしまうのである（原光景としての宗教的な論争を滑稽に描いた例としては、『罪人の告白』の一七頁を参照）。

キリスト者であるにもかかわらず、年長のロバートは（異性愛者であるため）、一般的な教義を利用して年少のロバートや母を操ることができるわけだが、面白いことに、階級と政治の問題が絡んでくると、年少のロバートやスパーキッシュのように操られる羽目になる。本質的に冷笑的で矛盾だらけのイデオロギーを鵜呑みにして、人の言うがままに牧師は行動してしまうのだ。たとえば、エディンバラで催された政党の集会の期間中のこと、

アーガイル公やその仲間は、狩猟家がテリヤ犬を使うのと同じように彼を利用して、獲物を駆り出し大声で吠え立てては、どこまで追い込んだのか知らせるようにさせた。これは、彼らが反対陣営をからかうためにしば

しば冗談に使う手であった。というのも、彼ほど人にとりついて耐え難く厄介なものは他にいなかったからである。たとえ腹立ち紛れに手を出されても、牧師の長服が防いでくれることを承知していたから、彼は容赦なく相手を罵倒し、その相手を悔しがらせたり怒らせたりしては喜んだ。しかし、彼は時には長老派首脳たちの役に立つことも実際にあり、そのため彼らの会合に出席を許されたものだから、自分が偉大な人物であると思い込んだのはもちろんである。（二〇）

年長のロバートが政治の舞台でとった戦略は、年少のロバートがテニス・コートで使う戦略に似ている。そしてもちろん、父とおぼしき人物から少年は階級とルサンチマンを受け継いだのであり、そうでなければ、彼「独特の」杓子定規で、独善的で、いかにもジェントリーらしい態度を身につけることもなかっただろう。テニス・コートで年少のロバートは、自身の権利を主張しようとして、

彼は［青年紳士たちのひとりであるゴードンに］次のことを告げた。「私はいまここにいたいのですがね。あなたたちが優先的な占有権を持っており、私を含めて他の人間はここにいてはならないことを証明してくれない限り、私は自分の、かつまた他の人々の権利を主張するためにも、いたいところにいると決めたんだ。何といってもここは皆の共有地なのだから」。

「あなたは紳士とは申せませんね」とゴードン。

「君はそうだとでもいうのかい？」と相手。

「そうですとも。神の名に賭けて紳士だと申しましょう」。

「それでは、いま君が御名を汚した神に、私が紳士でないことを感謝しなければならないな。君たちの中のたとえひとりでも紳士だというのなら、幸いなことに神に賭けても私は違うな」。（二二）

このように、この小説におけるパラノイアのドラマは、「エディプス」物語のように展開するものの、誰がエディプス・ファミリーのメンバーになるかは予め決まっているわけではなく、明らかにそのメンバーをめぐって争いが生じている。というのも、父が何人いても誰が父の座を占めるか定かではなく、また女性のセクシュアリティの問題が次から次へと浮上し、さらにそのうえ、ふたつの異なる階級の問題もそこに絡んでくる、というように、事態が混沌としているからである。そして、そのやっかいな事態＝材料から、わけもなく恣意的に――事実乱暴に――三人家族が切り出される。まず、父、母、子が、次に神、父、子の三人が――。

この小説では、男性たちのホモソーシャルな欲望は複雑に絡み合い、やがて暴力的な場で最終決着を迎えるが、その（神をも含む）男性たちの絆を表す主題上重要な象徴は、両刃の剣である。しかも、それは肛門愛か、あるいは後方からのペネトレーションを扱った主題に組み込まれて登場する。たとえば、年長のウリンギムがついに年少のロバートを神に捧げる朝のこと、男性の三角形の取り引きを完璧なものにしようとして、牧師は「この者を捧げます。あなただけに、完全に、永遠に」と誓い、その祈りを次のようなことばで結ぶ。

願わくばこの者をあなたの手の両刃の剣となし、あなたの口より出で、破壊、征服、死をもたらす槍となし給え。そしてこの者の前にあなたの教会の敵がうち倒され、地のための肥料とならんことを！（二一一）

ロバートがジョージを殺害する時に使用したのも両刃の剣であり、「背後からふたつの傷を加えた」（五一）という。ロバートは「いやでいやで仕方がなかったのだが」（一五二）、ギル・マーティンがその金色に輝く武器をロバートに突きつけたのである。金色の武器もこれと関連のあるモチーフである。たとえばロバートは、（見たところ天から）「ありとあらゆる金色をした武器が［垂れ込めた帳の中に］下りてきたけれども、それらはことごとく私の方に矛先を向けていた」（一二五）ような気がすると語り、さらにギル・マーティンが差し出した「純金できた二丁のピストル」に夢中にもなる。

この小さいながらも魅力にあふれる素晴しい武器は、まったく非のうちどころのないほど完全なもので、これを与えて下さった方のご意志をすぐにでも実行出来そうだった。それで、これを使って神に奉仕する時を今や心待ちにするほどになっていた。（一二六）

ロバートがいよいよ最期の時を迎えて倒れると、ギル・マーティンはその間、ロバートの背後で武器を振り回す。これが小説に登場する最後の黄金の武器である。ギル・マーティンはこの武器を利用してロバートを護るだけでなく、彼を突いて服従させようともする。

私はすぐに無数の恐ろしい悪鬼に取り囲まれた。彼らは歯をむき出して襲いかかり、爪を逆立てて私の顔を押さえつけた。するとその時、後ろから私のコートの襟をつかんだものがいる。恐るべき信仰篤いあの友人であった。彼は私の背を押しながら前進し、金箔の短剣を縦横に振るって、群がり寄せる敵から私を護るのであった。敵はぞっとするほど恐ろしかったが……身を護ってくれる友人の言いなりになって引きずり廻されるよりは、この恐ろしい敵の手に身を委ねてしまいたいという思いに駆られた。（二一一）

これまで指摘してきた武器よりも、もっと比喩的で、もっと早い段階で言及される両刃の剣は、詩篇の第一〇九篇であろう。ウリンギム一家が領主一味を法に訴えたものの、彼らから逆に訴え返されてしまった日の晩のこと[2]、ウリンギム牧師は夕べの祈りで詩篇の第一〇九篇を歌う。

願わくは彼のうえに悪しき人を

　その右方に
最大の敵をたたしめたまえ
　悪魔さえもたたしめたまえ
そして彼が裁かれるとき
　彼に罪を与え
また彼が祈るとき
　その祈りを罪となしたまえ
　……
その父のよこしまは
　つねに神のみこころにとめおかれ
その母の罪は
　消えざるべし
　……
彼はころものごとく呪いを着る
　この故に呪い水のごとく
おのれのうちにいり　油のごとくに
　おのれの骨にいれさせたまえ。（三一―三二）

明らかにこれは、『カスタブリッジの町長』に描かれることになる一場面である。『カスタブリッジの町長』ではヘンチャードという男がこの詩を歌い、かつて愛したファーフレーに呪いをかけるが、最終的に呪いのことば通りの災難がふりかかるのは、ヘンチャードの身の上である。[9]『罪人の告白』の場合、呪いのことばすべてというわけではないものの、ともかく一部はふたりの若者の身にふりかかる。たとえば、ふたりとも身近に現れる悪魔にとりつかれて若死にし、それぞれ（異なった意味においてではあるが）呪いに身を捧げて呪われる。またふたりは、消し難い「罪」を犯した同じ母から生まれた子であるため、ふたりの運命が絡み合い、父のそれぞれに「よこしま」な性質も破滅的な組み合わせになってしまう。だが『カスタブリッジの町長』の結末が後に示すように――そして『罪人の告白』の中で法によってもたらされる災いが示すように――、最悪の結果を迎えるのはロバート本人である。[3] 両刃の剣が眠りにつくのは、彼の臓腑と骨が溶けてできた液体の中なのだから。

ここで重要な点を先どりして述べると、次のようになろう――ホモソーシャル連続体が近代的に結晶した比較的初期のこの段階でさえ、「同性愛」の主題は見たところすでに実体化したホモフォビアの中にしか、読み取ることができないのである、と。特にこの小説の中では、充足感を生み出す場所は描かれず、臓腑や臀部といった暴力・痛み・支配に脆い場所が先説法によってそれを暗示するだけである。言い換えれば、女性を介さない権力交換や情熱的な男同士の絆は、両刃の快楽ではなく、（兄の背中や神の口に突き刺さった）両刃の剣としてすでに描かれているというわけだ。そこに快楽を読み取ることは可能かもしれないが、その場合、快楽を暴力に読み取ることになる。たとえばロバートにとって、ギル・マーティンとのつきあいが神々しく魅力的たりえたのは、彼が父や兄から拒否されたからであって、ギル・マーティンとのつきあいそのものは、ほぼ最初から恐ろしいものだったようである――「彼はすっかり私を支配するようになり、私は彼と一緒でなければ一時たりとも幸福な気持ちではいられなくなったが、かと言って一緒にいてもあまり幸せな気分は味わえなくなっていた」（一二〇）。年少のロバートは、「性的」と呼びうるものはいかなるものであれ――いかなるかたちの性器接触であれ――経験していない。にもかかわらず、性の抑圧構造のダブル・バインドを体験しているのである。

このように、ホモフォビアの主題と同性愛の主題の順序が逆転しているように見えることから、次の二点が指摘されるだろう。ひとつは、ホモソーシャル連続体や同性愛のアイデンティティの意味が王政復古期から二〇世紀の間に、いかに激変していたとしても、ホモフォビアの主題およびそのイデオロギーの土壌はおそらくほとんど変わらない保守的なものであったという点である。たとえばこの小説と『エドワード二世』〔同性愛者であったエドワード二世を題材にした、クリストファー・マーロー（一五六四―九三）作の戯曲。初演はおそらく一五九二年〕を比べると、それぞれのテクストの社会背景や性愛の形式はかなり異なるとはいえ、エドワード二世の因果応報の運命とロバート・ウリンギムを中心とする罰の主題は確かにかなり似ていると言えるだろう。

また、この小説やこの時代では同性愛よりホモフォビアの主題のほうが先に登場したことを踏まえると、近代の心理化されたホモフォビアが主にどのような機能を果たすかをめぐって、先に述べた推論は正しかったと言ってよいだろう。前章で示唆した通り、年少のロバートはホモフォビアに囚われると、男性への先在的な性器欲動を抑圧するのではなく、むしろ自身の誕生のはるか以前から存在する、階級、経済、ジェンダー闘争に敏感に反応し、その闘争の道具となってしまう。ロバートは不条理にも哀れにもほとんどなす術もなく、社会的地位を約束してくれるように見える唯一のもの――男性のホモソーシャル体制による支配――を求めて突き進んでいく。すると、彼の精神内部にはホモフォビックな葛藤が展開し、外界を正確に映し出す空間が生まれるようになる。要するに、ロバートは一方で、外なる兄と葛藤を孕んだ血縁・財産の絆で結ばれ、他方では、「内なる」残忍な兄弟とはるかに激しい葛藤を孕んだナルシシズム的な情熱の絆で結ばれており、そのふたつの絆の狭間で、人間のかたちをしたただの細胞膜になる――女性にも男性にも等しく暴力的で、いかなる社会の力によっても捕えられて利用される、単なる殺人の潜在能力と化していくのである。

すでに示唆した通り、私としては、ホッグの小説の主題は古典的ゴシックの「パラノイア」小説すべてに通底するものだと考えている。批評家たちの中には、「パラノイア」小説が分身や迫害を執拗に描写していることから、いかにそれが（今日）はっきりと男性同性愛の主題と考えられるものに似ているかを論じる者もいる。[10] しかし私が強調したいことはそれとは対照的で、「パラノイア」小説には、ホモフォビアが男性のホモソーシャル連続体全体を支配する道具として明確に描かれている、という点だ。このように捉えたほうが、もっと正確で、もっとテクストそのものに迫りうるように思われる。非常に大雑把に言えば、強調点をこのように移すことによって、古典的ゴシックの「パラノイア」小説を新しい観点から、つまり「マイナー」な性的指向を示す少数派男性の内面心理を扱った小説としてではなく、社会・ジェンダーのなりたち全体を探究する小説として、読むことが可能になるだろう。しかもこのように読み直した場合、他にも利点が出てくるはずである。たとえば、小説そのものや小説中の社会における女性の立場について、これまでよりも多くの視点から、またより興味深い視点から考察できるようになろう。研究者たちはこれまで、男性同性愛の個々のケースを歴史的に論じる場合はもちろん、文学批評の対象として論じる場合にも、奇妙なことに、なんら本質を解明しえない論争を——同性愛の「証拠」探しに否定的な批判派とそれに対する弁明派とに分かれて——繰り返してきた。[11] こうした敵対意識が、小説の登場人物や主題を論じる際に不適切であることは間違いないが、しかし、こうした態度や、同性愛を許し難いほどホモフォビックで歪んだ証拠に基づいて批判する態度をも改めたところで、同性愛の問題そのものに迫ることは不可能なのである。証拠をうんぬんする従来の枠組みでは、男性同性愛そのものの形成や社会的意味といった、はるかに根本的な問題の重要性は、依然として隠蔽されてしまうか、否定されてしまうか、そのいずれでしかないからである。

これまで私は、ゴシック小説で際立っているのは同性愛ではなくホモフォビアであるというように、強調点を移して論じてきた。そうすることによって損失や危険が生じるとしたら、それは、正真正銘同性愛の、少数派の文学

料金受取人払郵便

千種局承認

5102

差出有効期限
2023年 11月
30日まで

郵便はがき

464-8790

092

名古屋市千種区不老町名古屋大学構内

一般財団法人
名古屋大学出版会 行

読者カード

本書をお買い上げくださりまことにありがとうございます。
このはがきをお返しいただいた方には図書目録を無料でお送りいたします。

お名前《フリガナ》

〒

ご住所

電話番号

メールアドレス
メールアドレスをご記入いただいた方には、小会メールマガジンをお届けします（月1回）

入された
のタイトル

務先または
学学校名　　　　　　　　　　　　年齢　　　　歳

心のある分野　　　　　　　　　　所属学会等

購入のきっかけ（複数回答可）
店頭で
新聞・雑誌広告（　　　　　　　）
図書目録
書評（　　　　　　　）
人にすすめられた
F 教科書・参考書
G 小会ウェブサイト
H 小会メールマガジン
I SNS（　　　　　　　）
J チラシ
K その他（　　　　　　　）

入された
店名　　　　　　　　　　　　都道府県　　　　市区町村

書ならびに小会の刊行図書に関するご意見・ご感想
小会の広告等で匿名にして紹介させていただく場合がございます。あらかじめご了承ください。

ご注文書

金引換サービス便にてお届けしますので、お受け取りの際に代金をお支払いください。

価（本体価格＋税）と手数料 300 円を別途頂戴します。手数料は何冊でも 300 円です。

	冊数

全国の書店、生協書籍部、ネット書店でもご注文いただけます

伝統となりうるものを曖昧にする可能性があること、つまり早まって「普遍化」してしまうことであろう。たとえば男性中心の批評の伝統が、女のエクリチュールに「普遍性」という賛辞を与える時、それは往々にして、女のエクリチュールの始源が女性性にあることを肯定するより、むしろ否定してしまうことに、フェミニストの批評家たちはかなり前から気づいていた。また、私たちの文化には人種差別という猛毒があるため、この紛い物の市民権が、有色人種の作家の作品に与えられる危険は最小限に食い止められてきたが、しかし、少なくともアメリカ黒人文化の歴史に関しては、「普遍化」という曖昧で威信のある亡霊がその歴史を構造化し、時には分断してしまったのである。これと同様の危険は、男性同性愛者にも——あの、現実の社会において（未解決な問題があるとはいえ）固有の抑圧された集団を紛れもなく形成している人々にも——当てはまるだろう。彼らをまずマイノリティとして位置づけるような理論ではなく、早まって（彼らを社会・ジェンダーのなりたち全体に関わるものとして）普遍化するような理論を構築してしまえば、文化帝国主義に陥ってしまうだろう。

とすると、結局、理論を最も権威のあるやり方で認識し位置づけうるのは、男性同性愛文化の参与者として読んだり語ったりすることのできる批評家だけ、ということになる。(12) 明らかに私はそうした批評家ではない。ところが面白いことに、同性愛者の男性批評家は（少なくとも彼らの論考を見る限り）、ワイルド以前のゴシックのパラノイア小説が、強烈な男同士の関係に焦点をはっきり定めているにもかかわらず、パラノイア小説の伝統をほとんど等閑に附してきたのである。思うに、こうした男性批評家の態度そのものが、私の次のような主張を裏づけていると言えるだろう——すなわち、事後的に同性愛を主題にしているように見えるモチーフ（「ことばにできないもの」、「肛門愛に関するもの」）が小説中にあっても、そしてそれが男同士の濃密な関係を示唆していても、そのモチーフがまっ先に意味するのは禁止と規制の心理的・社会的要素なのである。要するに、パラノイア的なゴシック小説に、今日ならば「ホモセクシュアル・パニック」と呼ばれるものが示唆されていたとしても、特に同性愛者や同性愛が描かれているのではなく、明らかにその主題は異性愛というわけだ。

したがって、パラノイア的なゴシック小説に関する論考のうち、これまでの私の議論に最も密接に関わるものは、ゲイの視点からではなくフェミニストの視点から執筆されてきた。たとえば、『フランケンシュタイン』のフェミニスト的読解の歴史——特記すべきはジラールをフェミニストの視点から読み直したメアリ・ジャコーバスによる小論(13)——を見ればわかるように、彼女たちの論と私の分析には明らかにいくつかの点で共通点がある。また、瞠目に値するアレックス・ゴールド・ジュニアの『ケイレブ・ウィリアムズ』論は、ケイレブの物語を（男性による同性愛的欲望の抑圧との関連で）フロイトのパラノイア分析に厳密に当てはめているばかりか、す、べ、て、の欲望が「私有財産のもつ魔力」(14)、階級、ジェンダー、世代の抑圧の相のもとで形成される様子をいかに余すところなくゴドウィンが描いているかを論証している。論自体は同一ではないものの、ゴールドも私と同様に、一八世紀後半に理解可能であっても二〇世紀の読者には誤解される恐れのあるのが、まさしく「性化」に関わる問題であるとする。ゴールドが論じるには、

『ケイレブ・ウィリアムズ』の中で感情が織りなす紋様は、パラノイアについての［精神分析］理論によって説明されうる。なぜなら、ゴドウィンが探究しているのは、あらゆる力動的要素を含む情熱の政治学であり、精神分析の説明に出てくる純粋に心理的な用語で説明されうるものだからである。(15)

ゴシックのパラノイア小説——特に上記の二作——には、ホモフォビアの主題に加えて（そして、これまで論じてきたように、この主題に関連して）、ホッグを論じた際に粗描したような家族の主題も、認められる。つまり『罪人の告白』と同じく、『フランケンシュタイン』、『ケイレブ・ウィリアムズ』においても、主人公は本来まとまりのない非—核家族の同居者集団の中に割り込んでいき、事、実、乱、暴、に、男だけの親密な小家族を削りとって形成するの

である。要するに、ゴシック小説は、核家族よりもはるかに多様で現実的な家族のタブロー——姻戚、養子、未婚の成人兄弟、召使い、その他もろもろの人々が暮らす家族——から、（歪みがあるにせよ）核家族のイメージを乱暴に切り出して堂々と描いているのであり、この点において、ゴシック小説の世界は『センチメンタル・ジャーニー』の世界と同一線上にあると言えるだろう。[16] さらにここでもうひとつ、ふたつの世界に共通する点を挙げるとすれば、いずれも、変わりゆく状況を無視しながら性と階級を徹底的に搾取しており、しかもその搾取を正当化し変形させて永続させている、という点であろう。『センチメンタル・ジャーニー』であれゴシック小説であれ、そのようなことが可能なのは、現実の、種々雑多で変容する——ひとりで暮らすものもあれば、集団で暮らすものもあり、また物質的依存関係も多様である——社会に、想像の中ででっち上げた家父長制〈家族〉のイデオロギーを押しつけているからなのである。

第7章　テニスンの『王女』
——七人兄弟にひとりの花嫁(1)——

これまでのふたつの章では、男同士の絆を探究する上でいかにゴシック小説が重要か、という点に的を絞って論を進めてきた。パラノイア的なゴシック小説は〔男同士の絆の〕物語の伝統に連なる反面、それまでの物語と違って、男性が女性を介してホモソーシャルな欲望を循環させる行為——異性愛——にはほとんど言及しない小説であった。それにもかかわらず——いや逆説的なことに、異性愛にほとんど言及しなかったからこそ——、パラノイア小説は異性愛が絶大な表象力をもつことを示す（少なくとも一八世紀以降の）最初の小説となったのである。第5章で論じたように、男性の異性愛とそれに「対立」するものとの差異がわずかで恣意的であった（ある）がゆえに、その差異は、権力の——女性の権力ないし女性に対する権力をも含む——複雑かつ歴史的な取り引きを成立させる力となったわけである。

本章と次章では、初期ゴシック小説の時代から時計の針を進めて、イギリス・ヴィクトリア朝文化の「主流」派とみなされているテクストを取り上げることにしよう。したがって、わずかなものや絶対的なものとか、衝動や禁止といった、いかにもゴシックらしい要素はひとまず置き、表面上はゴシックとは構造の異なる、もっと広範で包括的な、イデオロギーの物語《フィクション》を——「弁証法」的で「リベラル」な構造をしたフィクションを——論じることになろう。本章と次章で扱うフィクション三作には次のような特徴がある。すなわち、いずれも歴史および政治を意識的に主題化していること、女性を矮小化するどころか見たところ極めて重要な存在として描いていること、そして、ホモフォビアとわかる主題や、ある男性が他の男性を迫害するといったパラノイア的プロットの要素に乏しいこと、である（これらの「ゴシック的」要素はディケンズ論に絡めて、本章では簡潔に、詳しくは第9章および10章で取り上げることにする）。またたからこそ、ゴシック小説は「私的」観点から、ヴィクトリア朝の主流派は「公的」観点から分析する、というのが、これまでの批評の常識だったのだろう。しかし、ゴシック小説における人間の内面の苦悶を考えようとすれば、それをまず、権力配分に関わる公的な言説の転義として捉えなければならないし、テニスン、サッカレー、エリオットのテクスト――明らかに社会的・イデオロギー的なテクスト――の政治的特色を提示しようとすれば、欲望と嫌悪というおそらく心理的な観点を採り入れなければならないのである。特に『王女』は、女性性の歴史と意味を新しい形式で取り上げた、社会についての重要な言説だが、『王女』の政治学を――『王女』のジャンルのありようをも――究極的に構造化するのは、男性のホモソーシャルな欲望であり、ホモフォビアであり、「不気味なもの」という実にゴシック的な心理なのである。

この章で論じる事柄をまとめると、次のようになろう。テニスンは、彼の時代・階級の、古くさく、穏やかで、力を失ったイデオロギーに光を当てたばかりか、それに荒々しい生命を吹き込んで華麗な抒情詩に歌いあげた。そのようなことをやってのけるとは、イデオロギーに心的エネルギーを備給することにかけては天才的であったテニスンならでは、と言えるだろう。

この天才的な才能を、テニスンは王者らしく公平に活かしたため、イデオロギーを研究する二〇世紀の者にとって、彼はクリスマス・プレゼントのような存在だが、当時の多くの人々にとっては、不安を与える作家だったようである。先に示唆した通り、イデオロギーの重要な機能は現状における矛盾を通時的に、たとえば起源のある歴史物語に鋳造し直し、矛盾の存在そのものを隠蔽することであった。こうした機能をもつ神話がどれくらい危険なものとなりうるか、テニスンのように熱心で、信じやすく、矛盾を抱え込んだ作家が気づかなかったことは潜在的に危険だったと思われる。彼が神話の危険性に気づいていたとすれば、それはおおむね異質な構造や文体をなんとか作品に採り入れるべく、形式と格闘していた時のことであろう。[2] そしてこの形式上の格闘を通して、当時の社会の矛盾を隠蔽するという、まさに危険なこともやったのである。

次の章で論じるように、『ヘンリー・エズモンド』が歴史的変化を語る一方で、ブルジョワの女性性を非歴史的な図式で提示しているとすれば、『王女』は、いくつかの点でそれとは対照的である。『王女』の場合、近代女性の隷属の起源を描く神話が、いかにも神話として、故意に「ペルシャ」のおとぎ話という空時法的空間の中で語られる。かと思うと、今日的な問題を強引と言ってよいくらい前面に出した外枠の語りとこの神話とのつながりが、非常に強烈かつ様々に強調されており、読者はこの神話に再び歴史性を与えたくなるようだ。神話の語りが燃えるように輝きだすのは、〔外枠の語りに登場する〕若い娘が、自分は加わることができない男同士のホモソーシャルな集まりで、青年たちが語った物語について考えこむ時からである。

――一体男のひとは、どのような物語を語ったのかしら、と
娘は思った。[1]

物語の内容そのものも、ホモソーシャルな枠組みの中で男性が女性の交換を押し進めることについてである。時間とジャンルが明らかにねじれ、ふたつの関連した語りが磁石のように重ね合わせられているからこそ、不気味な効果が生じているのである。

内側の語りの中心となる「神話」は、フェミニスト分離派による共同体建設という奇想天外な展望に始まり、「家庭の天使」を礼賛する時代精神の明確な表明で終わる。つまり一方で、女大学を中心とする女性世界――そこでは新しい女性史の観点から過去が捉え直され、女性が新たに力を獲得する未来が描かれる――をつくる人々につ

いて語られるかと思うと、女たちの世界を徹底的に破壊しその学問や理想を否定して制度を骨抜きにしようとする人々の立場も描かれる。いずれの立場にせよ、テニスンがイデオロギーに心的エネルギーを備給することにかけては天才的であったからこそ描かれたと言えるだろう。さて、中世のおとぎ話という設定のもと、この「神話」の語りの舞台となるのは、北と南のふたつの王国である。北王国の皇太子は幼い頃、代理人を介して南王国の王女と婚約したのだが、婚礼の日になっても王女は姿を現さない。そこで王子が（南王国に赴くと）、国王から次のように知らされる。プリンセス・アイダはフェミニストになり、宮中に仕えるふたりの未亡人とともに父王を説得し、南王国の最北端にある夏の御用邸を「女大学」にした、と。王子とふたりの友は、国境を目指して再び北へ向かうことにする。が、大学近隣に足を踏み入れることが許されているのは女だけと知ると（門には「男子禁制。これを破りし者、死の痛みをもって償うべし」と書かれている）、三人は学問を志す北王国の女たちのふりをして女大学に忍び込む。ひとたび大学に入ると、三人が男であることは多くの住人の知るところとなるが、知られるたびに三人は、何もしないで直ぐに立ち退くからと（嘘の）約束をし、男であることが発覚したら処刑は免れえないので、どうか黙っていてくれと女たちに頼みこむ。やがて王子は気高く情熱的な王女に魅せられ、友のふたりもそれぞれ愛の対象となる女性にめぐり逢う。だが友のひとりが微酔をおびて、女性に対する軽蔑の念を隠しきれなくなると、王女の御前でついに無礼な歌を歌い出してしまう。それを聞いた王女は「慎みなされ」と叫び、かくしてすべては露見する。その後の混乱のさなか、王女は溺れかかり、王子が王女を救い出す。そこで王女は命だけは助けてやることにするが、王子を国元へ追い返してしまう。

さて、父王が若い花嫁を差し出さず本来の約束を反故にしたため、ふたつの王国では男たちが戦の準備を始める。われらが王子は、純粋にプリンセス・アイダの気高さと一途さに強く心を動かされ、初めは、相手を強制したり武力を行使したりすることに異を唱えるのだが、間もなく、友や兵士たちとともに彼女の兄弟の軍と一戦を交える羽目になる。一方の王女も、北王国軍による侵略の恐れや、男たちが女性共同体に侵入してから生じた反抗的な雰囲気や混乱を前にすると、戦の責任をとり、南王国軍が敗北した場合には降参して王子に嫁すると約束せざるをえない。結局、南王国は勝利を収めるものの、前線ではすでに死傷者が出ていた。われらが王子も重傷を負い助からないものと思われたが、一命だけはとりとめると、手当を受けるべく今や病院となった大学へ両軍の負傷者たちとともに運ばれれる。病院では女たちが学問もフェミニズムも忘れて男たちの看護にあたり、次第に男たちに恋心を抱くようになる。王女も瀕死の王子を看護し、王子が回復すると、無茶な夢を見て常軌を逸した行動をとったことの許しを乞う。王子は彼女を許し、「わが花嫁、わが妻、わが命」と呼びかける。

この平等などという誇り高き合言葉について語ることはもうおやめなさい
男性も女性も相手がいなくては
半分の存在でしかないのですから、それに真の結婚は
平等とか、不平等といった問題ではありますまい。（第七部二八二―八五）
もう、降参しなさい、私とあなたが望むものは同じなのだから
あなたは私をひとかどの男にし、あなたも麗しき女になるのだから
私の手にあなたの愛らしい手を重ね、私の言うとおりにしなさい。（第七部三四三―四五）

次の章では、イギリスの家族史を扱った別の語りを取り上げ、イデオロギーの作用について、さらに詳しく論じるつもりである。が、ここではそれに関連して、次のような指摘をしておきたい。『王女』の内側の語りでは、封建時代の貴族社会が一九世紀のブルジョワ的ジェンダー制度の起源だと言っているが、まさにこれこそ、「神話」

の語りにおける神話〔イデオロギーの働き〕の重要な特徴なのである、と。ただし、王子が理想の女性像について語る時に、自分の母を思い描いていることを考えると、「家庭の天使」〔コヴェントリ・パトモア（一八二三—九六）の詩『家庭の天使』（一八五四—六三年）から採られた、ヴィクトリア朝の理想の女性像を象徴的に表すことば〕の起源は貴族社会ではなく、それよりも前の時代ということになりそうだが。王子はその理想の女性像を、平均的な教養レヴェルのヴィクトリア朝人であれば誰にでもわかるような調子で次のように語っている。

その女《ひと》は
特別な教育を受けていなかった、優雅な家庭にふさわしい教え以外には
ほんとうのところ、完璧な女ではなかった、だが優しさに満ち溢れていた
天使というわけでもなかったが、天使よりも愛しい女
天使の本能に身を染め、天国の息づかいを伝え
神々と人間のあいだをとりもつ女
その場に佇むさまは自然で
爪先だちで歩くさまは、さながら未開の土地を歩くよう
男という男の心は、いやが応でも本来の軌道からそれ、その女にむかい
音楽の調べでその女をつつみ込んだ
なんと幸せなことだろう
そのような母を持った男は！　（第七部二九八—三〇九）

アイダも王子の母と同じように、（理想化された過去であり天国のような未来でもある）この運命に向かって突き進

む。が、重要なのは、王子の母がこのようにノスタルジーをおびた調子で描かれるようになるのは、この詩の最後のあたりになってからである、ということだ。この詩は不完全かもしれないし一貫性を欠いているかもしれないが、封建貴族の家族制度に対して、ともかく批評的な態度を――この場面に至るまでは――保とうとしており、事実、この詩の目的のひとつは、家族制度を批評することにある。その制度の産物である王子の母は古き良き天使であっても、彼女が生まれ育ったのは、古き悪しき貴族の家族なのだ、というように。

母上は聖女のように穏やかだった
……
ところが立派な父君は、王とは王以外の何者でもないとお考えで
家庭など少しもかえりみられなかった
父君は罪をうちつけるために
杓を学者の杖のごとく握り締めておられた
そしてすんなりとした腕《かいな》を伸ばして
群衆の中から罪人を選ばれた
彼らを罰するために。（第一部二二―二九）

この老王は、息子を情けないほどの臆病者で女をなかなか口説けない男だと考えている。

ちぇっ、おまえはわかっとらんのだ、娘というものが
……

男は狩人、女は獲物
追跡されるつややかできららかな生きものたち
われらはその肌のために、女を追いかける
獲物たちは追われるがゆえにわれらに惚れるのだ、だからこそ
獲物たちを踏みつけてやらねばならない
女に頭を下げたり、女の肩を持ったりするなんぞ、もってのほかだ！　出ていけ！　みっともないぞ！
息子よ、女にとってはな、バラの花なんぞ男の半分ほどの魅力もないのだ
女たちにはやれぬことを、男はやってのけるからな
華々しい戦場を
トランペットを吹きながらやってきて
女の中にとびこみ、二十人単位でわなをしかけ
ほめそやされまごつきながらも、勝利を収めるのだ
死のおそれも味わうだろうが
男たるもの、接吻する娘の顔を恥らいで赤らめてみせるのだ
かくしてわしは勝ち取った
お前の母を、よき母を、よき妻を
勝ち取るに値するものを。（第五部一四四—六〇）

王子は芯から「リベラル」な人物である。このように言い放つ父に応えようとして、ここで彼がとる戦略は、

ホーナー流ともいうべき戦略だ。すなわち彼は、プリンセス・アイダのフェミニズムは自分の父の露骨に父権的な態度を鏡に映して極端にしたものであり、自分こそは、フェミニズムと家父長制の新たな弁証法をうち立てる妥協派かつ穏健派だ、と言うのである。アイダには、

「ご自分のことをあまり責めてはいけません」と私は告げた、
「でも、人の息子《こ》や野蛮な法《おきて》もあまりお責めになりませんように」と。（第七部二三九―四〇）

しかし、所詮アイダも王子の母のような女性にならざるをえない、という物語の展開からも明らかなように、王子は実のところ、新しい秩序や弁証法をうち立てるどころか、古い秩序の中で一層有利な立場を獲得しようとしている。いや、彼の性愛の戦略からすると、獲得というより維持しようとしている、と言うべきかもしれない。その戦略とは次のようなものである。王子は、男性に権力、女性に特権が分離・分配される現状の境界線を侵犯しようとはしないけれども、その反面、すべての男性が「男らしく」、すべての女性が「女らしく」ある必要もない（ので、自分が男らしくなくても何も悪いことではない）と言う。そのうえで、あのヨリックのように、男性として当然獲得できる権力を暗黙のうちに手にする一方で、「女性化」した男性として（権力と特権が厳密に分離した家庭での）赤ん坊の特権的な地位をも保持しようとするのである（赤ん坊が女性から献身的に愛されるのは当然とする立場は、内側の物語にこれ以上ないほど確信に満ちた調子で繰り返し表明されている。わけてもそれが顕著なのは抒情詩の箇所であろう）。要するに、性愛の戦で王子がとる戦略は、父王の戦略とほんの少々スタイルが異なっているにすぎない――王子は戦に勝つことではなく負けることによって、欲望の対象を射止めるのだから。

女性を射止めようとすれば他の男と一戦交えることになるはずなのだが、王子の場合、そうした事態にはならないようである。というのも、彼は大抵の場合、性愛を完全に、「男同士の女性の交換」システム――自分たちの絆

を揺るぎないものにするために、女性を交換可能な対象として、価値のある貨幣として使用する、あのシステム――に組み込まれたものとして認識しているからである。したがって、たとえばアイダが王子との婚約について、(自分の婚約は八歳の時に父が勝手に決めてしまったもので、たとえ国家のためとはいえ、自分の人生がある特定の男性の欲望に基づいて決定されてもよいと認めるわけにはいかないと）意見を述べても、王子は一瞬たりともその言い分に真摯に耳を傾けようとはしないのである。しかも、この語りの中心に据えられている事柄も――テニスン自身の人生と同じく(3)――男同士の愛を確かなものにするために妹を友に嫁がせるという贈与関係である。確かに王子は父王と違って、ロマンティック・ラヴを称揚しているけれども、神話の中でロマンティック・ラヴがどのような機能を果たしているかと言うと、「男同士の女性の交換」を否定するのではなく、常にそれを肯定し強化しているのである。

テニスンは騎士道的規範を強調し、女性を男同士の交際における受け身で気高い交換の対象として「特権化」しているが、それはそもそも、中世の宮廷の伝統をヴィクトリア朝のブルジョワ家族の起源に設定するためであった。「王女」や「王子」に託して物語を鋳造することは、おとぎ話の伝統的な技巧であるし、それ自体にたいした意味はないのかもしれない。とはいえ、これは作為的な歴史解釈でもあろう。『ヘンリー・エズモンド』における貴族の系譜物語を見ればわかるように、「王女」や「王子」を登場させて物語を鋳造することは、歴史をいくつかの点で巧妙に単純化することである。なるほど『王女』の神話の語りは、ヴィクトリア朝中産階級の家族は経済とは無関係に誕生したようなイメージをつくりあげている。すなわち、中産階級は貴族の家族の伝統的かつデカダンス的様式の影響を受けて今ある姿になったのだ、と説くことによって、経済的な要因を不可視にしてしまうのである。ということはつまり、中産階級と労働者階級との歴史的なつながりを、この語りは中産階級の読者から見えにくくしてしまうだけでなく、中産階級が名目上は新興の支配階級や新貴族などと呼ばれていても、その実、大方の男性が賃金体系、女性が家庭内労働体系に組み込まれていたことをも見えないようにしてしまう、ということだ。

その結果、ある種の労働力を資本家が必要としたからこそ、核家族がイデオロギー上規範的な家族となった、という因果関係も見えなくなってしまうのである。しかし新興中産階級の家族の構造を吟味すれば、そこにはやはり労働の影響が認められるのであり、それはちょうど、封建時代の貴族階級の家族から引き継いだ矛盾が、その構造に認められるのと同じと言えるだろう。要するに、騎士道的規範を強調することは、一九世紀の社会状況を魅力的に見せ――いや、実際には脱歴史化し――曖昧にしてしまうということなのである。

しかし、ブルジョワ家族の正統性をイデオロギー上うまく主張しようとすれば、必然的に、紋章を偽造して封建社会の貴族の家族をブルジョワ家族の起源として描くことになる、というわけではない。これからの考察でわかるように、他にもやり方はあるだろう。『アダム・ビード』式のモデル、すなわちヨーマンや職人階級に起源を求めるやり方も有効だと思われるのだ（第8章参照）。〔職人の生産形態がギルド的な作業場での生産システムに発展していく過程を描く〕このモデルは、近代の産業秩序の特徴のいくつか（女性の排除など）を肯定し、より個人的な〔家庭内〕労働と近代産業との不連続性を隠蔽するものの、たとえば経済的要因や労働を排除せずに、小説の中心に据えていると言えるだろう。

それでは、なぜテニスンは、当時の社会制度に対する擁護の弁を、わざわざ擬古的イメージのする貴族物語に鋳造したのだろうか――どうして職人階級ではなく、貴族階級を選んで『王女』を執筆したのだろうか。このように問うことは、思うに、この詩のもうひとつの語りである、あの興味深い外枠の語りについて考えることになるのだろう。というのも、この外枠の語りの舞台は現時点（すなわち一八四七年）のイギリスであり、このイギリスがテニスンらしい大胆さで、封建時代を舞台とする内側の語りのファンタジーにほぼ投影されているように思われるからである。『王女』は『妻と娘』〔エリザベス・ギャスケル（一八一〇―六五）作の未完の小説（一八六六年）〕と同じく、大邸宅が一年に一度、借地人や隣人に開放される日に、その大邸宅を舞台にして始まる。

正午にそこに
妻とこどもをつれた借地人や
隣町の人々もなかば集まった。
その町には、領主が保護される職工学校[4]があった。
私も大学からそこへ向かった、領主の子息にお会いするために……
……友人とともに向かった
五人の友とともに。ヴィヴィアン・プレイスにて七人が集った。（プロローグ三―九）

しかしこの一節が示唆するように、『王女』は『妻と娘』と違って、非公開日でもヴィヴィアン・プレイスを訪問できる人間の視点から語られている。しかも『王女』は、ギャスケル夫人のどの小説とも違って、貴族が近隣のあらゆる事柄を――産業育成を目指す職工学校をも含めて――保護している点を明確かつ確実に描いている。実際テニスンは、一方に近代科学を、他方に古代から貴族が手にしてきた特権や彼らが養ってきた鑑識眼を併置して、その異質な取り合わせを独特の威張った調子でわざわざ強調している。その一例が、公開日当日のヴィヴィアン・プレイスの庭園であろう。その日の庭園は小規模ながらも産業・芸術博覧会の観を呈しており、「小さなぜんまい仕掛けの蒸気船」、「猛々しく蒸気を発する、十ばかりの［機関車］の模型」、「小さな鉄道」、「模型の駅と駅との間で／小気味よく点滅信号をやりとりする」電報システムのミニチュアなどが点在している。かと思うと、ギリシアの大理石や、アジャンクールとアシュケロンからもち返った鎧兜、さらには、中国、マラヤ、アイルランドから略奪した戦利品といった、綿々と絶えざる家系を物語る品々も陳列されている（プロローグ七三―八〇、一三―二四）。このような描写から窺えるのは、外枠の語りの次のような主張であろう。科学や技術が誕生したのは、貴族が物を見抜く眼をもって人々を保護したからであり、また、科学・技術と保護や鑑識眼は一見異質に見えるけれども、実は調和に満ちているばかりか、貴族の無欲さや国家統合への努力の表れでもある、そして、偉大なる土地所有者は、こうした明らかに望ましい事柄を、極めて公平に国民の賛同のもとに行っており、まさにここにこそ彼らの存在理由があるのだ——こうした見解を外枠の語りは自信たっぷりに打ち出しており、その口調は高飛車ですらある。

テニスンは、貴族が人々や産業を保護したからこそ進歩はありえたのだ、と説いているため、結果として、彼の描くイングランドからは驚くほど階級の軋轢の問題が欠落しており、しかも、この貴族中心の思想は、『王女』のジェンダーの政治学にも影響を及ぼしている。この詩に描かれるプリンセス・アイダのフェミニズムはいかにもフェミニズムらしい、激しいフェミニズムであり、いわゆるラディカル・フェミニズムである。彼女の大学でフェミニズムの立場から教授・実践される科目は、分離主義、レズビアンの愛、女性の観点からの西洋史・神話学・芸術の捉え直し、さらには、ロマンティック・ラヴ、男同士の女性の交換、検鏡に依存する西洋医学の合理主義などについての批評である。とすると、このように入念に構想された素晴らしい建物に、ほんのちょっと男性が触れただけで、脆く崩れてしまうのは変ではないだろうか。どのような構想上の欠陥がこの建物に混入しているのだろうか。建物自体は充分構想にみあったつくりをしているのに、どうしてそれは非建設的で反動的な結末に溶けて消えてしまうのだろう。

この詩が社会改革をトップ・ダウン式に達成されうるものとして説いているからこそ、この建物は崩れざるをえないのだ——もちろん、これこそ、私が指摘したい点である。プリンセス・アイダの、神話の中の南王国の大学に対する——いやそれだけでなく、フェミニズムの進展全体に対する——取り組み方は、所詮、借地人の「進歩」を推進するウォルター卿の態度をただ強烈なものにしたにすぎないのである。アイダは運動の提唱者、後援者、理論家、歴史家、そして理想美そのものだが、その運動の目的は、私心なく女たちを因襲から解放してやり、女たちを啓蒙してやることにある。すなわち、彼女は、

　女たちの首にあてられた因襲の軛を外し、
　女たちよりも気高いものはなし、と主張する。（第二部一二七―一二八）

アイダが生身の女たちを前にして抱く感情は主に苛立ちである。それは、ヒロイックな行為をたった一度やったところで、女たちと女たちの考え方を因襲から解放できないのではないかという、怒りにも似た疑惑である。

　女たちは今の今まで
南洋の島のタブーよりも悪しきものに締めつけられ、
婦人部屋《ジナセアム》の小人たちにされ、これまで
高邁な望みを叶えることなどなかったのだから
あの女《ひと》たちにはわからない、想像できやしない
あの女たちの幸せこそ、私たちが情熱を傾けている対象だということを。
もしあの女たちに、もっと確実に、すばやくそれを証明できるのであれば
ああ、もし私たちの目的が
時間のかかる方法より
ひとつの犠牲行為、いかなる死によってでも
達成できるのであれば

あたかも私たちが目指すものについて語るように気楽に、すぐにでも柵に
あるいは炎につつまれた湾にむかって
飛び込んでみせるものを。
愛しき姉妹たちの自由を獲得するためであれば。（第三部二六〇―七一）

純粋に共有されうる利益ですら、ノブレス・オブリージュの精神がなければ、実現・制度化されえないような想像上の世界――こんな世界では、重要人物が個人的な障害《スナッグ》（＝かぎ裂き）に逢着しただけで、織物の糸がスルスルとすべてほどけてしまうのは、あたりまえだろう。犠牲の精神に満ち、啓蒙された、特権階級の少数派が、野蛮で無自覚な多数派のために事を決定するトップ・ダウン式の政治は、必然的に（内部あるいは外部から）操られてしまう。たとえば、後に指導者が私利私欲を貪るようになったり、指導される者たちが無秩序なサボタージュに訴えるようになったり、というように。トップ・ダウン式のノスタルジアに立脚したフェミニズムは、所詮、信念や不屈の精神を欠いた、覆えされるのをただ待つ女性の連帯に堕するほかない。

確かにテニスンは、内側の語りでアイダのトップ・ダウン式のフェミニズムを否定し、まるでトランプの家のように彼女のフェミニスト共同体を壊しているが、しかし外枠の語りでは、このトップ・ダウン式政治こそ、階級関係の維持に有効かつ普遍的な原理だと無頓着に主張している――まさしくこのイデオロギー構造こそ、この詩の奇妙な点のひとつだ。当時の書評家たちが、この詩全体を考えると何やら釈然としないと述べたのは、このねじれのせいかもしれない。もっとも、テニスンにせよ書評家たちにせよ、それはあいまいな形式やジャンルのせいだと主張したのだが[5]。

なるほど男性の語り手は、男性と女性の聞き手から異なる形式とトーンを要求され身動きが取れなくなってし

まっており、この様子をテニスンは次のように描いている。

男性と女性のあいだで、私はどちらも楽しませようとし、
またあるがままに物語を語ろうともして
奇妙にも斜めに進みました。
おそらく男性も、女性も、私も楽しめなかったかもしれません。（結び二五―二九）

外枠の語りと内側の語りとの間では、社会改革についての議論がねじれていたように、形式やジャンルも著しくねじれており、そのねじれには、階級とジェンダーの問題が確実にドラマ化されている。そもそも内側の語りは、〔外枠に登場する男たちが〕共同で紡ぎあげた神話であると同時に、イデオロギー的にならざるをえない物語であり、この特徴は、神話の作者が誰だか決定できないことによって強調されている。神話はヴィヴィアン・プレイスで催されたパーティの間じゅう、青年たちの間でメドレー式に語られ、語る行為はまるで女性のように、ひとりの男性から次の男性へと譲渡される。つまり、男性が集団で神話を語る行為と、集団で女性を交換する行為とは、直ぐに同一視されるように設定されているというわけだ。物語を語る案が出されたのは、七人の大学生が早めに開いたクリスマスの読書会においてであり、その時のことをウォルターは妹のリリアに次のように説明している。

寂しく思った証拠です、あなたがた〔女性たち〕がいなかったので……
私たち〔男性たち〕はあなたたちのことをおしゃべりし、
あなたがたの健康に乾杯したのです……
――興じてもみました

ここでのクリスマスのように、シャレードやなぞなぞに……

そして、口から口へと順番に物語を語って、おおかた時を過ごしたのです。（プロローグ一七五―七九）

ヴィヴィアン・プレイスの女性たちを、こうした設定に組み込むべく、『王女』の内側の物語は始まる。ウォルターはこれを称して、友に妹を贈与する機会だと冗談をとばす。

「されば、リリアをヒロインにしたらよい」と彼は大声で言った

……「君が彼女を勝ち取る王子だ！」（プロローグ二一七―一九）

男性たちが語る物語は「七頭獣」であり、語り手はそれぞれ、

代わる代わるヒーローになるのだ！

七人なれどひとり、夢の中の影のごとく。（プロローグ二二一―二二）

これまでの考察からわかるように、「七頭獣」の臓物《はらわた》ともいうべき物語の中味を構造化するのは、物語のきっかけと同じく「男同士の女性の交換」である。しかし、もっと予想外でもっと中心からずれたかたちで、内側と外側で反響し合っている主題もある。たとえば、外枠の語りの男性共同体を形容する奇妙な譬え――「夢の中の影たち」――は、直接関係のあるコンテクストではなんのことを言っているのかわからないが、その譬えを、内側の物語に描かれたある特徴に結びつけてみると、急に明らかになってくる。その特徴とは、王子がおそらく魔術師の呪いのせいで先祖と同じく時折、強硬症の発作を起こすという、あの不可解極まりないことで有名な一件だ。

奇妙な発作だ、一体何なのだろう

突然昼ひなた、男たちといるとき
これまでのように歩き、話しているさなか
亡霊の世界を彷徨い
自分が夢の中の影になったような気がした。（第一部一四―一八）

こうした心神喪失状態は、詩の全篇を通じて「影」や「夢」ということばによって、また大抵の場合はまさに「夢の中の影」ということばによって説明される。

耳を傾けていると、襲いかかってきた
突然私に、奇妙な発作と疑惑の念が
亡霊の世界を彷徨っているようだった。
王女と化け物のような女護衛官と
終わり始めたたわむれと姿を現し始めた真面目さと
滝と動乱と国王たちと
すべては影、いと長き素晴らしい夜に
あらゆる出来事は起き、起きはしなかった
あらゆることがらは存在し、存在しなかった。（第四部五三七―四五）

この発作は、物語「七人なれどひとり」の設定そのものに関わっており、両者のつながりがこの詩からなくなることはない。たとえば、王子は度々心神喪失状態に陥るが、そのうちの一度は、語りの声がある男性から次の男性へと変わる時と一致する。また、男同士の感情や財産上の関係を揺るぎないものにするために姉妹を利用するモチーフも、この心神喪失のモチーフと絡みあいながら再び現れる。王女の侍女のひとりサイキは、王子の供フローリアンの妹であり、そのフローリアンを王子は次のように考えている。

私のもうひとつの心
分身ともいうべきもの、私たちは常に双生児のように行動を
共にしたのだから、ちょうど馬の耳と目が離ればなれになることがないように。（第一部五四―五六）

王子のもうひとりの供シリルはサイキと恋におち、次のように尋ねる。

君はどう考えるかい、フローリアン？　僕が追いかけているのは
実体なのか、それとも影なのだろうか？　それは崩れてしまわないだろうか？
僕には魔術師の呪いがかけられていないし
王子と違って、亡霊につきまとわれる不安もない
いつどこにいても、
目にするものに実体があると分かるのは嬉しいことだ。ところで、
城は影だろうか？　三つの城は？
愛らしき城の女主人は影だろうか？　影でないとすると
あの三つの城は、古ぼけた僕のコートを繕ってくれるだろうか？
あの城はかけがえのないものだ、僕の欲望を満たしてくれる。

君の妹のサイキはかけがえない女だ、僕のこころには……。〔第二部三八六―九六〕

このように、不動産は時として、男たちの利益を結びつける影のような絆――女性・ことば・王子との階層的とはいえ集団的な同一化を介した絆――に実体を与える〔シリルはフローリアンの妹サイキ〔表象＝代理〕と結婚することにより、王子―フローリアン―自身とのホモソーシャルな絆を強化するばかりか、サイキが亡夫から相続した城＝不動産〔実体〕も手に入れる〕。

王子の強硬症的発作の意味と位置づけについて、私は順を追って読み解いてきたわけではないし、またそうすることが私の読解のねらいというわけでもない。が、敢えてそれを解釈するとすれば、王子の発作とは、もちろん、七人の男性の中からかろうじてひとりの語り手を識別する擦り切れた幕、とするのが最も妥当であろう。七人の男性がひとりの語り手に――語り手を通して互いに――備給する欲動と欲求は、共同性をおびているばかりか矛盾している。にもかかわらず、欲動や欲望として成立しているように見えるのは、自分はひとりの人間であるという幻想を語り手が抱いているからであろう。王子はひとりの人間なのだろうか、それとも、あの包括的・超歴史的・超個人的なシステムの――女性を交換することによって、男性が力を獲得するシステムの――網の目から恣意的に採られた弦〔男同士の絆そのもの〕なのだろうか。王子本人でさえ、判断がつかない。

第9章および10章では、ディケンズ最後の作品群を取り上げて、現実世界に生きる男たちのライヴァル意識をファンタジーとして描いた小説を探究することにしよう。が、本章の論に直接関連すると思われるのは、それよりもやや早い時期に執筆されたディケンズの小説である。たとえば『大いなる遺産』〔成人したピップが若き日々を回想する教養小説〔一八六〇―六一年〕〕には、ピップが王子のように半ば心神喪失状態に陥る場面がいくつか描かれている。なかでも注目に値するのは、オーリックがピップを石灰窯に閉じ込めて殺そうとし、ピップが心神喪失状態に陥る場面である。

彼はまた一口飲んだ。そして、いっそう狂暴になった。彼が瓶を傾けるのを見て、もうあまりたくさん残っていないことがわかった。彼は私を片づけてしまうために、その中身でもって、自分を煽りたてているのだということがはっきりわかった。私は、瓶のなかの一滴一滴が私の生命の一滴一滴であることを知った。ほんの少し前に、まるで私の死を予告する幽霊であるかのように忍びよってきた、あの蒸気の一部に私がなってしまったら、彼は……大急ぎで町へ出かけ、前かがみになりながら、歩きまわったり居酒屋で飲んだりしているところを、わざと人に見せるだろうと予想できた。私はすばやく頭の中で、町へ出かける彼を追いかけ、彼のいる街路の光景をまざまざと描きだし、そこできらきらと輝く燈火と生命《いのち》を、あの、寂しい沼地とその上を忍びやかにはって私自身がやがて溶けこんでしまう白い蒸気と比べてみた。

彼が十口も言わぬ間に、何年も何年も何年ものあいだのことが、走馬灯のごとく浮かんできた。だが、そればかりではない。彼の言うことはただことばだけでなく、その光景をまざまざと私の前に浮かびあがらせた。興奮し、昂った精神状態にある私は、なにかひとつの場所を思い出すと、必ずそれがまざまざと現れ、人々を思い出すと、彼らの姿が生き生きと私の眼前に浮かびあがるのだった。これらの幻が鮮明だったことは、どれほど強調しても強調しすぎることにはならない。しかもその間ずっと私は、全注意力をまさに彼に凝集していたので……彼の指のほんのかすかな動きですらわかっていたほどである。(2)

ここにはピップの心神喪失状態が心理学的に描かれているが、それは、ピップにとって、どのような状態なのだろうか。思うに、それは、作者が登場人物と過度に同一化している状態ではなく、テニスンの王子の場合と同じく(と私としては示唆しておきたい)、登場人物が一瞬、作者と分離できなくなっている状態なのだろう。さらにまた、別の場面では、譫妄状態に陥ったピップが突然彼らしからぬ想像力と心的備給力を獲得する様子も描かれている――「私は、家の壁にはめこまれた煉瓦だったが、それと同時に、大工がはめこんだその眼も眩むような場所から取り出してくれと一生懸命嘆願していた……私は、湾のうえをガチャンガチャンと音をたてながらグルグルまわる巨大な発動機の鉄骨材だったが、それと同時に……その発動機をとめて、その中の私をたたきおとしてくれと懇願していた」（第五七章）。ピップ本人はこの力に狼狽するが、この力ほど、人間としての、催眠術師としての、そしてもちろん小説家としてのディケンズの力を表しているものはない。作者の意識と人物の意識がこのように突然、束の間であっても激しく分解し溶解するのは、『王女』にせよ『大いなる遺産』にせよ、テクストがある種の圧力に晒される時である。その圧力を生成する三つの要素とは、

第一に、男性の語り手と登場人物の同一化によって生じるジャンルのゆらぎ。

第二に、男性のホモソーシャルな絆を強調した主題の前景化。

第三に、ひとりのアイデンティティを複数のアイデンティティから区別できないことから生じる混乱。

これまで、『王女』における右の三つの要素すべてを指摘した上で、いかにこれらの要素が、ひとりの語り手から次の語り手へと――「七頭獣」の「口から口へ」と――語り手の交代する場面で融合しているか、また、その場面ではいかに詩のジャンルの問題と主題の問題とが絡み合っているのかを論じてきた。『大いなる遺産』の場合、全体として三つの要素は『王女』に比べてバラバラであり、すべての要素が激しくひとつに融合するのは、石灰窯の場面だけである。もちろん、小説全篇を通じて、成長した〔語り手の〕ピップと若い〔登場人物の〕ピップとの間には状況に応じて様々な距離が手際よくとられており（そのため「ディケンズ」の、あるいは恐らくディケンズ自身の溢れんばかりの声が珍しくテクストから締め出されているが）、この距離ゆえに、この小説のジャンルは決してゆら

ぎえないとも言えるだろう（成人したピップと若いピップの視点のずれが教養小説というジャンルの枠組みを形成している）。主題の点からすると、石灰窯の挿話はこのパラノイア的な小説の中でも、極めて力強く描かれた箇所のひとつで、ホモソーシャルな激しいライヴァル意識を抱くふたりの男性が対峙する場面である（オーリック自身、「きさま、よくもおれとおれの好きな若い女とのあいだを邪魔しやがったな」と言っている）。批評家たちも、もちろん、小説の全篇を通じて、ピップがどの程度、オーリックの女性への暴力――著しいのはミセス・ジョーへのそれ――に心理レヴェルで関与しているかに、すでにかなり注目している。[6] しかし、私たちが最も頻繁に目にするのは、オーリックがピップの後をこそこそ歩き、ピップがオーリックを迫害するというパターンなのである。

『王女』の場合、多くの男性からひとりの男性を区別できずに生じる混乱と、その混乱の中で作者がどのように位置づけられるべきかは、極めて中心的な問題であった。ところが、『大いなる遺産』からの引用場面では、この問題は奇妙なほど中心からずれており二面性をおびている。まずそれは――オーリックの飲み干すビンが空になると、突然ピップの意識が増殖することから判断すると――、ピップの問題だと言えよう。だがそれは、オーリックの問題か、彼の新しい仲間の問題だとも思われるのである。オーリックが自慢するには、

> おれには新しい仲間や新しい親方ができたんだ。そのなかには、おれが頼めばおれの代わりに手紙を書いてくれるやつがいるんだ――聞いているか、きさま？　おれの手紙を書いてくれるんだぞ、狼め！　やつら五〇も違った筆跡《て》で書くんだ。おんなじ筆跡でしか書けないきさまのような、こそこそ野郎とは、わけが違うんだぞ。（第五三章）

この最後の語句はオーリックのお気に入りのことばである（「やつら五〇も違った筆跡で書くんだ」、「おんなじ筆跡でしか書けないきさまのような、こそこそ野郎とは、わけが違うんだぞ」を彼は繰り返している）。小説中で、主題の点か

らオーリックが他の悪人たちと結びつけられるのは、これが初めてのことではない。オーリックはたとえば、コンペイソンやドラムルのように隠れたり、こそこそと行動したり、他の男の後をつけまわしたり、「両生類のように、ひとの後からのろのろ」（第二六章）[3]やってきたりする。また、他の男と共謀して女性に暴力をふるうのも、三人の共通点である。[4]実際、この小説のプロットをつなぎ合わせようとすると、異性愛的欲望に囚われて女性に暴力をふるう男たちをひとりひとり識別することは難しい。が、オーリックに関して、何が目を惹くかと言うと、本来、獣のように無口だった彼が、男性の暴力と交換という多頭の怪物〔ホモソーシャルな絆〕のせいで、突然感情を激しく表現するようになることである。そして、もっと目を惹くのは、オーリックが自慢話を始めると（というよりは、彼がピップに対して「様々な人間の声色を真似て審問し」出すと）、今度は彼のほうが突然ピップのように、小説家の代弁者になるという点であろう。ということはつまり、男性のホモソーシャルな共犯関係によって生まれる強硬症的な力とは、不気味なぐらい前個人的である、ということだ。したがって、この力が最強になると、ジャンル／存在論の差異や階級と階級の間に、橋がかけられるようになる――鍛冶《フォージ》と偽造《フォージャリー》＝小説、あるいはまっとうな労働で生計を営む労働者〔『大いなる遺産』に登場する鍛冶屋のジョー〕と、五〇も違った筆跡で書く男＝小説家がひとつに溶解するのである。

　先に私は、男性が集団で力を獲得するしくみ――すなわちその共同性――は、階層構造と矛盾するどころか不可分であると指摘しておいた。『王女』の中でこの事実は、政治ばかりか形式面でも重要性をおびている。というのも、権力と特権に関して、七人の青年の中で王子に最も近いのは、確かに若いウォルター・ヴィヴィアンだが、しかし王子の物語を最終的なかたちに仕上げているのはウォルターではなく、外枠の物語の名前のない語り手、すなわち若い詩人であり屋敷を訪問中の友人だからである。したがって、たとえ貴族の擁護論がブルジョワジーばかりか貴族階級の聴衆をも意識しながら展開され、この詩全体の政治色をある程度決定しているとしても、その擁護論を具現するのは、保護する側ではなく、あくまでも保護される側の名前のない語り手なのである。さらにまた、『王女』のジャンルの混乱ないし分裂は、階級よりもジェンダーの境界線に、より直接的かつ明白に関わっていると言えるだろう。というのも、フェミニズム的な内容やその他もろもろすべてを語るのは青年たちだが、豊かな抒情詩を男性の語りの間で歌うのは女性たちと思われ、しかもその内容は往々にして、男性の語りの内容とずれているばかりか、転覆的とさえ言えるからである。

　　女たちは歌った
　男たちの耳ざわりな声と声の間で
　風がひとやすみしている合間にさえずるムネアカヒワのように。（プロローグ二三六―二三八）

この情熱的で混乱した男女の神話について皮肉な点をひとつ挙げるとすれば、それはもちろん、抒情詩だけが――あの「女としての務め《ウイメンズ・ワーク》」を歌った「女性たちの作品《ウイメンズ・ワーク》」だけが――高い評価を受けてアンソロジーに編まれてきたことである。おそらく当時の支配階級の人々にすれば、自分たちの存在理由を表明する役目を、詩人ごときに任せることなどできなかったのであろう。たとえテニスン本人は、その役目を果たすことができると思っていたとしても、である。（テニスンの考えはさておき）おそらく彼らは、詩人や女性の務めなど取るに足りない天使のようなお飾り、と思っていたに違いない。

　これまで論じてきた事柄を踏まえると、テニスン、詩人兼語り手、王子はみな、ウィッチャリーとホーナーの目論見をおおむね反復していると言えるだろう。三人はともに昇華された知を、社会を操る手段として利用するために無欲な人間であるふりをする――つまり、男性のホモソーシャルな欲望と異性愛的欲望の両方を追求して、両者の間に存在する矛盾をそれぞれの社会の中で具現するのである。『田舎女房』は形式を巧みに操っていたばかりか、認識をも操っており、ほぼ完璧な戯曲であった。それに対して『王女』は、いかなるかたちであれ、操るという点では惨憺たる結果に終わった詩である。そしてこれから取り上げるテクストにも繰り返し示されているように、近代のホモフォビアによって男性のホモソーシャルな欲望が切断された場では、いかなるテクストも、認識を操る力――ウィッチャリーの初期の物語に見られた、あの驚異的に凝縮された認識を操る力――を発揮しないし、また発揮しえないのである。ホモフォビアが帯電障壁としてビリッと反応する場が――主題や題材以外に――まだ残っているとしたら、それはジャンルか、本を執筆する男性と作中の男性との絆か、そのいずれかであろう。ヘンリー・ジェイムズはかつて、作者の充足／抑圧された欲望のしみが小説に広がり腐敗してゆくさまを「抒情詩の露」[5]と呼んだが、それはまさしく近代のホモセクシュアル・パニックのひとつの相にほかならないのである。

第8章　『アダム・ビード』と『ヘンリー・エズモンド』

――ホモソーシャルな欲望と女性の歴史性――

第5章および6章において、パラノイア的なゴシック小説の伝統に連なるテクストを論じた際、私は歴史的な時代区分に関わるふたつの重要な事柄を前提にしていた。第一の前提は、第5章で明らかにしたように、セクシュアリティの中でも特に男性のセクシュアリティを、おおむね同性愛に対する男性の態度がいつ変化したのかを検討しつつ時代を区切るもので、具体的に言うと、決定的とはいえ捉えにくい歴史的な梃子の支点が一七世紀後半以降のある地点に存在するという考えである。この時期を境にして、性は宗教機関や宗教的イデオロギーによってではなく、国家・医学・個人の心理といった世俗的機関およびそのイデオロギーの複合体によって統制されるようになったのであり、結果として、これまで考察してきた通り、男性のホモソーシャル連続体は一層露骨にホモフォビアという侵略性をおびた力で切断されていったのである。このように、異性愛を強制する状況が生まれると、男性の日常経験も変化せざるをえなくなったわけだが、まさにこの変化こそ、私たちが焦点を絞って論じてきた事柄であった。そして、これと相まって何が明らかになってきたかと言うと、男性のジェンダー編成において女性がある種の究極的な重要性をおびていたということ、すなわち、女性は交換価値や表象そのものの絶対的原理を表す存在であり、しかも男性を統制するジェンダー制度における痛ましい矛盾の究極的な犠牲者であった、ということだ。しかしながら、女性の役割をこのように捉えることは、たとえ男性のホモソーシャルな欲望に限定した研究であっても、許し難いほど一面的で歴史性を無視した行為と言えるかもしれない。

これまでの小説読解においてそれほどはっきり前提にしたわけではないが、しかし、前章で『王女』を分析する際には大いに依拠したのが、第二の前提――産業資本主義が顕在化するにつれて家族構成が変貌したという前提である。いわゆる核家族が益々重要になりそのイデオロギー的意義も変わったという仮説こそ、一九世紀イギリスにおける男性性を読み解くうえで私たちが様々な観点から言及する事柄である。この章では焦点を暫定的に、男性の絆そのものの歴史性から男性の絆に対する女性の関わり方の歴史性へ移すことにするが、その際に依拠するのはこの仮説である。なぜなら、この時期の女性の役割は家族と緊密に結びついていたからである。

フェミニストたちは、ヨーロッパにおける女性性と家族が産業主義のもとで重要な変化を遂げたことを前提に時代を区切るものだが、こうした時代区分法は少なくともエンゲルスの『家族、私有財産、および国家の起源』にまで遡れるだろう。この本のある版は今や、歴史中心フェミニズムのほぼあらゆる研究の要となっている。たとえばフェミニストの社会学者たち（なかでも影響力をもっているのは文化人類学者たち）は、エンゲルスの著作の影響を大いに受けており、文化圏によって「家庭」と「公の場」との分化の仕方やその厳密さが異なる点を重視している。[1] ジョーン・ケリー＝ガドルが「家庭の秩序と公の秩序が明白に異なる」文化を説明する際に述べているように、

余剰が増大し私有財産が生まれると、女性は……確実に私有財産、製品、そして自己に対する権利を喪失する。また、共同体の性質をおびていた家は私的な経済単位となり、（大家族であれ核家族であれ）男性によって表象＝代表されるようになる。それと相まって、女性の活動領域である家庭そのものも、多分に男性領域である、より広範な社会ないし公の秩序――つまり国家によって統治されうる秩序――に従属するようになる。これは歴史的変化を遂げた、あるいは文明化した社会が示す普遍的パターンである。[2]

フェミニズムの歴史研究はエンゲルスに倣って、イギリスの一八世紀を、よく次のように説明する——経済が産業資本主義化の一途を辿るにつれて、核家族が新たに集中的に形成され、結果として、「公」の領域と「家庭」の領域とが分離し始める時期である、と。

歴史中心のフェミニズム（多くの学者や思想家たちの間の、極めて重要なアプローチ上の相違はさておくとして、ここでは論の都合上「マルクス主義フェミニズム」と要約する）は、右の変化が事実であり重要でもあると考えるのに対して、私が「ラディカル」の項目に一括したフェミニズム（序章第三節参照）は、この変化をあまり重視していない。したがって近年、マルクス主義フェミニズムとラディカル・フェミニズムとの間で論争となり、重大な難問となっているのは優先権の問題であろう——すなわち、産業資本主義と男性支配型家族のうちどちらが先に誕生し、どちらが〔女性抑圧の形態を〕説明する上で有効だろうか、あるいは機能／目的論の観点からすると、どちらを重視すべきだろうか。大雑把ではあるが、この優先権をめぐって、フェミニストたちの間でさしあたり実際に問題となっている事柄をまとめると、以下のようになろう。すなわち、近代の性別役割分担から主に利益を得るのは集団としての男性だろうか、それとも階級としての資本家だろうか。資本主義の誕生の必然性とジェンダー化された家族の機能との間には、どの程度厳密な対応関係があるのだろうか。資本主義が成立するためには、ジェンダー化された家族は不可欠だろうか。もし一方が変化するとしたら、その変化は必然的に他方へ波及するのだろうか。仮にそうだとすると、それはいかに波及するのだろう。

一連の問いに答える代わりに、マルクス主義フェミニズムとラディカル・フェミニズムがどのように前資本主義の家族を想定するかを考えてみることにしよう。そうすれば、この議論における両者の差異が必然的に鮮明になるだろう。再び大雑把にまとめて公式化すると、次のようなことになる。ラディカル・フェミニズムは、歴史の中で比較的変化に乏しい家族を想定しており、家父長制支配の事実ばかりかその基本的構造も、経済的変化／変動に抗うか自己同化して、家父長制支配そのものは変化しないと考えている。これに対して、マルクス主義フェミニズムは――同様にカリカチュア化すれば――、家族がジェンダー化されたのは社会が激変したからだと考え、現在のような家族の抑圧が見受けられるようになったのは比較的最近のことであって、主として家族が資本主義の圧力に晒され、資本家の要求にかなりまともに応えた結果である、と説く。

こうしたふたつの見解の間から現れる、より洗練された中道的な立場をとると、ヨーロッパの資本主義は、それに先んじて存在していた、いわば家族という言語に生まれ落ちたか、あるいはその中で育まれたと考えられるだろう（ここで言う「言語」とは、イデオロギーだけではなく、生身の人間と機能を、親族の軸と同居の軸とに沿って結びつける複雑な構造のことである）[3]。この「言語」は大抵の言語と同じく、雑多で冗長で矛盾を孕んでおり、大抵のヨーロッパ諸言語と同じように、すでに強烈かつ複雑にジェンダー化されていた。とはいえ、言語を実際に使用する話者にとっては、受容されてきたジェンダーの形態そのものは別としても、その形態の特徴・論理的根拠・意味は、変化する可能性を常にある程度秘めているものだ。それゆえ産業主義時代が到来すると、先在的なジェンダーの特徴・論理的根拠・意味は、階級が刻印されることになる産業資本主義家族のあり方を踏まえた上で、再解釈されるようになったのである。

ここで私は、言語の隠喩を使って変化の過程を説明しているけれども、この変化が――繰り返しておくが――、主としてイデオロギーの領域で起きたのだ、と言いたいわけではない。賃労働の場が家から分離するようになったパターン、同一労働を行っても男性には「家族」給、女性には「補助」給が支払われるパターン、女性が労働力予備軍であると同時に、家庭では男女の労働力の再生産の責任をほとんど一手に引き受けるパターン、また賃金、職業、そしてしばしば食料の消費量にさえ見られる格差や、子どもの養育をひとりが、ひとつの性が受けもつ制度――こうした事柄が、厳密な意味で「イデオロギー」の産物とばかり言えないのは明白である。とはいえ、意味と再解釈の複雑な過程がこの時期、階級およびジェンダーの共通基盤のまさしく中心に関わっていたのは明らかだとも考えられるのである。この限りにおいて、意味作用を研究する私たちが、イデオロギーの縫目——未来を過去に、階級をジェンダーに、「見えないように」つないで「織り直」した痕跡——を辿るのは、確かに適切な行為だと言えるだろう。

この章で私が行おうとしていることは、一八世紀から一九世紀への移行期のイギリスを、どう読み解くかをめぐる「ラディカル・フェミニズム」と「マルクス主義フェミニズム」との見解差を裁定することよりも、もちろんささやかであり、はるかに限定的でもある。ささやかと言うのは、文学の読みを通して歴史的問題を研究するには多くの制約があるからであり、また、はるかに限定的と言うのは、究極的には男性のホモソーシャルな欲望を扱うことに主眼を置くからである。ここでは引き続き『王女』を背景にして、サッカレーの『ヘンリー・エズモンド』とエリオットの『アダム・ビード』を考察していくことにする。つまり、女性の変わりゆく家庭内役割を、女性のセクシュアリティと男性のホモソーシャルな欲望というふたつの観点から、歴史的にせよ疑似歴史的にせよ、意識的に説明する一九世紀の物語を三作取り上げるというわけだ。『ビード』と『エズモンド』は『王女』と同じく、ヴィクトリア朝のブルジョワ的な「家庭の天使」を理想としており、それぞれの結末がその承認の場となっている。その過程で、ふたつの小説に描かれるのは、甚だしく異なる家族ではあるけれども、いずれも前工業化時代の封建制家族から規範的な父権制核家族へと移り変わっていく。また『ビード』も『エズモンド』も、新たに「近代的」観点から、家族の構造や女性性と男性性の意味を再定義する必要があると説いている。さらにまた、違犯行為という異性愛の魅力的なドラマを階級間の権力譲渡の原因とする一方で、ほかならぬこのドラマが権力譲渡の瞬間を隠蔽することをも、このふたつの小説は描いている。そして何が三作に共通するかと言うと、男同士が揺るぎないホモソーシャルな絆を結ぶ場面で、「近代的」階級およびジェンダー配置が承認されることであろう。要するに、承認の場が、男たちの決闘場面――死んだ女であれ、淪落の女であれ、無力な女であれ、ともかく男たちが女性をめぐって争う場面――と重なるのである。

さて、マルクス主義フェミニズムとラディカル・フェミニズムは、女性の地位が、男性のホモソーシャルな欲望との関連でいかなる歴史的変化を遂げたのかという点について、異なる見解をそれぞれ打ち出しているが、この章では、このふたつのフェミニズムの弁証法を、『アダム・ビード』と『ヘンリー・エズモンド』の二作を用いながら、具体的に提示してみたい。そこでまず、二作のうち『アダム・ビード』から論じてみることにしよう。この小説の場合、神話の描く軌跡が伝統的な歴史小説の場合と同じく、社会学的風景となっている。そして、その精巧な社会学と包括的な神話のどちらにも、マルクス主義フェミニストたちの言う、激しい《カタストロフィック》変動構造が見受けられる――つまり、中産階級の家族がジェンダー化する原因となった、あの経済的基盤の変動がどちらにも刻印されているのである。もちろん、「激しい」という用語のもつ悲惨な意味合いを考えると、それを、エリオット本人が変化を形容することばとして適切と考えるかどうかは、かなり議論の余地がありそうだが。しかしこの小説には、階級とジェンダー基盤についての（どちらかと言えば）ビッグバン・セオリーと言えるものが見事に表現されているため、マルクス主義の手法をとるフェミニストの学者／教授であれば、このテクストだけで楽に女性学の調査の半分をやってのけるだろう。

先に私たちは、優先権をめぐる理論上の難問を大まかにまとめてみたが、その難問について『アダム・ビード』は、次のような軌跡を描くことで自らの見解を示している。この小説は最初、完璧な権威をもって一見時代を超越したジェンダー役割を登場人物に割り当てるが、その後、そのジェンダー役割を、社会構造のある特定の結節点における ある特定の家族の生産的／伝統的経済活動に結びつけるようになる。が、そうかと思うと、最終的には、神話のプロットが家族の位置づけを強引にやり直し、その結果、根絶する家族もあれば、急激に労働の場から疎外され再編を余技なくされる家族も出てくるのである。

小説の冒頭部における前工業化社会を概観する場面で、マルクス主義フェミニストの言う「融和した農業労働の場」——男性と女性の労働領域が実質上未分化の場[4]——を最も印象的に表しているのは、もちろんポイザー農場である。金銭より商品や労働が主な交換の媒体となっているため、ポイザー夫人が管理する農産物や織物には、商業用と家庭用といった明確な区別がない。ポイザー氏の農場経営も同様である。家庭と労働の場は物理的に区別されえないばかりか、それぞれの生産・消費様式もほぼ似たかたちで構造化されており、それゆえほぼ同じ価値が与えられている。

また人口統計学的に考えても、ポイザー一家はなんとも捉えにくい。天から計量経済史の女神が炉辺に降りてきて、家族を分類しつつ目録に載せることになれば、一晩は苦労せざるをえないだろう。まず、ポイザー一家は親と子と孫の直系三代にわたる。それから一家には、ダイナとヘティというふたりの姪がいて、ひとりは客として、だがもうひとりは使用人として暮らしており、さらに一家には、純然たる使用人や農場労働者もいる。が、先に指摘したように、すべての人間が労働に励むこの家庭では、みんなが熱心に働くばかりか、比較的似たかたちで労働に従事している。確かに、農場の借地権や見事なリネンの所有権を相続するか否かは、金銭上は重要な問題だろうが、しかし、労働と経営がほとんど変わらない家族＝経営体では——あるいはもっと肝心なことに、商品・労働・まかない付きの部屋・友愛・技術訓練が、ひとつの、共通の合理的尺度によって計ることができないような、複雑なやり方で交換される家族＝経営体では——、生活者や労働者の様々なありようを安易に「家族」と「使用人」、もしくは（繰り返しになるが）「男性の領域」と「女性の領域」といった粗雑な表現で言い表すことはできないのである。ここで言う家族とは、親族と同居のふたつの軸にまたがるものであり、見たところ、一方が他方に還元されうるようなものではない[5]。

ポイザー夫人の権威や直截さは、もちろん、こうした経済的に未分化の家族と絡めて考えると、最もうまく説明がつく。彼女は寡黙ではないが、冗漫でもなく、むしろ当を得たしゃべり方をすると言える。ポイザー夫人のことばが的確なのは、家庭で人を使い物を生産する上で、長々としゃべったり神秘感を漂わせたりする必要がないためであり、それは、彼女の采配をふるう時の的確な手つきからも明らかである。この点について、アダムの母であるリズベス・ビードと比較してもよいだろう。ポイザー夫人とは対照的に、リズベス・ビードの話し方には、ロビン・レイコフが「女性の言語」に固有とする、多くの特徴が認められる[6]――すなわち、くどさ、愚痴っぽさ、卑下、関係ない些末なものへのこだわり、「不安と不合理な頑固さ」、さらには「一種の咽び――真の悲しみに耐えなければならず、現にやらなければならない仕事がある場合には、あらゆる音の中で一番苛立ちを感じさせる音[7]」などである。リズベスの話し方は、いつも決まって苛立たしいほど「本当」らしさを欠いており、彼女はすまなそうにしゃべっても挑戦的で、「我慢強くあっても不平を言い、献身的であっても厳しく、昨日起こったことや明日起こりそうなことを一日中考えこみ、善にも悪にもすぐに涙をこぼす」（第一部四）。こうエリオットは説明する一方で、矛盾するかのように、「しかし」と付け加える。「アダムに対する偶像崇拝にも似た彼女の愛には、いくらか恐れも混じっており、彼が『放っておいてくれ』と言うと、彼女はいつも黙ってしまうのだった」と。

リズベスが最初に登場する場面を見ると、彼女は夫と息子たちだけで暮らす家の戸口に佇んでいる。いつものように彼女は、「段々と大きくなってくる点を見つめている。この二、三分間で、その点が」作業所から帰宅途中の、大工で「愛する息子のアダムに間違いないと思っていた」（第一部四）。リズベスも働き者であることが読者に知らされる。彼女は「何も意識しないで」編物をしたり、精力的に掃除をしたり、頭に水桶をのせて泉から水を運んだりする。しかし、彼女のことばには恐ろしく権威と尊大さが欠落しており、それは、家庭が男性の労働の場から物理的に隔絶し――そうした経済的変化の結果として――、顕在化した金銭のつながり《モネタリ・ネクサス》からも家庭が疎外されているからだ、と考えないわけにはいかない。リズベスが家でする仕事は、明らかに「家庭的」かつ伝統的であって、経済的観点からすれば生産的なものに対立するものであろう。これに呼応するように、母性を表す彼女の声も、実質的には明らかな依存を、もの言う犬のような声を表している。「我々は、我々を愛する女より、我々を愛する動物にもっと優しくしがちである」、「動物の方に優しくしてしまうのは、動物がものを言わないからだろうか?」(第一部四)と、ジョージ・エリオットはここで指摘している(当時、エリオットが女性であることはまだ公にされていなかった)。ポイザー夫人も子どもを溺愛するが、しかし彼女を「我々を愛する女たち」といった苛立つようなカテゴリーに分類することはできない。というのも、ポイザー夫人は彼女の家の中で物事を関連づけるまとめ役であり、的はずれなしゃべり方とは無縁だからである。

初めは、ポイザー家のありようが繁栄をもたらし、ビード家のありようは脆く調和を欠いているように見えるけれども、『アダム・ビード』の描く基本的な歴史の軌跡は逆である——比較的融和したポイザー家の農場から、極めて限定的な役割を担うビード家の核家族へと、典型的な家族像が移り変わっていく。そしてこのような変化の一環として、女性の規範的役割も、ポイザー夫人からビード夫人の役割へと変わらざるをえない。小説の結びの章を見ると、ポイザー家にはもはや第二のポイザー夫人になりそうな人物はいないし、もちろんアーサー・ドニトンのひとりっ子も亡くなっている。それに対して、ダイナとアダムはアダムとリズベスという赤ん坊をもうけており、赤ん坊が両親と名前の価値を未来へつないでいる。もちろん、一連の変化に対するこの小説の見解が、いかにフェミニスト的な立場から隔たっているかは明らかだ——小説の様々な箇所で、保守層の価値観と齟齬をきたすことがないように、注意が払われている。だが、そうした箇所をつぶさに検討してみれば、『アダム・ビード』がフェミニスト的ともいうべき分析を余すところなく提示しているのも明らかになろう。

女性の規範的役割に生じた変化を体現するのは、主としてダイナ・モリスである。この小説におけるダイナの生涯は驚くほど強烈に描かれており、しかもその生涯には、当時の、ジェンダーとしての女性の運命を織りなす重要な糸が、驚くほど巧みにすくいあげられている。ダイナはポイザー夫人の姪であり、小説の冒頭部ではホール農場の住人のひとりにすぎないが、小説中でただひとり産業の集中化を直接経験する——スノーフィールドの紡績工場で働くことによって自活する——人物でもある。またダイナは、メソジスト主義の布教活動の一環として巡回説教を行っており、叔母宅であるホール農場に泊まるのもそのためだ。とすると、冒頭部でのダイナの生活様式は、産業革命の揺籃期に、働く若い女性が個人主義や自律によって手にするであろう、ある種の可能性を体現していると言えるだろう。紡績工場の賃金は、ダイナ本人が語るように、必要なものを買うのに「充分すぎるほど」（第一部八）であるし、幼くして孤児となった彼女は、自らの意志でひとりで暮らす。制度や強力なイデオロギーによって、行動を妨げられたり確固たる決意をくじかれたりすることもなく、自らが信ずる大義に堂々と自分の才能を捧げるのである。

予測されることだが、自律という点では、ダイナの信奉するメソジスト主義は両刃の剣である。ただし、小説の冒頭部に限れば、若き女性説教師がメソジスト主義からかなりの恩恵を被っていることは、現実社会における個人主義の基準に照らしても、まず間違いないし、実際、その点についてはかなり明確に描かれているとも言えそうである。というのもダイナは、全知全能の神——男性である唯一神——の権威に徹底的に服従することによって、人間に関しては女性だけでなく男性をも含む、ありとあらゆる人々と対等な関係を築くことができるからである。ダイナは重要な職に就いているため、堂々と叔母の一家から独立して自由に出歩くことができるし、また、よい縁談があっても、不当な社会の力に屈することなく拒むこともできる。そのうえ、説教師として雄弁であるために、人々から注目され、権力と多大な影響力も獲得する。しかし、なぜ雄弁かを他の人々に語る時、ダイナはいつも決まって自身の力を否定するのである。

私の意志とは関係なくことばが浮かび、溢れる涙のごとく言葉が与えられたように思えたのです。胸が一杯になると、どうすることも出来ないものですわ。……でも牧師様、私たちは幼子のように未知の道を歩くよう導かれています。（第一部八）

あるいは、ダイナは自分の話術や影響力を母性的な衝動のイメージに譬えて矮小化している、と言えるかもしれない。ポイザー夫人に彼女は次のように語る。

私は、他人の魂のために出来るだけのことをやって、一生を過ごさずにはいられないのです。ちょうど、小さなトティーが家の反対側で泣いているのを聞かされたら、叔母さんが駆け寄らずにはいられないのと同じですわ。（第一部七）

ダイナの声は――ポイザー夫人もかなわないくらい公の性質をおびており――驚くほど権威的であるが、その権威を得るために、声は彼女個人のものではなく、より高次で父権的なことばを伝える道具である、とダイナは主張せざるをえない。とはいえ、この権威は極めて高次のものを始源とするため、さしあたって単なる人間の男性に対しては、現実的かつ強力な梃子の力となる。（歴史には頻繁に見られることだが）こうしたある特定の局面において「家父長制」は、「女性」を「男性」に隷属させる一枚岩のメカニズムたりえなくなる。言い換えれば、家父長制は徹底的に性的偏向を土台とするものの、力と意味作用の網の目であり、したがって、男性ばかりか女性も、その切れ目や裂け目を通して物質的かつイデオロギー的力を獲得できるのである。「女はただ神のために、男は女のうちに存在する神のために在る」――これは、長期にわたって少なくともダイナと小説中のメソジスト信者の男性との関係を、またかなりの程度においてダイナと非メソジスト信者の男性との関係をも表しているように思われる。とすると、説教者であるダイナが獲得する力は、限定的かつ超越的であると同時に、世俗的でもあると言えるだろう。

しかしこの物語が、ミルトンの物語と同じく、男性中心の近代核家族の登場とともに終わらなければならないとすると、イヴが男に先んじて強きものとして神のために創造され、男は女のうちに存在する神のために創造されたという「楽園」は、どう処理されねばならないのだろうか。もちろん、これを何とかしなければならないからこそ、小説に愛が描かれるわけだ。ダイナは鈍感なアダムに「恋する」と、それまでになく、静かに一途に性愛を感じるようになる。それは唯一、目によって、性感帯は主に羽のはたきによって表現される。

……ダイナの手の中で、はたきはどのように働いたことだろう。小さな隅という隅、見えようが見えまいが棚という棚に、そのはたきはどのように届いたことだろう。また、はたきが椅子の横木や脚のまわりや、テーブルに置いてあるすべての物にまで何度となくどのように届いたことだろう。はたきはアダムの書類や定規、それにその近くの開いた机にまでかけられた。ダイナはこれらの隅々までほこりを払い、それからためらい、憧れのこもった内気そうな目で眺めた。（第二部二六）

興味深いことに、ダイナとの関係でアダムの名が――頑迷なサクソン的な姓とは対照的に――聖書／ミルトン的であることが露わになってくるのは、小説のまさにこのあたりからである。要するに、今までになく、ダイナが性急に、だがためらいがちに、「誰の中に存在する誰が、結局、真の意味で神のために存在するのか」と自問する時から露わになるのである。

違いますわ、アダム。あなたに対する私の愛が弱いとは思っておりませんわ。私の心は、あなたの言葉や視線を待ち望んでいるのですから。赤ん坊が頼りにする強い者の助けや優しさを待ち望むのとほとんど同じことなのです。でもあなたを想いすぎたからといって、あなたにすがってしまうのではないかしら、などとは心配しておりませんわ。逆にあなたは、私を強くしてくださるでしょうから。（第二部二八）

こうした傾向を極限にまで押し進めたのが、ついにダイナがアダムの求婚を承諾する場面であろう。この場面で彼女は、アダムの声を聖書に登場するアダムの声としてではなく、神の声として聞く。アダムは丘を登りながらダイナに近づく。

ちょうど彼が前に歩み出たとき、たまたまダイナは立ち止まり、振りかえって……〔村を見た〕。アダムは喜んだ。彼女が彼の姿を見ないうちに彼の声を聞くのが一番良かろう、と恋人の鋭い本能で、彼は感じたからである。彼女から三歩足らずの所まで来て、彼は「ダイナ！」と声をかけた。彼女は振り向くことなく、はっとした。まるでその声が、地上から聞こえてきたのではないと思っているかのようだった。「ダイナ！」アダムはもう一度言った。彼女の考えていることが彼には充分わかっていた。彼女は、印象を純粋に精神的な呼びかけと考えることに慣れていたので、声の持ち主の実際の姿を探す必要がなかったのである。
しかし、この二度目の声で彼女は振り向いた。柔和なとびいろの瞳が、この逞しい黒い瞳の男を見上げたとき、それは何と素晴しい憧れに満ちた愛の眼差しだったことか！　彼女は彼の姿を見て、もうはっとしなかった。何も言わずに、彼の腕に抱かれるよう、彼のほうに歩み寄った。（第二部三〇）

小説の前半では、天なる父とこの世の男性との間に意味作用と制度上の裂け目があった。だからこそ、ダイナは力と力を行使する場を獲得しえたわけだが、しかし、その力を生み出した裂け目はここで閉じつつある。いやそれどころか、ダイナに力を与えたほかならぬ意味の制度が、今ここで、降伏を甘受するよう彼女に迫っているのである。この場面でダイナは、〈天のキリストの声〉が、実は〈彼女の主人の声〉にすぎないことに気づく。自身の声を失ってしまったダイナに何ができるかと言えば、主人の声に応えようとして、ただ震えるか、シクシク泣くか、潤んだ瞳で見つめるか、それぐらいのことしかない。

　さらにここで、もうひとつ重要な点を指摘しておこう。結末でダイナは、かつてのダイナと違って、力を失い家庭という狭い空間の中で生きていくことが記されているが、そうした変化をこの小説は、いかにも自然で興味深いものになるよう、彼女の内面世界での出来事として処理している。しかし変化は、個人の内面世界の問題に解消されうるようなものではなく、たとえば当時、工場システムの発展に伴って、工業労働の人口構成が——資本家の思惑だけでなく男性労働者の進出ゆえに——明らかに激変し、その結果、女性は高給のあるいは堅実な工業労働から厳しく放逐されてしまったのである。社会でこのような変化が起きていたにもかかわらず、この小説は、ダイナの結婚を描くことで——結婚すれば、彼女はいずれにせよ夫の村に落ちつき、賃労働に従事することはもうないとして——、その点に触れないようにしている。ただし、メソジストの女性による説教行為は一八〇三年以降禁止されるので、たとえ結婚という結末に至らなかったとしても、ダイナは自立と力の源である説教を断念しなければならなかっただろう、という点についてはこの小説も明らかにしている。[1] アダムによれば、ダイナもこの法令を擁護しているとのことだが、ぞっとするのは、結びの章のアダムの声を通してしか、私たちはその擁護の弁を聞くことができないということだ。

> 大抵の女は、お説教で益よりも害を与えているんだ——連中にはダイナの才能もなければ根性もない。彼女はそれを知って、服従のお手本を示すのが良いと考えたんだ。……それに、ぼくも彼女と同じ意見で、彼女はい

いことをしたと思っている。(第二部三七四)

もうひとつぞっとすることは、結びの章の冒頭で、ダイナは犬のような姿勢で佇ずんでおり、それが初めてリズベス・ビードが登場する場面に似ていることであろう。ダイナは家の敷居に立ちつくし、目をこらして帰路につくアダムをなるべく早く見つけようとする。事実、セスは連続性を指摘する。

どこか、見えそうなところにいるのなら、兄さんを見つけるのは、義姉さんにまかせるに限るな。……母さんの昔にそっくりだよ。母さんはいつも兄さんが帰ってくるのを見張っていて、目はかすんだというのに誰よりも真っ先に見つけることが出来たんだから。(第二部三七二)

ラジオの「トップ・フォーティ」の聴者であれば、ここで一、二年前にヒットしたシーナ・イーストンの曲[2]をいやがおうでも思い出すだろう。「愛しいひとは朝電車にのって/九時から五時まで働いて、それから/また電車にのって帰ってくるのよ/ずっと私がま・あ・あ・あ・あっていたことに気づくの」。そして、コーラスとコーラスの間で媚びるようなささやき声で——「愛しいひとと一緒のときだけ——私は生きているのよ/あのひとが与えてくれるときだけ、ハッピーになれるの」[8]。女は「女性」の領域から敢えて出ようとはせず男を待ちながら立ちつくし、そして男は女性の領域を所有しつつ、(雇用者が定めた時間に合わせてとはいえ)自由にその領域を出入りする。このように、生活領域のイデオロギーが法のような力をもつようになったのは、家庭と生産労働の場が分離したばかりか、九時から五時の労働時間が制度化されたからなのである。

実際、エリオットが『アダム・ビード』の中で社会問題を扱う際に、偏ってはいても、特に犀利な分析をしているのは、男性の労働の合理化についてであり、具体的に言うと、男性の労働が一層女性化した領域(家庭)から分離するにつれて、交換価値という測定可能な単位によって評価されるようになった点である。まだ「九時から五時」の労働時間体制は確立していないとはいえ、この小説の冒頭場面は、工業化以前の就業態度と工場の労働時間との衝突を描いている。教会の鐘が六時を告げると、バージ作業所に勤務する大工という大工は、仕事を終えないまま工具を放り出す。ただひとり次のように語るアダムを除いて――「時計がなり出すと直ぐに、職人がそういうふうに道具を投げ出してしまうのには我慢がならん。まるで、仕事に誇りも喜びもないみたいじゃないか」（第一部一）。アダムは例によってここで、前工業化時代の職人気質をよしとするイデオロギーに価値を認めている。彼にしてみれば、職人とは作りあげた物となんら問題なく自身を同一化し、労働の十全たる価値を労働の対象に見出して然るべき人種なのだろう。だが、アダムが確実に後継者になる立場から――それゆえこの集団的な労働から利益を搾取することになる立場から――、この作業所の所有者ジョナサン・バージに話しかけている、という点を見逃してはならない。確かにアダムにとっては、今では形骸化した労働に対する「誇りと喜び」の復権を計ることは、経済的に意味があろう。が、ウィリー・ベンというアダムの同僚で間もなく彼に雇われることになる人物が、「労働」時間と「遊び」時間を明瞭に区別していることからもわかるように、ベンの態度のほうが、雇われ労働者の生活の実態に近いと言えるのだ。そして「頑固で親方ぶった」アダムでさえ、労働関係の場を離れると、実際には抽象と合理性を体現するヒーローになる――彼は「読みやすいきれいな字を書き、暗算も出来た。それは、その地方の最も裕福な農夫たちの間でも全く見られないほどの教育だった」（第一部九）。このように、アダムも合理的な仕事を通して、現実世界で通用する梃子の力を獲得しているわけであり、実際、彼の人柄についておそらく最も明らかなことは、その力によって彼の人格がいかに十全に形成されているか、という点であろう。

> 仕事がやれる限り、人に耐えられないことはない。……人生は変化以外の何ものでもないように見えるけれ

ど、物の本質は変わらないんだ。四の二乗は一六で、人は重さに応じて梃子を長くしなくてはならないことは、人が不幸なときにも、幸せなときと同じように真実なんだ。だから労働の一番いいことは、自分の運命に関係なく物をしっかり会得できるようになることなんだ。（第一部一一）

それに対して、今や「女性の仕事」となった（価値の目減りした）家事労働は、依然として頑ななまでに非合理的で、延々と続く。たとえば、時計が鳴ったからといって、子ども、病人、老人の面倒はおしまいにならないし、ポットローストを二乗根してみたところで、女性の運命に関係なく「物をしっかり会得すること」にはならない。エリオットが説明している通り、このように労働が歴史的な配置転換を迎えると、女性の労働時空はある種のイデオロギーをおび、「真の」労働領域から隔絶した前近代的なものとみなされるようになる。言い換えれば、ダイナを「家庭の天使」という狭隘な領域に閉じ込めることになるイデオロギーの土壌は、それまでの伝道行為にも充分認められるとはいえ、この伝道行為も全く異なる実を結ぶ可能性があったのである。仮に家族の経済的構造・機能・背景の物質的基盤が激変しなければ、ダイナの、超越者〔主人アダム〕との独特の世俗的な関係も、そこまで限定的かつ狭隘な運命を彼女にもたらすことはなかっただろう。

エリオットは、イギリス中産階級の家系を描く道具として、都市産業主義の代弁者ではなく地方職人を選んだ。それは、現状をそれとなく擁護するには抜け目のないやり方であった。前章で指摘した通り、そうすることで、近代産業社会の価値が根源的に――また都合のよいことに――、私有財産によって表される個人主義にあると、エリオットは示唆することができたからである。さらにまた、資本主義イデオロギーにとって重要な道具とはいえマルクス主義の分析にとっては未解決の難問でもある、「ブルジョワ家族」―「中産階級の家族」―「労働者階級の家族」という用語のずれは(9)、アダムが労働者から所有者に出世する点がさりげなく描かれているため、巧みに解消されていると言えるだろう。さりげなく、と言ったのは、アダムの経済的基盤に生じた「歴史的」転換――貴族による個人的な保護からの独立――が極めて明白に描かれているのに対して、彼の出世については、ごくさりげないかたちでしか記されていないからだ。

これまで、ジェンダー配置は経済領域の分化と不可分であるとする、マルクス主義フェミニズムの原形ともいうべき見解を、『アダム・ビード』を用いながら具体的に提示してみた。こうした見解からは必然的に、次のような結論が導き出されるだろう――一八世紀および一九世紀に経済が産業資本主義化の一途を辿ると、女性性とジェンダー関係もその不可逆的な影響を甚だしく被り、結果として、ちょうど私たちが今経験しているような状況が生まれたのだ、と。『アダム・ビード』において、こうした変化を最も鮮やかに映し出しているのは、ダイナ・モリスの運命である。農業中心の大家族の客であった時、彼女は比較的力と自立を享受することができたが、しかしその後は、ブルジョワ核家族の――強烈にジェンダー化され経済生産の場からほぼ切り離された家族の――母として、はるかに限られた生き方を余儀なくされるのであるから。

『ヘンリー・エズモンド』は、権力が貴族階級からブルジョワジーへ譲渡されることによって起きた変化をドラマ化しているように見えるが、実を言うと、そうではない。これからの考察で明らかになるように、この小説は『王女』と同じく、次のような主張をしている。権力譲渡のような著しい変化が起きたのは、それに先んじて権力や役割に男女差があり、ブルジョワ核家族の構造や実態もすでにジェンダー化されていたからなのだ、と。『ヘンリー・エズモンド』はジェンダーの境界線および隷属というどちらかと言えば不変的なものを、それ以外の領域に生じた歴史的変化の原因として描いているので、この小説をラディカル・フェミニズム小説の原形とみなすことはおそらく極めて妥当であろう。この小説では、ジェンダー役割および男性支配は、主に女性のセクシュアリティの問題を通して再生産され反復される。ただし女性のセクシュアリティが小説中で意味をもつのは、大抵の場合、男性同士が権力や象徴的な財を交換する時であり、そしてその場面はいつも決まってうまい具合に、女性が——娼婦であれ処女であれ——退場し、男同士が「決闘」するところで幕が閉じる、と考えて差し支えないようである。

エリオットは家族史の神話を紡ぐにあたって田園地方の職人階級を選んだが、サッカレーの構想は全く違っていた。『ヘンリー・エズモンド』に登場するのは職人階級ではなく、侯爵や伯爵の地位といったはるかに高価な懸賞を求めてしのぎを削る人々である。とはいえ、いくつかの重要な点で、小説の描く基本的な軌跡は同じである。すなわち、的確に話す女性を中心とした人口統計学的に雑多な人間が同居する家族から、生活領域と労働領域がきれいに分離した男性中心の小家族へ、というように、どちらの場合も、ともかく規範的な家族像が移り変わっていく。と同時に、女性の役割も、強烈に道徳的かつ不自由なしかも経済的に限定されたものになっていくのである。

『ヘンリー・エズモンド』では、ピクチャレスクで騎士道精神を（演出上）重んじるアン女王治世下（一七〇二—一四）のイングランドを背景に、ある家族の変わりゆく様子が描かれる。それは数年のうちに、淫らで保守主義のカトリック系ジャコバイト派貴族から、家庭を偏愛する敬虔なプロテスタント系ホイッグ党支持者——ヴィクトリア朝中期の堅実な市民を彷彿させる人々——へと、変容する物語である(10)〔当時のイングランドには、名誉革命（一六八八）で亡命したジェイムズ二世を支持しスチュアート家の王位継承を望むジャコバイト派と、ハノーヴァー家の王位継承を望むホイッグ党との確執があった〕。最初のジャコバイト派家族で力を握るイザベルは、サッカレーが得意とする老女の一タイプである。すなわち、家長として権力と金を握ってはいるが、教養に欠けた、子どものない、わがままな、異教カトリックの信者で、過去には奔放な男性関係もあったものの、今ではかつてのあだっぽさもなければ美しさもない、けばけばしさだけが目立つ女性である。一方、最後の家族に登場する模範的な母レイチェルは、イザベルとは対照的に描かれている。愛する者たちを看病してはそこに喜びを見出し、化粧もせずに、余暇には外国文学を読み（もっとも「理性ではなく感情でしか判断できないのだ」[11] が）、性については自身か相手を殺しかねないほど抑圧的であると同時に独占欲が強く、金銭は所持しない……。要するに、レイチェルは愛すべき残酷な〈家庭の天使〉なのである。

『アダム・ビード』と『ヘンリー・エズモンド』は、家族および女性の役割に生じた歴史的変化を正当化しているが、その際の生き生きとした描写と率直さとで勝っているのは『ヘンリー・エズモンド』であろう。なぜなら、『エズモンド』に登場するのは専ら貴族であるため、家族の正統／正当性の問題がより現実味をおびたかたちで提示されているからである。[12] そしてその新しい家族形態の正統／正当性は、新しい家長であるヘンリー・エズモンドによって、ふたつのやり方で主張される。ひとつは、私生児だと信じられていた彼が実は意外なことに非嫡出子ではなく、第五代カーソルウッド子爵となるべき正統な世継ぎであるという事実によってであり、ふたつめには、ヘンリーが爵位を捨てて貴族社会と決別し、代わりに象徴的にも未来に――リスペクタブルなブルジョワジーに相応しくもっと謙虚な私的価値観に――自身の運命を託することによってである。

家族史の神話を紡ぎ、その歴史性を強調するためとはいえ、史実――少なくとも夏季劇場や巡回劇団であれば紛れもなく世界史レヴェルと思われる事件や人物――を借用するとは、なんとサッカレーらしい大胆さであろうか。何よりも注目に値するのは、古い貴族的な価値やジェンダー役割の象徴ともいうべきジャコバイト主義が、僭王ジェイムズ・エドワード[13] という、極めて具体的な人物を通して否定されていることだ。彼が性のアバンチュールに身を委ねたため、アン女王から王位を継承するチャンスを逃してしまうクライマックスの夜は、ヘンリー・エズモンドがまさにホイッグ党員となり、レイチェルを愛し彼女と生きていく決断を下す時でもある。確かにここには、ブルジョワ家族の物語が――ブルジョワ家族とは、階級闘争の力が不可逆的に激《カタストロフィック》しく作用した結果、誕生した家族なのであるという物語が――提示されていると言えるだろう。

しかし、この小説の中で最もサッカレーらしいと思われる点は、おおむね別の方面に認められる。ここで問題にすべきは、彼がフェミニストではなかった、ということではない。もちろん、サッカレーがフェミニストでなかったことは、デイヴィッド・リカードが共産主義者でなかったことと同じくらいに明らかなことではあろう。だがサッカレーは、ジョージ・エリオットと同じく、ジェンダー役割と権力との関係に関して巧みな分析をする作家だったのであり、したがってこの小説を、先にふれたフェミニズムの公式に当てはめた上で、どのようなことが言えるのか、考えてみることも意味があろう。そして、実際にそうしてみると、『ヘンリー・エズモンド』の矛盾は、『アダム・ビード』の場合よりも、もっと捻れていることがわかる。というのも『エズモンド』は、男女のジェンダー関係の歴史的変化を丹念に主題化する一方で、フェミニズム的ともいうべきその分析内容は、ラディカルかつ非歴史的な家父長制批判になっているからだ。この小説に政治的変化を反映した構造があるとしても、それは、いわゆるジェンダー化された家族の安定的かつ自己再生産的な構造に比べれば二義的なものにすぎないのである。

この点について、「女性はみんな、心の底ではトーリー党信者なんだ。ポウプ（アレグザンダー・ポウプ（一六八八―一七四四）、風刺詩を得意とするイギリスの詩人）に言わせれば、女は放蕩者にご執心ということになるが。だが、トーリ党信者という方が寛容だと私は思うがね[13]」と、ある人物が『ヘンリー・エズモンド』の続編『ヴァージニアン』の中で語っていることばに着目しつつ考えてみることにしよう。「放蕩者」と「トーリー党員」が交換可能な用語となっていることからもわかるように、ここには性と政治を結びつけようとするサッカレーの執拗な態度が表れている。が、もっとはっきり表れているのは、「女はみんな――」という公式を彼が気に入っているという点であり、そしてこの公式ゆえに、「トーリー」という語は脱歴史化され、それゆえ脱政治化され、結果としては、政党が利益闘争ではなく静的な人格類型を表象するようになる。さらにまた、読者にしてみれば、こうした点を指摘するだけではなく、次のように問いたくもなるだろう。『ヘンリー・エズモンド』によると、近代ブルジョワ家族とは、「古くさい」封建時代のセクシュアリティのありようやジェンダー関係を排した新しい家族とのことだが、仮にそれが本当だとすると、なぜ私たちは、この小説の続編で「本質的に」古くさい女性のセクシュアリティについてまた聞かされなければならないのか、と。続編を読むと、最初の小説からは想像できずに当惑する点がいくつもあり、この問いはそうした点のほんの初めのひとつにすぎない。『ヴァージニアン』は、二世代前の小説では悲劇となったであろう深刻なドラマを、徹底的に皮肉な笑劇《ファース》にして、露骨に反復しているだけなのである。(14)

実のところ、『エズモンド』が偉大な歴史小説——何かが変化を遂げる小説——であると納得できる理由はひとつしかない。それはひとえに小説の枠組みの巧みさにあり、その巧みさゆえに、事件は起こり、しかも一度しか起こらないと納得できるわけである。ところが、『ヴァージニアン』が明らかにしているように、『ヘンリー・エズモンド』の語りには断層があり、そのため、結末が二、三年後か、あるいは二、三週間後であってもおかしくないと思えてしまうのだ。言い換えれば、亡くなったはずの人が生き返っても、落としたはずの評判が回復しても、あるいはそんな評判など端からなかったとしてもおかしくないし、また、砕け散ったはずの水差しがもと通りになって、井戸でもっと水を汲むことがあっても不思議ではないように思えてしまうのである。要するに、『ヘンリー・エズモンド』は袋から出て自由になった牧場の猫を描いており、一方の『ヴァージニアン』は〈牧場に連れ戻された猫〉を描いているのである〔「猫が袋から出て自由になる」とは本来、秘密が明らかになるという意。『ヘンリー・エズモンド』がヘンリーの出生の秘密を始めとし、多くの謎をプロットの進行とともに明らかにするのに対して、『ヴァージニアン』はすでに描かれたはずのプロット（袋から出たはずの猫）を露骨に反復する〕。だが奇妙なことに、ジェンダー小説として『エズモンド』を読んだ場合（歴史小説として読んだ場合はおそらく別としても）、その大いなる強みはまさにここにある——すなわち、ジェンダー役割を自己再生産せざるをえないものとして描いていることこそ、その強みなのだ。『アダム・ビード』が性役割の変化という社会現象を提示しているとすれば、『ヘンリー・エズモンド』

は図らずも、性の連続性のメカニズムを分析していると言えるだろう。

すでに述べたことだが、『ヘンリー・エズモンド』は次のような重要な問題を提起しているように思われる。すなわち近代家族は、ジャコバイト派封建貴族に特有の、悪名高き「古くさい」形態をとり続け、男女双方の権力、認知、欲望のだらしないありようをそのままにしておくのだろうか、それともブルジョワの労働と価値観に相応しく、もっとしまった道徳的な家族のありようを追求するのだろうか。このはっきりした選択が最も劇的に問われるのは、ふたりの女性のどちらを選択するのか、ヘンリーがその決断を迫られる時であろう。そのうちのひとりは先にふれたように、新しいタイプの「家庭の天使」をすでに体現しているレイチェルであり、もうひとりは、叔母のイザベルにそっくりで、古いタイプの淫らな女になること間違いなしのビアトリックスである（『ヴァージニアン』の時代になるまでに、年を重ねたビアトリックスが第二のイザベルになっていることは明らかである）。確かに『エズモンド』は、選択の一瞬をドラマ化した小説として読みうるテクストであり、そう読む限りにおいては、家族をめぐる歴史的な難問をまさしく劇的に提示していると言えるだろう。だが『エズモンド』を（『ヴァージニアン』との関係を別としても）時の進行する小説として読んだ場合、何か違うことを提示していると言えそうである。というのも、『エズモンド』は、驚異的な連続性と力を発揮しつつ、古いタイプのビアトリックスを新しいタイプのレイチェルの娘として描いているからだ。ビアトリックスは見事なまでに、母の養育法の素晴しい結果であると同時に、母によって覆えされた女性性の「アンシャン・レジーム」そのものといった女性でもある（もっとも、この転覆を描くことこそ、この小説の本来の目的だったように思われるのだが）。そのため読者は、決定的な歴史的変化のイメージではなく、まさに女性性が分裂し、それが何度となく自己再生産しつつ過去に遡っていくようなイメージを抱かざるをえないのである。

サッカレーが飽くことなく取り上げたのは「不幸な家族」という豊かな主題だが、重要なのは、彼の描く家族には普遍性があるということだ。厳密に言うと、不幸な家族がすべて同じというわけではないものの、軋轢の傾向や人物の性質の組み合わせにはほぼ例外なく、ヴィクトリア朝のブルジョワ家族像が反映されているように思われる。それは、たとえ時代、社会的地位、場所の設定、いや人口統計学的構造にすら甚だしい相違があろうとも認められる現象である。たとえばレイチェルが、カーソルウッド子爵夫人として最初の結婚で築いた拡大家族――牧師、その家族全員、夫のいとこの非嫡出子とおぼしき人物など、もろもろの人間が同居する家族――でさえ、純然たるビーダーマイヤー様式に仕上がっている〔ビーダーマイヤーとは、フランスのアンピール様式を質素なドイツの中産階級向けに実用的にし、一九世紀初期から中期にかけて流行った家具様式のこと。レイチェルの家族が実質的にはヴィクトリア朝中産階級の家族と変わらなかったことを指摘するユーモラスな表現〕。ということはつまり、レイチェルの内面には領域イデオロギーのメカニズムが強固に組み込まれており、彼女はそれに支配されているということだ。そもそもレイチェルの不幸の原因は、夫が家を外にすることにあり、彼女は慰めを精神と魂の修養に見出すようになるのだが、そうなると当然のことながら、彼女自身と夫の――行動と快楽に代表される肉体の――領域との間は、これまで以上に決定的かつ不可避的に広がらざるをえない。そのため彼女は、身を切られるような思いを経験し、嫉妬するばかりか性欲を抑圧したり隠蔽したりするようになる（第一部七章、第一部一一章）。レイチェルは、女性には愛や権力がほとんど手に入らないことを正確に認識しており、彼女が嫉妬するのも明らかにそこに原因がある（第一部一一章、第一部一三章）。そしてそれが引き金となって、本来理想的な母として家族愛の具現者でなければならないにもかかわらず、逆に愛の狭隘な水路と化し、家庭内で愛がうまく流れないように振る舞ってしまうのである（前書き七頁参照）。たとえばレイチェルは、周囲の男たちの愛を独占するばかりか、もちうる彼女の愛情を男たちだけに注ぐ――初めは夫と息子に、だがすぐにヘンリー・エズモンドという、家庭の巣に残された気難しい幼い取り替え子に。成人したビアトリックスは、例によって感情が押さえきれなくなると、ヘンリーに向かって次のように言い放つ。

お母さまは、私よりフランクの小指一本の方が大事なのよ――本当よ。あなたのことも愛しているわ、とってもね。だから私はあなたが嫌いなのよ。お母さまを一人じめにしたかった。でも、お母さまはそうさせては下さらなかった。私がこどもの頃、お母さまが愛していらしたのはお父さまだった――（ああ、どうして愛せたのかしら？　お父さまは優しかったし男前だったけれども、たいそう間抜けでワインを召し上がったらまともにしゃべることなんてできませんでしたもの）。それからお母さまはフランクを愛したわ。そして今では天国と牧師様とをね。私はどんなにお母さまを愛したいと思ったことでしょう。こどもの時からお母さまが私以外の人を愛すると、私はいつも腹を立てたわ。でもお母さまは、私以外のみんなを愛したのよ――確かにみんなのほうを。（第三部三章）

父母の間には大きな不和軋轢の溝が横たわり、母が嫉妬した時にだけ橋がかけられる家庭。何よりもこの点が決定的な意味をもつ家庭にビアトリックスは育ち、幼い頃から嫉妬するようになる――「彼女がカーソルウッド卿の前で嫉妬を口にすると、彼は面白がったし楽しんだ。彼はフランクが一番好きであるようなふりをし、フランクをあやしたり接吻したりし、ビアトリックスが嫉妬すると大声で笑ったものだった」（第一部八章）。だが母と違ってビアトリックスは、魅力的な父の庇護を受けつつ、嫉妬するだけではなく人の嫉妬心を操るようにもなる。

彼女は久しい前から、自分の明眸の価値を知っており、ためしに媚態を示してみた。……それを大いに……父は喜んだ。笑いに笑って、限りなくたわむれるよう娘にすすめた。カーソルウッド卿夫人はこのこどもを真面目に悲しそうに見つめた。……ビアトリックスは母の悲しげな顔つきから、父の椅子とその父の酔笑へと逃げこんだ。早や彼女は両親を仲違いさせてみせた。この小さないたずらっこは、こんな年のゆかぬうちから悪戯を心得ており、それを楽しんでいたのである。（第一部一一章）

しかしビアトリックスにとって、巧みに性を利用することはジェンダー化された家庭で生きていくための不可欠な戦略であるばかりか、ほかならぬその家庭で愛と権威を喪失する原因ともなるのである。

要するに、『ヘンリー・エズモンド』について真っ先に指摘すべき素晴しい点とは、この小説が見たところ、時を超越した権威に基づき――現在形に絶えず変化する過去形によって、一人称の語りに絶えず変化する三人称の語りを通して――、処女が娼婦から、娼婦が処女から生まれる過程を描いていることであろう。特筆に値するのは、サッカレーが男性を描く場合であれ、女性を描く場合であれ、〈性欲〉と呼ばれる実体化された物質に粗雑な水圧を加えて、〈性欲〉を循環させてしまわない点である。彼の小説では、男性がある女性を娼婦として扱ったとしても、それはその男が、他の女に手を出さないけれども、やはり性欲のはけ口としてしかるべき数の女性が欲しいから、というわけではないし、また女のほうも、いやと言う生娘らしい超自我と、セックスしたくってウズウズしている娼婦的なイドに分裂しているわけではない。サッカレーは、最近のフェミニズム的なフロイト解釈（序章第二、第三節および第1章参照）を巧みにドラマ化したような分析を展開し、セクシュアリティを強烈でなんとも捉えにくい権力差のシニフィアンとして描いている。そもそも権力差とは、ジェンダー間の差異に附随するもろもろの社会的／政治的要素によって形づくられるものであり、サッカレーはこの権力差のシニフィアンとしてセクシュアリティを捉えているのである。具体的に言うと、彼の小説では、女性が処女としてのあるいは娼婦としての意味をおびるのは、流通・交換・贈与のコンテクストにおいてであり、女性が道徳的あるいは社会的動物に、だがわけても性的動物になりうるのは、主として（これだけではないが）男性中心の表象システムにおいてなのである。要するに、彼の小説に登場する女性たちは、メッセージの送り手と意図された受け手の双方が男性である時に、性的な動物として立ち現れるというわけだ。

性愛に関して、ビアトリックスの置かれた状況は、ダブル・バインドの見事な具体例である。このダブル・バインド状況は、何よりも女同士のホモソーシャルな絆によって生まれると思われるので、この絆を手がかりにして（ただし手がかりにするだけである）、ダブル・バインドについて考えてみるのも悪くないだろう。『ヘンリー・エズモンド』において終始一貫し、（少なくともこの小説を初めて読んだ読者にとって）最も劇的に可視になる欲望は、ビアトリックスの母レイチェルがヘンリーに対して抱く抑圧的な欲望であろう。が、「劇的に」とはいえ、レイチェルの欲望は完全に家庭を舞台にした禁忌／侵犯、貞操／不貞、抑圧／暴露という二項対立の範囲内で／との関係でしか顕れないものであり、彼女はその二元論に支配されてしまっている。彼女の欲望が二項対立を潜在的に転覆しうるとすれば、それは専ら彼女の内面世界で起こるのであり、それゆえその転覆はひっそりと非政治的で、他の女性とは連帯しえないかたちをとる。したがって、レイチェルがヘンリーに欲望を抱いても――驚くことに、娘には母の欲望がよくわかる――、ビアトリックスが男性に欲望を抱いてもよい、ということにはならない。それどころかレイチェルは、自分の人生において、苦しみながらも黙したまま二項対立的な道徳の言説を回避し、しかもそれを娘に圧しつけてしまうため、その言説はより一層一枚岩となって娘に重くのしかかってしまうのである。ビアトリックスの立場は、フランケンシュタイン博士の怪物やサタンの立場に似ており、それは次のように説明できるだろう。サタンは神の欲望の対象（および所有物）だけを欲し、その欲望を充足しようとするが、善悪の語彙目録を書くのは神なので、サタンはいずれにせよ満足できないふたつの選択肢からひとつを選ばなくてはならない。第一の選択は、神に遅れをとったことを認めるようなもので、二番煎じで新味に欠けるが、「善」を黙認することである――この場合、サタンは欲望の対象を手にすることができない。第二の選択は、神と対立することである（「悪よ、わが善たれ」）[15]。だがいずれを選んでも、サタンは、すでに神によって定められた善悪の語意目録に依拠しており、したがって記号論的観点からすれば、サタンの立場は不安定であるし、結局、神によって批判されざるをえない。サタンにせよビアトリックスにせよ、親の規範的な定義と親の実際の行動との間には認め難い裂け目があり、そのためふたりのアダルトチルドレンは翻弄され、ある時は哀れに、またある時はうつろ／大胆に振る舞い、そしてまたある時には、おぞましきものを棄却する（たとえば第三部三章、第三部七章）。ふたつのパターンに違いがあるとすれば、レイチェルは女であり、それゆえ、語彙目録を書くことができないし、その重要な受益者にすらなれないということだ。確かに、この痛ましい女対女の関係はこの小説の特徴ではあるが、はさみの片方の刃のような機能しかもっていないため、かわいそうなビアトリックスとそのつくられたセクシュアリティは、男性のホモソーシャルな欲望の、はるかに鋭利な刃の餌食になってしまうのである。

それでは、この小説に登場する男性たちはどのような立場に置かれているのだろうか。ビアトリックスが混乱したメッセージを受け取り、男親と女親のふたつの領域を操ったり（操る必要があったり）するのに対して、「カーソルウッドの若い後継は」ともかく「父母のふたりから甘やかされ、あたかも当然の権利のように両親の抱擁を受け止めていた」（第一部一一章）。父が亡くなると、フランクはかつての父のように、「甘い」ことばで、だが淫らと言わんばかりの口調でビアトリックスを褒めたりけなしたりする。ちょうど、ビアトリックスの性的魅力を利用し、彼女を手玉にとる人間のように――「こっちにやってくるのは誰だ！　――ホッホッ！　……新しいリボンをつけたトリックス姉さんでしょう。隊長が晩餐にやってくると聞けば、きっとリボンをつけると思っていましたよ」（第二部七章）。すでに指摘したように、レイチェルも娘を今ある姿に養育しておきながら、フランクに劣らずすばやく娘に否定的な評価を下すのだが、レイチェルの行為にたいした害はないのかもしれない。彼女はフランクよりも人間的だからこそ、嫉妬に駆られて娘に冷ややかな態度をとるのであり、彼女の下す倫理的な判断は、そうした脈うつごとに流れるような嫉妬とほとんど紙一重と言えるからである（たとえば第二部八章、第二部一五章、第三部三章）。

実を言うと、ヘンリーのビアトリックスに対する態度も、ほぼ同じである。彼にとって、ビアトリックスの性質の中で愛しいものは、道徳上は淫らな範疇に入り、母レイチェルの性質とは正反対に映るものばかりだ（たとえば第二部一五章）。とすると、ヘンリーが強迫観念からとはいえ、ビアトリックスの性愛の奴隷になるのは、多かれ少なかれ意図的に判断を留保しているためであり、ビアトリックスを断罪しようと思えばいつでも自由にそうできるし、事実、最終的には驚くほどばっさりと、彼女を切り捨てている。

ひとりの女性の同じところを見て、その女性を非難するもよし欲望の対象にするもよし——これこそ、男性が女性にしかけた長のこぎりの罠ともいうべき状況であろう。そして先に指摘した通り、男という生き物は、女性を三角形の取り引きに利用する際に、このこぎりを一番きつく引くものだ。『エズモンド』の中でこうした取り引きの原形は、早い段階に——レイチェルの最初の夫が放蕩者ムーン卿に惚れ込んで友情を育もうとし、彼女が危うい立場に置かれる時に——現れる。その場面によると、カーソルウッドの惚れ込みようと言ったら、突然で尊大であり、「カーソルウッド卿は、相手が馬に乗るとき友に接吻し、彼のように素晴しい友人にめぐりあったのは実に久しぶりだと言った」。

> そして奥方が、ムーン卿の顔つきや話しぶりには何となく信用できないようなだらしなさがあると言うと、殿は例によって大笑いし罵言を吐いた……ムーンはイギリスきってのいい男だ。お澄ましやさんが彼について言ったことを、ムーンに知らせてやらなくてはな。（第一部一二章）

カーソルウッドは、「ムーンはイギリス一のいい男だ。妻のあの……冷淡な無礼を懲らしめるために、あいつをここに招待してやろう」（第一部一二章）と決意し、友人に妻を差し出すことによって、妻への支配力を誇示しようとする。その友人は屋敷に到着すると、

夜帽と寝衣に着替えた。そうするや否や、邸の主人の強い命令で遣わされて、部屋を訪ねてきた者がひとりあった。これはほかならぬ、トーストと薄がゆをもってきたカーソルウッド夫人であった。殿が奥方に、手づからつくって客のところに持参するよう命じたのであった。（第一部一三章）

レイチェル自身の心情に限って言えば、彼女が不貞を働く危険性などほとんどありそうにもない。だがこの三角関係はもちろん、交換可能と考えられるもろもろの象徴的な財を危険なまでに詰めこんだ流通回路と化していく。すなわち、カーソルウッドがムーンに賭けの借金をしたことで金銭が、レイチェルがムーンを更生させたがっていることで宗教が、ムーンがカーソルウッドを寝とられた夫にしたがっていることで性の裏切りが、といった具合に、様々な品々が流通するのである。その結果、カーソルウッドは妻の不貞を心底疑っていたわけではないものの、友と決闘することになり、レイチェルは未亡人になる。

妻の貞節を私が疑ったことがあっただろうか？　私が疑ったら、その日のうちに妻の生命《いのち》はなくなっただろうよ。妻が道を踏み外すと私が考えていると、お前は言う気かね。いや、妻にはそうするだけの情熱がないさ。あれは罪を犯すことも許すこともない女だ。妻の気性はわかっている――妻を失ってみて、今までよりも一万倍も愛していることに気づいたんだ――そうだ、妻が若くて天使のように美しかったときよりも……ああ、あれがこどもを抱いているさまは、女王の礼拝堂の聖母像よりも美しく見えたものだったが、そのときよりも一万倍も愛している――自分が妻のように善人じゃないことはわかっている。……妻が私とは釣り合っていない

と感じていたさ。こどもたちもそうだ。私は馬鹿になって、賭けもし、酒も飲み、絶望と憤怒のあまりあらゆる種類の極道をやったんだ。（第一部一四章）

カーソルウッドは最期にこうつぶやきながら次の点を明らかにする。妻が貞節であったからこそ、妻はムーンに差し出す商品たりえたのだが、同時にそれは、夫である自分にとって、大切なものであったばかりか、妻を絶えず避け、今や決定的な別れを迎える原因にもなったのである、と。

レイチェルの貞節が交換可能な価値をもつと同時に、彼女にとっては抑圧的なダブル・バインドになってしまうのは、男たちがホモソーシャルな欲望を強列に抱きつつ女性を取り引きに利用するからだが、同様のことはビアトリックスについても言えるだろう。なぜなら、彼女の淫らさも、ほかならぬこの男性のホモソーシャル構造において、交換価値とダブル・バインド状況を生み出すからだ。ビアトリックスは子どもの頃から、相手に応じて媚態を示すよう周到に育てられており、先に指摘したように、弟のフランクはそうした姉の性癖を助長したり批判したりする。が、彼のやっていることはそれだけではない。フランクはたとえば、ビアトリックスが彼の友人のブランドフォード卿と交際し、玉の輿にのる可能性があるとわかると、ふたりの仲を熱心にとりもとうとする。ブランドフォード卿に姉の髪の毛をひと房渡したり、彼に署名入りの愛の誓いを書くよう強要したり、もし彼がカーソルウッド家を結婚相手として相応しくないと判断するのであれば決闘も辞さないと脅したりもする。と同時にフランクは、「トリックス」が色恋沙汰にかけて手練手管を弄するため、遠慮なく姉を詰るのである（第二部八章）。

小説中でジャコバイト派の陰謀が重大な局面を迎え、政治上のクライマックスとあいなると、ホモソーシャルな欲望のために、ビアトリックスのセクシュアリティを利用しようとする男たちの計画も、いよいよ佳境に入る。カーソルウッド家は長きにわたってスチュアート家の王位継承を支持し、それを代々、女性の贈与を通して表明してきた。たとえば、イザベルはチャールズ二世とその弟の側女であったということが記されている（第一部二章）。ビアトリックスを取り巻く男たちと若い僭王とのつながりはひどく複雑だが、ヘンリーの思い込みが陰謀に関わっているとは言えるだろう。ヘンリーは、ビアトリックスへの求婚が「受け入れられるかどうか」（第三部八章）は、自分がジェイムズ・エドワードをイギリスに密入国させて王位継承に成功するかどうかにかかっていると思いこんで、若い僭王のために策を弄するからだ。もっとも、王位継承の成否そのものは、実のところ、ジェイムズ・エドワードとフランク・カーソルウッドが同じ日に生まれたこと、ふたりの容貌が似ていること、ジェイムズがフランクのふりをして肖像画をかかせること、そして最終的には彼がフランクになりすませるかどうかにかかっているのだが……。事が成就した暁には、ジェイムズは褒美として、父に代わり密約を遡及的に遵守しカーソルウッド家を侯爵家にすると言う。だがヘンリーはそれだけでなく、ビアトリックスがついに自分と結婚することを承諾してくれる、と勝手に思い込んでしまうのである。

上位の階級の人間との同一化、ロマンティックな愛国主義、家族の伝統、政治的野心、そして性の欲動――これらが混在した陶酔状態でヘンリーとフランクは、若い王子を秘密裡にカーソルウッド家に招く。ヘンリーは、女たちが王子のためにする準備を満足した面持ちで眺める。

> 部屋は花で飾られ、ベッドには飛び切り上等のリネンが掛けられた。ふたりの婦人は自分たちがベッドの支度をすると言い張り、その傍らに跪いて、王の尊い玉体をお包みすべき布に対する尊敬の念からシーツに接吻した。（第三部九章）

さらに、奥方と娘が若い来訪者の世話をするよう手はずが整えられる。そして僭王が到着すると、ビアトリックスはエズモンドから贈られた家宝のダイヤモンドを身につける。「王がこの家に入られる日に、彼女はこの宝石を身につけるよう、エズモンドと決めてあったからである。ビアトリックスは魅力的に輝いており、壮麗で堂々とした美しさを湛えており、全く女王さながらであった」（第三部九章）。

カーソルウッド家の男たちは一家の大望を遂げるべく、実際的な努力だけでなく演技をもして、この「王」と「女王」のふたりを引き合わせる。それがうまくいくや否や、女性のセクシュアリティのおぞましいスケープゴート化が始まるのはもちろんである。

彼女は……輝いてみえた。瞳は素晴しく光を放ってキラキラ輝いていた。怒りと嫉妬の痛みがエズモンドの胸を貫いた……彼は我を忘れ、こぶしをぎゅっと握りしめて向かい側のカーソルウッドを見やった。カーソルウッドの眼も、エズモンドの警戒の合図に応えて警戒していた。（第三部九章）

そしてその晩、

「とうとうやったんだ」と［エズモンドは］眠れぬまま、真っ暗な窓の外を見つめながら考えた。「あのお方はここにいらっしゃる。お連れしたのは私だ。同じ屋根の下であのお方とビアトリックスは今寝ていらっしゃる。あのお方をお連れしたのは、誰のためだったのだろう？　王子のためだったのだろうか？　ヘンリー・エズモンドのためだったのだろうか？……」ビアトリックスの一挙一動をじっと見つめていた若い王子の眼差が、エズモンドの頭から離れようとしなかった。その晩何度も何度も、熱に浮かされた夢の中で、王子の姿が彼の前に現れた。（第三部九章）

嫉妬にかられたヘンリーは、ついにフランクとレイチェルを従えて、結果としてはぞっとする取り返しのつかない事態を招いてしまう。もっとも彼は、ビアトリックスを非難しようとしたわけではなく、彼女がロンドンに留まって「危険な道」を歩むことがないように、彼女をそこから連れ出そうとしただけなのだが。ビアトリックスは悲痛に、だが当を得たことばで彼らを非難する。ヘンリーには「あなたが私を陥れる陰謀をたくらんだのね」、「王のお側女のものだった家宝のダイヤモンドを、私が側女になると思った方にお返しするわ」、そしてフランクには「奥様への誓をお守りなさいませ、閣下」、さらに母には、次のように語る。

さようなら、お母さま。お母さまのことは許せないと思いますわ。私たちの間にどこか溝ができてしまったのよ。いくら泣いてもどんなに年月が経っても、修復はできませんわ。私はいつもひとりぼっちだと言っていました。お母さまは私のことを一度も愛してくださらなかった。一度も——私がお父さまの膝に座ったときから、お母さまは私のことを嫉妬していらしたのよ。（第三部一〇章）

この場面で勝利を収めた者たちが、「すっかり怖気づいて、自分たちの勝利をほとんど恥じた」のも当然であろう——「確かに我々三人が共謀して、この美しい女性の追放と屈辱を謀ったことは、残忍苛酷だと思われた。我々は黙って互いに顔を見交わした」。

しかし結局、ビアトリックスはみんなが疑ったように、王子の愛人となってしまう。彼女は『王の御姿』〔チャールズ一世の生涯を叙したジョン・ゴウデン（一六〇五—六二）の著書〕に手紙を忍ばせ、自身が囚われの身となっている屋敷に王子を誘い出す。これは偶然にも、王子がなんとしてもロンドンにいなくてはならない晩のことであった。家族のみんなが彼女に罵詈雑言を浴びせるが、それは無理からぬことであろう。その後、ビアトリックスに会ったものは誰ひとりとしていない。このように、ビアトリックスと王子との異性愛の関係は事細かに語られているのだが、しかしそれは所詮、数世代にわたって繰り返されてきた、あの男同士の女性の交換のほんの一コマにすぎない。ところが興味深いことに、男同士のホモソーシャルな関係はこうした重大時には揺るぎなく、しかもこれから論じる通り、ある観点からすれば実を結ぶとさえ言えるのだ。ヘンリーは家長として僭王に対する怒りを露わにし、今後カーソルウッド家はスチュアート家の王位継承を支持しない旨を正式に表明する。(4) 短く儀礼的とはいえ決闘のジェスチャーをし、その後エズモンドは、

一歩退いて、今一度非常に恭しく一礼しつつ切尖を下し、これで至極満足だと言い切った。

「さあ、子爵(エ・ヴィアン、ヴィコント)」と若い王子が言った。彼は少年、しかもフランスの少年に過ぎなかった。「イル・ヌ・ヌウ・レスト・キュンヌ・ショーズ・ア・フェール」。王子は剣をテーブルの上に置き、両手の指を胸にあてた。「もうひとつしなくてはならないことがある。わからないかな」。王子は両腕を広げた――「抱きあおうではないか!(アンブラソン・ヌウ)」(第三部一三章)

カーソルウッド家の目論みがはずれてしまい、ジャコバイト派が勝利しなかったことを考えると、この男同士の抱擁は――一家の勝利を表しているとは言えないにせよ――、それ以上に権威ある社会形成に承認を与えていると言えるだろう。というのも、この抱擁は、〔ブルジョワの〕道徳が究極的に認知され、歴史の光が信用の失墜した古い秩序からブルジョワ小核家族へと譲渡されたことを表象しているからである。言い換えれば、まさにこの瞬間、ヘンリー・エズモンドと彼が築くであろう家族――規範的にジェンダー化された男性中心家族――が、その道徳的態度ゆえに承認されたというわけだ。このように男性のホモソーシャルな絆のタブローは、道徳上の権威を、新興ブルジョワ男性が淪落の女の身体を媒介として貴族の男性から譲り受けたことを提示しており、そのため階級が形成される際立って「歴史的」な瞬間の、注目に値するイメージを読者に与えるように見える。しかしそのように見えたとしても、この小説のコンテクストでは幻想でしかない。なぜなら、これまで考察してきたように、女性のセクシュアリティそのものが定義・再生産され、さらに利用され貶められていくありさまは、ほかならぬあの男

性のホモソーシャルな絆の三角形に凝縮されるのであり、しかもその取り引きは、繰り返し何度となく——超歴史的に——小説の中で行われているからである。

『ヘンリー・エズモンド』および『王女』に描かれる女性性は、時間軸に沿って変化を遂げるようなものではなく、そのため、男同士の女性の交換の、いわゆる超歴史的な——あるいはおそらくもっとやっかいなことに非歴史的な——三角構造に、私たちは焦点を定めて論じてきた。が、このような「ラディカル・フェミニズム」的な性の構造は、「マルクス主義フェミニズム」の原形ともいうべき歴史小説の中にも、たやすく見つけることができるだろう。たとえば『アダム・ビード』の中で、際立って性的なプロットはと言うと、ヘティのプロットであるが、このプロットも、『エズモンド』のジャコバイト派のプロットと同じく、「男性のホモソーシャルな絆のタブロー」と私が呼んできた場面で頂点を迎える——すなわち、「貴族階級の男性［この場合アーサー］が、淪落の女［ヘティ］の身体を媒介として、道徳の権威を新興ブルジョワ男性［アダム］へ譲渡する」ところで頂点に達するのである。『アダム・ビード』のこの場面は小説の最後にあたり、舞台裏でしか起こらないけれども、『ヘンリー・エズモンド』のタブローと同じく歴史的なイメージを読者に与えるようにみえる。そのように見えるのは、この場面が、ブルジョワ男性の権威を経済的／政治的に、しかも顕在化しつつある核家族の長として明らかに承認しており、その承認にこそ、この場面のイデオロギー上の目的があるからである。が、いずれのタブローも、なんらかの理由で事後的にしか成立しえないため、タブローの土台ともいうべきものは浸食されていると言ってよい。なぜ『ヘンリー・エズモンド』のタブローが事後的かと言うと、タブロー自体は、〔ジェンダー間の権力〕差をあたかもたった今生まれたものとして提示しているけれども、この場面に至るまでの、数世代にわたるすべての出来事は、ほとんど全く同じジェンダーの権力差に端を発しているからである。『アダム・ビード』のタブローも、やはり事後的である。なぜなら、変化を変化として経済的・人口統計学的見地から歴史的に位置づける周到な作業が、この小説のもうひとつのダイナのプロットによってすでになされてしまっているからである。

とすると、特に性と権力が絡んだふたつのプロットは、内容上は遙かに政治的なプロットを――ジェンダー関係と階級関係に起きた歴史的出来事を――直接反響ないし反映しているように見えるが、物語そのものは時間上、圧縮されて置き換えられていることになる。要するに、性はすでに序章第二節で論じたように、権力と類縁関係にあり、それを直接伝達するだけでなく表象するのである（私は権力という用語をここで使用するにあたって、ジェンダーの権力関係はもちろんだが、それ以外の権力形態も視野に入れている）。多様な権力形態と性の表象関係は極めて濃密で、大抵の場合は直接的だが、それは単純というわけでもなければ無垢というわけでもない。

たとえば、性のプロットを歴史小説のコンテクストにおいて圧縮するだけでも、その行為はひどく作為的になってしまうものだ。この点を、『アダム・ビード』、『王女』、『ヘンリー・エズモンド』について論じた際に取り上げた結婚のプロット、すなわち家族の誕生を描いたプロットを軸にして簡単に説明してみることにしよう。これら三作にあって、家族は非常に素早く圧縮されて進化を遂げており、男性主人公は決定的瞬間に、おそらく自分よりも権力をもっている女性と「偶然」結婚するように物語の「出来事＝偶然《アクシデンツ》」が配列されている。なぜ女性が権力をもっているかと言うと、たとえばレイチェルはヘンリー・エズモンドの育ての母だからであり、ダイナは宗教的力ゆえに、一時的とはいえアダムよりも――ヘティの運命にひどく心を痛める男よりも――強大かつ父権的な権威を代表しているように見えるからである。同様のことは、プリンセス・アイダについても言えるだろう。彼女は王子よりも、ひたむきで、情熱的で、教養があって雄弁で、感情面で力強く、結末ではもちろん健康面でもはるかに勝っている。『エズモンド』のレイチェルもプリンセス・アイダと同様に、全く無力な、譫妄状態の、瀕死の病人を看病しているうちに、その病人を愛するようになる。また『ビード』のダイナも、宗教的力を手放すわけにはいかないと思いつつ、それでも彼女の慰めをひどく必要とする男を愛するようになる。いずれの場合にせよ、政治的、知的、物質的かつ／あるいは修辞的権威の根源に、より緊密に結びついているように見えるのは女性である。アイダのフェミニズムの合言葉は「存在しないほうがよい／高貴でなければ」[16]だが、そのように彼女が最初言い切ることができたのは、貴族の彼女に政治的な力があったからである。

しかし、権力とおぼしきものはみな、ブルジョワ女性の無力さへと一転することは言うまでもない。たとえば、健康な生存者は肉体的活力に恵まれていても、屈辱的なことに、看病人の地位に甘んじなければならないし、また、説教者は声の権威をもっていても、信心深い静寂主義者としてのマージナルな立場を受け入れる羽目になる。あるいはまた、高貴な女性は政治的影響力をもっていても、倫理的に「高貴な」（すなわち、声を奪われた）ヴィクトリア朝ヒロインと同じく、無力な女性にならざるをえない。しかし女性にとって、隷属的な取り引きは、物語の中でほんの一瞬のうちに――封建制からブルジョワ体制へ移行する瞬間に――行われており、しかもその一瞬、女性が強く男性が無力のように見えてしまい、男性が譲渡された権力を後に行使したところで、女性は利益を損うことなどないように考えられてしまうのである。

ありていに言えば、ブルジョワ女性の相対的な無力さは、あの〔女性は高貴であるという〕超越的なことばによって隠蔽され続けたのであり、しかもその結果、女性はイデオロギー上貴族のような存在になってしまったのである。一九世紀に入ると、世襲貴族はおそらく実体もなければ根拠もない、単なる迷信にすぎない程度の権力しか手にできなかったと思われるが、女性の権力もまさにこれとなんら変わらないものになってしまったというわけだ。したがって、いずれのテクストにおいても、ジェンダーの権力関係を階級関係についての歴史物語に置き換え、そのうえで、階級関係を時間上圧縮しつつ性愛の物語の中に描くことは、平等主義を希求する公的レトリックに対抗しつつ、ジェンダーの不均衡やもろもろの不平等を合理化する手段だったのである。

このように階級とジェンダーが重ね合わせられるようになると、それに伴って重要な現象がいくつか生まれたが、その一例としては、ブルジョワ女性が公然とアレゴリー化されたこと、つまり、女性が夫より上位の階級の資質を表象するようになり、しかも、そのアレゴリー化の過程において女性が神秘化されると同時に、権力／権利をおおむね失ったことが挙げられるだろう。先にふれた結婚のプロットの中で、女性のセクシュアリティはジェンダーの権力と階級の権力とを交差させながら入れ替える空間であった。権利（結婚のプロットにおいては女性の身体的決定権）と古風なものとの重ね合せは、あのイデオロギーの原形――「男の家は城」（序章第三節）――と同じく、権利の物質的基盤が後になくなりうることを隠蔽するために使われたのである。

この仕組みをさらに強烈に見せてくれるのは、歴史小説二作の中で（違犯行為ゆえに）ことさら目を惹く性のプロット――ビアトリックスのプロットとヘティのプロット――であろう。すでに述べた通り、このふたつの性のプロットが何を表象するように見えるかと言うと、〈構造〉の超歴史的・図式的な絶対的原理、すなわち女性の三角形の交換であり、あらゆる構造主義にきまって現れる、活発な取り引きを静止させた状態である。だが、重要なのは、こうした取り引きがいずれのプロットにおいても、架空で作為的とはいえ、やはり歴史的に意味や目的のある、ヨーロッパの階級言説――貴族の領主権の栄古盛衰にまつわる言説――において成立するということだ。ここで言う階級の言説、それも「誘惑」と階級が絡んだ言説とは、たとえば、アメリカの人種偏見を執拗に特徴づけるレイプの言説とは異なるものである（序章第二節参照）。

これらの歴史神話の枠組み――セクシュアリティ――には特権的空間があるため、〈権力を握った者が〉「不変的」形式をある特定の意味で満たしたり、逆にそれをからっぽにしたりすることによって、意味をある特定の方向に完璧に操ることができる。性の違犯行為を扱ったプロットであれば、このメカニズムを見つけることはそう難しいことではない。たとえば、ヘティやビアトリックスといった女性は、セクシュアリティを快楽ではなく権力に至る唯一の道と考えて性的関係をもつのだが、その行為はまさしく境界侵犯である。したがって、ひとたび性的関係をもつと、女性は遥かにおぞましく無力な存在となり、遡及的にはセクシュアリティそのものを具現するようになる。これは『失楽園』以降、私たちにとって、お馴染みのプロットであろう。ヘティもビアトリックスも、権力の主体たらんとして積極的に権力を追い求めるものの、自身が重要であるという感覚は全くの誤解であり、実際には、すでに行われていた、あの男同士の象徴的な権力交換における客体にすぎない――要するに、ヘティやビアトリックスにとって、性の物語とは主体が客体に修正される物語なのである。

このように、主体は「女性」のセクシュアリティ内部で対象に修正されるのであり、それは、フロイトの説明する個人のセクシュアリティの事後的形成と一致すると言えるだろう。[17] さらにまた、歴史的に考えてみても、性的なものの中に含まれる要素や、性的なものを定義づける要素は流動的であり、それ自体政治的でもある。とすると、これまで私たちが論じてきたプロットはある意味で、どれも性的とは言い難いことになる。たとえば、結婚のプロットは結婚という制度を問題にしているため、明らかに政治や経済に関わっており、また、「性」のプロットのヒロインたちは明らかに、性的に無感覚であるばかりか野心的にも描かれている。それでは、本書で「男性のホモソーシャルな欲望」を具現する関係はどうだろうか。アダムとアーサー、王子とフローリアン、王子と彼を「語る」男たちの堅く結ばれた共同体、カーソルウッドとムーン、あるいはカーソルウッド家の男たち全員とスチュアート家の英雄――こういった関係はどのような性質をおびているのだろうか。これらは明らかに政治的ではあるものの、あらゆる種類の象徴的・経済的・文化的な意味および権力の交換も絡んでいるため、理論の上からも異なった歴史的状況下にあっても、性的なものとみなされえたであろうし、あるいはまた、何をもって性的とされうるのか、その根拠自体偏っていたとも考えられるのである。要するに、男たちの関係そのものは同じであっても、状況さえ異なれば、権威だけでなく、「異性愛」の力も――女性の人生を統制するこうした男たちの力や男同士の絆のもつ力も――、もっと脆弱で違ったものになりえたかもしれないのだ。

が、二〇世紀に生きるアメリカ人の視点からすれば、これらの初期・中期ヴィクトリア朝の主流派テクスト三作は、第5章および6章で論じたパラノイア的なゴシック小説とは質を異にするように思われる。というのも、これら三作は、ホモソーシャル連続体がホモセクシュアル対ホモフォビアに二分されている点を、明確に描いていないばかりか、異性愛を媒介とするホモソーシャルな欲望を多かれ少なかれ当然のこととして循環させていると考えられるからだ。ただし、その循環には張り詰めた緊張感が走っており、政治的意味が満ち溢れているのもまた事実なのだが。これから論を進めるにあたって、おそらく最も重要であり普遍化しうる点をまとめると次のようになろう。男性は、自分たちの間に権力差が存在する時でさえ、憐み／軽蔑の対象となる女性を媒介にして、権力を交換したり互いの価値を確認したりすることができるのである、と。性的に同情の対象となる女性であれ、軽蔑の対象となる女性であれ、女性の果たす役割に違いなどない。女性は、男同士の絆を維持するための溶媒であり、資本主義と金銭交換とともに育まれた相対的な民主化を促進するばかりか、民主化の空白や欠陥をうまく繕う働きもするのである。

第9章　ホモフォビア・女性嫌悪・資本
――『我らが共通の友』の例――

八年前、執筆の壁に悩む音楽学者を物語詩に書いた時、私は文学にひっかけたささやかなジョークを入れた。こんな具合である。詩の中の架空の精神分析学者が、（架空の）雑誌『海《タラッサ》――性器欲動論文集』（精神分析学者サンダー・フェレンツィの著書『海《タラッサ》』にかけたもの）に寄せる架空の論文を、次のような――当時としては架空の――テーマで書いている。

　文学を生み出す力、
その名はホモセクシュアル・パニック（『我らが共通の友』をくまなく吟味して）[1]……。

ジョークとしての出来はよくないが[1]、ともかく、本書がやや信じ難い発想から生まれたこと、そして発想段階からそれがディケンズ後期の小説の読解と切っても切れない関係にあったことがここからわかる。当時は多分今よりも、伝記的な事柄に即した読みが妥当で理論的に面白いと考えていたかもしれない。だが、もっと歴史的・政治的な枠組みで見た場合、この「ゴシック」研究にディケンズが貢献する力を詳述することが重要だと考えている点は、今も変わりない。具体的に言うと、ディケンズの小説には、男性のホモフォビアが心理化され、それがごく普通の政治的風景へと馴化されていく様子が見られるのである。

第5章で私たちは、ロマン主義ゴシックがひとつの系統として発生してきた過程を、それが（エディプス・ファミリーの」神話と呼応して発生した点と絡めて断片的に素描したが、ディケンズの業績はその過程を個体レヴェルに凝縮した感がある。ともかく『ピクウィック・クラブ』は、第5章で触れたゴシック小説のほとんどどれよりも後に書かれたにもかかわらず、ゴシック以前の『センチメンタル・ジャーニー』と共通する点が多い。『センチメンタル・ジャーニー』と同様に『ピクウィック・クラブ』でも、使用人の男と雇い主の男性の絆が極端に感情を込めて描かれ、父権主義が声高に強調されており、それがこの小説をピカレスク小説[2]にしているのである。それにまた、女性恐怖症（とはいっても、はるかにあけすけで心理化されていない）が見るからに明るい筆で描かれ、厄介なものとみなされていないのも共通点のひとつである。そして一番重要な点は、階級間の関係のみならずジェンダー間の関係を構造化したり、「正当化」したり、権威づけしたりするのに、家族のイメージを使っていることである。この小説のいかなる集団も――感情で結ばれた集団、あるいは共同生活をしている集団どれを見ても――家族とは呼び難いにもかかわらず、である。

『センチメンタル・ジャーニー』とのもうひとつの共通点は、男同士の愛の深く烈しい絆が根本的な禁止に直面しないという点である（反対にまた、男同士の絆が性器欲動を伴うこともない。だがすでに述べた通り、ともかく文学に表れやすいのは、常に、同性愛的な性器欲動よりむしろホモフォビックな禁止なので、これらの絆が性器欲動と本当に無関係か否かは、それを判断すること自体が不可能である）。「ホモセクシュアル・パニック」――同性愛に対する宗教的憎悪が世俗化した結果の近代的で精神内的な、ほぼ普遍的とも言える現象――は、これらの男たちやこれらの絆にはいかなる影響も及ぼしていないらしい。彼らはまだ一六世紀のイギリス、すなわち男色は死刑に値する罪ではあるが、自分や隣人の行動を見て――たとえ寝室の中まで覗いたとしても――それを男色だと認識することはほとんどありえない時代にいるのかもしれない[2]。

ところが、『大いなる遺産』、『我らが共通の友』、『エドウィン・ドルードの謎』といった後期の小説になると、ディケンズのテクストはその中心に、パラノイア的なゴシック小説にあるような話題や主題を取り込むようになる。具体的に挙げると、これらの小説は三角形をした異性愛の物語――まさにロマンスの伝統――に重要なプロットを据えるものの、まるで何かに強制されたかのように、焦点をその三角形の中の異性愛の絆から男同士のホモソーシャルな絆――ここでは「性愛のライヴァル意識」と呼んでおこう――へ移すのである。これらのホモソーシャルな絆の中には、強制や禁止、爆発的な暴力といった幻想のエネルギーが凝縮されており、いわばすべてがパラノイアの論理で十全に構造化されているのだ。だがそれと同時に、こうした幻想のエネルギーは、社会的力と政治的力とのふたつの軸に沿って描かれている。ということは、精神内の構造を明らかにすることは、階級支配のメカニズムを明らかにすることにつながろう。

古典的ゴシック小説の時代からディケンズに至るまでのおよそ半世紀の間に、ホモフォビアと階級構造との関係は、それまでになく大きく変化していた。ホッグの小説において地方ジェントリーが享受していた規範的地位は、『ヘンリー・エズモンド』や『王女』のような系譜物語を経て、イギリス中産階級（のなんらかの型）へと大部分移行していた。そしてディケンズを始めネオ・ゴシックの作家たちは、中産階級の人々が、男同士のホモソーシャルな絆を結ぶことによって、自分たちと他の階級との違いを極立たせて自己定義を図ろうとする過程を描いた。そればかりでなく、彼らこそそうした中産階級の定義づけを行った張本人なのでもある。本章および次章で私は、ディケンズがパラノイア的なゴシックを利用する時の、こうした政治的傾向に焦点を当てていきたい。本章は『我らが共通の友』を中心にその他の一九世紀イギリス小説も参考にしながら、中期ヴィクトリア朝イギリスにおいてホモフォビアが政治的にどのように利用されたかを、国内に焦点を絞って論じるものである。そして次章では『エドウィン・ドルードの謎』に焦点を当てて、ホモフォビアをイギリス帝国主義の文学と絡めて論じたい。

『我らが共通の友』は少なくとも主題だけを見ても『男同士の絆』の執筆にとって大きな励みだった。なぜならこの小説には、男性のホモフォビアおよび同性愛に関連する主題が非常に色濃く描かれているからである。何はともあれ、『我らが共通の友』は「肛門愛を主題にしたイギリス小説」と言われて誰もがまっさきに思い浮かべる、そんな小説である。プロットの中心にある遺産とは、ディケンズいわく「ごみの山」が積まれた莫大な価値をもった土地である。ヴィクトリア朝のごみの山とは一体何か——幾多の学術的論争がなされた結果、ハンフリー・ハウスの『ディケンズの世界』を始め多くの批評家たちは一致して、この重要な（経済的にも価値ある）堆積物の中身は人糞であるとの結論に達している。そして人糞というこの要素にアール・デイヴィス、モンロー・エンゲル、J・ヒリス・ミラー、シルヴィア・バンクス・マニングといった批評家たちは、かなりの重要性をもたせるのだ。彼らのねらいは往々にして、F・S・シュウォルツバッハの指摘する通り、「人糞と金銭の心理的関連性についてのフロイトの後期の理論を——ディケンズが知ろうが知るまいが——確立する」[3] ことにあった。だが、ディケンズにおける糞と金銭のつながりを指摘するこれらの批評家たちの多くが、フロイトを（場合によってはノーマン・O・ブラウンを介して）援用しているにもかかわらず、彼らの説明からはフロイト（やブラウン）の議論の一番肝心な部分が抜け落ちている。彼らの主張は往々にしてあまりにも単純な、道徳的議論に終始してしまっている。つまり、金銭と糞は似ている——なぜならどちらも（多かれ少なかれ）役立たずで有害だから、というふうに。かくしてアール・デイヴィスは次のように述べる。

経済的見地からすると、［ディケンズの］世界では労せずして得た利益とあちこちにまき散らされた糞とは、何ら違いがない。……ロンドンのいたる所で彼は、人間が堆積した糞の上でもがき、苦しんでいるのを目にしたのである。金がものを言う価値観にまみれて腐敗し横たわるありとあらゆる有機物の腐肉——ヴィクトリア朝価値観のおぞましいクズのような肉片——を覆わんとして、彼のペンは、ジュージュー怒りの音を立てる蓋を吐き出す排出器官となったのである。

デイヴィスはチョーサーの免罪符売りからお定まりの文を使って、彼の言う「ポスト・フロイト的」読みを締めくくる。

すべての根底に金があり、他の一切を犠牲にすることをも厭わない金銭愛がある。人間を地獄の汚物の中に降り立たせるのは大抵、金への過度な欲望なのだ。[4]

そうすると、こう言ったほうがもっと正確だろう。『我らが共通の友』は、肛門愛について書かれたものだということを忘れたいがためにみなが口を揃えて、糞について書かれたものだと言う――まさにそんな小説である、と。というのも、真にフロイト的な考え方とは、汚物と金もうけを道徳的に結びつけようとするこれら批評家たちの議論では抹消されているものの、実は性愛的だからである。フロイト的洞察は、快楽や欲望や絆や、肛門を介して充足されるエロスのあり方を問う。そしてフロイトの言うところによると、糞便が腐敗に、腐敗が黄金に変わるのは、まさにこれらの快楽や欲望が抑圧されるからである。金や「汚い金もうけ」を非難する単なるきれいごとではなく、また、単に批評家たちの言う「ごみ＝金」という公式を描いているだけでもない、肛門のエロティシズムを全面的に取り上げている小説となれば、フロイトの言う「糞便―腐敗―黄金」という連鎖に潜む、他の要素にも関心が向けられていて当然だろう。たとえば男同士の愛もそのひとつである。また括約筋〔肛門部分の排出機能を司る筋肉〕や括約筋による支配力、そしてそれとサディズムとの関係も焦点となろう。それに、身体に関するイメージと、物をため込むことと、経済的地位との関係はどうだろうか。さらに、そのような小説であれば少なくとも、肛門を介した、成人の性器欲動と抑圧についても何かしら暗示されていてしかるべきであろう。加えて、これらの事柄を小説の中で扱うとなれば必然的に、それらは、社会・階級・権力・金銭・ジェンダーに関してある特定の歴史的視点をもった枠組みの中で、描かれるはずである。

『我らが共通の友』の主題に絡む、興味深い目印――これまで批評家の目を逃れ、小説自体ももみ消しがちな目印――のひとつはある名前にある。この小説の主要人物のひとりはジェニー・レンと名のっているが、それは本当の名前ではないことを、私たちはたった一回だけ知らされる。彼女の本名はファニー・クリーヴァー〔ファニーは女性性器、クリーヴァーは裂けるの意〕。もっと後に書かれた『黄金の杯』〔ヘンリー・ジェイムズ、一九〇四年〕の中の奇妙な、子どもじみて嘲りを含んだ名前ファニー・アシンガムと違って、「ファニー・クリーヴァー」は暴力――特にレイプ、おそらくは同性愛的レイプ――を示唆する[5]〔アシンガム（assingham）は尻（ass）ともも（ham）をつないだ語〕。これが、実は大事なことを指す、小さいながらもれっきとした矢印でなければ、この名前は単なる地口ということになるだろう。ところが実際には、この名前は驚くべき事実を指し示している。その事実とはすなわち、『我らが共通の友』のあるふたつの場面は、使われていることばから察するに、実は男性のレイプを示唆するということである。[6]ひとつは、（これから論じる）ブラドリー・ヘッドストンによるローグ・ライダーフッド襲撃、そしてもうひとつは（次章で論じる）一三章のジョン・ハーマン襲撃である。さらに加えて、別な「手がかり」が別な次元で主題と絡んで機能しており、二〇世紀の読者の注意を、この本の男性のホモソーシャル的要素に向けるのに一役かっている。こちらは男性の中心人物に関してであり、この人物は男同士で幸福な家庭生活を送りながら、特に気持ちが高ぶってくると「愛してるよ、モティマー」といった言葉を口にするのである。[7]

したがって単純に考えると、これは男性のホモソーシャル連続体を、同性に対する性器欲動という要素も含めてほぼ全域にわたって描いた小説であるに違いない。だが男性のホモソーシャル性のどの型が一番描かれているのだろうか。「愛してるよ、モティマー」という甘美な告白は、ホモフォビアが存在せず、ホモソーシャル性が断絶することなくつながっている場合にのみ起こりうるホモソーシャルな愛の特徴――明るいピクウィック的な何も知らない無邪気さ――を証明しているようである。ところが、女性をファニー・クリーヴァーと名づけるという事実からは、ほとんど正反対のこと――同性愛をなきものにしようとするホモフォビア――が示唆されるかもしれない。そうかと思うと、これら黄金のごみ山は肛門愛の象徴とはいえ、完全に抽象化されている。したがってこれらの山を見て私たちの関心が、ある一個人の肛門、または感覚を備えた肛門に向かうことは一切ない。この小説の主題の過剰ぶり、つまりホモソーシャルな／ホモフォビックな／ホモセクシュアルな主題が超可視的に混じりあっていることを理解するために、次のことを心得ておく必要があろう。すなわち、ディケンズにとって、男女を問わずすべての人間の性愛が辿る運命は、階級や経済的蓄積がもつ力と絡んで形づくられ、それによって突き動かされるものである、と。

まず初めに、この小説中のあるひとつのプロットに見られるジラール的三角形の鎖――最下層階級から専門職階級にまで届く鎖――を辿ってみよう。それはヘクサム家の三人から始まる。まず、テムズ川から死体を揚げて品物を剝ぎ取って生計を立てる、漁り屋稼業を営む文盲の父親ギャッファー・ヘクサム。その娘で、美しく善良で父親思いのリジー・ヘクサム。息子のチャーリー・ヘクサム。このチャーリーをリジーは父親の暴力から庇い、彼が大きくなると彼を家出させ、学校へ通わせる。これら三人によって、第一の三角形は構成されている。

意志が固く、勤勉さも備えたチャーリーは貧民学校から国民学校へ進み、そこで若い教師ブラドリー・ヘッドストンの援助を受けて補助教師となる。ブラドリーもチャーリーと同じく貧民の出だが、ディケンズいわく「自分の生まれを考えると、誇らしくもあり重苦しくも腹立たしくもあり、何とかして忘れたいと思う」のだった。自分の過去を思い出させるものを避けようとするにもかかわらず、彼は若いチャーリーとすぐに強烈な絆で結ばれるようになる。ブラドリーは父親を亡くしたチャーリーに、貧しく無学な姉とは今後つきあわないほうがよかろうと助言する。だが、まずリジーに会ってくれとチャーリーに頼まれたブラドリーは、まるで何かに強迫されたかのように彼女を激しく愛してしまう。

ヘクサム家の三角形と、チャーリー、リジー、ブラドリーの三角形にさらに別な三角形が加わり、事態はますます複雑になってくる。若い弁護士でこの小説の主人公のひとりユージン・レイバーンもまた、リジーに恋する。彼もブラドリーと同様、リジーと知り合う前にチャーリーとの強烈な出会いを経験している——ただしこの場合の出会いが強烈なのは、会った瞬間にアレルギーに近い嫌悪感を双方とも抱くからだが。ユージンはさらにもうひとつ、愛で結ばれた関係を——一見、三角形とは思えない関係だが——もっている。「愛してるよ、モティマー」という先に引用したことばは、実はユージンのことばなのである。モティマー・ライトウッドはパブリック・スクール時代からのユージンの旧友かつ被保護者であり、ふたりは、それぞれ弁護士として身を立てるべく気の進まぬ努力をしている間、生活を共にするのである。

性格やセクシュアリティが生み出す対比に紛れて、階級による対比がすでに顕在化している。階級や支配力を示す大きな印が——ジェンダーほど恒久的な境界線ではないにしても、ジェンダーと同じくらい明確に——この小さな世界を二分している。すなわちそれは、文盲と識字者という境界線である。小説開始後まもなく、ギャッファーが死んで、文盲は欲望の対象である女性リジーひとりとなる。そもそも例の教師とユージンの間の諍いは、どちらが彼女に文字を教えるかをめぐって起きるのである。だがしかし、この境界線は、ともに識字者であるはずのふたりの男性の間にも厳然と存在し、階級格差を生み出す。チャーリーやブラドリーは知に対して、それを獲得しなければという不安や強迫観念を抱いている。ディケンズは教師のことを次のように言う。

幼い頃から彼の頭は機械的にものを詰め込んでおく倉庫だった。……顔には根深い苦悩の色があった。もともとと鋭くもなければ集中力もない知性の持ち主が、刻苦勉励してこれだけのものを学び取った、学び取ったとなると忘れないための苦労が絶えない、そんな人間の顔だった。（第二部一章）

ブラドリーはいつも「痛い目に会いながら、泣き出すまいとしている人……のような」（第二部一一章）苦痛に満ちた様子をしており、彼が他人に与える苦痛は、自分の内部で感じている激しい発作からきているように思われる。たとえば文字を教えたいとリジーに申し出る時の彼は、体内で大量出血しているのではないかと思わせる。

彼はまたリジーを見た。今度は視線をそらさなかった。顔色は燃えるような真っ赤からまっさおになり、また燃えるように赤くなったかと思うと、今度は死人のように蒼白になったきりだった。（第二部一一章）

実のところこの教師は、フロイトの患者のイメージを借りて言うと、飢えたネズミを腸に抱えた男のような社会的行動をとる。ただし彼にとってネズミが表象するものは、金ではなく、彼のささやかな個人的資本〔力〕つまり知識である。あるいはもっと正確にはそれは、知識がもたらすはずの利益に彼自身が与れないことを表す。というのも、そうした知識を身につけたところで、彼自身は決して賢くはならないからである。彼の知識は教室の外では何の価値ももたない。彼の読み書きの知識はかえって資本主義——豊富な労働力だけでなく、労働者たちに読み書きの能力をも今や要求するようになった資本主義——を支える、労働力生産ラインの底辺に、彼を決定的に位置づけてしまう。彼が文盲であったとしても、これほど決定的に下の位置に押しやられることはなかっただろう。大事な蓄えを投資して利益を得ようというブラドリーのひとつの試み——チャーリーとの三角形の取り引きの一環としてリジーに文字を教えること——は、まるでブラドリーを見下したようなユージンによって打ち破られてしまう。なぜならユージンは、彼女のために教師を金で雇うからである。「君は、彼女の弟の先生をしてるだけでなく、彼女の先生もしてるのかい？」と、ユージンは軽蔑したように尋ね、彼のことを名前ではなく、「先生」としか呼ぼうとしない。ブラドリーは例によって落ち着きをなくし、顔色を失う。というのも、彼は「教室で子どもを相手に日を送るだけで、広い男の世界の経験をもたない」からである（第二部六章）。

他方、ユージンは金持ちではないが、ジェントルマンでパブリック・スクール出身である。身につけた知識に関して彼は、それをさりげなく消費するという自信に満ちた態度をとる。つまり、彼には滑稽で馬鹿なことを言っていられるだけの余裕がある。彼は好んで「でも僕はこうしようって考えていて、考えすぎて、わからなくなるんだ」（第二部六章）と言う。あるいは次のようにも言う。

どうやら大人になって自分が謎の塊なのを知ったとき、僕は自分のほんとの気持ちを知ろうとして考えに考え、死ぬほどの退屈を味わった——君の知っての通りだよ。ついにお手上げになって、もうそれ以上考えないことにした、これも君はご存じだ。（第二部六章）

そんな彼をモティマーは愛情を込めて「このまったくもって投げやりなユージン」と見る。ユージンには、知識とは——あるいは権力すら——懸命に努力しなければ獲得できないものであるとの意識はない。ところが、知識や力を行使することに無意識だからこそ、彼はブラドリーに比べて好人物で態度に余裕があるばかりか、はるかに破壊的になりうるのである。小説は、教師が見せる不安やいらだちの見苦しさに比べて、教師を揶揄するユージンの道徳的な醜さは決して目立たないようにして描く。貧民ブラドリーは、知識を身につけて独立を勝ち得ようとして、いつの間にか、堅固な階層経済の中の無力で孤立した位置に自分を押し込んでしまう。それに対するユージン・レイバーンは、まるでヨリックのように、自分は経済的には周縁的かつ受動的で何の力ももたないと考えているにもかかわらず、経済のほぼ中心に位置する男のような自信に満ちた権威をもって語るのである。

ブラドリーのチャーリーに対する関係と、ユージンのモティマーに対する関係は、階級という土台が異なっており、したがってそれぞれの関係の中でリジーが占める位置も変わってくる。チャーリーが自分の師にリジーをさしだすのは、男同士の間で行われる女性の交換を示す最も典型的なかたちである。チャーリーはそれを次のようにリジーに説明する。

「次に、僕の問題だ。ヘッドストン先生はこれまでずっと僕を引き立ててくれた。しかもあの先生は相当の有力者なんだぜ、その人が僕の義理の兄ってことになれば僕への肩入れの仕方も違ってくるだろう、もちろん今まで以上に引き立ててくれるさ。ヘッドストン先生はわざわざ僕のところへやってきて、気をつかいながら腹を割って話してくれたんだ、『ヘクサム、私が君の姉さんと結婚することに賛成してくれるだろうね、君の役にも立てると思うが』ってね。僕は言ったよ、『ヘッドストン先生、世の中にそれほど嬉しいことはありませんよ』とね。ヘッドストン先生は『じゃヘクサム、私のことをよく知っている君から、お姉さんに私をすすめてもらえると考えていいね』と言うんで、僕は『もちろんです、ヘッドストン先生、それに当然ですが、姉は僕の言うことをよく聞いてくれるんです』と言ったのさ。そうだよね、リズ」。

「そうよ、チャーリー」。

「よく言ってくれた。ほら、姉弟らしく本気で話し合いを始めたとたんに話が進んできたじゃないか」。

（第二部一五章）

一方のブラドリーにとっては、チャーリーやリジーと三角形の絆を結ぶことは、社会の権力に接近するどころかむしろそこから不吉に滑り落ちていくことを意味する。この三角形をかたちづくる性愛の絆のうち、一番重要な絆がリジーに対する欲望であろうとチャーリーに対する欲望であろうと、この事実に変わりはない。彼の求愛の仕方がいかに憤怒に満ちているかを典型的に示す以下の場面で、彼が次のように言うのも不思議ではない。

あなたは、私を破滅させる——破滅、破滅のもとだ。……はじめてあなたに会った時から、あなたのことがどうしても心を離れないんです。ああ、あの日は、私にとって不幸な日だった。みじめな、不幸な日だった！

（第二部一五章）

むしろ、チャーリーやリジーと関係をもつことでブラドリーが父権的力に一番接近するのは、それがユージン・レイバーンとのライヴァル関係につながるからである。そして実に、彼にとってはこれこそすべての中心であることがすぐに明らかとなる。先に引用したリジーとの苦渋に満ちた場面で、ブラドリーがユージンに対する脅しを口にするのを聞いて、彼女が憤ったように「あの方は先生とはなんの関係もないと思いますわ」とやり返すと、彼は「いや、ある。そこがあなたの間違いだ。あの男は私に重大な関係がある」と主張するのである。「どんな？」と彼女は尋ねる。

いろいろあるが、彼は私の恋敵と言える。……あなたが私を虜にしている間ずっと私は、ユージン・レイバーン氏のことは全部知っていました。……ユージン・レイバーン氏が頭から離れぬまま、あなたに魅かれ続けてきたんです。ユージン・レイバーン氏が頭から離れぬまま、つい今もあなたと話していたんです。ユージン・レイバーン氏が頭から離れぬまま、私は押し退けられ、ふり捨てられたというわけです。

（第二部一五章、傍点セジウィック）

リジーがブラドリーを拒みロンドンを離れた後、ブラドリーとユージンの互いを求め合う関係は、解消されるどころかさらに熱くなり、一段と激しさを増す。教師は、ユージンの行くところどこでも、彼を執念深く追跡すればリジーを見つけ出せるはずと――誤って――判断する。その一方でユージンはこう言う。

あの先生を、気も狂わんばかりに悩ましてやっているんだ。……彼を誘い込んでロンドン中を引き回すのさ。……歩いて行く時もあるし、辻馬車に乗って先生を無一文にしてやる時もある――彼は必ず馬車で追ってくるからね。あるいは昼間に［ブラドリーが学校で働いている間に］、ひどく入り組んだ袋小路を調べて用意しておく。夜になってからヴェニスの神秘さながら、その複雑なコースを辿り、暗い路地を通って袋小路へすべりこみ、先生を誘い込んで、突然、くるりと後戻りするんだ。彼に隠れるすきも与えずにね。そうなると、僕たちは面と向き合うこととなり、僕は彼の存在などまるで眼中になしといった様子ですれ違う。彼は歯がみして口惜しがる――という寸法だ。……そんな具合でね、僕は狩りの楽しみを味わうのさ。……目下のところいささか興奮ぎみだ。なにしろ、南の風と曇り空が狩りの夕べの到来を告げている、というすばらしい状況なんだからね。（第三部一〇章）

「狩り」と言えばサーティーズ〔一九世紀狩猟小説家〕著『ハンドリー・クロス』のジョロックス氏が、「狩り」とは「戦争から罪深さを抜き取って、戦争につきまとう危険をわずか二五パーセントに縮めたもの」との熱弁をふるっているが、この獲物狩りで捕まった男たちはそれよりもっと運が悪い。ユージンはある日、船引き道でブラドリーに後ろから襲われる。ふたりの男は抱き合ったままもみ合い、ユージンは両腕を折られて危うく溺れそうになる。その直後にはさらに別な男――不吉で意味ありげなローグ・ライダーフッド〔ローグは悪党、ライダーはかぶさるように乗るの意あり〕という名前の水門番で、ブラドリー・ヘッドストンにつきまとって恐喝していた男――が、やはり後ろから襲われる。これは、男性に対する性的暴力を思わせる表現が使われている、例の場面のひとつである。

ブラドリーは抱き締めるように彼の腰に両腕をしかと回していた。まるで腰の回りに鉄の輪をはめられたようだった。……ブラドリーは相手の背中を閘門に向けて、じりじりと後方へにじり寄って行った。「俺は生きている貴様を抱きしめてやるんだ。そしてあの世でも抱きしめてやる。来い！」

水門で仕切られた静かな水面へ、ライダーフッドは仰向けになって落ちていった――その上にブラドリー・ヘッドストンが折り重なるようにして。朽ちかけた水門のひとつの裏側で、ぬるぬるした泥や浮き泡の下になってふたりの死体が発見された時、ライダーフッドの手の力は緩み――おそらく落ちる途中ですでに緩んでいたのだろう――目はギョロリと宙を見上げていた。しかし彼の腰にはなおブラドリーの腕が鉄の輪のように巻きつき、その鉄の輪の締め釘にはいかかさの緩みも見られなかった。（第四部一五章）

ブラドリー・ヘッドストンにとっては、括約筋を締めることこそが、絶えず自分から流れ去っていく権力を握り締めるための唯一の手段である。だが彼にとって運の悪いことに、括約筋のもつ力は女性に対してはまったく力を発揮しない――リジーは端から彼を相手にせず、避けようとする。括約筋の力によってしっかり捕まえておくことができるのは、すでに彼のほうに引き寄せられて魅了され、彼とダブルの関係に至った男たちだけである。すなわち、あの追跡ごっこの狩の相棒ユージンと、ユージン襲撃のために変装した際、彼が服を真似たローグ・ライダーフッドだけである。なぜ彼は、リジーに対して憎悪に満ちた恐怖を感じるのか。それは、彼自ら繰り返している通り、自分が自分から「引き離される」という恐怖、つまり、これまで蓄積してきた力が、彼女の文盲で無力な茫漠たる無の空間へ吸い取られてしまうのではないか、との不安からである。しかしながら、父権社会で自分の立場を確立するためには、一時的に自らを女性――無力な数とり札にすぎない存在――に委ねなければならないのだ。それを恐れている彼は、まさにピンチワイフそっくりの男なのであって、ナルシスティックな関係にある男たちに女として扱われ、女とみなされるよりほかない。

この小説がいかに人間の身体を社会的空間に重ね合わせて描いているか見てみると、ブラドリーや、その他のリスペクタブルな階級の最下層に暮らす人々が明確に表象しているのは、肛門という個人的な主題と、欲望や快楽のもつ社会的力とが、抑圧を受けて分離する様子である。ディケンズは、消化機能や肛門を調節する力の中に、経済活動における個人主義という幻想の決定的イメージを見ていた。その点で、彼はフロイトやフェレンツィ、ノーマン・O・ブラウン、ドゥルーズ／ガタリやその他の人々に先んじていたと言えよう――たとえばブラウンは『保持』の概念と、保持することによって生じる力」とは通文化的に、「見たところ、魔術的汚物コンプレックスに特有のもののようである[8]」と述べている。個人と社会が疎外的な関係にあるというこの主題を表すひとつのイメージは、身体が肥大した臓器と肥大した頭部にまっぷたつにされるというものである。登場人物の中でも一番明確に肛門と関連づけて破滅的に描かれているブラッドリー・ヘッドストンは、「宙を漂う憔悴しきった顔」（第三部一〇章、第三部一一章）という表現でも頻繁に描写される（頭《ヘッド》―石《ストン》という名前そのものも注目に値しよう）。また、剝製業および人体骨格組み立て業を営むヴィナス氏は、脳水腫で死亡した赤ん坊を瓶の中に浮かべて店中に並べ、彼自身も「その優れた頭脳をお茶の海に漂わせ」（第三部七章）ている。さらに無学の「ノッディ」・ボッフィンは、杖の頭部をまるで宙に漂う「親しい精霊」か赤ん坊の頭のように耳もとで可愛がり、彼自身も小説の結末では巨大な頭をした操り人形になったかに見える。「身体これすべて消化器官」と呼ぶにうってつけの人物たち――根っからのブルジョワであるポズナップ夫妻とその取り巻き――に至っては、「凄まじいばかりの重量感」があり、夫妻所有の「ずんぐりと足を開いて立っている」食器と共通するものがある。

そのひとつひとつが傲然とうそぶいていた、「ここに不格好なわしがでんと控えておる、大きさと色合いから推して鉛だと思うかもしれんが、わしは一オンスいくらという貴金属でできとるんじゃ。このわしを溶かして銀塊にしてみたいとは思わんかな？」と。……銀の大型スプーンとフォークもみんな揃って客人各位の口を押し広げているが、その目的は明らかにそういった感想を、一口ごとに彼らの咽に押し込むためである。客の大部分もこの食器たちの親類筋らしかった……。（第一部一一章）

この種のイメージの最たる姿が、巨大なごみ山そのものであることは言うまでもない。要するに、身体が資本主義の表象として使われると、全体と部分の関係がおかしくなるという現象が決まって起きるのである。というのも身体だけでは明確な流通形態に欠けるため、各部位は価値が蓄積されて膨れ上がり、それぞれその部分だけで自律した生命体となるからである。ついには各部分は力をもつに至り、自分の身体の排泄物から物象化した自分のダブルを支配しはじめる。そしてその力が効力を発揮するのは、人形や操り人形とか骸骨の標本など——個人主義に基づく、ナルシスティックで他を欲望することのない、自己完結的な幻影——に対してである。

ブラドリー・ヘッドストンの場合、〔知識の獲得や合法的結婚によって〕リスペクタブルな階級に入ろうとすると、精神の分裂や不安や苦痛、身体の自由を奪うほどの自意識過剰に耐えなければならず、異性愛を結ぼうとしても辛い思いをするだけである。ところが上の階級では状況はかなり違っている。ブラドリーのリジーに対する態度は、たとえ彼自身はリジーを選ぶことに釈然としない思いを抱いていたとしても、厳密に言うと、結婚という高潔な意図に導かれていた。それに対して、ユージン・レイバーンは彼女に対して何の目的ももっていない。モティマーは彼に尋ねる。

「ユージン、君はこの娘を手に入れて、やがて捨てようという計画なのかい？」

「君、その答えはノーだ」。

「結婚しようという計画かい？」
「君、その答えもノーだ」。
「彼女をとことん追いかけようという計画かい？」
「君、僕にはどんな計画もないよ。計画なんか何にもないんだ。計画を立てるなんて、僕にはできないんだ。計画を立てたにしても、やり始めたらすぐ精根尽き果ててあっという間に投げ出しちまうだろうよ」。

（第二部六章）

これは、強迫観念に捕らわれたかのように権力を摑もうとするブラドリーとは、正反対である。ユージンは自分を小川に漂う小さな木の葉に重ねる。そして彼に関連づけて度々描かれるのは、リジーがやっと仕事を見つけて落ち着く先の製紙工場を動かす、美しい川の流れである。ところがユージンの意思のなさは、必死になって相手を捕まえようとするブラドリーの意思の力より、はるかに強力だ。それはひとえに、川の力強く「自然な」流れが支配階級の男性の権力に流れ込み、労働者階級の女性を搾取する彼らの力を膨らませ続けるからである。いかにリジーが意志の堅い、独立した人間であろうと、そして弱く受動的なのは彼のほうであろうとも、彼女を破滅させるのにユージンは決意する必要はなく、ましてや計画を立てる必要もない。

川面のさざ波は彼の乱れる胸のうちにも、波を立てていくかのようだった。できることなら眠らせておきたいその思いは、川の流れそのままに揺れ続け、強い流れになってひとつの方向へと進んでいた。……「あの娘と結婚する、それは論外だ」ユージンは言った。「あの娘を残して去っていく、それも論外だ」。（第四部六章）

『我らが共通の友』の批評では伝統的に、主題を表すイメージをふたつ——川とごみ山を——挙げる。ごみの山が、すでに述べた通り、プチブルの不安を最も敏感に反映した資本の擬人化だとするならば、川はある意味で、資本主義を疎外と貨幣の流通という社会的なものと捉えた場合の、資本の擬人化と言えよう。特に川がジェンダーに関して暗示する内容は奇妙で注目を惹く。というのも、水辺を舞台とするこの小説では、男たちはみな、水に対して驚くほど無能を極めるのである。溺死あるいはそれに近い事件が七件あり、その犠牲者はすべて男性である。そして男たちは相手を川に引きずり込もうとばかりする。それに対してただひとりリジーだけが、救助の舟を操る力をもつ。だが女が舟を操ることができるのは、力の潮流は常に自分から流れ去るものだということを、正しく理解しているからにほかならない。リジーもユージンも川面をじっと見つめながら、彼女には破滅に抗う力のないことがそこに映されているのを読み取るのである。

ユージンは社会的地位の高さゆえに、異性愛の相手をブラドリーよりずっとひどく搾取するにもかかわらず、ブラドリーほどの罪深さを感じさせない。男性に対しても同様で、ユージンにはブラドリーに比べてはるかにあからさまに男性への欲望が認められるにもかかわらず、それを抑圧しようと葛藤する様子が見られない。興味深いのは、ユージンのほうが男性への欲望を大っぴらに描かれているにもかかわらず、性的色合いがはるかに薄い点である。ブラドリー・ヘッドストンが男たちを殺害しようとする襲撃場面では、括約筋のイメージや、締めつけたり抱き締めたりするイメージとか、男性が相手を締めつけるのに使う「鉄の輪」というイメージが顕著だった。ユージンとモティマーの場合はそれとは対照的で、彼らの穏やかな愛情にはそういったものは皆無と言ってよい。彼らはセサミ・ストリートのバートとアーニーのように一緒に暮らしている——だが、あのマペットたちが寝室で何をしているかなど、誰も考えはすまい。物語のブラドリーに関する部分は、肛門についての主題が限りなく浸透しているのに対して、ユージンの場合は沈黙——これを沈黙と呼んでよければ——が保たれている。これを「ヴィクトリア朝的お上品ぶり」のせいにするのは、あまりにもいい加減だろう。それよりも、ヴィクトリア朝ジェントルマンのリビドーから発生する行動が、小説の中で、あるいは少なくともイデオロギー的に、上の階級や下の階級の男性とどのように区別されていたかを考えたほうが、おそらく説明になりそうである。

この領域を具体的に詳述するにあたっての障害は、前に示唆した通りである。一般論にテクスチャーや個々の特殊性を与えてくれるような一次資料を歴史的に分析する作業は、今やっと着手されたばかりであり、ともかく出版されるまでには至っていない。その一方で、セクシュアリティの歴史を理解するのに有効なパラダイムは、次々と夥しい数が提示されてきている。ここで私にできる最善のことは、おそらく、伝記的証拠で身を固め、ヴィクトリア朝の小説読者（基本的に中産階級）にとって「常識」や「共通理解」とはどのようなものであったかを、有用なコード化したかたちで示すことだろう。私としてはこれらの一般論がいかに不確かで、徹底して中産階級の文学イデオロギーのレンズを通されたものであるかを暴きながら、同時に、他の研究者たちがこれらの一般論を修正していくための道ならしをしておきたい。

ホモソーシャル／ホモセクシュアルのあり方を考慮すると、ヴィクトリア朝の男性は階級に応じて大きく三つに分類できるようである。まず第一に貴族階級の男性とその友人、および生活を貴族に依存する追従者たち——ボヘミアンや男娼もここに含まれる——の小さな集団がある。これらの人々にとっては、明確な同性愛的役割や文化が一八六五年〔『我らが共通の友』の雑誌掲載が終了した年〕の時点ですでに数世紀にわたってイギリスに存在していたらしい。ジョン・ボズウェルが記録にとどめている「ゲイ」という語の使用が見られたのは、これらの人々——宮廷関係者であると同時に犯罪者とも接触のある人々——が暮らす世界でのことだったようである。[9] そこではれっきとしたサブカルチャーが形成されており、支配的文化がイデオロギー的に敵意を露わにすることがあろうとも、金や特権や国際性、そして何よりも秘密を維持することのできる力によって、その地盤を強固にしていた。ただし、「アバースノット博士への手紙」でポウプがスポーラスについて書いている一節は、そのような役割や文化の存在を読者も知っているとの前提で書かれているのではあるが。[3] この役割には、アメリカ中産階級の男性同性愛の特徴としてつい最近まで言われてきた事柄と、密接に通じるものがある。あるいはこうした貴族の同性愛的役割こそもともとは、オスカー・ワイルドをさかのぼって、アメリカ中産階級の男性同性愛の原型だったと言ってもよいぐらいである。そこに見られるはっきりとした特徴は、すでに述べた通り、女々しさとか異装、乱交、売春、大陸のヨーロッパ文化や芸術といった事柄である。

ところが貴族階級より下の階級の場合、現在で言う「同性愛的な」性器的行動と、ある特定の個人的様式を関連づけることは、一九世紀にはなかったようである。私たちが一番よく知っている男性たちの階級——教養ある中産階級に属し、小説やジャーナリズムを生み出し、伝記の主題となっている男性たち——は、性に関して何の認識もない、認識の真空と呼ぶに近い状態で、性の営みをしていたようである。確かに、ジェントルマンは（私は教育を受けたブルジョワを、労働者階級や貴族階級の男性と区別するために「ジェントルマン」と呼ぶことにし、ヴィクトリア朝のイデオロギーではなくヴィクトリア朝の実際に則った使い方をここではする）、性に関しては、ひとつの考えに縛られることのないかなりの自由を享受することができた。当時はびこっていた家族信仰を免れて、中産階級や当時の社会の価値観を強化するための装置に巻き込まれることなく、独身を通すことのできたジェントルマンは特に、かなりの自由をもっていた。ところがその一方で、支配的文化に代わるべきサブカルチャーつまり様式化された言説が彼らの周りに存在したわけではなかったし、また、貴族やボヘミアンの性的少数派たちと違って、社会の非難を特別に免れられると考えることもできなかったらしい。そう考えると、イギリスのジェントルマンの性の歴史が、彼らより社会的に上や下の地位にある男性たちと異なっていたとしても、さほど驚くにはあたらないだろう——自分のセクシュアリティを否定したり、合理化したり、それをめぐって不安や罪悪感を感じたり、その欲動を昇華させたり、欲動を発散させるために様々な方法の性器接触を試みたりするにあたって、ジェントルマンのやり方は、創意工夫に富んだ、必要に応じて考え出された末の、彼ら独特のものだった。一九世紀から二〇世紀初めにかけてのイギリスのジェントルマンの伝記は、変わり種とか奇抜な行動や、明らかに常軌を逸していると思われる初体験の記録などにあふれている。つまり彼らには、あらかじめ定められた性の軌道など、存在しなかったようなのだ。その良い例がルイス・キャロル、チャールズ・キングズリー、ジョン・ラスキン、そしてやや後のT・E・ロレンス、ジェイムズ・M・バリー、T・H・ホワイト、ハヴロック・エリスやJ・R・アッカリーなどである。[4] J・R・アッカリーは自伝の中で、不特定の相手との人目を忍んだ同性愛の後、メス犬と一五年にわたる情愛関係に至った経過を述べている。[10] 独身ジェントルマンのセクシュアリティは、多くを語られることはなく、ためらいがちで、これといった明確なかたちもなく、ジェンダーとまでは言わなくともジェントルマンという範疇として想像されるものは、さほどなかったのである。

フィクションに描かれる独身ジェントルマン同士の絆としては、たとえば、ペンデニスとウォリントン（サッカレー『ペンデニス』（一八四八―五〇年））や、クライヴ・ニューカムとJ・J・リドリー（サッカレー『ニューカム家の人々』（一八五三―五五年））、コリンズの『アーマデイル』（一八六六年）に登場するふたりのアーマデイル、ピクウィック・クラブのジェントルマンたちが挙げられる。フィクションの中のこれらの関係は、主題的にはもっと穏やかだが、構造的に面白く、感情的に（往々にして）混乱した、取り憑いて離れないような絆のものが多い。しかもユージンとモティマーの間の絆と同じように、その絆の性質については一切語られない。また、これらの絆では、少なくとも片方が不思議ないわくに影のようにつきまとわれており、決して結婚してはならない運命にある。たとえば身体が虚弱であったり、遺伝的に呪われた形質をもっていたり、不幸せな結婚を隠していたり、あるいは結婚に対して極端な嫌悪感を抱いているだけであろうとも、ともかくどちらかひとりは、宿命的に結婚を禁じられているのである。

中産階級より下の階級のイギリス人のセクシュアリティに関しては、信頼に足る記述を収集するのは難しい。プロレタリアートの男性の同性愛に関する記述があっても、それは貴族階級や（二〇世紀初期の）中産階級のイギリス人男性たちの同性愛によって、かなり粉飾されているように思われる。フォースターやイシャーウッド、アッカリー、エドワード・カーペンター、トム・ドリーバーグ[5]その他の人々の著作や彼らについての記述を読めば、そのことは明白だろう。同時にまた、労働者階級の男性に固有の同性愛的役割やサブカルチャーがあったという証拠も、（これら中産階級の手による記述を見る限り）見つからない。せいぜい、もっと上の階級の男たちにとって、彼らは性的に価値ある存在だったということしかわからない。考えられるのは、パブリック・スクール出身ではない階層の大部分の人々にとって、明らかな同性愛的行為はもっぱら暴力と関連づけられたかもしれないということである。というのも、一八八五年のラブシェア修正案以前のイギリスの法律では、様々な形態が考えられうる男同士の身体の接触のうち、その大部分は法律化されておらず——つまり犯罪として規定されておらず——したがって同性愛的行為が法的に可視的になるとすれば、それはその極めて性的な内容によるのではなく、その行為に及ぶ際にふるわれた暴力が理由であることが多かったらしいからである。ともかく、中産階級が労働者階級について記述する場合や、また労働者階級が自分たちについて記述する場合もおそらく含めて、男性の同性愛的な性器欲動は、暴力と関連づけられたようである。その例がディケンズであり、ディケンズはブラドリー・ヘッドストンの肛門と結びついたエロティシズムを、もっぱら殺人や傷害に結びつけて描くのである。

現代社会が男性同性愛を特定の行動様式と結びつけて考えるのに対して、ヴィクトリア朝ではほとんど誰もそのようなものを記録していないし、またそういった認識もなかったらしい。ということはおそらく、性行動のこの部分を道徳的および心理的にどのようなものと捉えるかは、階級によってそれぞれ異なっていたと言えよう。前に述べた通り、労働者階級はそれを暴力と同類項にまとめたかもしれない。貴族階級——あるいは例によって中産階級の目に映った貴族階級――の場合は、それは崩壊という表題のもとに入れられた。時はまさしく、ブルジョワが貴族階級そのものを形容するのに、イデオロギー的な表現として崩壊ということばを（願いを込めて？）使い始めていた頃である。ヴィクトリア朝小説で不品行な青年貴族と言えばほとんどすべて、スポーラスのような同性愛的な「型」の貴族であり、彼らがやがて破滅するのは、男の愛人をもったせいか、それとも女の愛人のせいか、競馬かそれとも酒のせいか、彼らの無能かつ「女々しい」行動からは判断できない。というのも荒廃と浪費こそ、スキャンダルの一番の原因だからである。（貴族階級全体が女性と見立てられるようになる点について、さらに詳しくは、第8章参照）。こうした曖昧な様式の人間を小説に求めると、次のような人物がいる。『ニコラス・ニックルビー』（ディケンズ（一八三八―三九年））のフレデリック・ヴェリソフト卿（およびもっと「男性的」でそれほど貴族的でない共謀者のマルベリー・ホーク卿）。『白衣の女』（ウィルキー・コリンズ（一八六〇年））のフォスコ伯爵（およびもっと「男性的」でそれほど貴族的でない共謀者のパーシヴァル・グライド卿）。『アリントンの控え家』（アントニー・トロロープ（一八六四年））や『ソーン医師』（一八五八年）に登場するポーロック卿。もう少し好感のもてるものとしては、同じくトロロープの『リッチモンド城』（一八六〇年）に登場するデズモンド伯パトリック（およびもっと「男性的」でそれほど貴族的でない共謀者のオーウェン・フィッツジェラルド）。そして『当世風の暮らしかた』（トロロープ（一八七五年））のニダデイル卿（およびドリー・ロングスタッフ）である。どの場合においても、性愛が誰かにあからさまに向けられているとすると、その対象は必ず女性である。ところがいずれの場合も、邪悪なあるいは自堕落的とされる衝動は、もっと直接近くにいる男性に、向けられているように思える。このカテゴリーにはいる男性のうちで最も共感を誘うであろう人物――少なくとも一番無気味でなく「普通」（すなわち異性愛的）な人物――は、小説のコンテクストでは地方貴族の没落した家系を表しているとはいえ、実際には貴族の称号をもたない。その人物とは『フィーリックス・ホルト』（ジョージ・エリオット（一八六六年））のハロルド・トランサムである。性にまつわる彼の過去のいきさつについては、三つの手がかりが与えられる――いずれもあまり多くは教えてくれないが。ひとつは、東洋への旅先で彼が結婚した女性は、奴隷として買った女だったという事実。そのことを私たちは一度だけ、詳細は抜きにして聞かされる。[11] ふたつめに、東洋から彼は（別の）女性を連れて帰ってきたという事実。そのことを私たちはたった一度だけ、何の詳細にも触れることなく聞かされる。[12] それに比べて、ハロルドと関係のある人物として私たちの耳にしきりと入ってくるのは、騒々しく、どこにでも姿を現す、召使兼コンパニオンの男のことである。

ユダヤ人、ギリシア人、イタリア人、スペイン人、どの血が一番濃いのか、私にもわかりません。彼は五、六カ国語をどれも同じくらい上手に喋ります。彼は料理人、従者、執事、秘書の役を全部やってくれています。そして何と言っても情の深い人間なんです……思うに、ここイングランドでは決して育たないような人種でしょうね。ドミニクを連れて帰れなかったら、さぞかし不便な思いをしていたと思います。[13]

ドミニクと過去に遡るなんらかのつながりをもつ使用人らしからぬ使用人たちが、得体の知れない徒党を組み、画策を巡らし、プロットが複雑を極めていくにつれ、ドミニクの全知で有能かつ取り入るような性格は、今にも、このうえなく邪悪で妖しげで性的な執拗さをおびてきそうである――が、実際はそうはならない。というのも、人を搾取するような「東洋の」快楽に彼の主人が興じているとしても、それは、「デカダンス」という曖昧なもの――必ずしも性的に何を指すかはっきりしないもの――としてしか見受けられないからである（「東洋趣味」と性的なものとの関連についてさらに詳しくは、第10章参照）。『ドリアン・グレイの肖像』もおそらく同様で、（伝記的な事実から得られるあと知恵は別にして）バジルとドリアンおよびヘンリー卿の三角関係は、同性愛的関係で見て初めて意味をもつにもかかわらず、これらの人物たちの気味の悪い自堕落ぶりはいざ詳しく描かれるとなると、必ず異性愛的な関係の中で描かれる。

上流階級の男性の同性愛的な欲望が堕落とみなされ、労働者階級の男性の同性愛的な欲望がおそらくは暴力と同類項に入れられるという両者の間にあって、パブリック・スクールの産物であるジェントルマンの場合はこのどちらとも異なる。学校そのものは、もちろん、支配階級の男性がホモソーシャルな関係を築くための重要な場であった。ディズレーリは（彼自身はイートン校出身ではなかったにせよ）イートン校の友情を賞賛するイデオロギー的な文章を『コニングスビー』に書いている。

学校では友愛は熱情である。友愛は天性を魅惑し、魂を引き裂く。来世のすべての愛をもってしても、友愛のもたらす歓喜やみじめさには及ばない。いかなる至福もかくは心奪わず、いかなる嫉妬の痛みも失望も、それと比べればさほどうちひしぐことなく、鋭くもない。何という優しさ、そして献身のほど。何と限りない自信。何と果てしない内なる観念の顕れ。何と恍惚に満ちた現在と、夢あふれる未来。何と苦々しい不和と、とろけるような和解。荒々しい非難の応酬や、心かき乱す釈明や、情熱的な便りのやり取りされる幾多の光景。何と気違いじみた感受性と、何と狂わんばかりの感性。心のいかなる地震、魂のいかなる旋風が、あの単純なことばに込められていることか——男子学生同士の友愛、ということばのなかに！(14)

魂の旋風は、ほとんど大抵のパブリック・スクールで、往々にして実際の肉体的行為となって吹き荒れた、とは率直な見解が一致して認めるところである。青年貴族たちと同様、若いジェントルマンたちも同じようなパブリック・スクールに暮らし、男同士のいろいろな性的行動を目にしたり、あるいは直接それに関わったりしたと思われる。ただし貴族階級と違うのは、ジェントルマンは成人してしまうと、そのような関係を続けることのできる共同体ももたなければ、明確な性的アイデンティティを他の人々と共有することもほとんど叶わなかったという点である。二〇世紀作家マイケル・ネルソンは、学校時代の友人に尋ねた時のことをこう書いている。「イートン校を出た後、同性愛的な感情を抱いたことはあるかい？」「おいおい、ちょっと待ってくれよ。」彼の友人は答えた。「学生時代にちょっとばかしふざけあうのはいいさ。でも、大人になれば子どもっぽいことなんかやらなくなるだろう？」(15)

わけても『デイヴィッド・コッパーフィールド』はその点をついている。デイヴィッドが友人スティアフォースに夢中になり、彼に「デイジー」と呼ばれて少女のように扱われるのは、デイヴィッドの教育の一環にすぎない。ただしもっと後になるとそれは、スティアフォースから女性へいかにして関係を三角化し、最終的に——不完全ではあろうとも——スティアフォースを憎み、彼の死を契機に、いかに成長するかという、教育とはいえ苦痛を伴ったものとなるのだが。端的に言うと、ジェントルマンはホモソーシャル連続体の一番性愛的な極を、放蕩や邪悪さとか暴力とではなく、幼児期の欲求や無力さのあらわれという子どもっぽさと関連づけるのである。それは、恥ずべきものとか、軽蔑すべきもの、拒絶したくなるものとして見られることはあっても、二〇世紀のホモフォビアに特徴的な、激しい敵意に満ちた非難めいた反応を引き起こすようなものではない。

学生時代は同性に欲望を抱き、成人するとホモフォビアをもつようになるという、ゆっくりではあるがはっきりとした二段階のこの過程は、中産階級の「ジェントルマン」という比較的新しい階級に入るべく、そのための教育を受ける際に生じる強い不安と、関係があるように思われる。ジェントルマンであるために必要な条件は、称号や財産や土地のようにはっきりと単純に世襲されるものではなく、金と時間をある特定の方法で使うことによって獲得されるものだった。しかし、権力はあってもとらえどころのないこの階級の一員となるために人生初期に課される条件——一定のアクセントを身につけ、ラテン語やギリシア語の翻訳に年月を費やし、家族のもとを離れ、女性との交流を断つこと——は、本人が、支配階級のなかで積極的に自分の運を試すことのできる資格すら獲得しないうちに、他のいかなる仕事にも不向きな人間に、彼をしてしまうのであった。

『我らが共通の友』の事件は、ユージンが、いわゆる帝国の専門職に就いてから実際に仕事を任されるまでの、人生の長期にわたる待機状態に、終止符を打つものである（たとえば、彼は弁護士の資格は取ったが、誰からもまだ仕事を依頼されていない）。弁護士という彼の地位は、家父長的権威――法そのものの権威――に満ちているが、その権威を彼が自分のものにするのはこれからである。家族に関しても同様で、子どもの頃以来、彼は家族から引き離されてきたが、まもなく家族のもとに戻るよう求められる。しかも、戻るとなるともっと権威に満ちた地位に――すなわち家長として――戻るのである。彼が家長の地位に就くことによって、モティマーとのその場しのぎの暫定的な関係や、無目的のように見えたリジーへの求愛は遡及的に、実は意味のある、究極的に異性愛を目標とした軌道に則ったものだったように見えてくる。小説の結末に描かれる暴力事件の中に、私たちは異性愛かつホモフォビックな意味がユージンの物語の上に刻印される際の冷酷さを、見て取ることができよう。それは次のような経過を辿る。ライヴァルのブラドリーの手にかかって水の中で死にかけていたユージンは、リジーに助け出される。生死の境をさまよう彼のことばを聞いたモティマーは、彼の最期の願いはリジーと結婚することだ、と解釈する。そして命を取り留めて回復した時には、ユージンはすでに妻帯者となっている。その時の彼のことばを、後日、リジーはこう伝える――「でもね、こんなこと信じられます？　結婚した日にこの人は言ったのよ、自分にできる最善のことはこのまま死ぬことみたいだな、なんて」（第四部一六章）。

だが、ブルジョワ家族に組み込まれてホモフォビアの刻印を改めて受けた結果、ユージン以上に自由を奪われる人物がいる。そもそも、ユージンの受けた傷は、小説の結末ではすでに「怪我を負わされたとはとても思えない」（第四部一六章）ほどにほとんど回復しているのである。その人物とはもちろんリジーである。確かに、彼女はユージンに「陵辱され」て娼婦という都会の最下層に棄てられるのではなく、ヴィクトリア朝において弁護士たる者の妻が属すべき階級に引き上げられたのであり、そのことを考えれば、彼女がおとぎ話のような「ハッピー・エンド」を迎えるための形式上かつイデオロギー上の必要事項は、すべて満たされている。ユージンも自分の妻をレディとして世間に認めさせる自分の権利を主張すべく、戦う覚悟である。しかしディケンズはこうした良き知らせを伝えながらも、彼女の人間としての大きさが著しく損なわれていく事実を隠そうとはしていない。憤ったり隠し事をしたりすることもある、男性的な、テムズ川で死体漁りの舟を漕ぐ無学な人間から、恋する工場労働者を経て、ユージン・レイバーン夫人（それ以外の何ものでもない人間）へと変化するにつれて、リジーは著しく小さな存在になってしまうのである。確かにリジーは最初から保守的であったことは否めない。しかし、保守的ながらもそれは感情的な炎の煌めきをもった、勇気あるものだった。荒くれ者の父親を庇い、そうかと思うと彼にたてついた。忌まわしい弟であっても、彼のためにすべてを犠牲にした。居酒屋の女将からの共同経営の誘いを、女将が彼女の父親を受け入れないからという理由で断わった。愛する男に身を投げ出して自分の名誉を汚すことにならないよう、自ら田舎へ立ち去った。そしてその男の命を救うために、ひるむことなく自分の命を危険にさらしたのである。それなのに、彼女のこうした勇気に対する報いは、炎の煌めきどころか、息も詰まるような保守的な報いでしかない。すなわち、リジーはユージン・レイバーン夫人となったとたんに、リジーではなくなってしまうのである。

　リジーがあからさまなジェンダーの役割分担に押し込められていき、いかに刻々と矮小化されていくかを見ると、支配階級が当時、自分たちの階級の男性同性愛をイデオロギー上、女性的なものとしてではなく「子どもっぽい」ものとして捉えたのはなぜだったのかはっきりしてくる。ジーン・ベイカー・ミラーが『イエス、バット――フェミニズム心理学をめざして』で指摘しているように、ジェンダー差によって割り振られる役割は永遠に不平等な構造を指し示すのに対して、成人と子どもの関係は、一時的な不平等の原型であり、原則的に――あるいはイデオロギー的には——その不平等が消滅することをそもそもの前提として存在する。なぜなら子どもはやがて親になるが、妻が夫になることはないからである。[16] さて、イギリスの高度資本主義の主要戦艦として、新たに重要な位置を占めるようになった「ジェントルマン」というこの階級は、金持ちから貧しい役人に至るまで、非常に広範囲な地位や経済的立場の人間を抱え込むことになった。そうなると、ジェントルマン階級の中ではみな平等である——または実力に応じて報われるのだからその点では平等である——という平等主義（もしくは擬似的な平等主義）の幻を維持しつつ、その一方で、階級内の格差拡大を正当化する必要があった。そのためには個々人が、支配的文化から逸脱したり、自らの立場を規定しなおしたり、同一化の境界線を何度となく越えたりする、長く複雑な精神的試練および準備のための期間を経る必要があると想定するのが、明らかに都合が良かったのである。自我についてのこのような引き延ばされた不可解な物語（まさに二〇世紀のエディプス的な物語の直接の前身）のおかげで、社会的地位や職業が個々人の成熟の度合いに応じて割り振られるという、不公平感の少ない方法が可能となったのである。

　こうした精神分析的な、「発達と結びつけた」考え方が強固に確立されて初めて、男性同性愛を女性性に結びつける元来貴族的な考え方は、一般大衆の消費財となることを許された。それはワイルド事件に結晶化された変化であり（第5章と結び参照）、またこの変化と時を同じくして（すなわち一八九〇年代に）、男性同性愛を表現する言語（たとえば「同性愛者」という語）も散種の働きにより、階級のあり方の変化に応じて、その意味が無限にずれていった。また、「第三の性」理論とか「間性（半陰陽）」理論という科学的な衣装をまとって、同性愛が医学に組み込まれるようにもなったのである。

　しかし女性にとってはジェンダーの不平等性はこの間ずっと、ますます堅固に、道徳という名のもとにはっきりとブルジョワの制度の構造に刻印されていった。『我らが共通の友』でごみの山と川になぞらえられた対照的な身体的イメージが示唆する通り、物事に対する女性の深い理解力は、個人的にモノを所有したり蓄積したりする権利を放棄することからきていた――ちょうど、リジーが川面に映った自分の姿を見て、「でも水そのものは常に自分から流れ去っているのだ」と認識したように。ブルジョワ的な家族の誕生とともに現れた、このような認識力の分配――物事に対する深い認識力が女性に割り当てられたこと――は、女性が権力を獲得する手段とはならず、むしろ女性が男性に奴隷のように隷属するシステムの、別な側面となったにすぎなかった。この時代の、認識力をもった中産階級の女性は、父権的力を強化する三角形の循環路は、女性を経由しても女性のところで帰結することは決してないことに気づいている。一方、モノを蓄積するという前資本主義的な身体的イメージをもった資本主義的男性は、自分が追求しているのが何であり、また誰のためであるかを常に見誤ってしまう。ところが、彼が思い違いをしようとも、往々にしてそれは真の権力獲得とさほど違わない。いやむしろ、女性が目的であるように見えながら、実は女性を介して他の男たちと三角形の取り引きをしている時こそ、彼は真の権力獲得にもっとも無意識でありながらそれに一番近いのである。

第10章　後門から階段を上って(1)

――『エドウィン・ドルードの謎』と帝国のホモフォビア――

「それじゃ」と［オーリック］は言った。「あんたらを見送らんかったら、俺さまなんぞ呪われやがれってんだ。」
この呪われやがれ、という懲罰は、彼が何かを仮定するときの決まり文句だった。私が知る限り、彼は何か特定の意味でこのことばを使っていたわけではなく、人を侮辱し、ひどく傷つけるようなことを言いたいときにこのことばを使うのだった。幼い頃私は、もし彼がこの私に呪われやがれを下すとすれば、捩じれて先の尖った鉤でやるんだろう、と思い込んでいた。

――ディケンズ『大いなる遺産』(1)

前章で私たちは、殺人犯の教師が愛する女性に向かって、次のようなことばで求愛するのを引用した。

あなたが私を虜にしている間ずっと私は、ユージン・レイバーン氏のことは全部知っていました。……ユージン・レイバーン氏が頭から離れぬまま、あなたに魅かれ続けてきたんです。ユージン・レイバーン氏が頭から離れぬまま、つい今もあなたと話していたんです。ユージン・レイバーン氏が頭から離れぬまま、私は押し退けられ、ふり捨てられたというわけです。(2)

『エドウィン・ドルードの謎』では、殺人犯の音楽教師ジョン・ジャスパーが彼の愛する女性にこれと似た調子で求愛する。

ローザ、かわいい私の甥があなたの許婚だったときでさえ、私はあなたを気が狂ったように愛していたのです。彼があなたを妻にして幸せになるに違いないと思っていたときでさえ、私はあなたを気が狂ったように愛していたのです……彼のいい加減な筆のためにあなたの美しさが損なわれているあの絵、彼にあの絵をもらった時ですら、いつも見えるところにかけているのは彼のためなんだというふりをしてきましたが、実はあなたに対する思いに苛まれながらあの絵を仰ぎ見ていたのです。私はあなたを気が狂ったように愛していたのです。(3)

未完に終わったディケンズの最後の小説に登場する、ジョン・ジャスパー、エドウィン・ドルード、ローザ・バッドから構成される性愛の三角形は、前作の三角形――ブラドリー・ヘッドストンとユージン・レイバーンおよびリジー・ヘクサムから構成される三角形――の改鋳版である。いずれの三角形でも、一番目の男がライヴァルである二番目の男を襲って相手を殺そうとする。ところが、いずれも一番目の男は小説が結末に至るまでにおそらくは、命を落とすだろう。そしていずれの女性も本能的に次のことに気づいている。すなわち、殺意に駆られたこの男は、自分では彼女を愛しているつもりでも、実は他の男との激しい意思のせめぎ合い――彼女にとっては筋違いで害にしかならない戦い――のための数取り札として彼女を利用しているにすぎないのだ、と。(4)

だが、『我らが共通の友』のリジーをめぐる性愛のプロットとその改鋳版は互いに似てはいるものの、『エドウィン・ドルード』では、『我らが共通の友』とは違った事柄に関心が向けられている。第一に『我らが共通の友』では、ライヴァル同士の引き合う力は強力ではあるが、そのことは、彼らの交わりが憎悪に満ちていかに暴力的かを考慮して初めて、推し量りうるものである。それに対して『エドウィン・ドルード』では、愛こそふたりの関係のまず最も明白かつ執拗に描かれる側面である。ジャスパーは何よりも、甥への「女みたいな」(第一三章)献身ぶりでクロイスタラム中に知られているし、一方の甥は叔父をひたすら愛し崇める。このふたりの男性の間柄はシェイクスピアの『ソネット集』からとってきたかのような描写で書かれる。すなわち、若いドルードが自信にあふれたバラ色の魅力を放ち、未熟さゆえに思慮が足りず、利己的な態度をとり、しかも自分は何もせずとも一貫性を保っていられるのに対して、陰気な叔父は、そんな彼を前にすると、二面的で両義的な世界を人知れず作りあげるという途方もない行動に、駆り立てられるのである（本書第2章参照）。ジャスパーが甥に向けていた愛の激しさを考えると当然、なぜその甥を殺そうとしたのか、彼の企みの奥深くに隠された動機が重要な問題となろう。まっ先に思い浮かぶのは、ジャスパーは何年もの間、意識してうまい具合に甥を愛しているふりをしてきたのだということであるが、それは可能とはいえまったく承服し難い。それよりも、ディケンズはアヘン中毒および／あるいは催眠術（こちらは仄めかされている程度で、明確ではない）を使うことによって、ジャスパーの人格を心理学的に解釈しようとした――つまり精神病的に分裂した例として捉えたのだ――とは言えないだろうか。すなわちジャスパーの人格の中では、甥に対する愛と彼を殺害する計画が共存しえたのだ。このように見ると、明らかにこれは、男性のライヴァル意識の禁止された性愛を『我らが共通の友』よりももっと意識的に論じた小説ということになる。すなわち、男性のホモソーシャルな性愛の禁止と分裂のメカニズムが、ここではもっと正面きって主題となっているのである。

『我らが共通の友』の三角形との二つめの違いは何だろうか。前作ではライヴァル間に階級差があり、それがヘッドストンの抑圧された怒りとレイバーンの無頓着さとなって、そのまま心理的レベルで映し出されていたように思われる。しかし『エドウィン・ドルード』にはそれがない。ライヴァルは叔父と甥の関係にあり、同じ階級に属する。それに一般的に、専門職にあるブルジョワの場合、それぞれの職業の間の違いは非常に微妙で多様であり、大抵の場合それは、日常生活の風景を変えるような階級差と呼びうるものではなかった。『エドウィン・ドルード』で社会的に重要な差異を生み出しているのは、階級よりむしろ、人種と異国趣味である。ライヴァルたちは、一方が金髪でもう片方が黒髪という点で異なり、一方が「ちょっとばかりエジプトを目覚めさせに」行く（第八章）つもりなのに対して、もう片方はクロイスタラムの「狭苦しい単調さ」に甘んじている（第二章）。小説の潜在的枠組みが『エドウィン・ドルード』では、イギリスだけでなく帝国全体に広がっているのである。そのうえ、前作では英語の文法や発音という観点からドラマ化されていた相違が、ここでは、地理的な移動性や国際性、そして特に膚の色を中心にドラマ化されるようになる。ポズナップの発話にあるのと同じような――ただし彼の価値基準そっくりそのままというわけにはおそらくいかないが――「イギリス的」か「非イギリス的」か（つまりここでは様々な意味で東洋的であること）が、小説の枠組みを支配する範疇である。

『エドウィン・ドルード』やそれに関連するテクストを通じて、私が本章で論じたいのは以下の点である。すなわち、帝国という主題がイギリス帝国主義そのものとつかず離れずの関係で文学に利用されるようになると、ホモフォビアを扱ったゴシック的言説のあり方もそれによって変化し、そしてその変化が逆に、帝国の主題と文学との結びつきをますます強めることになった。第一に、帝国という主題が利用可能となったことにより、ゴシックにつきものの階級差という意識にかわって、差別意識のもっと希薄な、より二項対立的で幻想に依拠した、本国対異国という意識が登場するようになった（もちろん、この見方自体はゴシックにすでにあったが）。第二に、相手を搾取するような性的行為が国際的背景――つまりより広範で、国家の威信に守られた状態――のもとで行われたり、想像されたりするということは、ゴシック小説が常に重要視してきた心理分裂のメカニズムを、異国的雰囲気――たとえばアヘン中毒とか、「東洋」の技法による催眠術――と絡めて、あらためて合理化して文学に描くことができるようになったし、またその必要が出てきたということにほかならない。(5) さらに、被統治国の人民から貫通され攻撃されるという、もともとゴシックにあったパラノイア的な人種にまつわる主題が、西ヨーロッパにおける国家イデオロギーに顕著に見られるようにもなった。その最たる例が、男性がレイプされるというイメージであろう。

リチャード・バートン卿は、数十年に及ぶ旅行や一九世紀およびそれ以前の人類学の文献研究の成果を、『千夜一夜物語』（一八八五―一八八年）のかの有名な「結びの論文」にまとめようとした。男性同性愛に関する彼の結論は次のようなものである。

一　「ソタディック地帯[2]」と、私だったら呼ぶであろう地域がある。それは、南フランス、イベリア半島、イタリア、ギリシア、モロッコからエジプトに至るアフリカの海岸地域を含む、地中海の北海岸（北緯四三度）と南海岸（北緯三〇度）に挟まれた西に広がる地域である。

二　東方へ行くとソタディック地帯は幅が狭くなり、小アジア、メソポタミア、カルデア、アフガニスタン、シンド、パンジャブおよびカシミール地方がその中に入る。

三　この帯はインドシナで幅が広くなり、中国、日本、トルキスタンを覆う。

四　それから南太平洋諸島と新世界へとそれは連なっており、これらの地域では発見当時、いくつかの例外を除いて、ソタデス風の愛が、これらの人種特有のひとつの制度として確立していた。

五　ソタディック地帯ではこの悪徳［男色］が流行し蔓延しており、罪を問われてもせいぜい軽罪にしかならない。それに対して、ここで示された境界線より北および南に住む人種の間では、この悪徳は周囲の人々――原則的に、そうした行為を生理的に受け入れられず、それに激しい嫌悪を感じる人々――からの非難を浴びながら、ごく稀に行われるにすぎない[6]。

要するに、ヴィクトリア朝におけるイングランドきってのこの探検家は、男性同性愛文化の境界線を引くにあたって、もっぱら地中海地域および経済的に搾取可能な第三世界だけがそこにはいるよう、ほぼ徹底的に線引きを行ったのである。

バートンは、「悪徳」とソタディック地帯との関連性は「地理的・気候的なものであり、人種的なものではない」(7)と主張している。彼のこの主張は、ヨーロッパ帝国主義の人種的偏見の重要な特質——たとえばアメリカの人種的偏見との明らかな違い——を示している。すなわちヨーロッパの人種差別の場合、遺伝的根拠は言及されることはあっても、アメリカほど明確に認識されなかった。アメリカにおける人種差別は二項対立的な幻想に基づいており、私たちは黒人か白人かのいずれかであり、それは生まれつきである。それに対して、植民者は原住民「化」しうる。その原因は具体的には気候であったり、志気もしくは気風に（たとえ人種的特徴として語られることが多いとはいえ）感染したせいだと言われたりする。それに加えてもうひとつ、人間を本来の人種から離れて原住民化させてしまう原因を、『エドウィン・ドルード』の第一章は書いている。すなわちそれは、異国のものを摂取することである。ロンドンのアヘン窟で「中国人の男、インド人の水夫、痩せこけた女」とひとつところに寝ていて目を覚ましたジョン・ジャスパーは、その（イギリス人の）女が「アヘンを吸って、あの中国人の男と奇妙なほどそっくりになり、中国人の頬、目、額の形や顔色が、そっくりそのまま彼女にうつっている」のに気づく。しかもこの流行性感冒は彼女のところで止まる気配はない。実際、

> 真っ暗な空から断続的に放たれる稲妻さながら、シビレや痙攣が彼女の顔や手足から発作的に放たれるのを見つめているうちに、それが彼にも感染して取り付いてしまった。お陰で、彼自身も炉端の貧弱なひじ掛け椅子に退却し……感染症にかかったようなこの不潔な気分がおさまるまで、じっと椅子を掴んで座っていなければならなかった。（第一章、傍点セジウィック）

この章の終わりで、ロンドンからクロイスタラムの自宅へ戻る途中、疲れきった《ジェイド》ジャスパーは、「翡翠《ジェイド》の旅人」と

形容される。碧玉《ジャスパー》から翡翠《ジェイド》〔常に東洋と関連づけられる石〕へ。つまりこのイギリス人の男はパッパ王女とつきあったせいで東洋化し、彼女と同じものを吸ったせいで、知らぬ間に女性化するのである。次の章でいわば正式にジャスパーが私たち読者に紹介されるにあたり、彼の「態度に少々暗鬱なところがあり、住んでいる部屋が少し暗鬱である」と聞かされても私たちは驚かない。また、愛する甥に対する彼の態度が常に「何かを渇望しているような、厳格で、警戒感の強い」ものであっても驚かない。そして何よりも、「ジャスパー氏は色の浅黒い男である」と言われても、驚きはしないのである（第二章）。

この小説に登場する東洋化されたヨーロッパ人のもうひとつの例といえば、ヘレナ・ランドレスとネヴィル・ランドレスという孤児の兄妹である。

珍しいほど美しくしなやかな体つきの少年と、珍しいほど美しくしなやかな体つきの少女だ。ふたりとも互いにそっくり。ふたりとも非常に浅黒く、深みのある色合いをしている。少女の方はジプシーに近いほど。ふたりともどこか野性的なところがある。猟師のような雰囲気をもっている。が、しかし、追う側というよりむしろ追われる側を感じさせるところがある。すらりとしてしなやかで、目と手足の動きが敏速。半分内気で、半分挑戦的。顔は激情に満ちている。顔と身体の両方の、表情全体に何とも形容しがたい一種静止した状態が浮かんでは消える。まるで、身をかがめる一瞬前の静止状態とも、あるいは跳躍するその一瞬前に見せる静止状態ともとれる。（第六章）

ランドレス兄妹に野蛮な雰囲気があるのは、彼らがセイロンで育ち、子どもの頃、貧しさと家庭での暴力にさらされていたからであり、ジャスパーに比べるとはるかに清廉で正当な理由による。そして異国のものが与えた感染の影響は、少なくともヘレナの場合、比較的彼女に男性的特徴を育ませ、彼女に道徳的な強さをもたらした。だが、ネヴィルはやはり感染によって健全さを蝕まれ、おそらくはそれが致命傷となる。彼は自分の短気な性格を憂慮してこう言う。

僕は、下等な人種の、卑屈で卑しい召使たちの間で育てられました。ですから、いつの間にか彼らの特徴がうつって、彼らに似てしまったかもしれません。彼らの血の中にある虎のような部分が一滴、僕にも混じっているのではないか、そう思うことがあるんです。（第七章）

このふたつの例からだけでも、人種をめぐる帝国主義的見方に対してこの小説がくだす道徳的解釈はかなり複雑なことがわかる。ランドレス兄妹は英雄的であり、一方、彼らと正反対の立場にいるイギリス人は、飛び抜けてイギリス的な人物で、市長を兼ねる競売人のサプシー——中国語、日本語、エジプト語、そればかりでなくエスキモー語の目録まで操れるがゆえに自分は「世界を知っている」と確信して悦にいっている男——である。ドルード殺害の容疑でネヴィルを逮捕すべきかどうか考えながら「サプシー氏は、この事件には暗い色が出ている。要するに（と言ってここで、ネヴィルの顔にじっと目を注いで）イギリス人らしくない色をしている、との見解を表明」（第一五章）するのである。小説はサプシーの偏狭さを醜い冗談にして描く。それに対してサプシーのまさにこうした愛国主義を極めてうまく操るのは、ジャスパー——東洋化しているために邪悪さが余計に目立つ人物——である。そして、イギリスの遺伝的および文化的な美徳を結集させた非のうちどころのない人物として、この小説の道徳的中心に位置すると思われるのは、ジャスパーの引き立て役クリスパークル——少なからず間抜けなところのある聖堂小参事会員——である。クリスパークルは「金髪でバラ色の頬をし、近くの田舎を流れるありとあらゆる深い川に、いつも、頭から飛び込んでいく」（第二章）。いかにも健康増進家の彼は、毎朝「クロイスタラムの堰近くに薄く張った朝の氷を、彼のその好感の持てる頭で割って身体を大いに鍛え」ると、今度は、ボクシングをして「肩から猛烈なストレート・パンチをくりだし、その間も晴れやかな顔に無邪気さをたたえ、グローブからまでやさしい博愛精神を発散させる」（第六章）のである。クリスパークルの弾むように元気のよい——実に無理矢理周りの者を巻き込まんばかりの——無邪気さは、あの有名な運動場の場面を見ればわかる。

偉い！　男らしい！……この聖堂小参事会員には、そよ風に吹かれてクリケット場でウィケットを守っている少年ほども、自分の要求を通そうという態度は見られなかった。彼は大きな事件であろうと、小さな事件であろうと、自分の義務に対して純粋かつ忠実に誠実であろうとしていた。誠実な心の持ち主なら、みなそうであるように。誠実な心の持ち主はみな、ずっとそうだったし、今でもそうだし、これからもずっとそうであろうように。（第一七章）

実のところ、クリスパークルが代表するイギリス的な理想像は、彼が遠いパブリック・スクール時代の命の恩人である「下級生《ファグ》（ファグには同性愛者の意味もあり）」と再会して、ふたりが「懐かしそうに握手をかわし、すばらしく長いこと——イギリス人にしては長いこと——肩を抱き合い、互いの顔をうれしそうに覗き込」（第二一章）むに至って、さらに強烈になる。この愛情を呼び覚ますこの男も、先輩に劣らぬ健康増進マニアで、衛生面においてはクリスパークル以上である。たとえば「彼のバスルームは搾乳場のよう」（第二二章）なのだ。

小説は、特に冒頭部分では、クリスパークルのようなタイプの人間の間抜けさを描いて楽しんでいるふしがある。

「今晩の『一週おきの水曜音楽会』ではみんな寂しがるだろうよ、ジャスパー。でも、間違いなくきみは家にいるのが一番だ。じゃあ、またな。元気でな！『羊飼いたちよ、教えておくれ、教えーておくれ。わーたしに教えておくれ。私ーのフローオオラがここを通ったのを見たかい(見たかい、見たかい、見たかい)?」善良なる聖堂小参事会員セプティマス・クリスパークル師はこのように歌いながらいく。(第二章)

とはいうものの、クリスパークルがいかに悲惨きわまりないほど愚かでも(「似たもの同士、若いもの同士さ」と陽気に言いながら、ドルード殺害につながる出会いをお膳立てしてしまったのは他ならぬクリスパークルである[第六章])、あるいはクリスパークルが日頃の健康増進マニアぶりを発揮して、友人を事もなげに介抱しながらその身体にさわっても(第八章)、また、自分のやさしい男性的な価値観は全世界に通用すると信じて疑わない彼の考え方が、いかに無頓着で無知であろうとも、小説の語りの声は彼を熱心に支持しているように思われる。ここで前景化され価値を置かれている男性のホモソーシャルな関係(クリスパークルとターターの間柄、クリスパークルとネヴィル・ランドレスの間柄)は、クリスパークルのほうが「男らしく」イギリス的だという点で、あくまでも階層的である。そして彼らの感情的結びつきは非常に緊密とはいえ、表面に現れることは極めて少ない——すなわち、清潔、清潔、清潔この上ないのである。

ただし、ネヴィルとクリスパークルの関係は理想からはずれる点がふたつある。まず、おそらくは幼い頃「下等な人種の、おぞましく卑しい召使たち」に囲まれて育ったためか、ネヴィルは後見人に対する感謝の念を大げさに示しすぎる傾向にある。たとえば彼は、涙を流したり(第一〇章)、クリスパークルの手に接吻したり(第一七章)する。クリスパークルは彼のこうした振る舞いを受け入れるものの、このような行動は、ネヴィルが何かに蝕まれていく——彼の道徳心が蝕まれるのではなく(道徳的には彼は問題ない)、彼の内面の健全さあるいは調和が蝕まれていく——ことの予兆である。小説が途切れる頃には、ネヴィルがうまく「イギリス化」して生きる望みはなさそうな気配が見えている。道徳的な浄化作用を受けるうちに生きる力まで浄化された彼は、人種的偏見に満ちた冷淡なイギリスの環境に適応できず、イギリス的な女性（で彼が心を寄せる女性でもある）ローザを、クリスパークルのもうひとりの被後見人――もっと精力的で男性的な、すなわちもっとイギリス的な人物ターター――に委ねて死んでいく、と予想されるのである。

色の黒いジョン・ジャスパーが、彼の被後見人ドルードに対して抱いている感情の激しさは、バラ色をしたクリスパークルが被後見人に対してもつ感情が健全そのものであるのと、正反対となるよう目論まれている。だがそうは言っても、男性のホモソーシャルな絆を分類する際によくあることだが、堕落した絆は規範的な絆と驚くほど多くの共通点をもつ。何から何までイギリス的なクリスパークルは、親を亡くした「色の黒い」ふたりの若者――ひとりは少年、ひとりは少女で、深い絆で結ばれたふたり――の後見人となる。そのうちのひとりを彼は愛し、もう片方は死ぬ運命にある。ジャスパーの場合、彼自身が「色が黒く」、親のいない色白のふたりの若者――ひとりは少年、ひとりは少女で、深い絆で結ばれたふたり――の後見人となる。そのうちのひとりを彼は愛し、もう片方は死ぬ運命にある。特に、エドウィンはネヴィルの場合と似て、後見人の愛のあまりの激しさに、愛の対象であるエドウィンは見るからにそれに耐えられそうにない。それればかりでなく、エドウィンとジャスパーの絆はネヴィルとクリスパークルの絆と似て、愛情が表現されすぎる傾向があり、それは深刻な問題として描かれる。特にエドウィンとジャスパーの場合、それは道徳的問題として浮上してくるのである。

驚くまでもなく、被後見人に対するジャスパーの感情が最も抑制されることなく表れるのは、彼がアヘンを吸っている時である。そのこと自体は驚くまでもなかろう。ところが、アヘンの影響下にあってすらジャスパーの中では、エドウィンに対する性愛的な要素と殺意とが入り交じっているように思われるのだ。現存する断片の最後のほうのひとつで、パッパ王女がジャスパーに夢の内容を聞き出す場面があるが、それによると彼は、ドルード殺害の場面を、予行的に、そして殺害を終えた今となっては遡及的に、幻想の中で見ている。ところが、それらの幻想に見られる情動や、反復強迫的に起きる痙攣性のリズムは、性的である。「生きてるのが我慢できなくなると、［幻想を見て］救いを得ようと、ここに来たんだ。そしてそれを手に入れた。それこそ救いだったんだ！　それが救いだったんだ！」と彼は主張する。そして、

俺はいつだってまっさきにあの旅［エドウィンを殺害する幻想の旅］に出たんだ。色がぐるぐる変わって、壮大な眺めがあらわれて、キラキラ光る行列［アヘンによる本格的な夢］が始まる前にな。あの旅がきれいさっぱり終わらないことには、何も始まらなかったんだ。それまでは何にも入り込むすきまがなかったんだ。

（第二三章）

繰り返し沸き上がる甘美で暴力的な夢想に比べて、実際の殺害は、ちょうどエロティックな夢想に比べて実際の性器交渉における恍惚状態がそうであるように、一瞬のうちにすべてが凝縮されて起こり、クライマックスと呼ぶにはあまりにも盛り上がりに欠ける。「あんまり長い間、何度も何度もやってたもんで、実際にやった時にゃ拍子抜けしちまったよ。あんまり早く終わったもんでな」。また、ひとりで見る幻想でも、あまりにも早くクライマックスにいってしまう恐れは常にある。

しっ！　旅が終わってしまった。終わってしまった。……ちょっと待て。何か見えるぞ。眠って払い落としてしまえ。これは短すぎたし、簡単すぎた。これよりもっとましなものを見なけりゃ。こりゃ最低だぞ。格闘もないし、危険も感じない、懇願もない――いや、だがあれは見たことないぞ。……そいつを見てみよう！　何て惨めでいやらしいいんだ！　あれこそ、本物に違いない。終わってしまった！　（第二三章）

現存するプロットは、「あれ」や「本物」が何を指すのか、ジャスパーは何を見たのか、明かしてくれない。し

かし文や夢そのもののリズムから判断すると、それは「哀れな裸の二本足の動物」〔『リア王』第三幕四場〕を指しているのであり、（スターンのことばを借りると）「ごく普通に、ひきつけとさほど変わらない程度の興奮しか味わえずに終わってしまった」[3]ことによるジャスパーの苦い失望感を表しているのではないか、との方向に私たちの読みは向けられる。しかもジャスパーの想像上の「旅」に想像上の「旅の道連れ」がいることは、すでに小説の中に充分明らかに示されている。そしてその旅の道連れこそ、エドウィン・ドルードである。この夢想や興奮やクライマックス、嫌悪感すべてに関して、どこに主題があるのかこの場面では何の説明もない。ただひとつ、黙ったままひとりで苦しんでいるジャスパーのかたわらで、王女の仕草が冗談めかしてそれを説明していると見るぐらいが可能な説明と言えよう。

時々ぶざまに顔と手足をぴくぴく動かす以外、彼は黙ったままぐったりと横たわっている。惨めなろうそくが燃え尽きる。女は消えかかったろうそくを指でつまみあげると、別のろうそくにそれで火をつけ、じりじり融けて流れかかった古いのを燭台に押し込むと、上から新しいのをぎゅっと差し込む。まるで何かいやな臭いを発する不格好な武器に弾をこめているようだ……。（第二三章）

とすると、アヘンによる解放感をもってしても、ジャスパーは三つの決定的な事柄――甥への愛、殺害の欲求、性欲のリズム――を解きほぐすことはできないのである。ジャスパーの中では、エロティックなものと抑圧的なものがどちらもエドウィンに向けられて絡み合っている。さらにいえば、彼がパッパ王女のアヘン窟を訪れるのは、アヘンが演出するド・クインシー風の壮麗な夢を見るためではない。むしろ彼はパッパ王女のもとで、アヘンなしでも自分ですでに想像できるはずの光景を思い浮かべ、その場面を何度も予行するのである。となると、なぜ彼はアヘンに救いを求めるのだろう。彼にとって、また小説にとって、異国の物質を摂取するとは、いかなる機能をもつのだろうか。

ダブルを扱ったこの（ゴシック）小説では、アヘンを催眠術のダブルもしくは引き立て役――つまり意識や意志を動かすもうひとつの技巧――と考えれば、アヘンの重要性ははっきりしてこよう。このふたつのモチーフは、出鱈目に小説中に並置されているわけではない。というのも、アヘンがホモソーシャルなプロット――すなわちエドウィンを殺す旅――と関連づけられるのに対して、ジャスパーの催眠力はローザに対して、つまり異性愛的プロットの中で使われるからである。実際、ジャスパーにとっては催眠術の力こそ、彼の異性愛のプロットである。というのも、ローザが彼を嫌悪し恐れるのは彼の催眠力のせいとはいえ、彼女が彼を性的に認識する唯一の理由もまた、彼の催眠力のせいだからである。

フレッド・カプランが『ディケンズと動物磁気催眠』で指摘する通り、ディケンズにとって催眠術の主な意義は、意思の送信にあったという。催眠術のエロスは支配のエロスだった。ディケンズ自身すぐれた催眠術師であり、彼自身はまんまと催眠術にかかることは決してなかった。彼にとってこの技巧が魅力的だったのは、「眠ったまま覚醒している」催眠状態の被験者の無気味さよりもむしろ、催眠術師の意思が他の人間の無抵抗な意思（あるいは相手が抵抗していればもっと面白い）とつながって、催眠術師の意思が送信され増幅される点にあった。中でも特に刺激的なのは、自尊心の強い女性が、ある男に完全に集中力を吸い寄せられ、彼の意図を具現し――自分の意思ではないと彼女自身も知っていながら――彼の意思を実行するようしむけられる姿だったという。[8] 言うまでもなく、これこそまさにジャスパーがローザに強要する「愛」のかたちであり、時にはほぼそれに成功しているようにも見える。音楽教師であり聖歌隊隊長でもある彼は、他の人（々）が何を言いたかろうとも、「彼の言うこと」だけを言うよう彼らに強制できる地位にある。そのことをローザは次のように言う――「彼が私の間違いを直してキーをたたいたり、一節を弾いたりする時、彼自身がその音の中に潜んでいて、おれはおまえをいつまでも恋人として追いかけるぞ、だが誰にもこの秘密はしゃべるんじゃないぞ、ってささやいてくるの」（第七章）[9]。

そうすると、アヘンの影響下にある時の意識と催眠術をかける時の意識の間の裂け目は、ジャスパーの心の中のホモソーシャルな欲望と異性愛的な欲望の分離に対応しているばかりでなく、意思が能動的に流通している時と受動的な時とを分ける仕切りにも対応しているということになろう。ジャスパーはレッスンを利用してローザに自分の意思の力を送信するが、彼のように激しく送信を行う男は、自主的に自分の力を放棄した状態を必要とするの──ちょうど、アヘン窟での快い救いのような、自己放棄の状態が突然、発作的に、確実に起きる必要があるのだ。だがさらに付け加えると、自分は心理的平衡状態を保っているという幻想をジャスパーが抱いていられるためには、これらふたつの領域、すなわちふたつの技巧が明確に分離している必要があり、それなくしてジャスパーの心理的平衡はありえない。彼としては、次のように感じる必要があるのだ──女性に対する感情と男性に対する感情は別なものである。能動的状態と受動的状態とは完全に別個のものである。女性に向かってその人の自己を消し去りたいと私が感じる時、彼女に対して私が感じているのは憎しみではなく、愛である。夢に見たいと思う男に対して私が感じるのは愛ではなく、憎しみである。私の能動的で支配的な意思──すなわち異性愛的欲望──は、内在的すなわち私の内に存在しており、私はそれを外側に照射して世界を支配するのだ。それは催眠術である。一方、危険に満ちた受動的状態──自分を解放するために時折必要なもので、エドウィンについて夢想する時、私がなる状態──はあるものの中に限定されて存在する。それはアヘンである。私はこの外在的な物質、すなわち私の身体の外部にあるものを意のままに摂取すればよいのである[10]。そして（というふうに、小説はひとつの声を借りてこう付け加える）、それは私の身体の外部に、さらには私の国の外部にあるもの、つまり非イギリス的なものである、と。ただしローザはのんびりターキッシュ・ディライト〔トルコのゼリー菓子〕をクチャクチャしていればよいが、イギリス人男性にとって、トルコの快楽は、もっと大きな危険を伴う。たとえば小説冒頭の段落のアヘンによる夢が示すところによれば、男たちを槍で串刺しにするサルタンの習慣が、待ち構えているのだ（第一章）。

バートンはそれに関連した東洋の習慣をいくつか書き留めている。「ソタディック地帯は、あの生来の男色人種『口にするも忌まわしいトルコ人』が今や支配する小アジアおよびメソポタミア一帯に広がる[11]」と記述し、この地域を旅する者にふりかかる危険を細かく述べている。

よそものがハレムや婦人部屋で捕まった時のペルシャ人お気に入りの刑罰は、彼らを裸にし、慰者として下男や黒人奴隷たちに放り出すことである。私は一度あるシーラーズィ出身の者に尋ねてみた。もし受刑者が括約筋をぎゅっと締めて抵抗したらどうやって貫通するのか、と。彼は笑って答えた。「ああ、そのことなら私たちペルシャ人はうまいコツを心得ています。先を尖らせたテント用の釘を尻の骨（尾骨）にあてて、向こうが緩めるまでたたくんです」。一世代前に、東方へ旅したある有名な宣教師が、ペルシャの長官の地位に就いているひとりの王子を改宗させようとして、相手を怒らせてしまいこの野蛮な辱めを受けた。回顧録の中で彼は自分の「名誉を傷つけられた大切な部分」と表現することで、そのことを示唆している。だが、この告白の真の意味は、イギリス人読者には理解できまい。ちょうど同じ頃、ブシェールの長官でおもしろ半分に人に悪さをすることで知られていたシェイフ・ナスルという男は、ボンベイ海軍に所属するヨーロッパの若者たちを招いては、意識がなくなるまで酒を飲ませるのだった。次の朝、この少尉候補生たちのほとんど全員が、あのシャンパンのせいで尻が妙にひりひりして痛い、とこぼしたのである[12]。

ジャスパーにとって、このような暴力のイメージは、それが地理的・精神的に仕切られている限りは、何とか耐えうるものであり、それはひとつの機能さえ果たしている。ジャスパーは、アヘンに浸りきった生活と催眠術に支えられた生活とを切り離しておける限り、自分の完全性および精神的均衡は安全だと考える。決して起きてはならないのは、特に、能動的な意思の主張（すなわち性欲）と受動的喜び（性欲とは別な何か他のもの）が混ざりあうことである。しかし、ホッグおよび古典的なパラノイア的ゴシック小説を論じた際に触れた通り、最初ははっきりと――自在に調節できるくらいはっきりと――別個な存在だったものが互いに侵略または浸食するようになるのは、ダブルの関係にあるものの基本的性質である。『義とされた罪人』のプロットでは、ダブルの関係にあるものが混ざって互いを汚染し、そのためにロバート・ウリンギムのアイデンティティが崩れて融解していく様子を描いていたが、それと同じように、『エドウィン・ドルード』のプロットが描くのも、「感染」によって「精神が汚染される」ことによってジャスパーが破滅していく様子なのである。

ジャスパーが罪を暴かれて破滅に至る経路は、この小説の途切れ方から判断して、三つ計画されていたようである。ひとつめは、「アヘンの場面」そのものに設定されている。パッパ王女が、彼女なりの理由――ゆすりか、または彼女自身の過去を説明する中で、このあと明らかにされる予定だったかもしれないなんらかの理由――で、アヘンで恍惚状態のジャスパーが無意識にしゃべったことを、つなぎあわせていくのである。これは、彼の想像するようなアヘンの使い方が、いろいろな点で不可能であることを表す。まず第一に、これは単純に、アヘンを吸っている時の生活が閉ざされてもいないし、独立して仕切られてもいないことを意味する。アヘンを吸っている時の意識状態が、自分とは別個の、外的な物質（何とインク壺に入っている！）に起因するのだから、アヘンの影響下にある生活も同じように密閉されるはずと、おそらく彼は想像したのだろう。だが、そんなことはありえない。第二に、アヘンの影響下にある行動は、彼が図式的に考えていたほど純粋に、受動的とは言い切れない。彼の行動はアヘンの影響下にあっても能動的で、彼自身の考えを表し、したがってある程度は彼に内在している――つまり、催眠術を使っている時のように彼自身の何かが送信されているのである。そして第三に、アヘンは純粋にエドウィンとのホモソーシャルな交わりの場であるとジャスパーは考えていたが、そこにも女が――彼の考える性生活に一致する女ではないが、動機や欲望や自分自身の欲求をもった女が——いるという事実を、彼は忘れていたか、もしくは無視していたのである。もし能動的部分と受動的部分とが本質的に変わらないとすれば、もし男性のホモソーシャルな欲望の場に女が深く絡んでいるとすれば、いかなる安全がありえようか。そしてもし、自己の意思を放棄した受動的な状態は、体内に摂取可能な物質——自分の外部にあるもの、男たちの本国での生活の外にあるもの——によって起きるのだという確証がなかったとしたら、いかなる安全がありえよう。

ジャスパーの罪状発覚の二番目の道は、催眠術と異性愛的生活の場であるクロイスタラムを通じてである。クロイスタラムは能動的意思が支配するイギリス的な場であるのだが、そのクロイスタラムで彼は、アヘンを吸っている時のような意識——睡眠発作もしくは強硬症の発作——の侵入を受けて、脅威に晒されるのである。これらの発作は頻繁に起こり、すべてを狂わし破壊的である。アヘンを吸っている時のように、これらの発作は受動的なオルガスムのリズムを伴い、エドウィンとの関係をぎくしゃくしたものにしかねない。ある場面でエドウィンは、ジャスパーがそのような状態に陥るのを見て怯えてしまう。ジャスパーはそれをアヘンの後遺症だと説明し、向こうを見ているよう彼に命じる。

おびえた顔をして少年は言われた通りに、暖炉の灰に視線を落とす。年上の方は炉を見つめている眼差しを弱めるどころか、逆に自分の肘掛け椅子を激しくぎゅっと握り締めてさらに緊張した眼差しをして、数秒間身体をこわばらせたまま座っている。やがて額に大粒の汗がにじみ出、息を鋭く詰まらせると、もとの状態に戻る。彼が椅子に身を沈ませると、甥は優しく懸命に世話を焼く。(第二章)

ここに挙げた例やその他の発作は、彼の罪が暴露されるきっかけとなる卒倒の場面に一気につながる。ジャスパーはエドウィンとローザが実は婚約を解消していたことを(後になってから)知り、エドウィンを殺す「必要はなかった」のだと気づいて卒倒するのだが、この場面にも同じように、身体がこわばるイメージがちりばめられている。たとえば、「安楽椅子にすわって目を大きく見開いた蒼白の顔と、真っ青になって震えている唇」とか、「椅子の肘掛けをぎゅっと摑んでいる泥だらけの両手」や「鉄のような粒というか泡が恐ろしげに表面に沸いてくる、安楽椅子の中の鉛色の顔」、「身をよじるような動き」をしている「身の毛もよだつような姿」という表現が使われる。そして最後には彼は「床にころがるぼろぼろの汚らしい服の塊以外の何ものでもないもの」と描写される（第一五章）。

支配力と自分の意思を主張するはずの場に恍惚とした受動的状態が、激しく抵抗されながらもオルガスムのように侵入してくる事態――〈西の邪悪な魔女〉〔『オズの魔法使い』の、水をかけられ水分を吸い込んで身体が溶け、銀の靴だけを残して死ぬ魔女〕のように、ジャスパーが溶融する事態――は、まだ彼にとっての最期ではなく最期の始まりにすぎない。ロンドンのプロットと同様、ここクロイスタラムでも、真実を発見することになるのは、忘れ去られそうなあるひとりの女性らしい。すなわちそれは、ヘレナ・ランドレスの変装した姿だということで多くの批評家の意見が一致しているディック・ダチェリーである。「異性愛」の場であるクロイスタラムでは、女性が男に変装することによって、彼女の存在がジャスパーに不可視となる。クロイスタラムで彼は、自己をしっかりと制御し、意思を流通させ、セクシュアリティを構築するはずである。ところがそのクロイスタラムで彼が罪を隠し通せなくなるのは、自分の意思を他に強要する力をすべて放棄してしまいたいという渇望が、密かに圧力となって、彼に影響を及ぼしたからである。

パッパ王女が摑んだ証拠や、ジャスパーが不本意にも気を失って証拠を露呈してしまうのと並んで、ジャスパーの罪状発覚に通じる三番目の道は、指輪である。ただし、物語が完結していたら、それが先のふたつと比べてどれほど際立った証拠になるはずだったかは定かでないが。死ぬ直前、エドウィンは金の指輪を持っていることをジャスパーに告げていなかった。そしてジャスパーが石灰の中に死体を棄てたとしたら（そのように読み取れるのだが）、その指輪だけが、腐食も分解もせずそのまま残るのだろう。ポケットの指輪のことは誰にも言うまいとエドウィンが決心する時、語りはこれまでの小説にもよく使われた一連のイメージを持ち出す。

時と状況という巨大な鉄工場の中で、昼夜兼行で絶えず営みを続ける驚異なる鎖の巨大な宝庫の中に、この些細な結論が下された瞬間につくり出されたひとつの鎖があった。それは天地の礎石に釘付けされ、すべての人間を引きずり込む無敵の力を持った鎖であった。（第一三章）

指輪という主題に関してバートンは、ギリシアの「病理学的愛の学名」を集めた語彙録に「結びの論文」特有のことばで次のように記載している。（「結びの論文」がいかに様々な言葉を混ぜ合わせた暗号のような文章であるかは、たとえばこんな例がある――“the ‘sanctus paederasta’ being violemment soupçonné when under the mantle : ―― non semper sine plagâ ab eo surrexit”〔「聖なる少年愛者」（ソクラテス）は帳の下で激しく疑念に駆られる――覆いがなければそこから彼が現れることは決してなかった[13]」〕）。

変態性欲（カタピゴスまたはカタピゴシネ）＝少年《ピュエラリウス》と、指輪《カタダクティリウム》で愛撫することからできた語。カタダクティリウムは、ダクティリオンから派生している。ダクティリオンとは、指輪を意味し、ネリッサの指輪〔『ヴェニスの商人』でグラシアーノウは妻ネリッサから指輪を贈られるが、恩を受けた男（実はネリッサの変装した姿）にその指輪を譲ってしまう〕と同じように男から男への贈り物というニュアンスがある。ただしこの場合、男に変装した女への贈り物ではなく、あくまでも少年への贈り物を指す[14]。

これは『我らが共通の友』の、「なおブラドリーの腕が鉄の輪のように巻き付」いていたというローグ・ライダーフッド殺害や、さらにはブラドリーのユージン襲撃場面を思わせる。すなわち、〔指〕輪は自己矛盾的で抑圧的なエロスによって結ばれたふたりの男の、分かち難い暴力的な運命を表象するのである。それはまた、『大いなる遺産』の男たちを結ぶ鉄の絆をも思い出させる。『我らが共通の友』では、ブラドリーがライダーフッドを「俺は生きている貴様を抱き締めてやるんだ。そしてあの世でも抱き締めてやる」と言って愚弄する。同様に監獄船から逃げ出したマグウィッチも、鉄の輪枷――重大な意味がここに込められている――を足から外しておきながら、憎きコンペイソンを痛めつけるために、敢えて自分から再び捕まるのである。「わしが奴をつかまえたんだ」と言って彼は満足げに眺める。「奴にゃそのことがわかってるんだ。それだけで、わしゃ充分だ」。

「奴を逃がす？　……また奴の道具にされて、いいように使われるだって？　またかい？　そんなことさせてたまるか！　たとえあの壕の底で死んでいたとしたって」と、彼は手錠をはめられた両手を壕のほうへ力をこめてふりながら言った。「あんたがたが奴を無事に見つけられるよう、この腕のなかにしっかと奴を抱き締めておいたことだろうよ[15]」。

ついにコンペイソンはマグウィッチを殺さんばかりに締めつけて彼もろとも舟から落ち、彼のイギリス国外脱出を邪魔しようとして殺されるのだが、それはコソコソ野郎のオーリックがピップを殺して石灰窯に封じ込めようとした時の旋律をまさに反復したものである。これらの男たちはすべて女性を介して――その女性を愛することは彼らにはできないのだが――もっと強烈なつながりで男性に結ばれている。しかもその男性に対して彼らは、身体が最も親密に交わるかたちの暴力しか示せないのである。

パラノイア的ゴシックの中でディケンズがそれとなく使った、男性に対するレイプのイメージは、外国を舞台にした帝国主義文学になるともっとはっきり利用されるようになる。このことはこれまでにも示唆してきたし、リチャード・バートンの散文もそれを証明している。このモチーフの行き着く先は、T・E・ロレンス著『知恵の七柱』の、悲しいことに現実に起こったレイプについての一節である。当然、それはバートンの「ペルシャ人お気に入りの刑罰」とか「尻が妙にひりひりして痛い」とかいったのぞき趣味的でコスモポリタン的な受け売りに比べると、はるかに悲惨な記述である。同時にまたロレンスは、(この箇所のように)非常に個人的なことを述べている時こそ一番文学的でもあるのだが。「ライヴァル同士」の男の激しい締めつけを書いたディケンズの描写と、数十年を経て現実にあったレイプとそれが与えた絶望的な精神的影響を語るロレンスの記述――この両者の間に共鳴する響きは、その時すでに男性の感受性が女性と同じように、レイプを中心にして構築されていたことを物語っている。ここにディケンズの記述のひとつがある。「どこからか来る男」ジョン・ハーマンが、外国の「どこからか」帰ってきた直後、ライダーフッドと彼の昔の船乗り仲間ジョージ・ラドフットなる人物に襲われた時のことを、過去へ遡ってつなぎあわせようとする。ラドフットはハーマンの服を着ている(ちょうどヘッドストンがライダーフッドに変装したように)。

[ラドフットが]戻ってきたとき、おれは彼の洋服に着替えていた。船のボーイみたいに亜麻の上着を着た黒人が一緒で、湯気の立つ[アヘン入り]コーヒーを盆のままテーブルに置いたが、あいつは一度もおれの方を見なかった。……

お次は意識朦朧の中での印象だが、ひどく強烈な印象だから、まず事実と見なしていいだろう。ただ、この印象はとぎれとぎれで、途中にまるで記憶のないところが挟まっている、しかもどのくらい続いたのかまったくわからない。

コーヒーを飲んだ、するとあいつの姿がぐうっとばかでかくふくれ上がって見えて、おれの中の何かがあいつに飛びかかれと命令した。ドアの近くであいつともみ合った。おれはどこを殴っていいのかわからなくって、部屋はぐるぐる回るし、おれたちの間に閃光は走るしで、あいつに逃げられてしまった。おれは床に崩れ落ちた。身体の自由が利かないまま床にのびているところを、誰かが足でひっくり返した。首を摑んで部屋の隅まで引きずられていった。男たちが喋っている声が聞こえた。また誰か別のやつの足でひっくり返された。おれに似たやつがおれの服を着てベッドに寝ころんでるのが目にはいった。何日か、何週間か、何カ月か、あるいは何年か――見当もつかない――音のない時間が過ぎて、ふと激しい音がすると思ったら、男たちが取っ組み合って部屋中を転げ回っていた。おれに似たやつが殴られて、おれの旅行鞄がそいつの手に握られていた。おれは踏み付けられて、その上に誰かが倒れてきた。殴りつける音を聞きながら、樵が木を切り倒してるんだなと思った。あのときは自分の名前はジョン・ハーマンだと言うことなんてできなかっただろう――そんなこと考えることもできなかった――もうそれもわからなかった。ただ殴る音が聞こえたとき、樵と斧が頭に浮かび、重苦しい意識の中でおれは今森の中に横たわっているんだな、と感じたんだ。

これも事実か？　うん、これも事実だ。ただし、「おれ」という言葉を使わなきゃ今のことを表現できない、なんていうことは多分ないな。いやむしろ「おれ」って言うのは、間違ってるぞ。おれの知ってる限り、「おれ」なんていうものはなかったんだ。

自分を意識したのは、何か筒みたいなものの中を滑り落ちて、大きな音がしてパチパチ火花みたいなものが散った、その後のことだった。「こりゃ、ジョン・ハーマンが溺れてる！　ジョン・ハーマン、命がけでもがくんだ。ジョン・ハーマン、天に祈ってお助けを乞うんだ！」必死にもがきながら、おれは声に出してそう叫んでいたと思う。やがて重苦しい、恐ろしい、得体の知れぬ何かがふっと消えて、ひとり水の中でもがいているのが「おれ」だったんだ。(16)

ロレンスも同じように時間の感覚を失い、さらには、個人的アイデンティティの喪失というはるかに重大な経験をしている。彼はスパイの嫌疑で捕らえられ、トルコ人司令官から性的関係を要求されるがそれを拒む。すると司令官は、「私を連れていって万事を教えてやれと、伍長に半ば囁くように命じた」。

気を確かに持ちつづけるために、私は［鞭の］数を数えることにした。しかし二〇まで数えたあとはわからなくなり、ただ苦痛が形のない重みとなってのしかかってくるのを感じるだけだった。それは私が覚悟していたような鉤爪に引き裂かれるような痛みではなく、何かとてつもない力が波のように私の背骨をうねり上がり脳に押し寄せて閉じ込められたあげくにことごとく砕け散るという、私の全存在が徐々に徐々にひび割れていく感じだった。どこかで安物の時計が音高くかちかちと時を刻み、彼らの鞭打が時計の拍子にあわないことで私は苛立った。私はもがいたり身をよじったりしたが、しっかりと押さえ付けられており無駄だった。伍長がやめると部下たちがそのあとを継ぎ、ゆっくりと時間をかけて私を何度も鞭打ち、ときおり間をいれるのだった。その間彼らが何をしているかというと、つぎの順番をめぐって言い争ったり、ひと休みしたり、ことばに尽くせぬほど私をもてあそぶのだった。これは十分と続かなかったと思われるが、それが何度となく繰り返されたのだった。……

ついに私が完全に打ちのめされると、彼らは満足したようだった。いつの間にか私はベンチから落ち、汚い床に仰向けになっており、そのまま私は喘ぎながら、だがかすかな心地よさを感じながらからだを丸め、ぼおっとしていた。私は死ぬまですべての痛みを心に留めておこうと気を張り詰めていた。そんな私はもはや行為者ではなく傍観者であり、自分の身体がいかに痙攣し悲鳴をあげようとかまわないでおこうと考えた。だがそれでも、私は自分に何が起こっているのかわかっていた、あるいは推察していた。

私は伍長が、鋲を打ち込んだ靴で私を蹴って立ち上がらせようとしたのを覚えている。そしてこのことは本当だった。というのは次の日、私の右の脇腹が黒ずみ傷だらけになっていたからである。……私は何か快いぬくもり――たぶん性的なものだったろう――が身体のなかに沸き上がり、彼にだらしなく笑いかけたことも覚えている。すると彼は腕を振り上げ私の鼠径部めがけて鞭をいっぱいに延ばして振り下ろしたのである。これに私は悲鳴をあげて、というよりは悲鳴をあげようとしたが悲鳴にならず、ただ開いた口からおののきだけが漏れ、身体をほぼ二つに折り曲げた。ひとりが面白がってクスクス笑った。「なんてことだ、殺しちまったじゃないか」と叫ぶ者もあった。また鞭が打たれた。ひと声呻くと、目の前が真っ暗になった。私の身体の中では生命の核が、最後のこのたとえようのない苦痛によって肉体から解き放たれ、ずたずたに裂けていく神経を通ってゆっくりとうねりながら上ってくるようだった。(17)

フィクションであれ自伝的記述であれ、一番ぞっとする、しかも信憑性をもって聞こえる記述のひとつは、血にまみれて半ば意識を失って床に転がっている腐肉のような人間の目に、部屋にいる他の男たちが、いかにも兵舎で普段、日常的に見られるのと変わらない――取っ組み合ったり、笑ったり、順番を待ったりしている――ように見える点である。それとも、彼らも互いに、殺気だって攻撃しあっているのだろうか。それを判断するのは不可能だろう。紛れもなくロレンスにとって、トルコ人たちの人種的かつ文化的異質性（彼だけでなく「彼の」アラブ人たちと比べても異質だった）は、彼が男としてもっていた能力――男性のホモソーシャルな欲望の地図を支配する力――に矛盾があることを認識させるものだった。彼らの異質性は、彼の平衡状態をねじ切ってバラバラにしてしまうような矛盾を彼に見せつけるひとつの象徴のように思われたのである。最初、彼はイギリス人男性との絆――激しい感情は流れているものの、成就するとは思えない絆――を捨てて、アラブの男たちとの絆に期待を寄せたのだった。政治的理由から、アラブの男たちとの絆のほうが、幻想を抱いたり神秘化したりする空間に恵まれており、よって意思が幻想的なカリスマ性をおびる余地があったのである。[18]『知恵の七柱』の数多くの箇所が、アラブ人男性のホモソーシャル性がどのような地形をかたちづくっているか、その地図を——異質ではあるがロレンスにとって抗い難い魅力をもった地図を——書き記すのに捧げられている。アラブの民族の運命に全身全霊を捧げるようになった動機としてロレンスはあるアラブの少年との絆のことを（自信満々に）こう書いている。

われ御身を愛す　それゆえに　われこの潮なす群れをわが手に統べ
　星くずもて大空にわが遺書をしたためたり
御身に自由を　七つの柱の高き宮居を　得させばやと
　さすれば　御身の眼　われに輝かん
　　われら　相会わんその折りに。[19]

しかし同時に彼は、イギリス人である自分がアラブの藩主たちの誇りや愛情を操れるのは、相互的な関係を疑似的に保っているからであり、それがいかに脆いものであるかも、非常に強く意識していた。「ヘジャーズのアラブ人たちの扱い方」に関する外務省定期報告に彼が寄せた「二七条項」で彼はこう助言している。

［アラブの］主導者の信頼を勝ち取り、それを維持せよ。機会を逃さず、他の者たちの前ではこちらの面目を潰してでも、彼の権威を高めてやるのだ。彼が策を提案したら、決して断わったり却下したりしてはならない。……常に賛同の意を示し、賞賛しておいてから、彼の口から修正すべき点を引き出し、彼の計画がこちらの考えと合致するよう修正されていくのをそっと待つのだ。ここまでもって行けたら、彼がその考えから離れ

ることのないように、彼が決心を変えることのないよう、しっかりつかまえておき、可能な限り着実に、だが密やかに、彼を前進させよ――彼以外の誰も（そして彼もあまりはっきりとは）こちらのかける圧力に気がつかないように。[20]

イギリス人の意思を不自然なほど厳密にかつ一定して流通させるこの方法はいかなる代償を伴うか、ロレンスには明らかだった。

アラブ人たちを密かに操るコツは彼らをたゆみなく研究すること、このことに尽きる。常に防御を怠るな。すなわち考えもなくみだりに発言したり、不必要な行動をしたりしてはならない。また、自分と周りの者を常に見張ること。さらに、すべてに耳をすまし、水面下で何が起こっているのか探り、彼らの性格を読み、彼らの好みや弱点を発見せよ。そして発見した事柄はすべて自分の内にだけ秘めておけ。アラブの社会に自分を埋没させ、頭脳の働きがひとつのことだけに集中できるよう遂行中の仕事以外のことに関心や興味を抱いてはならない。そうすれば自分の役割を充分に理解でき、何週間もかけて築いたものを台無しにするような、小さな落とし穴にはまるということもないだろう。自分の成功は、自分が注ぐ精神的努力の量に比例するはずである。[21]

このような精神的な自己抑制がいかに耐え難く、脆いものであるかを明言しつつも、ロレンスはそれを愛した。なぜならそれこそ彼が選んだエロスだったからである。ところがデラアでのレイプは、この危険で、ジャスパー風の、相手を支配しようとする目的の上に成り立った平衡状態を、粉々にしてしまったのである。「私の完全性の砦は取り返すすべもないほど崩れ去ってしまった[22]」と彼は書いている。レイプのトラウマは決して単純なものではありえない。男性の絆やセクシュアリティとか支配権のあり方の配分方法を支配してきたロレンスであるが、デラアで彼は、何の心構えもなく、したがって無力なまま、自分が行ってきたのとはまったく恣意的に異なる、徹底的にそれまでとは矛盾する別のやり方に、直面させられた。それによって彼は、自分がそれまでとってきた平衡状態——代償は高いがそれだけ興奮を味わえる方法——がいかに自己矛盾した基盤の上に成り立っていたかを、あまりにも生々しく突きつけられる結果となったのである。「デラアで私は自分に対する信頼をなくしてしまった」と彼は記している。

アラブ人たちに囲まれた金髪のロレンスは、自己満足したクロイスタラムの住人に囲まれた色の黒いジャスパーと同じく、『田舎女房』のホーナーに似た筋書きを演じていたのである。つまり彼らは、ジェンダーというよりは人種と国家的文化を舞台にして、対称的対立関係にあるふたつの集団の双方の特質を平等に備えているふりをしつつ、実際は自分個人の前進のために両者の地位の非対称性を操るという、見せかけの「両性具有」あるいは半分半分の地位をうち立てようとしていたのである。イギリス帝国主義という次元で、そのような操作をやってのける一種の理想的人物は、キプリング著『キム』に登場する、その名が題名にもなっている幼いヒーローである。

彼は土地の者と同じくらい黒く焼け、ふだんは土地の言葉を使い、逆に母国の言葉のほうは抑揚のない片言であった。少年はまた市場の子どもたちともまったく平等に和した。それでもキムは白人であった。(23)

インドの浮浪児が処世のために獲得した頭の回転の早さと、イギリス式の教育のそれぞれ最高の部分が混ぜ合わされてできたキムの半分半分さは、彼を「闇戦争」——イギリスのインド支配を守るべく働く諜報部員たちの戦い——の格好のスパイに仕立て上げる。闇戦争の要員となるのに欠くべからざる素質をキムが発揮するのは、驚くまでもなく、彼がインド人の催眠術を破る場面においてである。

ラーガンは片手をそっと彼の首筋にあて、そこを二、三度さすりながらささやいた。……どうあがいたところで、キムは首を回すことはできなかっただろう。軽く触れているだけの手が、まるで万力のように彼を締め付けた。……ラーガンが手を動かすと、刺すような熱がまた首筋を伝った。

……ここまでキムはヒンディー語で考えていたが、激しい身震いがし、そして、水中で鮫に追われる者が悪戦苦闘のすえ水面から飛び上がるように、闇に飲まれかけた彼の頭が跳ねあがって逃げた先は――何と英語の九九だった！(24)

英語の九九とイギリスの意思の力によってキムは催眠術から逃れると、

「これも魔法だったのかい？」キムは怪訝そうに［ラーガンに］聞いた。血管がちくちくするような感覚は消えていた。いつになく頭が冴えきっていた。

「いや、魔法ではない。ただ確かめるためだったんだ――宝石が傷物じゃないかどうかかな。非常に見事な宝石に見えても、ちゃんとしたやり方を心得た人間が手に取ると、粉々に飛び散ることが時折あるんだ(25)」。

キムはホーナーの疑似「両性具有」を、帝国主義風に人種と国家という観点から演じることができた。それでは、ジェンダーの観点から見ると、彼の物語の意味は何だろうか。実際のところまだ子どもにすぎないキムにとって、男性のホモソーシャル性という領域の探検は、その他の多くの探検と同じように、まだ心踊る遊びにしかすぎない。まだ幼い彼が、年上の男性に対する激しい情愛を女性に対する欲望に経由させるなどとは、誰も期待するまい。さらにこの小説が国外に舞台設定されていたり、さらには疑似軍隊風とか疑似イエズス会風、疑似スポーツ風といったいかにもスパイ特有の雰囲気をもっていることからしても、女性に関する問題はすべて棚上げされていると言えよう。したがってキムのインドはジェンダーの観点からみると、アラビアの戦士がロレンスに約束してくれるかに見えたものに相当する。いわば一種の大学院あるいは補習的な〈パブリック・スクール〉のような場所、つまり男性がホモソーシャル性という重要な地勢を比較的安全に探検できる、男性のための場所と見てよい。限界はあるものの、これら想像上の支配地域では、（現実の支配地域とある程度は同じように）ホモフォビアによる切断《スキズム》が地勢の最も顕著な特徴とは限らないのである。

しかしイギリスのホモフォビアの実体化がここまで進むと、「異国」を排除しようとする力が比較的ゆるむのに対抗して、「異国」と「本国」の埋め難い差異を嫌というほど強烈に主張する必要が生じる。帝国主義のイデオロギーは、どこを「ソタディック地帯」とするか決めるにあたって、随意に、ある地理的空間内にその境界線を定めていた。だがそれはジャスパーの場合と同じように、その空間が、能動的かつ首尾一貫した自分の空間からぴったりと隔離されているという（ありえない）条件のもとにおいてのみ、可能なものだったのである。

『エドウィン・ドルードの謎』の軌跡は、私たちが再構築しうる限り、こうした自己矛盾的なダブル・バインドと、ダブルかつ自己矛盾した関係にある。まず一方においてこの小説は、文化とか人種、あるいは単に「心理的」な面で、イギリス的な視点——ジャスパーを他の健全かつ金髪の人物たちから隔離する視点——に多くの点で共謀している。その例として、ジャスパーの犯した罪をローザが理解できない理由を、この小説は現存するページの終わりの部分で次のように説明している。

彼女に犯罪者の知能がわかるはずがないではないか。専門の学者ですら、犯罪者の知能をまったく異質な恐るべき驚異と考えずに、普通の人間の普通の知能と関連づけようとするために、常に見当違いを犯しているのだから。（第二〇章）

ところが他方において、『ドルード』は、ゴシック小説と同じ構造をしており、冒頭部分ではホモフォビアに抑圧されてできたパラノイア的なダブルが巧妙に描かれているものの、ホモフォビアに潜在する政治的かつ心理的な矛盾が表面化するにつれて、次第に、そのダブルの図式——代価は高くとも安定性に優れているように見える図式——が崩れて溶解していくのである。この小説のこうした軌跡は、イギリス文化の中にいる人々がいかに不可能なくらいに、だが強制的に、自分たちの男性性や男性のホモソーシャルな欲望のあり方を知らずにいるかに対する深い批判へとつながるように思える。エドウィン・ドルードの殺害犯ジャスパーは、少年の死を確信すると、日記に次のように記す。

私はいまここに誓い、その誓いの言葉をこのページに記す。この謎の鍵を手にするまでは、今後いっさい誰ともこの件について話をすまい。今後、秘密を握り、探索を進めるにあたり、決して息を抜くまい。私の可哀相な死んだあの子を殺害したその罪で、殺人犯を締め付けるのだ。やつを破滅に追いやるまで我が身を捧げるのだ。（第一六章）

この箇所のオイディプス的な響きに読者はこう思うだろう——ジャスパーの男性としての欲望を厳密にかつ人工的に二分している仕切りを、明らかに蝕むことになる腐食性物質が、今ここで徹底的に広範囲にわたって、作用し始めるのだ、と。ジャスパーの感情生活の均衡を保っているこの仕切りは、しみ出てくる液体に蝕まれていく。いや、それはむしろ最初から侵食を受けていたと言うべきか。情熱が、

思慮深い子どもたちから
個々人の美を

ように、墓場の石灰はその腐食力で、エドウィンの人格を示す個人的な証拠をすべて溶かしてしまう。残るのは、名前のない、受け継がれた、「しっかりと嵌め込まれた」男性の暴力を永続させる金の指輪だけである。ちょうどオーリックが石灰窯《ライム》のそばでピップに対して、あるいはライムハウス・ホールでジョージ・ラドフットがジョン・ハーマンに対してやろうとしたように。(27)

こうして見てくると『エドウィン・ドルード』のひとつの衝動は、男性の欲望がもつ構造に、それを脱個人化する、割合普遍的なゴシック的批評を加えることにあるということになろう。それはすなわち、異国対本国とか、異国的な絆対本国的な絆、異国的な快楽対本国的な快楽といった人工的な区別を一掃する力を加えることを意味する。そうした力をかけられると、ジャスパーの場合、彼と彼の「愛する」男性や女性との関係は、その構造の厳密で余裕のない脆さゆえに、崩れてしまうのである。それでは、クリスパークルの場合はどうだろうか。その力はクリスパークルのもつ極めて調和を保った構造を破壊する一歩手前で、ぴたりと止まれるのだろうか。

止まれるのである。実際のところゴシック小説を議論した折にも触れた通り、ホモフォビアの世俗化以降、男同士の絆の構造やそれをいかにして操るかは、まさにホモソーシャルな絆の配列に「よい」名前や「悪い」名前を振りあてる際の明らかな恣意性に依拠している。狭義の心理化した見方をすれば、『エドウィン・ドルード』は性的倒錯者の男性が経験するホモセクシュアル・パニックを描いた小説と呼べよう。小説のプロットや設定に走っている人種の断層線のギザギザしたへりのために、そのような見方に含まれる粗雑な二分割がさらに明確になるのである。一方、もっと広い捉え方をすれば、この小説は、ホモセクシュアル・パニックに陥って当惑する色の黒い男と、ホモセクシュアル・パニックを抱いていても保護されている金髪男性を対にしていると言えるかもしれない。

さらに男性読者を仮定した見方をすると、もっと違ったものが見えてくるだろう。すなわちそこに見えるのは、男性のホモソーシャル性につきまとうダブル・バインドに対する、暴力的で盲目的な反応の締めつけ——脱個人化された鉄の輪——は、まだまだ次へ受け継がれていく、という事実なのである。

結び　二〇世紀に向けて
——ホイットマンのイギリス人読者たち——

私たちの旅は進んでいた——
私たちの歩みはもう間もなく辿り着こうとしていたのだ
人類の道のりのあの奇妙な分岐点に——

——ディキンスン(1)

ここまでの分析を終えた今、私たちはイギリス史の中でも、男性のホモソーシャルな欲望の地図が二〇世紀の読者にもわかるようにその全貌を現し始める瞬間に辿り着いたところである。男性のホモソーシャル連続体にパックリと口を開けた埋めようのないホモフォビックな切断面は、今世紀初頭の一〇年間ではすでに、あたかも昔からそこにあったかのような観を呈していた。『イン・メモリアム』のような文学は一八五〇年の発表時点ですでに、この厄介な地勢のために問題を孕んでいたが、もしそれが一九一〇年だったら、まったく違ったふうに書かれなければならなかっただろう。

かなり昔から——早くはパラノイア的なゴシック小説ですでに確認されているように——ホモフォビアによって男性ホモソーシャル連続体上に生じる裂け目《スキズム》は、最小限の差異をもとにしてできていた。だからこそ、この裂け目はますます敵意をもって補強されていったし、さらにたちの悪いことには、第5章で論じた通り、この裂け目に操られるがまま、なすすべもない男性がこの裂け目から受ける影響は、一層密やかでゆっくりとしたものになるのだった。男性たちに課されたこのダブル・バインドの深層構造――すなわちこの深い裂け目が最小限かつ決定不可能な差異に基づくという事実――は、二〇世紀になっても存続し、一層強化されることになる。結果としてホモセクシュアル・パニックは、（一部の同性愛者たちはおそらく除くとして）ともかく中産階級の英米の男性たちの間に広がったばかりでなく、彼らが政治や権力を行使する推進力――特に女性を支配するための力――ともなっていったのである。(2)

だが僅差に基づいて差異を生み出すという原則が強力に作用してきた一方で、二〇世紀になると、もうひとつ別な現象が強力に作用し始めたのも事実である。その現象とは、ホモソーシャル連続体の禁止された方の側にほぼ固定された男性たちが、禁止によって強力に結束し、差異――単なる禁止を超えたさらなる差異――を主張し生産しようと強力に努めるようになったことである。かくして歴史上まさにこの時点において、男性のホモソーシャルな欲望についての議論が全体として、私たちにも馴染みのある、男性のホモセクシュアリティ対ホモフォビアという議論へ変わっていったのである。

後者の議論はすでに成果が出ており、(3)本書の目的とするところではない。しかし、私はここでごく簡単に、前の四つの章で概観した中期ヴィクトリア朝のホモソーシャルなエネルギーが、どのようなイデオロギー上の伝動メカニズムを経て、現在私たちが目にしている抑圧と解放の動力装置になったのか述べておきたい。ホモセクシュアル／ホモフォビックという対立が結晶化して、社会が現在のようになり始めた頃の変遷の様子を代表する人物として、私はウォルト・ホイットマンを選んだ――ただしアメリカで執筆していたホイットマンではなく、イギリスで読まれたホイットマンである。

内気さと狡猾さを備えた、妖しげで香しい様々な要素の入り混じったホイットマンの特徴が最もよく現れるのは、彼が自分のことを半ば隠蔽しようとする時である。実際、自己を表現する際にホイットマンは自らの不運をうまく計算して使っており、その使い方は非常に複雑で刺激的で、隠蔽あるいは公表される内容よりもその手法のほうが、エロティックな雰囲気を醸し出す――まさに「引き潮になれば満ち潮に刺激され、潮満ちれば引き潮に刺激され」である。(4) 本章で主題とするのは、ホイットマン自身よりも、彼の寡黙さがどのようにイデオロギー的に利用されたかである。すなわち詩人としてのホイットマンではなく、イギリスの性の政治学の歴史における求心的存在として機能したホイットマンを、論じようというのである。

ホイットマンのカムデンでの晩年生活を、ボズウェル〔ジェイムズ・ボズウェル(一七四〇―九五)、サミュエル・ジョンソンの崇拝者にして伝記作者〕さながらの克明さで記録したのはホラス・トローベル(一八五八―一九一九)だが、ふたりの間の喜劇的とも言えるやりとりを見ると、自らの老齢を意識していたホイットマンは、表情豊かにすべてを明かす気前のよさを見せたかと思うと、秘密めいた態度を取ったりもしている。「寝床の何と優しきかな、愛しき寝床よ！　肉体が鬱ぎの虫に捕らわれた者に、寝床は自由をもたらすのだ」と言うかと思うと、性の秘め事に関して次のような言い訳をして、相手をじらすのである――「そのうち教えてあげよう、今夜はダメだよ。夕べが終わる頃になってあのネコのしっぽを解きほぐすなんてできっこないからね」と。秘密が明かされる時は決まって、若者と老人の戯れになってしまう。たとえば、ホイットマンはエレン・テリー〔一八四七―一九二八、英国人女優〕の手紙をトローベルの前にちらつかせて、「彼は気まぐれな目で私を見て言った。『物欲しそうな顔をしているね。この手紙が欲しいんだろう。さあ、持って行きたまえ。君にはあの飢えた表情があらわれはじめている。ズボンを履いていていながら男に媚びてくる、そのたぐいの表情だ』」。(5)

「ズボンを履いていながら男に媚びてくる」という当たり障りのない漠然とした言い方は、まさに当時のカムデン仲間の大体の雰囲気を言い表している。性器の接触を伴う同性愛に関して記録されているホイットマンの一番あからさまな発言は、こうしたコンテクストで語られたものである――しかもそれと同時にその発言は、このコンテクストを引き裂き、裏切っているとも思われるのだ。イギリス人の崇拝者ジョン・アディントン・シモンズ（一八四〇―九三）が一度ならずホイットマンに手紙を書いて、『カラマス』で正確に何を言わんとしたのか。友情という福音を広めるにあたり、男同士の愛の肉体的側面についても然るべく考えたのか[6]」という主旨の質問をした時のことである。ホイットマンは、それらの手紙を受け取って「私のとっさの反応は……極度に反動的な、きっぱりと断固としたノー、ノー、ノー」だったと、カムデンにてトローベルに告げている。[7] この「断固としたノー、ノー、ノー」こそ実は、一九年にわたりシモンズと文通を交わして彼を弄んだあげくに、ホイットマンがやっと示したという有名な回答の中のことばなのである。

カラマスの部分が、手紙に書かれているような印象を与えたなど、考えただけで忌まわしい。そんなぞっとするようなことは、私としては身に憶えがなく、まったく夢にも思わず考えてもいなかったことで、そんな推測など私は否定するし、私には忌まわしく思える。[8]

これに対してシモンズは極めて従順に「私がお尋ねした件についてどのように感じておられるのかはっきりと正確に教えていただき、大変、気が休まりました」との返事を送っているが、実はそれで納得したわけではなく、トローベルには楽観的にこう書き送っている――「私が何を仄めかしていたのか、彼にはよくわからなかったようだ」。ともかく、十数年に及ぶ詮索のことをホイットマンから聞かされていたトローベルにしてみれば、ホイットマンには真の意図がわからなかったようだというシモンズの感想はさぞかし可笑しかったに違いない。シモンズ自身は最終的には、ホイットマンの回答を辛い思いでじっと受け入れたようである。このことをエドワード・カーペンターに書き送るにあたってシモンズは、ホイットマンの手紙と追伸（「結婚はしていませんが、子どもが六人あります」）を引用した上で穏やかにこう述べている――「この追伸を初めて読んだとき私は、W・Wは自分が父親であることを主張することによって、自分についてめぐらされている『忌まわしい推測』を排除しようとしたのではないか、とふと思った」[9]。最近の伝記作家たちもその点に関しては同感のようである。ともかく、ホイットマンがいかに興奮した気持ちでこの長期におよぶ詮索を楽しんでいたか（「このような手紙を書く男を誰が愛さずにいられようか」[10]）、そちらの方が「極度に反動的な」最終回答よりも、彼の複雑に入り組んだ、エロティックなよろめきをもっと如実に表しているかもしれない。

シモンズがあれこれ詮索していた頃、男性のホモソーシャルな欲望の、それまで長年続いてきた形態は急速に変わりつつあった。それはホイットマンの新たな読み方をめぐって起こった変化だったと言える。後に英米で男性同性愛の定義として根強く広まることになる考え方が最初に結晶化したのが、この一九世紀後半であり、ホイットマンはそれに甚大かつ決定的な影響を与えたのである。だが甚大かつ決定的とはいえ、彼の影響は最終的には、およそ彼自身が望んだようなものではなかった。断固として「ノー」という彼の晩年の発言は、いかにも彼らしい、本音を言わない防御姿勢の表れ（「私の性格にはどこか年寄りの雌鳥に似たコソコソしたところがある」[11]）ということにしてこの発言はさておき、「カラマス」の詩群やその中の「愛着」という中心概念が想定していたのは本当は、明らかに性的な関係も含めた男性のホモソーシャルな絆だったと仮定してみよう。だが、そう仮定したところで、彼の与えた影響が彼の意図していたものと違っていたことに変わりはないのだ。すなわち、たとえシモンズが「仄めかしていた」ことはホイットマンが詩の中で言いたかったことと同じ――すなわち性器の接触を伴う行動について――であったと仮定しても、宇宙的なアメリカ人から発送された性のイデオロギーの包みは、それが大西洋を越えた時に発生した文化的なずれのために、世界市民的なイギリス人が開けると違ったものになっていたのである。最も重要な違いは、性のイデオロギーを考察する際に想定される階級のコンテクストや、またイギリスとアメリカそれぞれの見方における女性の位置――「女らしさ」および女性の実際の社会的地位の両方の意味における女性の位置――にあった。

まさにこうした違いがあったからこそ、ホイットマンは（アメリカのというより、はるかに）イギリスの、一九世紀の性の政治学の預言者たりえたのである。おそらく最も重要なことは、イギリスとアメリカとでは、階級の捉え方について概念的なずれがあり、そこから何かが生まれたに違いないという点である。当時のイギリスでは、貴族の家系や特権や文化は「零度」の指示対象となり、ますます実体を失いつつあったが、階級制度はその貴族を一番上に想定して構成されていた。この階級制度は、具体的な権力や利益を表す系譜としてはますます実体を欠いた無用の存在になっていたが、性に関しては少なからず、文化的かつ象徴的な認識を表す重要なものになっていた。ホイットマンはそうした階級制度をもつイギリスの読者に、封建制の過去をもたない社会――すなわちイギリスよりも非常に多様かつ二元的に区分されている社会――から語りかけた。つまりそれは、田舎／都会、北部／南部、東部／西部、文化的／原始的、土着／移民、白人／黒人というふうに二元的な区分が多様に存在する社会だった。そこは、すべてを二元化せずにはいられない鋭い対立的な社会風景に影響されて、男性／女性の区分ですら、一層その境界線が明確になっているように見える社会である。ホイットマンの人物像は、アメリカ的な像からイギリス的な像へ、曖昧に、だが周りに反響しながら翻訳される過程で、イギリス人の中には決して見出すことのできないような、相矛盾する魅力的な属性を具現するようになったと言えよう。つまり彼自身は「労働者階級」的な人物でありながら、文化的に移植されたことにより、イギリス的な同性愛を体現し神聖化した人物のように見えた――すなわちブルジョワ男性は男性的な労働者階級の若者だけと性的関係をもつという、イギリス的同性愛の具現に見えたのである（ちなみに、ジョン・アディントン・シモンズが関心をもったのはピーター・ドイル〔ホイットマンが親しくしていた、鉄道馬車の車掌として働く若者〕の話である）。たしかに、ホイットマンがイギリス人だったらと仮定して彼の帰属階級を決定するのは非常に困難で、いかなるイギリス人もこれほどまで様々な階級的特徴を併せもつことはなかったろう。さらにまた、ホイットマンは綱領的な政治に対していかにもアメリカ的な曖昧さをもっていた（し、またそうした曖昧さを形成するのに寄与した）。というのはつまり、平等こそがあらゆる社会問題の中心に位置するものだと堅く信じる一方で、個々の問題や構造的変革の可能性を論じたところで、平等主義という急進的思想を真っ向から論じることにはならないといった思いも抱いていたのである。結果としてホイットマンは、イデオロギーを抱え込んだまま沈黙せざるをえなかった。この沈黙のためにホイットマンは、エドワード・カーペンターやシモンズ、ワイルド、D・H・ロレンスら——アメリカの政治風景から間接的な位置にいる人々——に、非常に異なったイメージを跳ね返すことになったのである。

また別な次元では『草の葉』の魅惑的で風変わりなエロスが翻訳されることを執拗に要求すると同時に、同じくらい執拗にそれを拒んだ。たとえば『草の葉』のエロスは、自慰的なものと同性愛的なものとの間を常にずれて、ひとつの解釈に収斂されることを拒んだり、[12]読者を語り手との支配のドラマにしなやかに素早く引き込んだりする[13]特徴をもっていた。そうした特徴のために『草の葉』のエロスは、肉体的接触を伴ったものとして解釈しようとすると途端に——ましてや男同士の友愛を賛美する綱領的なものとして解釈されるとなおさら——原型が歪曲され、さらに奇妙なことには、脱性化されたのである。初期のホイットマンは詩や伝記の中でファルスの興奮を具現することに力を注いだ——たとえば自分の勃起を描いたり、永遠にバラ色をした膚を描いたり、死と傷の場面に生と健康を注入して描いたりした。そのことも、少なくともあるひとつの相反する効果をもたらす原因となった。図式的に言うと彼は、ファルスをもっているというよりファルスを演じたということになろう。初めはファルス崇拝という、純真にファルスを讃え、男性を高揚させる霊感を喚起しているように見えるものの、『草の葉』の深い魅力はもっと別なところにあったのだ。それは自らの性的秘密を恥じ、それを隠し、そしてそれを告白する過程を描いた（『欠如の葉』とでも呼ぶべき）ドラマであり、充血して勃起した状態（および充血によって心に鬱積する恥）と空っぽで萎えた状態を描いたドラマであり、また、女性に対する無能を誇らしげに語るドラマである。さらにこれは女性のようであることを描いたドラマとも言える――というのも、ファルスを所有するというよりそれを演じる必要があるのは（このシステムでは）女性的な状態であるから。そして、ほとんど常に「勃起する」か「しない」かの存在にすぎないにもかかわらず、その上に人間の人格や欲望を主張しようとするところは、馬鹿げた虚勢のドラマでもあった。D・H・ロレンスは、性格や感じ方はホイットマンと遠くかけ離れていたが、おそらくホイットマンからこのドラマを学んだ――学んだが、それを憎悪したのだ。それに対して、このドラマの完璧な素晴らしさに反応した人々（カーペンター、シモンズ、おそらくはワイルドも含めて）は自分たちが感じたものを説明するために、ホイットマン自身の助けも大いに借りて、それをもっと平たく延ばす必要に迫られた。様々に変幻する絶対的なものを描いたこのドラマが水平的で社会的な表現に翻訳される場合、それが男性の問題に焦点を置いている限り、ほとんどいかようにも変化するだろうことは想像に難くない。それに対して、このドラマがどれほどまともに男性の同性愛を描いたものか、どれほど女性の立場から女性の問題を取り上げてそれを高らかに論じているか、を判断するのはもっと難しい。とはいうものの、正確な理解を阻む『草の葉』がもつこうした刺激的な障害――以前に私が指摘したような、秘密を告白する時の微妙な個人的興奮――こそ、潜在的に抑圧的であるとはいえ、現在の女性やゲイの男性たちの政治的創造力にホイットマンが与えた影響のひとつなのである。

イギリス人読者にホイットマンが与えた電撃的な衝撃は、驚くほど、政治的反応を引き起こす可能性を秘めていたようである。というのも『草の葉』は、非常に特徴的なことに、男同士の感情――それまでは（多くの場合）私的あるいは不完全でしかなかった感情――を男から男へ伝えるための導管として機能したからである。これこそホイットマンが、自国で「カラマス」に込めた期待であり、「この『カラマス（菖蒲）』の群れがもつ特別な意味」と称したものである――「未来のアメリカ合衆国（何度繰り返しても飽きることのないこの響き）が最も効果的に結合され、補強され鍛えられて、命ある統一体になるとすれば、それは同胞愛という男同士の美しく健全な愛情が、熱烈に受け入れられて発達することによってである」[14]〔カラマスとは菖蒲の一種で、その根茎をホイットマンは男性および男同士の愛の象徴として描いた〕。行商人によってアメリカから持ち込まれた一八五五年版の売れ残りを始め、この本一冊一冊の経路をイギリスに追うことは、文学が生み出した社会的織物――男同士の愛に関心をもつ人々が、男らしい愛という糸によって、初めてひとつに縫い合わされてできた織物――を一枚一枚めくって、その縫い目を辿るようなものであると言えよう。シモンズはこう書いている。

我らがウォルト師は、優しさの絆で人々を結びつける力をもつ。――私が思うに、これこそ「カラマス」の意味、同胞愛という教えの精髄である。彼は相互的な善意の輪を説いただけでなく、そうした情熱を呼び起こす、人を惹きつける力（心霊研究会員のことばを借りれば「テレパシーのような」隠れた力）をもっていた。[15]

エドワード・カーペンターがホイットマンの詩について主張するには、「数千もの人々の中に、これを読んだ日を境に新たな霊感が沸き起こり、行動ないしエネルギーを新たな活路へ導く力が凄まじい爆発を起こし始めた」[16]。ホイットマンの写真、ホイットマンの本の贈り物、彼の筆跡の見本、[17]ホイットマンのニュース、「ホイットマン」を賞賛するようなことば（ホイットマンに対する賛辞は自分が同性愛者であるとの認識を表す徴として機能したらしい）は、ホイットマンのイメージにそって生まれたと自認する人々の、新たな共同体の通貨となった。

一九世紀イギリスの男性同性愛の文化およびその実際のあり方――ホイットマンの影響力がまともに吹きつけた風景――は、階級によってはっきりとした特徴があった。第9章で論じた通り、貴族のイギリス人男性や彼らの取り巻きたちの間では、少なくとも二世紀前かあるいはそれよりずっと以前からスポーラス風の同性愛的役割が存在していたらしい（たとえばハヴロック・エリスは「国王たちは特に同性愛の傾向があるようだ」と述べている）。[18]それはなんらかの点で女性のような役割だった。つまり男と男の性的関係は、男らしさを倍加するよりむしろ損なうとみなされるのが普通だったのである。ただしこうした女性化が起きたのは、一九世紀ブルジョワが生きていた実力主義とは異なる政治的コンテクストにある階級においてのことだった。すなわち、個人の私的様式よりも個人が所有する財産や相続する権利によってその権力が決定され、（それがひとつの原因となって）「男らしさ」、「女らしさ」が互いに排他的なものとしてさほど強調されず、絶対的でもなく、政治的重要性もないというコンテクストにおいてのことだった。たとえばシモンズとエリスの共著『性的倒錯』に例として挙がっている男性同性愛者二七名の中には、資産家および資産家ではないが仕事に就かずとも生活できる「由緒ある家柄」の者が八名いるが、彼らは専門職の者に比べて、あるいは芸術に携わる者に比べても、自分を女性的とか男らしさに欠けると形容する傾向がはるかに高い。たとえばひとりは「自分は女に生まれるべきだったと考え」ているし、またもうひとりは「服装や歩き方や恋、宝飾品や美しい品に対する感じ方がどう見ても女性的。身体はすこぶる滑らかで肌が白く、腰や尻は丸みを帯びている。……気質にいたっては、特に虚栄心や気難しさ、些細なことにこだわる点などを見ても、女性的」であるという。[19]

ところが知的中産階級が数を増し、可視的存在となり、活動領域を広げるに伴い、男性同性愛の新たな形態と連動して、男性のホモソーシャルな絆の新しいあり方が姿を現し始めた。この階級の男性はそれぞれ、名目上は個人主義と実力主義を標榜しながらも、往々にして不安定であり、実際にはかなりの不安を抱えながら、経済的かつ社会的に人生を切り開いていかなければならなかった。そんな中にあって、男女の間に改めて境界線を引いて性の役割分担を強化することは、これといった特徴のないこの新しい階級に、明確なイデオロギー的特徴を附与してくれるように見えた。となるとその結果、第9章で論じた通り、青年たちは、形態も緊密さも多種多様なホモソーシャルな絆を男同士で結ぶにあたって、文化的に「女らしい」と定義されるような要素がその絆の構造のどこにも入り込むことのないよう、注意を払ったのである。この階級の男性は、男同士の関係をもつにあたって、たとえそれが明らかに性的な関係であろうとも、男性を相手にすることによって自分が女性化するとは考えず、むしろ私生活から女性を排除することによって自分がさらに男性化するとみなしたようである。[20] 知的中産階級の男性同性愛者は、カトリック・ヨーロッパ（特に、寛容なナポレオン法典が支配する国々）と強い文化的つながりをもつ貴族の男性同性愛者とは異なり、古代スパルタおよびアテネに理想を求め、それこそ男性化を促す男同士の絆のモデルであると考えた。そこでは、男性のホモソーシャルな制度（教育、政治的庇護、軍隊での兄弟愛）と同性愛的なものが途切れることなく連続しており、女の世界を完全に排除していたのである。

私たちはこれまで、現状に存在する矛盾を隠蔽または合理化するのが、イデオロギーのメカニズムだと論じてきた。ところが、一九世紀イギリス中産階級が抱えていた異常なほど深刻で険しい矛盾を隠蔽・合理化するために作られたはずのイデオロギーは、それ自体が矛盾を含んでいた。というのも、それは、異常なほど厳密かつ禁止的であると同時に、過剰で明らかに相矛盾する物語を数多く含んだ性のイデオロギー体だったのである。貴族的な同性愛の様式はヴィクトリア朝社交会の狭い人間関係の中では極めて可視的で、世紀末に至る頃にはそれが散種の力を受けて、様々な方向に意味が産出されていくことになるのだが、ホイットマンの主な影響力を調べるためには、中産階級の同性愛に関するイデオロギーにおける弁証法を見るのが一番の近道である。シモンズとエドワード・カーペンターはともにホイットマンを崇拝したイギリス人だが、彼らを見れば、ホイットマンがイギリス中産階級のイデオロギーに与えた影響が、同じ方向にだけ向かったのではないことがわかる。中産階級でオクスフォード／ケンブリッジ出身のこのふたりの男性同性愛者はどちらも、同性愛およびホイットマンについての著作をものしている。ふたりともそれぞれ、自分は、民主主義という新たな理想を掲げて男らしい愛について語ったホイットマンの見解を、具現し普及させているのだと自認している。ところが、ホイットマンに依拠する際の彼らの方法は、実際には非常に異なっている。

ホイットマンはJ・A・シモンズを「素晴らしくかわいらしく」て驚くほど執念深く、だが「どことなく私たちの時代をもっとも如実に表した……重要な男」[21]とみなした。それに対してカーペンターは、「シモンズの性格には堅固さと自信がどことなく欠けている」とみなし、彼の同性愛擁護の論は「優柔不断と臆病」のために力を削がれていると結論づける。[22]だが、もしシモンズの同性愛擁護に限界があったとすれば、それは彼の生きた時代や彼が属した階級の特徴の表れと言えよう。シモンズは、文化および政治に関して、私が素描してきたブルジョワ同性愛の連続体の中では貴族階級に近い方の端に位置する。『性的倒錯』に（匿名で）挙げられている彼自身の事例は、実は先に私がその報告内容から判断して、貴族的なものに分類した八例のうちのひとつである（彼は自らを「働かずにすむだけの資産をもっている者」と称している）。ただし、報告内容（「スポーツに無関心という点で男らしさに欠けるだけであって……服装や習慣は決して女性的ではなかった」[23]）から判断すると、彼はこれら八名のうち、一番女性らしくない人物である。肺結核を患っていたシモンズにとってイギリスでの暮らしは致命的であり、強固な家族の財力や人脈に助けられて、彼は〔国外で療養生活を送り〕有閑とコスモポリタニズムを享受したのである。ところがそれと同時に、彼は猛烈な職業意識をもって執筆活動にもあたった。彼は素人あるいは単なる粋人として執筆したのではなく、高度に洗練された多作なジャーナリストとして、まるで家族の生計が自分の稼ぎにかかっているかのように、執筆活動を行ったのである（幸運にも、そんな必要はなかったが[24]）。

シモンズは中産階級とはいっても貴族階級に近く、彼の階級的に曖昧な立場からは、性の政治学に関して独特な物語が生まれた。彼は「カラマス」の愛の潜在的な政治的効果を説明する際に、騎士道のことばを好んで使ったが、同時に男らしさを高めるギリシア人の権威にも訴えた。ホイットマンに向かって彼はそれを「同胞愛というドーリア風騎士道精神[25]」と形容している。ホイットマンについての著作の中で、彼はそこに込められた物語の方向性を次のように素描している。

中世の騎士道――封建制がもたらした偉大なる感情の産物――は本来の目標達成には及ばなかったものの、男性の最も粗野な欲望を洗練し浄化するという、計り知れない善を近代社会にもたらした。ホイットマンが唱道する民主主義的騎士道もそれと同じように、もっと暗い正体不明の、一見すると異常とも思える欲望――私たちも承知の、人間性の土台に拡散して根絶し難いあの欲望――を、吸収し制御し高めることになるのかもしれない。

……問題は、男性の男性に対する愛が、これまでのような理解されることのない状態を脱して、高貴な力に高められるだろうかという点で［ある］。ちょうど男性の女性に対する野蛮な愛が、より高貴な力に高められたように。(26)

ハヴロック・エリス（一八五九―一九三九）は『新精神』の中で、女性の地位に関するホイットマンの考え方には混乱が見られると述べた（「『男らしい愛』とは、極端なかたちにおいてさえ間違いなくギリシア的なものであり、男らしい愛に常につきまとう女性への差別もギリシアの特徴である。それなのにホイットマンは、我々の社会で女性が貶められているのを見ると、それがギリシアよりはるかに他愛無いものであっても、深い嘆き方をする」(27)）。それを受けて、シモンズは、エリスに次のように問うている。

〔女性への愛に代わって〕男同士の愛が新たな騎士道として私たちの社会に認められれば、女性を騎士道の理想とすることによって社会が獲得してきたものは台無しになっても構わない――そんなことを言う権利が私たちにあるのですか。(28)

シモンズが騎士道を理想とみなし、そこに解決策を求めたとき、「いわゆる良き社会であっても女性に対する不名誉な行いや不誠実や不実は、必ず多かれ少なかれ存在する」[29]という思いは彼にもまったくなかったわけではない。それでも彼はやはり、性の政治学における理想として封建的騎士道がもつ価値は自明だと考えており、それをもっと幅広く熱心に広めて、そこから真の民主主義を生み出せばよいと主張する。

ヒロイズムはアキレスの天幕から外へ歩み出す。そして騎士道精神も騎士の痩せ衰えた軍馬から舞い降りる。すなわち忠誠心とは覇者への献身だけを指すのではないのだ。……こうした気高い徳のいずれも私たちから失われてはいない。それどころかこれらの徳は私たちの周りの至るところにある。それは、過去の遠く彼方へ忘れ去られたのではなく、特権階級だけの特別な財産なのでもなく、私たちの手の届くところにある。……女性や弱者に対する騎士道的な尊敬の念や、主義や大義に身を捧げる忠誠心や、同胞の間で交わされる兄弟愛もそれと同じで、私たちのすぐそばにあるのだ。[30]

しかしながら実のところ、ホイットマン風民主主義をこのように捉えるシモンズの考え方は、現存する社会制度に対する一種の容認とも解釈できる。少なくとも、社会問題を解決することは彼にとっては容易に可能であるばかりか、楽しみでもあったようなのだ。

私はウォルトの気持ちがよくわかる。私にとって一番大切な友人の中には四頭立て馬車を駆る御者、沖仲仕、ゴンドラの船頭、農家の使用人、ホテルのポーターがいる。彼らと話を交わしていると、私は可能な限りの素晴らしい安心感と安らぎを感じる。彼らの素朴さや男らしい愛情は私に大変よい効果をもたらす。彼らの実生活は、学問に取り巻かれて私が過ごすあの奇妙な思想の世界——イタリア・ルネサンスや、ギリシアの詩人たち、芸術、哲学、詩など、私の文化を形づくるあらゆる無用のもの——とは、大きな対照をなす。実のところ、私がウォルトのおかげだと思っている最大のことは、同胞愛に私の目を完全に見開かせてくれたこと、そして人間《マン》が完全に平等であることを私に確信させてくれたことである。ここに挙げた友人たちは、私を世の中の他の人々とは違う例外的な人間と考えている。しかし、彼らの信頼を勝ち得た今、社会的地位も教養も自分たちより優れた人間からの兄弟愛を、彼らがいかに大事に思ってくれているか、私にはよくわかる。裕福で教養のある人々の大半が、私のように感じ、行動しさえすれば、社会の問題は解決されるだろうと私は真に信じる。(31)

シモンズの言うゴンドラの船頭とは、アンジェロ・フサートのことで、彼との間にシモンズは惜しみない長きにわたる友情をかわした。だが、シモンズがアンジェロを供の召使として友人を訪ねて旅して回ったときの記述——「彼は年とった農民で、一〇年私のもとにおり、大変よい男である。たった今こうして旅をしている間も、私は本当に彼に頼りきりだ」——を読むと、シモンズの描いている理想的な民主主義とはノブレス・オブリージュと個人主義的な田園趣味と、下の者への恩着せがましい態度を基盤としたものでしかなく、彼が享受している階級制度に構造的な脅威を与えるようなものではないことが、私たちには想像できる（彼の伝記作者はこの訪問についてこう述べている。「目も眩むほど美しい三三歳の『年とった農民』と対面させられた時のロス夫人の反応は、何と、記録されていない！」）。(32) シモンズはここに政治的理想を見出しているが、実際には、彼の理想と、イギリスのブルジョワを取り巻く現実——労働者階級の男女が金のために性的に搾取される現実——との違いは、僅少で恣意的でしかない。違うとすれば大部分は、楽天的なホイットマン風の色づけがシモンズの表現に施されていること、および、エロティックな心的エネルギーが彼の人間関係に備給されていることによると思われる。

シモンズの「ふたつの騎士道」の物語に込められた女性観もまた、彼が考えているより保守的である。一八八〇年代、九〇年代の活動的な知識人が、女性問題の最大の課題は、先の封建制のもとで獲得したものをいかに固守するかである、との前提に立って性の政治学に関する議論を進めたとしたら（たとえ自由主義ではあっても）、それは、その知識人が、ジェンダー問題に関する同時代の議論を攻撃的と言ってよいほど無視していることの表れである。また、性倒錯についての本を執筆するためには、男性ばかりでなく女性も調査の対象にしたほうが有益な結果が得られるだろう(33)という考えは、彼にはまったく浮かばなかったようである――彼の知り合いの中には、少なくともひと組の、長年カップルとして過ごしてきた有名なレズビアンがいたにもかかわらずである。ホイットマンが「女性に対する尊敬の念(34)」を抱いていたことを主張するために、彼はホイットマンの詩の中から「ぼくの愛する女性に捧げる原始のぼくの愛」（「しっかりと錨をおろしたおお不滅の愛よ」）を引き合いに出している。しかし、この詩はホイットマンにしてみればさほどフェミニスト的なものではない。むしろこの詩は、ホイットマンが女性に対する愛を次のような〔男性に対する〕愛に従属させていることを最もよく表している詩のひとつである。

この上もなく生まれながらにして純粋な、
霊妙で、健やかな究極の実体、ぼくの慰め
……君の愛、おお、男である君よ
流浪するぼくの人生を分かち合ってくれる君よ。(35)

シモンズの理想である「ドーリア風騎士道」は、女性と男性は「生まれながらに」労働と活動を別個の世界に占めるというヴィクトリア朝ブルジョワの考え方に強く依拠している。「ドーリア風騎士道は、もっと昔から広く認められている［騎士道の概念］とは相補的でこそあれ、それに対立することは決してない。ドーリア風騎士道のもとでは、様々な人間が様々な種類の労働に従事する――そこでは家事労働や子どもの世話にかわって、修道院的な共同作業や、軍隊的な献身といった労働の領域があろう[36]」という具合である。また彼が言う「社会主義のあるべき姿」とは、彼自身の、男性との性愛的な絆をとりまく農民生活のイメージを理想化したものにすぎないし、自由を謳う彼の牧歌物語も、女性に対する差別を曝け出す表現になっている。

異国のここの人々のなかにいると、感情が、豊かに、完璧に、男らしく素晴らしいかたちであふれているのが、私にはわかる。仕事を手伝う子どもや家事の切り盛りをする女性を必要とする男たちにとって、結婚はひとつの家庭制度として常に望ましいものであるが、その結婚ともこれは衝突することはない[37]。

シモンズは、女性を性の相手としてみなかったために、社会の典型的かつ抑圧的な女性観の最も保守的な側面の一部を、何の疑問も抱かず受け容れたようである。特に何かあるとすれば次のようなことだろう――彼は同性に対して強い関心を抱いていたために、女性をさらに貶めるような主張をしたかもしれない。たとえば彼は『思索的および示唆的論考』に付録を附し、客観的にみていかに女性は男性ほど美しくないかを例を挙げて説明している[38]。また手紙の中でもロレンス的な口調で、「精子を吸収すること」が「健康および精神的エネルギーに与える最大の効果」について述べ、結婚したばかりの「女性が生き生きしている」のはそのためである、と長々と報告している[39]。ただし全体として彼の女性嫌悪は、彼と同じような境遇の異性愛者の男性のそれに比べて必ずしも強くはなく、むしろ弱かったとすら言えるかもしれない。しかしながら、次のことだけは言えよう。ホイットマンの中に、男性性が性的エネルギーをおびた高い価値のものとして描かれていると読み取ったシモンズにとって、ホイットマンのそうした考えは、高度に階層化された社会の、特に自分の階級の価値観――すなわち、男女の領域は分離しているべきだとする抑圧的価値観――を、容認しているように思えたのである。

しかし、シモンズが自ら収集した『性的倒錯』のための症例の中にも、自分たちの同性愛を女性の経済的・性的抑圧の様々な側面とはっきり結びつけて考える男性たちが数名いる。たとえばひとりの男性は、「女ではなく男を買うことで、自分は良いことをしていると感じ」ているし、別なひとりは同性愛の方が「女性を誘惑して破滅に追いやるより、確実に罪がない」と考えている。三人めの人物は、「女性の経済的状況を考えると、性欲を満たすためにだけ彼女らを利用するのはまったく理不尽である。そのような女性と肉体的関係を結ぶなど耐え難い。となれば、あの素直な同胞愛の精神——多くの男や少年にとってごく自然なあの素直な感情、いうなれば、肉体が互いに性的満足に浸った時に自然に感じられるあの感情——をあまねく広めた方がよいのではないか」と主張する。これらはいずれも、女性の地位に関する真摯な思考の記録というより、もっともらしく事後的にこじつけて合理化しただけのものにすぎないかもしれない。であれば、第四の症例も同じかもしれない——「この複雑な問題が孕んでいる道徳的側面に関して私の考えを述べるならば、それは男女の愛と同じであるべき、すなわちいかなる肉体的満足も、もう片方の人間の苦痛や堕落の上に成り立つべきではない、ということである」。[40] しかし症例四は、口先だけで合理化しようとする人間ではなく、献身的で綱領に従って行動した社会主義者かつフェミニストの、ホイットマン信奉者、エドワード・カーペンターである。

カーペンターの出自および教育はシモンズのそれとほとんど同じであり、違いといえば、自分が性的に男性を好むという事実をついに受け入れた途端、それまでの病が消えた点であろう。それと同じ頃に彼は、（聖職者として任を受けていた）英国国教会や自分の階級およびケンブリッジに背を向け、工業都市の人々に講議をして回るため北へ移り、最終的には三人の愛人たちと（最初のふたりの愛人に関しては彼らの妻も交えて）共同で、小規模の農場経営および靴製造業の仕事を始めた。健康状態やセクシュアリティの受け入れ方に見られるカーペンターとシモンズの違いは、さらに、気質全般の違いとなって現れている。たとえば、シモンズが娘に「私は非常に不幸な男だった」と書いているのに対して、カーペンターは常に明るく、場合によっては馬鹿馬鹿しいほど善良で、健全かつ快活だった。ともかくシモンズにとってカーペンターの長詩『民主主義の方へ』は、「ホイットマンの人生哲学および今や新たな宗教とも呼びうるものを広めるために、今までなされた中でも確かに最も重要な貢献[41]」ではあるが、理解に苦しむほど楽天的と映ったようである。

カーペンターの快活な気質を示す一例として、ジョージ・メリルという若者――「文明から遠く離れたスラムに生まれた」にもかかわらず「際立って愛情深く、機知に富み、直感の働きの素早い[42]」若者――との長期に及ぶ、なかば夫婦のような関係を描いた、一九一六年の自伝を挙げることができる。この自伝には彼らの幸福な様子がありのまま描かれると同時に、彼らの友人たちの反対も隠さず書かれているのだが、彼らの反対は決してホモフォビアのせいにはされていない。

運命の女神は微笑んでいたとしても、言うまでもなく、私の友人たちは（数人の例外を除いて）正反対だったのだ！　ジョージが本能的な家事の才能をもっており、大抵の女性よりもまず間違いなく上手に家事を切り盛りするだろうことは、もちろん私にはわかっていた。だが私の友人はほとんどそう考えなかった。彼らはクモの巣の張った壁や、つれあいがどこかで楽しんでいる間、家の主は食事も作ってもらえずほったらかしにされているという侘びしい場面を思い描くのだった。彼らは事実を知りもしないし、また理解もしなかった。そのうえ、彼らは道徳に関して悲しみに満ちた不安を感じていた。幼い頃のほとんどを居酒屋の辺りや好ましからざる界隈で過ごした若者など、私に良い影響を与えるはずがない、私が養ってやったとしたら、ますます道徳から逸脱したふるまいに拍車がかかるだろう。これが彼らの意見だった[43]。

カーペンターはこのように朗らかで、周りの意見をまったく気にしていないとさえ言えた（彼がいかに周囲のことに無頓着かは詩の中でも問題である)。それにもかかわらず、あるいはもしかしたらそうであったからこそ、彼は社会主義的・反帝国主義的・フェミニスト的大義に献身する、魅力的で独創的で説得力をもった文筆家かつ運動家たりえたのである。彼とメリルの間では家庭内の役割が公然と不平等に分配されていたが、逆説的なことに、それはおおむね相手を搾取することもなく、また〔完全な平等などという〕高望みをすることもない、現実的な関係の表れだったと思われる——というのも、メリルは労働者階級の人々との絆の一例でこそあれ、唯一絶対でもなく、政治的目的をもった他のあらゆる絆の代わりというわけでもなかったのである。女性に対する感情に関しても、見たところ同様に逆説的とも言うべきものがカーペンターにはある。シモンズが女性の肉体に「何らこれといった恐怖」は感じず、結婚生活の務めすら果たしていたのに対して、カーペンターは「肉体的に」女性に対して「強い嫌悪」を感じ、「女性と結婚したり生活を共にしたりするなど考えただけで……気分が悪くな」ったし、「男に女々しいところがあると……決定的に嫌悪した」(44)りもした。ところがそれと同時に、「ホモジェニック・ラヴ〔同性間の愛〕」について執筆するために、男性に対するのと同じくらい熱心に女性を分析したのは、シモンズではなくカーペンターである。そして、男性の美しさだけでなく、女性の賃金や女性の性的自由について心から女性に共感して詩を書いたのもカーペンターである。さらに彼のような性的指向の人々や、人生を共にする相手として彼が選んだ階級〔労働者階級〕の人々が受けている抑圧は、「両性間の不平等(45)」を抜きにして考えることは不可能だと見抜いたのも、カーペンターである。

カーペンターのフェミニズムは、それを示す一貫した理由づけや語りを伴わなかったものの、確実に積極的なかたちで彼の中に存在していた。確かに、彼の著作のいくつかは、シモンズと似ていなくもない女性性の概念に訴えているように思えるし、また規範的なヴィクトリア朝的見解を踏襲して、女性の「消極的な」セクシュアリティは彼女らの社会的関係の縮図であり、そうあるべきだ、と主張しているようにも思える。(46)また男性同性愛についても、同様の固定観念に染まっていると思われるふしがなくはない。たとえば「おおウラノスの子よ」で彼はこう述べている。

男のかたちをした住処に住まう、なんじ、女の魂よ……
人前に見せる男の力と、人知れず傷つき苦しむ男の誇りを備え、
存在のすみずみに至るまで女の感受性を備えた、なんじ、女の魂よ……

この光景の潜在的に抑圧的な非対称性は、（男性の）ウラニアがいかに「両性から愛され」ているかを述べる一節になるとさらにはっきりする。単にキリスト教のイメージと取れなくはないが、ホイットマンが関わった不幸な出来事か、カーペンター自身の体験を描いたとも考えられる記述の中で、彼はこう書いている（ホイットマンがかかわった不幸な出来事とは、たとえばカーペンターの友人であったアン・ギルクリストのことである）[1]。

……女はアラバスターの棺を破り、汝の足に接吻して油を塗り、
汝を孕んだ子宮に祝福を与える
だが、汝の胸には汝と共に、唇に唇を寄せ、
汝の若き友が横たわる。(47)

ところが、このように男性を賞賛するカーペンターではあるが、ホイットマンに関しては、彼の「宇宙的」エロスが時折、特に女性に対して極端に不公平になることを、しっかり見抜いていた――「私が考えるに、ウォルト・ホイットマンは、何よりもまず〈男性〉を好む人間だったことは間違いない。彼の思考はまずまっ先に〈男性〉についてめぐらされるのであり、この事実はごまかしようがない(48)」。カーペンターは、性愛的には〈男性〉に焦点を絞

り、たまに〈女性〉を描いても感傷的な描き方しかできなかったが、その一方で現実の女性たちの権利獲得のためにはゆるぎない信念をもって活動することができた。それは、彼のエロスや知性が〈男性〉と〈女性〉のどちらをまず念頭において働いていたかという問題より、彼がいかに分析眼と注意力をもってそれらの間を舵取りして進んだかによるものである。彼は社会主義の革分けであり、同時にセクシュアリティ研究の草分けでもあったからこそ、階級闘争の図を（男性の）賃労働の場に限定しなかったし、また理想的なセクシュアリティを捉えるのに、女性を固定化して考える（ブルジョワ的な）考えに限定することもしなかったのである。

ここまでで私たちは、ホイットマンのイギリス人読者ふたり――共通点をもちながらも対照的なふたり――を取り上げて、その中に、イギリスの性《セックス》／ジェンダー制度に関するふたつの事実が具現されているのを見てきた。最初の事実は、性的意味は社会的意味――イギリスの場合は階級――を抜きにしては考えられないという一般的なものである。「男性性」とか「女性性」の意味そのものは階級差というコンテクストの中で生み出されるものであり、政治的理由から特定の階級に（彼ら自身によって、あるいは他の階級によって）帰属させられ、階級によってそれぞれ違った機能や価値や影響をもち、違った表れ方をするのである。ふたつめの事実は第一の事実から派生しているが、もっと限定的である。すなわち、性の対象として異性を選ぶかそれとも同性を選ぶか、また、個人の生き方を見た場合、男らしいと見られるかそれとも女らしいと見られるか、さらに、実社会において女性の権利獲得を擁護するかどうか――これらの問題は、ほとんど常に深く関連し合ったものとして考えられている（そして実際にその通りである）が、しかし、それらを単純に肯定的にあるいは否定的に結びつけて、一般論を立てたり推論を立てたりしてはならないのである。私たちの社会には、矛盾した様々な直観――たとえば、男性同性愛者は「生まれつき」女性的だとか、「生まれつき」とりわけ男らしいとか、「生まれつき」女嫌いだとか、「生まれつき」女性に同一化しているとかという直観――が数多く受け継がれているが、それがいつでも使える状態にあるからといって、これを分析の道具と考えてはならない。たとえ十全な歴史的視点をもっていたとしても、複数の視点をもち、階級の利益を絡めて記述され、ジェンダーや階級の力が発揮される様々な制度や形態の中の、ある特定のコンテクストに適切に置かれていなければ、それは同性愛の分析の道具としての価値はもたないのである。だがしかしながら、こうした見方は今やっと取られるようになったばかりである。

ホイットマンの性の政治学は最終的には、イギリスの文筆家階級の間でどのようなかたちをとったのだろうか。D・H・ロレンスのホイットマンに関する論文は最初の段階ではおそらくカーペンターの影響を受けている[49]が、ホイットマン批判——ホイットマンが女性性を男性性の下位区分にしたり、女性を優生学的な見地から見たりしているのに対する批判——にかけては、ロレンスはカーペンターを凌ぐ。ただし、同じフェミニスト的な立場に立ってホイットマンを批判するにしても、カーペンターと違ってロレンスの場合は、そのために女性恐怖症的な態度を一層強めるようになる。たとえばロレンスにとっては、ホイットマンが売春婦に感情移入しているのが嫌でたまらなかった。ロレンスにしてみれば、女性が売春婦になるのはひとつには「陰茎の不可思議に魅せられた」からであり、それならば彼女は売春婦になったことに満足すべきなのである。あるいはまた女が売春婦になる理由として、ロレンスは、次のようにも考えた。

心の中で売春を望んだ結果、その女の本性が邪悪になったのだ。彼女は魂をなくした。彼女は自分でもそのことを知っており、男にも魂を失わせてやろうとするのだ。そんな女など、抹殺されるべきだ。[50]

ホイットマンやカーペンターがもっと慎重で政治的な認識、つまり女が売春婦になるのは食べていくためか、あるいは誰かに隷従しているからだ、という認識をもっていたのに対して、ロレンスは、本能的な、恐怖に満ちた、経済的側面を無視した世界観を擁しており、あらゆる人間にとって困難の原因はすべて、ブルジョワ的な性の禁止と、ファルスの崇拝ないし転覆にあると考えた。そんなロレンスにとって、ホイットマンやカーペンターの認識の仕方は何とも薄っぺらなものに思えたようである。また同じように、ロレンスは、ホイットマンの「虚飾のない裸のままの、ありのままの完全な人間らしい自然な態度[51]」にもともと魅了されていたにもかかわらず、ホモフォビアに抗し切れなくなると、ホイットマンに対するそうした評価さえ覆す。ロレンスは、自分の中の同性愛的欲望に禁止的かつ抽象的になるにつれ、「同胞愛に基づいた……新しい民主主義[52]」の中のホイットマンの態度――死や死のイメージが間近にあることを歓迎する態度――は、あまりにも女々しく消極的で軟弱だと感じるようになる。彼は次第に、「倒錯者」とは、「ファルス的な意識こそが基本的意識であり、最高の意味において私たちが常識と呼ぶところのものであるのに、それを完全に偽ろうとする者である[53]」という見方をするようになった。死や男同士の愛に簡単に屈服するのではなく、もっと男らしく堂々とそれに立ち向かう態度が必要だ、という彼の考えの究極にあるのは、まさしく女性の征服である。

> 戦いと純粋なる思考と抽象的有用性が支配する女性を排除したこれらの領域で、男たちを互いに新たな気持ちで向き合わせよ。英雄に対しては新しい敬意を、同胞には新たな好意を抱かせよ。友情――死が手を触れることのない、生と死のように限りなく深い究極の絆――こそ、男たちが既知の世界から未知の世界へ進むのを助けるものである。〔傍点セジウィック[54]〕

このように、ホイットマンの影響の中には、性的抑圧や性的衝動によって征服を達成しようとする権威主義へ向かったものもあったのである（ついでながら、男性の同性愛的意識が女性に対する政治意識と提携したことは歴史を通じて一度もなかったのに対して、男性が男性に向けるホモフォビアは、ほとんど常にガイノフォビア〔女権論者に対する嫌悪〕や反フェミニズムと手に手を取って進む）。明らかに、ホイットマン自身は自分の作品のそのような読み方を呈示されても、それが自分の作品の解釈とは思えなかったであろうし、またそのような読み方など歓迎もしなかったであろう。すなわちそれは、力と抽象概念がすべてであり、エロスのかけらも見られない読みなのである。だがホイットマンの意図はどうあれ、決定的に重大な二〇世紀の社会——ファシズムの色は濃いが、すべての社会がファシズム一色とは限らない世界——の最大の特徴は、男性のホモソーシャル連続体が、憎悪に満ちたホモフォビックな見方で鋳直されたという点にある。それは名づけえぬ愛の存在を初めて認識して、それを主体という中心的位置に据えて名前を与えて鋳型を作り、改めて今度はその鋳型で型をくり抜き、くり抜いた中身を捨て去るという作業であった。

ホイットマンを賛美したイギリス人の四人めの例はオスカー・ワイルドであり、現在の社会で私たちがより頻繁に目にする同性愛者のイメージは、彼から生まれたものである。もっとも実際には、彼から生まれたとは言え、大部分それは、ロレンスが生み出したイメージの補足、つまり残滓にすぎないのではあるが。男らしい愛に対する「理解」を得れば、必然的に社会を進歩させることができるだろうとのシモンズやカーペンターの粘り強い知的作業は、ワイルドのあまりにもメロドラマ的な大騒動に呑み込まれてしまった。すなわち、『性的倒錯』も『ホモジェニック・ラブ』もワイルドの有罪判決以前に書き上がっていたにもかかわらず、判決による混乱のために作業が一時中断されて、出版が遅れたのである。その間に彼らの好機は基本的に過ぎてしまっていた。これらふたりの男性はそれぞれかなり違った方向性をもって、自分たちの考える男性同性愛を具現し、流布し、承認させようとした。それは、中産階級から生まれたものではあるが、イデオロギー的には「民主主義的」で、男らしさを強化し、ギリシア的要素を強調し、理想主義的で、（自称）政治的な、男性同性愛だった。だが、公判が長引いたことにより、彼らは世論と好機を逸してしまったようである。イギリスではこの時初めて、同性愛の様式——そしてホモフォビックの様式——が、階級によって階層化されたり特定の階級だけに秘められたりするのではなく、（第5章で論じた通り）ありふれたひとつのことばとなったのである。それが「オスカー・ワイルド」ということばだった。[55]

ワイルドの運命はあまりに生々しく、見るに耐えないほど抑圧的であったため、彼の運命を「昇華」と呼ぶのは馬鹿げているかもしれないが、彼の人物像が与えた影響によって確かに同性愛の一般的イメージは――ホモフォビックなイメージであろうとホモフィリック（同性愛的傾向）なイメージであろうと――、政治的な要素を抜き取られて、性的なもの、あるいはさらに言えば想像的なものだけの存在になっていった。第3章と4章で私たちはウィッチャリーとスターンを取り上げて、機知と「セクシュアリズム」が、もともとそれらが意味するものとのつながりを失って、「貴族の特権」のシニフィアンになりうることを、彼らがどう具象しているか論じた。これらのシニフィアンを支配し、操ることができれば、中産階級の男性でも、真の政治的力を動かす危険な梃子を手に入れることができるのだった。機知に富み、エロス的な要素にあふれたワイルド風の同性愛的役割においても、同じように、機知と「セクシュアリズム」が昇華して、「貴族的なもの」のシニフィアンになりえた。ただしワイルドの時には、「貴族的なもの」そのものの意味が急激に変化していた。すなわち、以前に論じた通り、「貴族的なもの」そのものが昇華し、女性化し、その実体が空洞化していたのである。

英米の一般的なはっきりとした男性同性愛のあり方は、世紀の転換期においてはエドワード・カーペンターの伝統とつながりそうな気配が微かにあったものの、「ワイルド」の影響が少なくともひとつの原因となって、その後はほとんど、カーペンターとのつながりは見られなくなった。広く流布して受け継がれてきた同性愛の典型的イメージは、シモンズ――ワイルドと共通する部分だけを取り上げたシモンズ――のものに近い。具体的には粋人かつ、貴族文化を中産階級に紹介した社会主義者（ただし、社会主義とは単に娯楽や特権や洗練された文化を広めることであると限定した上での社会主義者）としてのシモンズのイメージである。この際、先に貴族の同性愛が女性化したのに続いてイギリスの同性愛が女性化し、しかもそれと同時に、現実の女性たちの政治的立場に対する関心も人々から失われたのである。それは女性の権利獲得に限らず政治的闘争すべてにわたって、人々の関心や希望が失われていったのと時を同じくして起こった出来事だった。ゲイたちと、比較的抑圧されているその他の人々の集団の間に、同盟関係の礎が芽生えることはなかった。男性同性愛者たち自身の権利獲得のための闘争は、クローゼットにこもったまま行われる個人的な営みや、（活発ではあるが、権利獲得の要求はなんら掲げていない）集団的な同性愛文化以外には何もないまま、長い中断期に入る。六〇年代、七〇年代に同性愛解放運動が現れるまでは、男性同性愛の典型的イメージとホモフォビックな大衆文化との対立は、深まる一方だった。つまり、一方に男性同性愛の典型的なイメージとして、貴族的でどちらかと言えば女性的な、「悲劇的」で、裕福または政治に無関心な人々というイメージができ、もう一方には、明らかにホモフォビックな大衆文化――男同士の絆を犯罪とみなしつつそれを美化し、それと非常によく似た男同士の絆のうえに築かれた文化――が成立していき、両者の対立はますますはっきりしていったのである。これは言うなれば、一方で非政治的なエロスを代表する「ワイルド」が勝利し、もう一方で、愛なき〔ホモフォビックな〕衝動に駆られたロレンスが勝利を収め、この両者が二極化していったことの表れだった。エロスであり同時に政治的欲望であったはずの男性のホモソーシャルな欲望を、部分的にあるいは分裂症的に捉えて、エロスと非政治とを、あるいは非エロスと政治とを結びつけた結果こそ、ホモソーシャル連続体の今ある姿――連続性なき連続体――なのだ。

注

序章

原注

（1）「ホモフォビア」の概念自体、難解さを孕んでいる。まず、語源に遡っても意味がない。さらにもっと深刻な問題は、接尾辞「—フォビア」および語法で恐怖と嫌悪を結びつけてしまうと、往々にして、何が同性愛に対する抑圧の原因かを考える前に、判断を下してしまうことだ。すなわち、抑圧の原因が恐怖に——つまり（たとえば）権力、特権ないし物質に対する欲望とは対立するものとしての恐怖に——あると位置づけてしまうのである。抑圧の中でも、構造に刻印されおそらく物質的基盤をもった集団的な抑圧を指す、もっと示唆に富んだ用語は「異性愛主義《ヘテロセクシズム》」であろう。とはいえ本書は、次の三つの理由から「ホモフォビア」という用語を使用し続けるつもりである。第一に、「異性愛主義」という語には同性愛と異性愛の対称性を前提とした対立が含意されていると思われるが、本書はこの対立を強化することより、問うことを重視するからである。第二に本書は、人が男性同性愛に対してある態度をとるようになる、その因果関係に焦点を定めるつもりがないからである。そして第三には、一八世紀後半以降になると、男性同性愛をイデオロギーや主題から論じたものに事実恐怖と嫌悪が混在するようになり、フォビアと呼んでも差し支えないからである。ホモフォビアの概念について、社会学がこれまでどのような研究を行ってきたかを総括した卓抜な論考としては、Morin and Garfinkle, “Male Homophobia” を参照のこと。

（2）こうした主張の背景を要領よく概観したものとしては、Weeks, *Sex*, pp. 1-18 を参照のこと。

（3）アドリエンヌ・リッチは、こうした絆が「レズビアン連続体」を形成していると、“Compulsory Heterosexuality and Lesbian Existence,” in Stimpson and Person, *Women*〔「強制的異性愛とレズビアン存在」、アドリエンヌ・リッチ『血、パン、詩』大島かおり訳、晶文社、一九八九年に採録〕の pp. 62-91、特に pp. 79-82 で論じている。

（4）“The Female World of Love and Ritual,” in Cott and Pleck, *Heritage*, pp. 311-42. この用語の使用例は p. 316, p. 317 などに認められる。

（5）“The Unhappy Marriage of Marxism and Feminism: Towards a More Progressive Union,” in Sargent, *Women and*

Revolution〔L・サージェント編『マルクス主義とフェミニズムの不幸な結婚』田中かず子訳、勁草書房、一九九一年〕, pp. 1-41. p. 14より引用。

（6）たとえばRubin, "Traffic," pp. 182-83を参照のこと。

（7）Rubin, "Traffic," p. 180.

（8）Crompton, "Gay Genocide." しかし、男性同性愛者は必ずしも「虐殺」されたわけではなく、この点については、第5章を参照のこと。

（9）この点については、Miller, *New Psychology* の第一章を参照のこと。

（10）Dover, *Greek Homosexuality*〔ケネス・ドーヴァー『古代ギリシアの同性愛』中務哲郎／下田立行訳、リブロポート、一九八四年〕, p. 91.

（11）Arendt, *Human Condition*〔ハンナ・アレント『人間の条件』志水速雄訳、ちくま学芸文庫、一九九四年〕, p. 83; Rich, *On Lies*〔アドリエンヌ・リッチ『嘘、秘密、沈黙』大島かおり訳、晶文社、一九八九年〕, p. 206より再引用。

（12）ボヘミアン・グローヴという、アメリカ社会における支配階級の男性のみが集う夏のキャンプについては、Domhoff, *Bohemian Grove* を参照のこと。この点について、ホモフォビックな観点からではあるが、さらに生き生きと描写したものに、van der Zee, *Men's Party* がある。

（13）たとえばNOWの決議は、サドマゾヒズム、ポルノグラフィ、「ペデラスティ」（幼児愛の意）が「愛／性の嗜好／指向」に対立する「搾取と暴力」の問題である、と明確に定義している。*Heresies 12*, vol. 3, no. 4 (1981), p. 92より再引用。

（14）こうした視点を掘り下げたものとしては、次の研究を参照のこと。*Heresies*, *ibid.*; Snitow et al., *Powers*; Samois, *Coming*.

（15）MacKinnon, "Feminism," pp. 530-31.

（16）Mitchell, *Gone*〔マーガレット・ミッチェル『風と共に去りぬ』大久保康夫他訳、新潮文庫、一九七七年〕, p. 780. 以下、この小説からの引用は本文中に章数で示す。

（17）この限界について論じたものとしては、Vicinus, "Sexuality" を参照のこと。だが、こういった限界を抱えながらも、多様な角度から有益な研究が生まれうることを具体的に示すものに、Newton et al., *Sex and Class* がある。

（18）この点についてはMcKeon, "Marxism" を参照のこと。

（19）*Woman's Estate*〔ジュリエット・ミッチェル『女性論』佐野健治訳、合同出版、一九七三年〕, pp. 152-58において、ジュリエット・ミッチェルは『ドイツ・イデオロギー』のこうした側面について論じている。

（20）Mitchell, *Woman's Estate*〔前掲注(19)〕, p. 154.

(21) フロイトのこうした側面について最も明確に論じた最良の著作としては、Laplanche, *Life and Death* の特に pp. 25-47 を参照のこと。
(22) この点については第8章を参照のこと。
(23) ジラールの研究には女性が欠落している点を指摘した最良の論考としては、Moi, "Missing Mother" を参照のこと。
(24) この点については（Snitow et al., *Powers* および）Breines and Gordon, "Family Violence" を参照のこと。
(25) 以下の著作は程度の差があるものの、その例外である。Fernback, *Spiral Path*; Mieli, *Homosexuality*; Rowbotham and Weeks, *Socialism*; Dworkin, *Pornography*〔アンドレア・ドウォーキン『ポルノグラフィ――女を所有する男たち』寺沢みづほ訳、青土社、一九九一年〕
(26) こうした立場を表明したものの中で、最も影響力のある最近の著作は Heilbrun, *Androgyny* であろう。
(27) 以下の二作を参照のこと。Irigaray, "Goods"〔「商品たちの間の商品」、リュース・イリガライ『ひとつではない女の性』棚沢直子他訳、勁草書房、一九八七年に収録〕; Frye, *Politics*, pp. 128-51. ジェイン・マーカスのヴァージニア・ウルフ論は、マリア＝アントニエッタ・マッキオッチによるホモフォビックな公式――「ナチ共同体は、女性を排除すると同時に女性の役割を母性と同一視する男性同性愛者によって結成された」――を援用している。マーカスが論じるには「確かにウルフにとって、『ケンブリッジ使徒会[3]』はある種のファシスト的な友愛の概念に似ているようであった」。マッキオッチの公式は、Jane Caplan, "Introduction to Female Sexuality in Fascist Ideology," *Feminist Review* 1 (1979), p. 62 より再引用。マーカスの論考は、"Liberty, Sorority, Misogyny," in Heilbrun and Higonnet, *Representation*, pp. 60-97 に採録。p. 67 より引用。
(28) この点については、Hocquenghem, *Homosexual Desire*〔ギィー・オッカンガム『ホモセクシュアルな欲望』関修訳、学陽書房、一九九三年〕, pp. 42-67 を参照のこと。

訳注

〔1〕本書では「男性の」を省略し、「イギリス文学とホモソーシャルな欲望」を副題とする。
〔2〕男性支配的な社会の総称としては、「家父長制」より「父権制」のほうが適切な用語だが、本書の（特に第8章の）論の都合上、本書では若干の例外を除いて、訳語を「家父長制」に統一する。
〔3〕一九世紀イギリスのケンブリッジ大学でトマス・アーノルド（一七九五―一八四二）の思想下に組織された学生の結社。本書の第7章で取り上げるテニスンもその一員であった。

第1章　ジェンダーの非対称性と性愛の三角形

原注

（1）この点については、Bell et al., *Sexual Preferences* を参照のこと。
（2）Review of *Homosexualities*, p. 1077.
（3）この点については、Gallop, *Daughter's Seduction*, pp. 15-32 を参照のこと。
（4）Kahn, *Man's Estate*, pp. 9-10.
（5）*The Elementary Structures of Kinship* (Boston: Beacon, 1969), p. 115〔クロード・レヴィ＝ストロース『親族の基本構造』馬渕東一／田島節夫監訳、番町書房、一九七七―七八年〕; Rubin, "Traffic," p. 174 より再引用。
（6）Rubin, *ibid.*
（7）Irigaray, "Goods"〔前掲序章注(27)〕, pp. 107-10.

第2章　恋する白鳥

原注

（1）Barthes, *Lover's Discourse*〔ロラン・バルト『恋愛のディスクール・断章』三好郁朗訳、みすず書房、一九八〇年〕, p. 14.
（2）この点については、たとえば Weeks, *Coming Out*, pp. 52, 57, 68 および本書の結びを参照のこと。
（3）Marx, *Grundrisse*〔カール・マルクス『経済学批判要綱（草案）』高木幸二郎監訳、大月書店、一九五八―六五年〕, p. 106.
（4）Shakespeare, *Sonnets*〔ウィリアム・シェイクスピア『シェイクスピアのソネット』小田島雄志訳、文芸春秋、一九九四年／『ソネット集』高松雄一訳、岩波書店、一九八六年〕, p. 39, Sonnet 42. 以下、この作品からの引用は本文中に適宜、ソネットの番号で示す。
（5）Krieger, *Window*, p. 80.
（6）Barthes, *Lover's Discourse*〔前掲注(1)〕, p. 14.
（7）Wilde, *Portrait*〔オスカー・ワイルド『ドリアン・グレイの肖像』福田恆存訳、新潮社、一九六七年〕, p. 68.
（8）Fielder, *Stranger*, pp. 25-26.

（9）シャーマン化については Lewis, *Lion*, pp. 149-58 その他の箇所を参照のこと。ここに挙げた例は Knight, *Mutual Flame*, pp. 36-37 より引用。

訳注

〔1〕原題は “Swan in Love”。シェイクスピアを白鳥《スワン》に譬える伝統と、マルセル・プルーストの『失われた時を求めて』の「恋するスワン」をかけた表現。

〔2〕オスカー・ワイルド（一八五四―一九〇〇）については第5章および結びを参照のこと。アンドレ・ジード（一八六九―一九五一、小説家にして文学者）、W・H・オーデン（一九〇七―七三、詩人）、ピエール・パオロ・パゾリーニ（一九二二―七五、小説家、詩人および映画監督）、いずれも人生および著述に同性愛的傾向が強く見られ、シェイクスピアに関する批評や言及もその著述の中には見られる。

〔3〕Stephen Booth, *An Essay on Shakespeare's Sonnets* (New Haven and London: Yale University Press, 1969), p. 164.

第3章　『田舎女房』

原注

（1）たとえば Alan Bray, *Homosexuality*〔アラン・ブレイ『同性愛の社会史』田口孝夫／山本雅男訳、彩流社、一九九三年〕は、この時代の男性同性愛に関して、既に受容されている学識を有益な懐疑的態度で概観している。例として pp. 7-9 を参照のこと。

（2）Vieth, “*Country Wife*.”

（3）レヴィ＝ストロースの結論はこうである――「元来、人間の意志疎通の全世界にまぎれもなく浸透していたあの情緒的な豊かさや熱情や謎を、男女の関係がなぜ保持してきたのか、これで説明がつく」(*Elementary Structures*〔前掲第1章注(5)〕, p. 496) Rubin, *Traffic*, p. 201 より再引用。ルービンは次のように述べる――「これは驚くべき見解だ。なぜ彼はこの時点で、歴史上最悪のかっぱらいのひとつを指して、恋愛の根源だなどと呼ぶのをやめて、親族関係が女性に行っている仕打ちを告発しないのだろうか」。

（4）Wycherley, *Country Wife*, I. i. 以下、この劇からの引用は本文中に適宜、幕・場で示す。

（5）この点については、Vieth, “*Country Wife*” を参照のこと。

（6）McCarthy, *William Wycherley*, pp. 91-92 より再引用。

（7）Freud, *Jokes*〔ジグムント・フロイト「機知——その無意識との関係」『フロイト著作集』四巻、懸田克躬他訳、人文書院、一九七〇年〕, pp. 98-100.
（8）Wycherley, *Plain Dealer*, p. 6.

訳注

〔1〕多額の借金を抱えていたウィッチャリーはチャールズ二世の寵を得て窮地を救われるが、ドロイーダ伯未亡人と密かに結婚していたことが国王の知るところとなり、王の不興をかう。しかも、財産をあてにして結婚した伯爵夫人は結局ウィッチャリーには遺産を残さず、彼は監獄暮しを余儀なくされる。その後しばらくはジェイムズ二世の寵を受けるものの、ジェイムズ二世が国外に逃亡するや、もとの一文無しに戻るなど、彼は生涯借金に追われ、悲惨な最期を遂げる。

第4章　『センチメンタル・ジャーニー』

原注

（1）Zaretsky, *Capitalism*〔エリ・ザレツキー他『資本主義・家族・個人生活——現代女性解放論』グループ221訳、東亜書房、一九八〇年〕.
（2）一八世紀に生じたホモソーシャル性の変容については第5章を参照のこと。
（3）Sterne, *Sentimental Journey*〔ローレンス・スターン『センチメンタル・ジャーニー』小林亨訳、朝日出版、一九八四年〕, p. 27. 以下、この小説からの引用は本文中に〔頁数で〕示す。
（4）この点については、Cavell, *Must We Mean*, pp. 281-82を参照のこと。
（5）近代の精神分析でいう「家族」を、「平等主義的に見える」とか「階級がない」と形容する時、社会の階層の仕組みに対して家族がいかに複雑な関係にあるかが、そこには凝縮されている。この「家族」は年齢やジェンダーによって階層化されてはいるが、家族の構成員が社会階級をめぐって競争することはなく、むしろ全員が同じ階級に属するという明らかな理由から、「階級がない」（このことは、前産業社会の、拡大家族、同居者的家族——たとえば『アダム・ビード』のポイザー家——には当てはまらない。そして当然のことながら、近代の非家族集団がイデオロギー的に、「家族」と異なると考えられるのは、前者がまさに社会的地位の向上を狙う個人間の競争を中心に、組織されているからにほかならない）。だがその一方で、次のようなことも言える。社会的・政治的父権主義はまさにその「家族」から呼び名をとったが、その実体は明らかに不平等である。それとは対照的に、家族における父権主義は、「一見平等主義的に見える」。なぜなら、息子は成長して父親の地位につくし、娘は母親の地位につくからである。ところが、「平等主義的に見える」だけなのは、労働者が成長して所有者の地位につくことはないように、（複雑な言い方だが）娘が父親の地位につくことはないからである。だからこそ、核家族を資本主義競争の苛酷な世界の天国と見る見方は、矛盾に満ちて不可解でありながら、根絶しがたいのである。優れた論議が Barrett, *Women's Oppression*, Olsen, "Family", および Zaretsky, *Capitalism*〔前掲注（1）〕に見受けられる。

第5章　ゴシック小説に向けて

原注

（1）Bray, *Homosexuality*〔前掲第3章注（1）〕, p. 92.

（2）*Ibid*., p. 102.

（3）*Ibid*., pp. 102–03.

（4）Weeks, *Coming Out*, pp. 3–4.

（5）この点については、Sarotte, *Like a Brother* および Hoch, *White Hero* を参考のこと。男性同性愛が軍隊――公共機関の中で最もホモソーシャル性が高く、同時に最も男性の統制が重んじられている場――において、著しく否定的かつ徹底的に禁止されていることは、こうした点からすれば理に叶っていよう。*Coming Out*, pp. 12–13 において、ウィークスはこの禁止の歴史について解釈を交えずに手短に論じている。

（6）この点については、たとえば Whitehead, "Sexual Antagonism" および Ehrenreich, *Hearts*, pp. 14–28 を参照のこと。

（7）この点については、Weeks, *Coming Out*, pp. 185–237 を参照のこと。

（8）リチャード・ジルマンはこの用語の捉えどころのなさについて、その著書（*Decadence*）を一冊丸々割いて論じている――もっとも、「同性愛」の婉曲用法と言ってしまえば、この用語が使用されている大半の例は説明できることに、ジルマンは気づいていないようである。

（9）たとえば、Moers, *Literary Women*〔エレン・モアズ『女性と文学』青山誠子訳、研究社出版、一九七八年〕および Gilbert and Gubar, *Mad-woman*〔サンドラ・ギルバート／スーザン・グーバー『屋根裏の狂女――ブロンテと共に』山田晴子／薗田美和子訳、朝日出版社、一九八六年〕を参照のこと。

(10) ベックフォードについてはAlexander, *Wealthiest Son*, ルイスについてはPeck, *Life*, pp. 65-66、ウォルポールについてはLewis, *Horace Walpole*, p. 36をそれぞれ参照のこと。

(11) Stone, *Family*〔ローレンス・ストーン『家族・性・結婚の社会史——一五〇〇年—一八〇〇年のイギリス』北本正章訳、勁草書房、一九九一年〕, pp. 541-42; Bray, *Homosexuality*〔前掲第3章注(1)〕, p. 138, n. 26において論じられている。

(12) この点については、たとえばGeorge Steiner, "Cleric"の特にpp. 179-83を参照のこと。しかし私の見たところ、ホモフォビアに囚われずに、男性同性愛の影響の範囲や起こりうる結果について分析した良質の論考は驚くぐらい少ない。

(13) Crompton, "Gay Genocide," p. 67.

(14) Sedgwick, *Coherence*の特にpp. 14-20を参照のこと。

(15) 本文で言及した例およびこれ以外の「ことばにできない」出来事は、Maturin, *Melmoth*〔マチューリン『放浪者メルモス』富山太佳夫訳、国書刊行会、一九七七年〕の第三章、八章、九章、一一章、三九章に認められる。最後の例は第二八章からの引用。

(16) *Ibid*., ch. 32.

(17) Nichols, *Father*, pp. 92-99.

訳注

〔1〕「ホモセクシュアル」という用語が使用されるようになったのは、一八九〇年代に入ってからのことである。それ以前は、ブレイによると、「バガー」「ソドマイド」などの極めて宗教的な単語が同性愛を指すことばとして使用されていたという。

〔2〕本来「変態」を意味する罵倒語「クィア」を、同性愛者が意図的かつ積極的に使用するのはその一例である。

〔3〕一九六九年六月、酒類販売法違反を名目として警察がニューヨークのゲイバー、「ストーンウォール・イン」を襲撃して同性愛者を強制連行したことから、およそ五〇〇人の同性愛者が立ち上がり大規模な抗議行動を起こした。同性愛解放運動のメルクマール的事件。

第6章　代行された殺人

原注

（1）Dickens, *Drood*〔チャールズ・ディケンズ『エドウィン・ドルードの謎』小池滋訳、東京創元社、一九八八年〕, p. 206.

（2）この点については、Sedgwick, *Coherence*, pp. 34-40 を参照のこと。ホッグ作『義とされた罪人の手記と告白』の形式を論じた、特に優れた著作に Kiely, *Romantic Novel*, pp. 208-32 がある。

（3）Hogg, *Confessions*〔ジェイムズ・ホッグ『悪の誘惑』高橋和久訳、国書刊行会、一九八〇年〕, p. 3. 以下、この小説からの引用は本文中に〔頁数で〕示す。

（4）一九世紀のジェントルマンの間で、いかに愚鈍さが高く評価されたかについては、Girouard〔マーク・ジルアード『騎士道とジェントルマン――ヴィクトリア朝社会精神史』高宮利行／不破有理訳、三省堂、一九八六年〕, *Return*, pp. 166-68 および pp. 269-70 を参照のこと。

（5）「きゅっと閉じた唇」のもつ心理的意味を、パラノイア神経症と関連づけて説明した示唆に富む著作としては、Kris, *Psychoanalytic Explorations*, pp. 128-50 を参照のこと。

（6）たとえば、Girard, *Deceit*〔ルネ・ジラール『欲望の現象学――ロマンティークの虚偽とロマネスクの真実』吉田幸男訳、法政大学出版局、一九七一年〕, pp. 45-47 における『永遠の夫』論を参照のこと。

（7）Todd, *Women's Friendship*, pp. 404-05. 興味深いことに、『我らが共通の友』に登場するブラドリー・ヘッドストーンも鼻から血を流す（第四部一章）。

（8）Marcus, *Other Victorians*〔スティーヴン・マーカス『もう一つのヴィクトリア時代――性と享楽の英国裏面史』金塚貞文訳、中央公論社、一九九〇年〕, pp. 257-62. マーカスは、自身が取り上げたサドマゾ的ポルノグラフィーの根底に、男性ホモソーシャル性が存在すると結論を出している。

（9）Hardy, *Mayor*〔トマス・ハーディ『キャスタブリッジの市長』藤井繁訳、千城、一九八五年〕, ch. 33.

（10）たとえば Praz, *Romantic Agony*〔マリオ・プラーツ『肉体と死と悪魔――ロマンティック・アゴニー』倉智恒夫他訳、国書刊行会、一九八六年〕および Punter, *Literature of Terror* を参照のこと。

（11）同性愛を証明しそうに思われる資料を探し出そうとする「フロイト派」批評家たちと、そうした行為に「意味」がないとする「保守派」批評家たちとの間で、こうした批評上の議論は典型的に展開されている。とはいえ、アメリカ合衆国にあっては、精神分析を用いた同性愛の分析はほぼ例外なくホモフォビックである。したがって、こうした批評上の議論は文学研究におけるホモフォビックな規範に挑戦するというよりも、それを強化してきたと言えるだろう。この点については、Abelove, "Freud" を参照のこと。

(12) そうした例は、たとえば Martin, *Homosexual Tradition*; Boyers and Steiner, *Homosexuality* および Kellogg, *Literary Visions* に見出せよう。

(13) Jacobus, "Is There a Woman," pp. 130-35.

(14) Gold, "It's Only Love," p. 148.

(15) *Ibid.*, pp. 153-54.

(16) Barrett, *Women's Oppression* の他に、家族の強化を特に興味深く論じたものに、Olsen, "Family"; Miller, "Discipline" がある。

訳注

〔1〕原題は "Murder Incorporated"。この題名には、精神分析で言うところの体内化《インコーポレーション》と、一九五〇年代のアメリカで暗躍したシンジケートの名称 "Murder, Inc." がかけられている。

〔2〕セジウィックの勘違いか。テクストによると、牧師は法廷で若領主を弟の殺害を企てた首謀者だと批判するが、領主親子はその場にいなかったため、彼らは一切弁解することができなかった、となっている。

〔3〕セジウィックの勘違いか。仮に「『カスタブリッジの町長』の結末を予示するように」、呪いをかけた本人が最悪の結果を迎えるとすれば、それは年少のロバートではなく、牧師ということになる。

第7章　テニスンの『王女』

原注

(1) Tennyson, *Princess*, p. 749 (Prologue, II. 193-94). 以下、この詩からの引用は本文中に部・行数で示す。

(2) Dickens, *Great Expectations*〔チャールズ・ディケンズ『大いなる遺産』山西英一訳、新潮社、一九五一年〕, pp. 437-38 (ch. 53). 以下、この小説からの引用は本文中に章数で示す。

(3) オーリックについては第一五章、一七章、三五章、四三章、五三章、コンペイソンについては第三章、五章、四〇章、四四章、四七章、五四章、ドラムルについては第二五章、二六章、三八章、四三章をそれぞれ参照のこと。

（4）オーリックについては第一五章、コンペイソンについては第二二章、四二章、ドラムルについては第五九章をそれぞれ参照のこと。ドラムルはそもそもピップと共謀して、エステラに暴力を加えたわけではない。だが実際には、この暴力をきっかけとして、彼女はついに従順な態度をピップにとるようになるので、この暴力は男性の集団的な力を強化していると言えるだろう。エステラいわく「苦しみがほかのあらゆる教えに打ちかって、あなたのお心がどんなものであったかを、私に理解させてくれましたの。私は折り曲げられ、打ち砕かれてしまいました。でも——たぶん——もっとよいかたちに」。（第五九章）

（5）James, *Letters to A. C. Benson*, p. 40.

訳注

（1）原題は“One Bride for Seven Brothers”。ジェイン・パウエル、ハワード・キール主演映画“Seven Brides for Seven Brothers”（一九五四年）の題名にかけた表現。

（2）『王女』の外枠の語りはヴィクトリア朝イギリスを舞台にした無韻詩。内側の語りは、七人の男性がメドレー式に語る中世を舞台にした無韻詩の部分と、男性たちの語りの間で女性が歌う弱強五歩格を基調にした抒情詩の部分とに分かれる（図参照）。

（3）テニスンの妹エミリーは彼の親友アーサー・ハラムと婚約したが、ハラムが病死したため結婚には至らなかった。ハラムの死を悼んだテニスンが、イギリス三大哀歌のひとつ『イン・メモリアム』（一八五〇）を執筆したことは有名。

（4）マンチェスターやバーミンガムを始め、多くの工業都市に設立された科学の啓蒙および労働者の娯楽とを兼ねた組織。

（5）たとえば、ジョン・ウェストランド・マストン（一八一九—一九〇）は、『アセニウム』誌（一八四八年一月）の書評で、「この詩の大きな欠点は個々の特徴がバラバラであることと

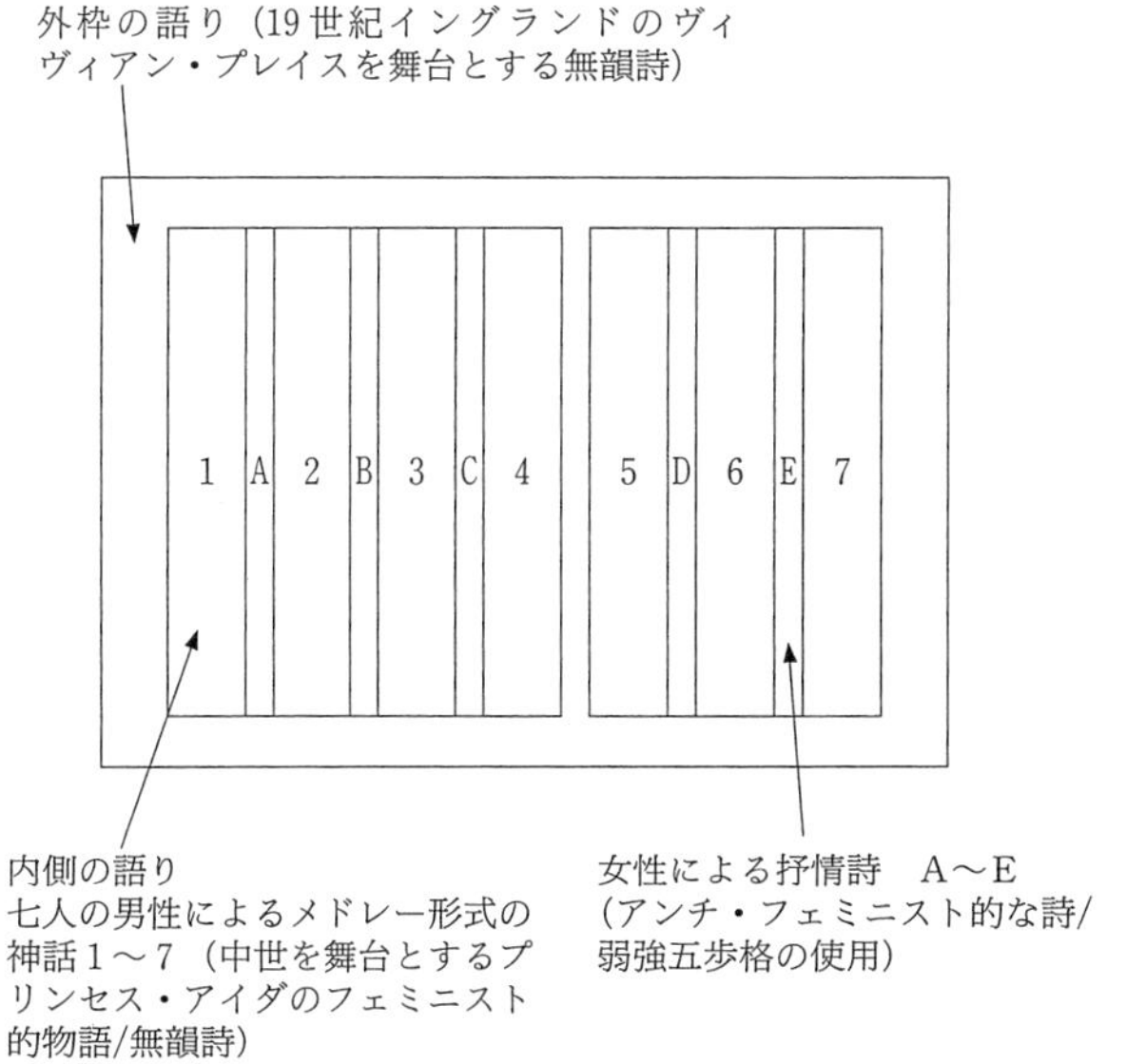

『王女』の語りの構造

言ってよく、この詩を構成する各部は互いに融合することを拒んでいる」と、その異質な形式を批判している。詳しくは、John. D. Jump, *Tennyson: The Critical Heritage* (London: Routledge and Kegan Paul, 1967) を参照のこと。

〔6〕たとえば、ジュリアン・モイナハンは "The Hero's Guilt: The Case of *Great Expectations*," *Essays in Criticism* 10 (1960), p. 67において、オーリックをピップの「ダブルであり分身、つまりはピップの影」と位置づけ、心理レヴェルでのふたりの共犯関係を指摘している。

第8章　『アダム・ビード』と『ヘンリー・エズモンド』

原注

（1）この点については、たとえばMichelle Zimbalist Rosaldo, "Women, Culture, and Society: A Theoretical Overview," pp. 17-42 in Rosaldo and Lamphere, *Women* を参照のこと。

（2）Kelly-Gadol, "Social Relation," p. 819.

（3）ここで私が公式化するにあたってなによりも参照したのは、Barrett, *Women's Oppression* の、特に pp. 160-86 における、この点についての的確な概観である。

（4）たとえば、ナンシー・チョドロウはこうした議論を次のように要約している。「前資本主義および初期資本主義時代において、社会の主な生産単位は家であった。夫と妻、そのふたりの子ども、および／あるいは他の子どもたちは協力し合うひとつの生産単位であった。妻は生産労働に従事するとともに、子どもの養育の責任を負い、その責任には少女たち――娘、使用人、見習い――の労働訓練も含まれていた。子どもたちは早くから大人の労働世界に溶け込んでいた。……つい最近まで、全世界の女性たちはほとんどの生産形態に関わっていたのである。家向けの生産は家の中で／と隣接して行われていたのであった」("Mothering, Male Dominance, and Capitalism," p. 88)。

（5）このように家族をふたつの軸から理解するアプローチについては、Barrett, *Women's Oppression*, pp. 200-03 を参照のこと。

（6）Lakoff, *Language*〔ロビン・レイコフ『言語と性――英語における女の地位』かつえ・あきば・れいのるず／川瀬祐子訳、有信堂高文社、一九八五年〕の特に pp. 53-57 を参照のこと。「女性の言語」の諸相を理解するにあたって、O'Barr and Atkins, "Women's Language" の特に p. 96 にも負っている。

（7）Eliot, *Adam Bede*〔ジョージ・エリオット『アダム・ビード』阿波保喬訳、開文社出版、一九七九年〕, vol. I, ch. 4, p. 52. 以下、この小説からの引用は本文中に巻数および頁数で示す（本書で使用した二巻本の第一巻は第二四章までを収録）。

（8）Unichappell Music BMI, © 1980, 1981 EMI Records, Ltd.

（9）この点についての詳細な説明は、Jeffrey Weeks, "Capitalism and the Organisation of Sex," pp. 11-20 in Gay Left Collective, *Homosexuality* の特に pp. 14-15 を参照のこと。

（10）この小説のペンギン版の序文でジョン・サザーランドは、ヘンリー・エズモンドが「一八世紀の人間」であると同時に「一九世紀の人間」でもあると、短いが示唆に富んだ指摘をしている(Harmondsworth, Sussex, 1970, pp. 20-21)。さらに、ハリー・ショーは後掲の研究書において、フェミニズム分析に対して男性中心の視点から、この小説の歴史性について有益な論を展開している。

（11）Thackeray, *Henry Esmond*〔W・M・サッカレー『恋の未亡人』村上至孝訳、新月社、一九四八年〕, Bk. I, ch, 9, p. 89. 以下、この小説からの引用は本文中に巻数および章数で示す。

（12）女性性および家族の歴史的な位置づけについては触れていないが、『ヘンリー・エズモンド』における歴史性についての一般的な問題点を取り上げた素晴しい論に、Shaw, *Forms*, pp. 56-70 がある。

（13）Thackeray, *Virginians*, ch. 22.

（14）二作の小説の関係について系統的に論じ、かつ本論と関連があるものに Rawlins, *Thackeray's Novels*, p. 190 がある。

（15）Milton, *Paradise Lost*〔ジョン・ミルトン『楽園の喪失』新井明訳、大修館、一九七八年〕, iv. l. 110.

（16）Tennyson, *Princess*, ii, 79-80.

（17）本書の序章第二、三節および、たとえば "Deferred Action; Deferred," in Laplanche and Pontalis, *Language*〔ラプランシュ／ポンタリス『精神分析用語辞典』村上監訳、みすず書房、一九七七年〕, pp. 111-14 を参照のこと。

訳注

〔1〕女性による説教は全面的に禁止されていたわけではない。聴衆が女性であれば、説教は認められることもあり、事実、アダムはダイナが結婚後も家で人々を前に「ちょっぴり」説教を続けていることを結びの章で認めている。

〔2〕一九八一年に全米ヒットチャート一位となった「モーニング・トレイン──ナイン・トゥ・ファイヴ」を指す。最初曲名は「ナイン・トゥ・ファイヴ」だったが、ドリー・パートンの「ナイン・トゥ・ファイヴ」がヒットしていたため、「モーニング・トレイン」に変更され「ナイン・トゥ・ファイヴ」は副題になった。

〔3〕ジェイムズ・エドワード（一六八八―一七六六）。名誉革命によって失ったスチュアート家の王位回復を目論み、一七一五年に反乱を起したが失敗に帰した。

〔4〕ヘンリー・エズモンドはすでにフランクに爵位を譲っており、したがってこの時点で、ヘンリーをカースルウッド家の家長と捉えてよいものかは、議論の余地があろう。

第9章　ホモフォビア・女性嫌悪・資本

原注

（1）Sedgwick, "Trace at 46," p. 14.

（2）アラン・ブレイはこうした現象の特に興味深い例を *Homosexuality*〔前掲第3章注（1）〕, pp. 76-77で示している。

（3）Schwarzbach, *Dickens*, pp. 198-99.

（4）Davis, *Flint*, pp. 266, 271.

（5）「ファニー」という語はジェンダーに関して曖昧であり、これがこの地口から考えられる唯一絶対の推論というわけではない。この語は一九世紀のイギリスでは一貫して女性の性器を指していたと思われる。だがたとえば一八世紀には、ポウプは同性愛者であったハーヴィ卿を「ファニー卿」と呼んでいる（「ロバの乳でできた真っ白い凝乳みたいな」〔とは、ハーヴィ卿を「病人の飲み物であるロバの乳を飲むような女々しい男」〕と呼んで揶揄したものである）。また、ファニー・アシンガムの例もある。

（6）大体において私は、コンテクストによって誤解が生じる恐れのない限り、「同性愛的なレイプ」という表現より、「男性によるレイプ」という表現のほうが好ましいと判断する。というのも、男性に性的暴力を加える男性は、多くの場合において、自分を同性愛者とは考えておらず、また日常的な性行動においても同性愛的ではないからである。こうした犯罪が一見同性愛的であるということより、暴力的で往々にしてことさらホモフォビックであるという事実こそが、私たちの論点にとって、より重要な点である。

（7）Dickens, *Our Mutual Friend*〔チャールズ・ディケンズ『我らが共通の友』間二郎訳、ちくま書房、一九九七年〕, Bk. IV, ch. 10, p. 812. 以下、この小説からの引用は本文中に巻数および章数で示す。

（8）Brown, *Life*〔N・O・ブラウン『エロスとタナトス』秋山さと子訳、竹内書店、一九七〇年〕, p. 300. モノを所有することと肛門を調節する力との間に関連づけがなされるのは、本章や次章で論じる、男性を標的とした「レイプ」の特徴と関係があるに違いない。というのも、文字通りのレイプの場合は例外として、普通攻撃者とみなされるのは、通常では受け手とされる者――括約筋の「鉄の輪」にたとえられる者――のほうだからである。ファルスそのものは、これらの「レイプ」ではほとんど何も表象しないのである。

（9）Boswell, *Christianity*, p. 43.
（10）Ackerley, *My Father*.
（11）Eliot, *Felix Holt*〔ジョージ・エリオット『急進主義者フィーリックス・ホルト』冨田成子訳、日本教育研究センター、一九九四年〕, Bk. III, ch. 10.
（12）*Ibid.*, III, 3.
（13）*Ibid.*, I, 2.
（14）Disraeli, *Coningsby*, ch. 9.
（15）Nelson, *Nobs*, p. 147.
（16）Miller, *Toward a New Psychology*〔ジーン・ベーカー・ミラー『イエス、バット——フェミニズム心理学をめざして』河野貴代美監訳、新宿書房、一九八九年〕, ch. 1.

訳注

〔1〕芸術は異性愛的欲動を昇華させた結果であるというフロイトの理論をパロディ化したもの。
〔2〕現在は、特に一八世紀に書かれた活発で、才知あふれる男の冒険物語を広くピカレスクと呼ぶが、元来は、才気煥発な主人公がいろいろな主人に仕えながら道を切り開いていく過程を描いた物語をピカレスクと称した。
〔3〕ポウプは論敵ハーヴィ卿を皇帝ネロの寵臣になぞらえスポーラスとあだ名したり、ファニー卿と呼んだりして、彼を女々しい男と揶揄した。
〔4〕ルイス・キャロル（本名チャールズ・ラトウィッジ・ドジソン、一八三二―九八）、『不思議の国のアリス』のモデル、少女アリスに大層な執心を示す一方で、大人の女性には関心を抱かなかった。チャールズ・キングズリー（一八一九―七五）の中では、性と贖罪はひとつの観念として結びついており、それはサド・マゾ的な著作や行為となって表れる。ジョン・ラスキン（一八一九―一九〇〇）、批評家・社会思想家。ラスキンの不能を理由に離婚。離婚後間もなく、ラスキンは当時神童と呼ばれた一〇歳の少女ローズ・ラ・トゥッシュに深い関心を抱き、スキャンダルを巻き起こした。T・E・ロレンス（一八八八―一九三五）については第10章を参照のこと。ジェイムズ・M・バリー（一八六〇―一九三七）は『ピーター・パン』を執筆後、物語のモデルである兄弟五人が遺児となると、この少年たちを引き取って育てることに尋常ならぬ愛と執念を見せる。T・H・ホワイト（一九〇六―六四）、小説家。一〇歳の少年ゼッドに対する強い愛に苦悩する。ハヴロック・エリス（一八五九―一九三九）、医者・性科学者。結びを参照のこと。J・R・アッカリー（一八九六―一九六七）、『愛犬チューリップと共に』および『あなたたちの世界を見ると』

には愛犬との関係が描かれている。
〔5〕E・M・フォースター（一八七九―一九七〇）の『モーリス』は中産階級のモーリスと労働者階級の男との同性愛を描いたもので、エドワード・カーペンターと彼の恋人メリルとの愛に触発されたという。フォースター自身も、車掌や警官たちと関係をもった。クリストファー・W・B・イシャーウッド（一九〇四―八六）は『クリストファーとその同類』や『独り者』などに自らの同性愛を綴っている。エドワード・カーペンター（一八四四―一九二九）については結びを参照のこと。トム・ドリーバーグ（一九〇五―七六）、ジャーナリストにして労働党議員も務める。中産階級出身だが、生活のためにウェイターとして働いたのをきっかけに水夫たちと関係をもつようになる。

第10章　後門から階段を上って

原注

（1）Dickens, *Great Expectations*〔前掲第7章注（2）〕, ch. 17.
（2）Dickens, *Our Mutual Friend*〔前掲第9章注（7）〕, Bk. II, ch. 15.
（3）Dickens, *Edwin Drood*〔前掲第6章注（1）〕, ch. 19. 以下、この小説からの引用は本文中に章で示す。
（4）『エドウィン・ドルード』に関しては、この未完の小説がどのようなプロットをもとにしていたか、錯綜する推論の中から選び取って読みを進めなければならない。論の出発点にあたり、私は、広く採用されている見解を踏襲することを言い添えておきたい。すなわち、ジャスパーはエドウィンを殺害するつもりであること、そして普通考えられている通り、彼はそれに成功したこと、広く考えられている通りネヴィルは死に、ローザはターターと、ヘレナはクリスパークルと結婚するだろうこと、そして指摘されつつも若干議論の余地のあるところではあるが、ダチェリーはヘレナの変装した姿である、という見方である。
（5）後者は世紀後半になると、初期精神分析のユダヤ的な特質との区別がなくなった。*Trilby*『トゥリルビィ』〔ジョージ・ドゥ・モリエー（一八三四―九六）、一八九四年〕のスフェンガリは両者の結びつきを示す際立った例である。
（6）Burton, *Thousand Nights*, vol. 10, pp. 206–07.
（7）*Ibid.*
（8）Kaplan, *Dickens*, pp. 165–215.
（9）ここでもまた『トゥリルビィ』が重要な関連性を示している。

(10) この点についてはWilner, "Music" を参照のこと。
(11) Burton, *Thousand Nights*, vol. 10, p. 232.
(12) *Ibid*., p. 235.
(13) *Ibid*., p. 214.
(14) *Ibid*., p. 216.
(15) Dickens, *Great Expectations*〔前掲第7章注(2)〕, ch. 5.
(16) Dickens, *Our Mutual Friend*〔前掲第9章注(7)〕, Bk. II, ch. 13.
(17) Lawrence, *Seven Pillars*〔T・E・ロレンス『知恵の七柱』柏倉俊三訳、平凡社、一九六九—七一年〕, pp. 444-45.
(18) この点についてはMack, *Prince* のたとえばpp. 216-25およびSaid, *Orientalism*〔エドワード・サイード『オリエンタリズム』板垣雄三／杉田英明訳、平凡社、一九九三年〕のpp. 240-43を参照のこと。
(19) Lawrence, *Seven Pillars*〔前掲注(17)〕, p. 5.
(20) Mack, *Prince*, p. 464より再引用。
(21) *Ibid*., p. 467.
(22) Lawrence, *Seven Pillars*〔前掲注(17)〕, p. 447.
(23) Kipling, *Kim*〔ラドヤード・キプリング『少年キム』斎藤兆史訳、晶文社、一九九七年〕, p. 1.
(24) *Ibid*., p. 218.
(25) *Ibid*., p. 219.
(26) W. H. Auden, "Lullaby," *Collected Shorter Poems 1927-1957* (New York: Random House, 1964), p. 107.
(27) Dickens, *Our Mutual Friend*〔前掲第9章注(7)〕, Bk. II, ch. 13. 私がここで、頻繁に出てくる「石灰」という主題を強調しているのは、もちろん、それがこれらの絆の抑圧的な肛門的側面を指し示すからである。私がここに提示する『エドウィン・ドルード』を顕著なかたちで文学にした二〇世紀の小説は、V・S・ナイポールの過激な『ゲリラ』である。この小説の中ではたとえば、〈黒人〉が白人に対して行う）男色行為／レイプや石灰穴という主題がもっと明確に出ている。ただし、構造に関しては、ホモフォビアや女性嫌悪、人種差別はそれぞれ、その他のものの有効性を示すために使われており、奇妙にも、ディケンズのひとつの側面に近い。

訳注

〔1〕『エドウィン・ドルード』第一四章の表現。ジョン・ジャスパーとエドウィンとネヴィル・ランドレスが、和解のために食事を共にすることになる。小説は、約束の時間になってこの三人がそれぞれ、裏口の階段を上って門番小屋にはいっていく様子をこのことばで描写する。この場面を最後に、エドウィンの消息は途絶える。

〔2〕猥雑な詩を得意とした古代ギリシアの詩人ソタデスにちなんだ呼び名。

〔3〕Sterne, *Sentimental Journey*〔前掲第4章注（3）〕, p. 112.

結び　二〇世紀に向けて

原注

（1）Emily Dickinson, *The Complete Poems*, ed. Thomas Johnson (Boston: Little, Brown, 1960), p. 303.

（2）Ehrenreich, *Hearts*, ch. 2; Hoch, *White Hero*; Fernbach, *Spiral Path* を参照のこと。

（3）たとえば以下を参照のこと。Weeks and Rowbotham, *Socialism*; Weeks, *Coming Out*; D'Emilio, *Sexual Politics*.

（4）Whitman, *Leaves* 1855〔W・ホイットマン『草の葉』全三巻、酒本雅之訳、岩波書店、一九九八年〕, p. 119.

（5）Traubel, *With Walt Whitman*, I, 415; II, 360; I, 5.

（6）Schueller and Peters, eds. *Letters*, III, 485.

（7）Traubel, *With Walt Whitman*, I, 76.

（8）Miller, *Whitman*, V, 72-73. カッツ(Jonathan Katz, *Gay American History*)はこの貴重な史料集の中で、ホイットマン、シモンズおよびエドワード・カーペンターの史料を提示して、この場のやり取りを最高にわかりやすく概観している。

（9）Symonds, *Letters*, III, 492; III, 553; III, 819. Symonds, *Study*, p. 76 および Symonds and Ellis, *Sexual Inversion*, pp. 19-21 も参照のこと。

（10）Traubel, *With Walt Whitman*, I, 204.

（11）Carpenter, *Days*〔エドワード・カーペンター『吾が日吾が夢』宮島新三郎訳、大日本文明協會事務所、一九二四年〕, pp. 42-43.

（12）これについては特に Calvin Bedient, "Whitman: Overruled," in Boyers and Steiner, *Homosexuality*, pp. 326-36 を参照のこと。

（13）これについては特に Savitch, "Whitman's Mystery" を参照のこと。

（14）Symonds, *Whitman*, p. 72.
（15）Symonds, *Letters*, III, 543.
（16）Carpenter, *Some Friends*, p. 16.
（17）Grosskurth, *Symonds*, p. 120を参照のこと。
（18）Symonds and Ellis, *Sexual Inversion*, p. 17.
（19）*Ibid*., pp. 64, 76.
（20）これはイギリス貴族階級の都市化されていない、非コスモポリタン的な人々にも当てはまるかもしれない。サーティーズの『スポンジ氏の狩猟行』にある、スキャンパデイル卿と「彼の『お気に入り』」ジャック・スプラゴンの絆（第二〇章）を見れば、こうした見方は容易に可能だろう。
（21）Symonds and Ellis, *Sexual Inversion*, p. xiii.
（22）Carpenter, *Friends*, pp. 11-12.
（23）Symonds and Ellis, *Sexual Inversion*, p. 58. シモンズは六二頁の事例一八。
（24）加えて、彼はワイルドの貴族の同性愛の友人たち――たとえばローデン・ノエルのような――の特徴である不節制と女々しさ、および、ワイルド自身の「ぞっとするような香水臭い」文学様式を嫌悪しその価値を疑った（*Letters* III, 478)。
（25）*Ibid*., III, 494.
（26）Symonds, *Study*, pp. 83-85.
（27）Ellis, *New Spirit*, p. 104.
（28）Symonds, *Letters*, III, 459. III, 448, 483も参照のこと。
（29）Symonds, "Democratic Art," *Essays*, p. 245.
（30）*Ibid*., pp. 244-45.
（31）Symonds, *Letters*, III, 825.
（32）Grosskurth, *Symonds*, p. 271.
（33）*Ibid*., p. 290.
（34）Symonds, *Letters*, III, 459.
（35）"Fast Anchor'd Eternal O Love !"〔「しっかりと錨をおろしたおお不滅の愛よ」〕これは第三版からの引用。
（36）Symonds, *Letters*, III, 799.

(37) *Ibid*., III, 808.
(38) Symonds, *Essays*, pp. 418–19. *Letters*, III, 455 も参照のこと。
(39) Symonds, *Letters*, III, 798; III, 811.
(40) Symonds and Ellis, *Sexual Inversion*, pp. 57, 67, 49, 47.
(41) Symonds, *Letters*, III, 712; III, 675.
(42) Carpenter, *My Days and Dreams*〔前掲注(11)〕, pp. 159–60.
(43) *Ibid*., p. 161.
(44) Symonds and Ellis, *Sexual Inversion*, pp. 61, 46–47.
(45) Carpenter, *My Days and Dreams*〔前掲注(11)〕, p. 95. ただし、カーペンターのフェミニズムに関して重要な保留事項が Sheila Rowbotham, "Edward Carpenter: Prophet of the New Life," in Rowbotham and Weeks, *Socialism*, pp. 25–138 の中に示されている。
(46) たとえば "As a Woman of a Man," *Towards Democracy*, p. 157 を参照のこと。
(47) *Ibid*., p. 387.
(48) Carpenter, *Friends of Walt Whitman*, p. 14.
(49) この関係についての質のよい議論は Delavenay, *D. H. Lawrence and Edward Carpenter* の全般、特に pp. 221–34 に見られる。
(50) Lawrence, *Studies*〔D・H・ロレンス『アメリカ古典文学研究』野崎孝訳、南雲堂、一九八七年。『アメリカ古典文学研究』大西直樹訳、講談社、一九九九年〕, pp. 167–68, 175.
(51) Lawrence, *The Symbolic Meaning*〔D・H・ロレンス『象徴の意味――「アメリカ文学古典の研究」異稿』海野厚志訳、慶応義塾大学法学研究会、一九七二年〕, p. 264. Delavenay, *D. H. Lawrence and Edward Carpenter* より再引用。私の議論はこの書に負うている。
(52) Lawrence, *Studies*, p. 169. カーペンターがアン・ギルクリストの話に寄せた同情的見解については Carpenter, *Friends* を参照のこと。またカーペンターの同様の関係については Rowbotham, *Socialism* の特に pp. 96–99 を参照のこと。
(53) Lawrence, *Letters*, II, 1049.
(54) D. H. Lawrence, "Education of the People," in *Phoenix*〔D・H・ロレンス『不死鳥』吉村宏一他訳、山口書店、一九八四―九二年〕, pp. 664–65. Delavenay, *D. H. Lawrence and Edward Carpenter* より再引用。
(55)「ワイルド」ということばについては第5章を参照のこと。

訳注

〔1〕アン・ギルクリスト（一八二八―八五、文学者）。ホイットマンを慕ってはるばるアメリカに移り住んだが、その愛を報いられることなく傷心のうちにイギリスへ帰国、死亡した。カーペンターはその一部始終を見聞きしている。

訳者あとがき

本書は、Eve Kosofsky Sedgwick, *Between Men: English Literature and Male Homosocial Desire* (New York: Columbia University Press, 1985) の全訳である。

著者のイヴ・コゾフスキー・セジウィックは、コーネル大学を卒業後、イェール大学で博士号を取得した。アマースト大学助教授、デューク大学教授を経て、現在、ニューヨーク市立大学英文学教授の職にある。本書は、*The Coherence of Gothic Conventions*（1980）に次ぐ二作目の著作であり、この後には、*Epistemology of the Closet*（1990, 邦訳『クローゼットの認識論』外岡尚美訳、青土社）, *Tendencies*（1993）, *Fat Art, Thin Art*（1994）, *A Dialogue on Love*（1999）といった著作が出版されている。

セジウィックは、元来、ゴシック小説の研究者として出発した人である。博士論文を元にした *The Coherence of Gothic Conventions* では、徹底してテクストに沈潜する姿勢を貫き、その精緻なテクスト分析によって高い評価を獲得した。しかし、セジウィックの名前を一躍世に知らしめたのは、何と言っても、本書『男同士の絆』であろう。本書は、フェミニズム、精神分析、社会史、人類学などの多領域を横断しつつ、ジェンダーの力学を鮮やかに提示するものであり、ジェンダー研究におけるパラダイム転換をもたらした著作である。

本書の斬新さはまず、近代のジェンダー配置を論じるにあたって、男性対女性の関係ではなく、男同士の関係を分析していることにある。本書が、迂回しつつ――男同士の絆を介したうえで――男性対女性の関係構造に切り込んでいるのは、父権制が、なによりも男性の社会的な連帯（ホモソーシャリティ）を基盤とするからにほかならない。男性の関係構造を腑分けすることなしに、ジェンダーの力学は解明しえない、というのが、本書の議論全体を貫くセジウィックの視点である。

セジウィックは、その論を、次のような問いかけから始めている――父権制下における男性一般は、いかに集団としての絆を強固にするのだろうか、あるいはまた、体制を脅かしかねない存在である女性を、いかに男性中心の制度に回収するのだろうか。セジウィックは、レヴィ＝ストロースの「女性の交換」論――婚姻は、複数の男性集団の間で成立するものであり、女性は交換される物のひとつにすぎない――を、フェミニズムの視点から捉え返し、女性の交換こそ、体制を支えるシステムであるとする。すなわち、婚姻とは、女性を男性の形式的なパートナーとして父権制度内に取り込みつつ、その実、取り引きの客体として周縁化するものであり、換言すれば、取り込みと排除という操作を介して、ジェンダーの非対称性を固定する装置なのである、と。

「女性の交換」論をフェミニズムの観点から読み直す作業は、すでにリュース・イリガライやゲイル・ルービンによって先鞭がつけられているが、セジウィックの功績は、女性の交換を推進する原動力に、男性のホモフォビア（同性愛嫌悪）がある、と看破したところにあろう。そもそもホモソーシャリティとは、女性蔑視ないし女性嫌悪に基くことから、潜在的に同性愛的《ホモエロティック》なのであるが、セジウィックによると、男性はこの同性愛的なるものを隠蔽するために、女性を交換するという。つまり女性の交換は、ホモフォビアに囚われた男性にとって、女性を周縁化するだけでなく、異性愛者としての主体を立ち上げつつ、ホモソーシャル体制に参入する、言うなれば通過儀礼なのである。

ホモソーシャル体制、女性嫌悪、ホモフォビア――これらを軸として、セジウィックはシェイクスピアからディケンズに至るテクストを読み直していく。論じられるテクストの時代が、およそ三世紀にわたっているのは、ホモソーシャル体制における歴史的変化――一九世紀初頭における異性愛主義の確立を境にして、男同士の関係および男女の関係がいかに変容を遂げたのか――をたどろうとするからである。しかしまた、テクストの大半が一九世紀の作品であるのは、セジウィックの主たる関心が、ホモソーシャル体制・性差別・異性愛主義という三位一体の分析にあるからであろう。この三位一体の分析において、論の俎上にのぼるのは近代核家族である。本書の特色のひとつは、多様なフェミニズム理論を踏まえつつ、近代核家族とホモソーシャル体制との共犯関係を暴いていることにある。

ところで、ホモソーシャル理論がジェンダー研究におけるパラダイム転換をもたらしたことは冒頭でふれたが、同様のことは文学研究についても言えるだろう。たとえば、第2章のシェイクスピアのソネット論は、従来のソネット研究を揺るがすものと評されているし、第3章の『田舎女房』論は、その斬新な視点で高い評価を獲得し、いまや誰もが無視できぬウィッチャリー研究の必読文献となった。また第8章の『アダム・ビード』および『ヘンリー・エズモンド』論は、八〇年代の「文学の文化研究」の最良の成果のひとつとされ、批評理論のアンソロジーにも収められている。本書が、エリザベス朝・王政復古期・ヴィクトリア朝の文学研究に多大な影響を及ぼしてきたことは衆目の一致するところであろう。

ただし、本書の論旨は時によっては必ずしも明快とは言い難く、理解しにくいところがないわけではない。それは、ひとつには、さりげない言い回しや微妙な表現が多いからであり、また歴史的な議論において、歴史事象についての充分な言及がなされていないからであろう。ことに、イギリス史にあまり馴染みのない読者にとっては、本書の要とも言うべき第5章の論旨は追いにくいかもしれない。この章は、イギリス社会における異性愛主義が一六六〇年の王政復古から一九世紀初頭にかけての間に誕生・確立したことを指摘する重要な箇所なのだが、なにゆえにこの時期なのかという点については、明確な説明がなされているわけではない。この点は、本書の後半の論すべてに関わる事柄なので、簡単にふれておくことにしよう。

イギリスでは、王政復古とともに道徳的ピューリタニズムが崩壊し、エロスの解放の時代を迎えるが、わけても、このエロスの解放を享受したのは貴族階級であった。宗教的な禁欲主義から解放された貴族たちの間では、婚外の男女関係や同性愛がタブー視されなくなり、同性愛すなわち貴族というステレオタイプが、社会に広く流通するようになる。しかしエロスに対する変化は、抑圧から解放に向けて単線的に進行したわけではなく、産業資本主義化の進展にともないブルジョワ＝中産階級が抬頭すると、性の抑圧をめざす動き――福音主義運動の復活――も顕在化するようになる。ここで重要なのは、ブルジョワが社会のヘゲモニーを掌握するにあたって、貴族の階級倫理（ノブレス・オブリージュ）に対抗するような、自らの階級倫理を形成する必要があったということだ。敢えて単純な図式化を試みれば、彼らは、貴族階級に附されたイメージ、たとえば「有閑」、「怠惰」、「性的放縦」、「同性愛」などとは対照的な価値を前面に打ち出すことによって、貴族階級に対抗しえたわけであり、それゆえブルジョワは、「勤勉」「勤労」を標傍すると同時に、「再生産＝生殖」中心の異性愛――すなわち、快楽の性とは峻別された家庭内の性――を規範化していったのである。貴族よりも有用かつ道徳的な存在であると自己規定することで、ブルジョワは、エディプスのファミリー・ロマンス――親（貴族）からの権力奪取の物語――を正当化しえたのであり、換言すれば、イギリス社会においてホモフォビアがこれほど浸透したのは、権力譲渡とともに、ブルジョワの性倫理が社会の規範になったからにほかならない。

最後に、本書を読むにあたって、留意したほうがよいと思われる点をひとつ指摘しておきたい。セジウィックは、フェミニズムと脱構築という――場合によっては矛盾しかねない――ふたつの立場の間を往還し、いずれをも両立させようとしており、それが、本書のテクスト分析の面白さと豊かさに繋がっているのだが、時として軋みをも生む結果となっている、ということだ。そうした軋みは、たとえば、サッカレーの『ヘンリー・エズモンド』を論じる際に生じているように思われる。伝統的にこの小説は、ヘンリーの成長物語として読まれてきたと言ってよいだろうが、セジウィックは、フェミニストの視点から女の物語を浮かび上がらせようとする。つまり、それまでの研究者たちのファロセントリックな視線によって捨象されてきた、レイチェルとビアトリックスの物語を――男性のホモソーシャルな欲望に翻弄されるふたりの女性の物語を――読みとろうとするのである。確かにセジウィックの読解は、フェミニズムの立場からの読み直しではあるが、しかし脱構築的な立場からすれば、伝統的な読みにせよ、セジウィックの読みにせよ、テクストになんらかの統一的な意味を与える解釈であり、その点において両者は同根ということになる。

とはいえ、セジウィックは概ね解釈という陥穽を意識しており、本書はフェミニズム的な視点と脱構築的な視点の交差する場となっている。わけても瞠目に値するのは、第6章の『義とされた罪人の手記と告白』論であろう。セジウィックは解釈を巧妙に回避しつつ、男性の語り手と登場人物のホモソーシャルな共犯関係を暴いている。フェミニストとしての、脱構築主義者としての、さらにまた、ゴシック小説の研究者としての、面目躍如たる読解と言えるだろう。

＊

本書の翻訳にあたっては、前掲のテクストを使用し、一九九二年に書かれたまえがきも訳載した。原題の *Between Men* は、直訳すれば「男たちの間で」になろうが、「男性の結束」「女性の排除」の意が込められているため、邦題は「男同士の絆」にした。名付け親になってくださったのは、編集部の方である。

翻訳の分担は、第2章、3章、4章、9章、10章、結びは亀澤、まえがき、序章、1章、5章、6章、7章、8章は上原の担当となっている。ただし訳語に関しては、最終段階で上原がすべての原稿に目を通しておおまかな統一をはかった。また引用文の訳出にあたっては、既訳は可能な限り参照することにしたが、文脈によっては訳者の判断で変更を加えた箇所もあることをお断りしておきたい。使用させていただいた文献は、各章の注に掲げておいた。訳者の方々には、この場を借りてお礼を申し上げたい。なお、『男同士の絆』の分析対象となっているのは、主としてイギリスの詩、演劇、小説であるが、本書の性格上、様々な領域に関わる方が読まれるであろうことを想定して、イギリス文学に関する注を多少多めにつけた。本書の理解に少しでも役にたつのであれば、訳者としても幸いである。

この本が出来上がるまでには多くの方にお世話になった。貴重な文献を快く貸してくださった神戸市外国語大学の南隆太氏、セジウィックの個性的な文体と格闘する訳者二人を励ましてくださった同僚、特に、名古屋大学言語文化部のデイヴィッド・ラムジー氏、エドワード・ヘイグ氏には心から感謝の意を表したい。最後になったが遅々として進まぬ翻訳に辛抱強くお付き合いくださり、的確な助言を惜しまれなかった名古屋大学出版会の橘宗吾氏と長畑節子氏にも篤くお礼申し上げる。

二〇〇一年一月五日

上原早苗

《訳者紹介》

上《うえ》原《はら》草《さ》苗《なえ》

　現　在　名古屋大学大学院人文学研究科教授

亀《かめ》澤《ざわ》美《み》由《ゆ》紀《き》

　現　在　東京都立大学大学院人文科学研究科教授

男同士の絆

2001 年 2 月 20 日　初版第 1 刷発行
2023 年 2 月 10 日　初版第 7 刷発行

定価はカバーに
表示しています

訳　者　上　原　早　苗
　　　　亀　澤　美由紀

発行者　西　澤　泰　彦

発行所　一般財団法人　名古屋大学出版会
〒 464-0814　名古屋市千種区不老町 1 名古屋大学構内
電話(052)781-5027 / FAX(052)781-0697

Printed in Japan

印刷・製本　亜細亜印刷㈱

ISBN978-4-8158-0400-8

乱丁・落丁はお取替えいたします。

索　引

ア　行

アダムズ，ロバート・M　Adams, Robert M.　155
アッカリー，J・R　Ackerley, J. R.　265-6
　『愛犬チューリップと共に』 *My Dog Tulip*　349n〔4〕
　『あなたたちの世界を見ると』 *We Think the World of You*　349n〔4〕
アーノルド，トマス　Arnold, Thomas　337n〔3〕
アルキビアデス　Alcibiades　68
アーレント，ハンナ　Arendt, Hannah　5
アン女王　Queen Anne　222-3
イシャーウッド，クリストファー　Isherwood, Christopher　266
　『クリストファーとその同類』 *Christopher and His Kind*　350n〔5〕
　『独り者』 *A Single Man*　350n〔5〕
イーストン，シーナ　Easton, Sheena　218
イリガライ，リュース　Irigaray, Luce　39-40
　「商品たちの間の商品」 "When the Goods Get Together"　39
ヴァン・ダー・ズィー，ジョン　Van der Zee, John　336n12
ウィークス，ジェフリー　Weeks, Jeffrey　iii, 39, 131, 341n5
ヴィシナス，マーサ　Vicinus, Martha　336n17
ヴィース，デイヴィッド　Vieth, David　76
ウィッチャリー，ウィリアム　Wycherley, William　93-4, 97-101, 112, 122, 203, 333
　『田舎女房』 *The Country Wife*　24, 75-103, 106-8, 113, 122, 127, 150-4, 166, 186, 203, 258, 302, 333
　『素直な男』 *The Plain Dealer*　92, 98
ヴィリヤーズ，バーバラ，クリーヴランド公爵夫人　Villiers, Barbara, Duchess of Cleveland　93-4
ウォルポール，ホラス　Walpole, Horace　140-1
ウッドハウス，P・G　Woodhouse, P. G.　105
エドワードII世　Edward II　173
エリオット，ジョージ　Eliot, George　179, 222, 224-5
　『アダム・ビード』 *Adam Bede*　25, 68, 188, 204-25, 239-40
　『フィーリックス・ホルト』 *Felix Holt*　267
エリス，ハヴロック　Ellis, Havelock　265, 316, 349n〔4〕
　『新精神』 *The New Spirit*　320
　『性的倒錯』 *Sexual Inversion*　317, 319, 325, 332
エンゲル，モンロー　Engel, Monroe　248
エンゲルス，フリードリヒ　Engels, Friedrich　38, 206
　『家族，私有財産，および国家の起源』 *The Origin of the Family, Private Property, and the State*　205
オウィディウス　Ovid　61
『オズの魔法使い』 *The Wizard of Oz*　293
オッカンガム，ギィー　Hocquenghem, Guy　iii
オーデン，W・H　Auden, W. H.　41
オルセン，フランシス　Olsen, Frances　344n16

カ　行

ガウデン，ジョン，　Gauden John
　『王の御姿』 *Eikon Basilike*　237
ガタリ，フェリックス　Guattari, Felix　259
カッツ，ジョナサン　Katz, Jonathan　352

n8
カプラン，フレッド　Kaplan, Fred
『ディケンズと動物磁気催眠』 *Dickens and Mesmerism* 288
カーペンター，エドワード　Carpenter, Edward 143, 266, 311, 314-9, 325-33, 350n〔5〕, 352n8, 354n45, n52, 355n〔1〕
『民主主義の方へ』 *Towards Democracy* 326
『ホモジェニック・ラブ』 *Homogenic Love* 332
カーン，コッペリア　Kahn, Coppélia vi, 37
キプリング，ラドヤード　Kipling, Rudyard
『キム』 *Kim* 302-4
ギャスケル，エリザベス　Gaskell, Elizabeth
『妻と娘』 *Wives and Daughters* 188-9
ギャロップ，ジェイン　Gallop, Jane
『娘の誘惑』 *The Daughter's Seduction* 19
キャロル，ルイス　Carroll, Lewis 265
『不思議の国のアリス』 *Alice's Adventures in Wonderland* 349n〔4〕
キーリー，ロバート　Kiely, Robert 343n2
キール，ハワード　Keel, Howard 345n〔1〕
ギルクリスト，アン　Gilchrist, Anne 328, 354n52, 355n〔1〕
ギルバート，サンドラ　Gilbert, Sandra
『屋根裏の狂女』 *The Madwoman in the Attic* 19
キングズリー，チャールズ　Kingsley, Charles 265, 349n〔4〕
グーバー，スーザン　Gubar, Susan
『屋根裏の狂女』 *The Madwoman in the Attic* 19
クライン，リチャード　Klein, Richard 34-6, 38
クリーガー，マレー　Krieger, Murray 43-4
クリス，エルンスト　Kris, Ernst 343n5
クリステヴァ，ジュリア　Kristeva, Julia
『恐怖の権力』 *Powers of Horror* 28
グリフィン，スーザン　Griffin, Susan
『ポルノグラフィと沈黙』 *Pornography and Silence* 19
クロンプトン，ルイス　Louis Crompton 4, 143, 336n8
ケリー=ガドル，ジョーン　Kelly-Gadol, Joan 205
ゴドウィン，ウィリアム　Godwin, William 141, 176
『ケイレブ・ウィリアムズ』 *Caleb Williams* 140, 147, 176
コリンズ，ウィルキー　Collins, Wilkie
『アーマデイル』 *Armadale* 265
『白衣の女』 *The Woman in White* 267
ゴールド，アレックス，ジュニア　Gold, Alex, Jr. 176

サ 行

サイード，エドワード　Said, Edward 351n18
サザーランド，ジョン　Sutherland, John 347n10
サッカレー，ウィリアム・M　Thackeray, William M. 179
『ヴァージニアン』 *The Virginians* 224-6
『ニューカム家の人々』 *The Newcomes* 265
『ヘンリー・エズモンド』 *Henry Esmond* 25, 28, 180, 187, 204, 208-9, 221-44, 247
『ペンデニス』 *Pendennis* 265
サーティーズ，R・S　Surtees, R. S.
『スポンジ氏の狩猟行』 *Mr. Sponge's Sporting Tour* 353n20
『ハンドリー・クロス』 *Handley Cross* 257
サド公爵　Sade, Marquis de 9
「サムエル記」 *Samuel* 108
ザレツキー，エリ　Zaretsky, Eli 103
シェイクスピア，ウィリアム　Shakespeare, William 37
『十二夜』 *Twelfth Night* 150
『ソネット集』 Sonnets 24, 41-74, 75-77, 84, 148, 277
『ハムレット』 *Hamlet* 112
『リア王』 *King Lear* 104, 287
ジェイムズ，ヘンリー　James, Henry 54, 203
『黄金の杯』 *The Golden Bowl* 250

ジェイムズＩ世　James I　142
ジェイムズII世　James II　222
ジェイムズ・エドワード　→スチュアート，ジェイムズ・エドワード
シェリー，メアリ　Shelly, Mary　141
『フランケンシュタイン』 *Frankenstein* 140, 176, 230
ジード，アンドレ　Gide, André　41
「使徒行伝」 *The Acts* 167
詩篇第109篇　Psalm 109　170
シモンズ，ジョン・アディントン　Symonds, John Addington　311-27, 332-3, 352n8
『性的倒錯』 *Sexual Inversion* 317, 319, 325, 332
ジャコーバス，メアリ　Jacobus, Mary 176
シュウォルツバッハ，F・S　Schwarzbach, F. S.　248
ショー，ハリー　Shaw, Harry　347n10, n12
ジョージ（皇太子）　George, Prince of Wales　143
ジラール，ルネ　Girard, René　24, 42, 176, 251, 337n23
『欲望の現象学』 *Deceit, Desire, and the Novel* 26, 32-8
ジルアード，マーク　Girouard, Mark 343n4
ジルマン，リチャード　Gilman, Richard 341n8
スターン，ローレンス　Sterne, Laurence 142
『センチメンタル・ジャーニー』 *A Sentimental Journey* 24, 101, 103-26, 177, 246, 287, 333
スチュアート，ジェイムズ・エドワード　Stuart, James Edward　223, 235, 347n〔3〕
ストーン，ローレンス　Stone, Lawrence 141
スミス=ローゼンバーグ，キャロル　Smith-Rosenberg, Carroll　3
セジウィック，E・K　Sedgwick, E. K. "Trace at 46"　348n1
セドリー，サー・チャールズ　Sedley, Sir Charles　94
『セミオテクスト』 *Semiotext(e)* 8
ソクラテス　Socrates　68

タ　行

ダグラス，ロード・アルフレッド　Douglas, Lord Alfred　42, 68, 143
チャールズＩ世　Charles I　237
チャールズII世　Charles II　93
チョーサー，ジェフリー　Chaucer, Geoffrey
「免罪符売りの話」 "Pardoner's Tale" 249
チョドロウ，ナンシー　Chodorow, Nancy 28, 37, 40, 346n4
デイヴィス，アール　Davis, Earle　248
ディキンスン，エミリー　Dickinson, Emily 308
ディケンズ，チャールズ　Dickens, Charles 25, 146, 179, 197
『エドウィン・ドルードの謎』 *Edwin Drood* 147, 246-7, 275-307
『大いなる遺産』 *Great Expectations* 197-201, 246, 275, 295, 306
『デイヴィッド・コッパーフィールド』 *David Copperfield* 270
『ニコラス・ニックルビー』 *Nicholas Nickleby* 267
『ピクウィック・クラブ』 *The Pickwick Papers* 246, 251, 265
『我らが共通の友』 *Our Mutual Friend* 68, 160, 245-74, 276-7, 294-5, 306, 343n7, 351n27
ディズレーリ，ベンジャミン　Disraeli, Benjamin
『コニングスビー』 *Conningsby* 269
ディドロ，ジャック　Diderot, Jacques
『修道尼』 *La Religieuse* 165
ディナースタイン，ドロシー　Dinnerstein, Dorothy　28, 37, 40
『性幻想と不安』 *The Mermaid and the Minotaur* 26
デニス，ジョン　Dennis, John　93
テニスン，エミリー　Tennyson, Emily 345n〔3〕
テニスン，ロード・アルフレッド　Tennyson, Lord Alfred　179, 337n〔3〕
『イン・メモリアム』 *In Memoriam*

308, 345n〔3〕
『王女』 *The Princess* 25, 178-205, 208, 221, 239-40, 247
テリー，エレン Terry, Ellen 310
ドイル，ピーター Doyle, Peter 313
ドゥ・モリエー，ジョージ Du Maurier, George
『トゥリルビィ』 *Trilby* 350n5, n9
ドーヴァー，K・J Dover, K. J. 39
『古代ギリシアの同性愛』 *Greek Homosexuality* 5
ドウォーキン，アンドレア Dworkin, Andrea
『ポルノグラフィ』 *Pornography* 19
ドゥルーズ，ジル Deleuze, Gilles 259
ドジソン，チャールズ・ラトウィッジ Dodgson, Charles Lutwidge →キャロル，ルイス
ドストエフスキー，F Dostojevskij, F. 152
トッド，ジャネット Todd, Janet 153
ドムホフ，G・ウィリアム Domhoff, G. William 336n12
ドリーバーグ，トム Driberg, Tom 266, 350n〔5〕
トローベル，ホラス Traubel, Horace 310-1
トロロープ，アントニー Trollope, Anthony
『アリントンの控え家』 *The Small House at Allington* 267
『ソーン医師』 *Doctor Thorne* 267
『当世風の暮らしかた』 *The Way We Live Now* 267
『リッチモンド城』 *Castle Richmond* 267

ナ 行

ナイト，G・ウィルソン Knight, G. Wilson 74
ナイポール，V・S Naipaul, V. S.
『ゲリラ』 *Guerrillas* 351n27
ニコルズ，ベヴァリー Nichols, Beverley
『父親像』 *Father Figure* 145-6
ネルソン，マイケル Nelson, Michael 270
ノエル，ローデン Noel, Roden 353n24

ハ 行

ハイルブラン，キャロリン Heilbrun, Carolyn 337n26
バイロン，ロード Byron, Lord 140
ハーヴィ，ジョン Hervey, John 348n5, 349n〔3〕
パウエル，ジェイン Powell, Jane 345n〔1〕
ハウス，ハンフリー House, Humphry
『ディケンズの世界』 *The Dickens World* 248
ハウスマン兄弟 ハウスマン，A・E/ハウスマン，ローレンス Housman, A. E. and Laurence 143
パゾリーニ，ピエール・パオロ Pasolini, Pier Paolo 41
バッキンガム公 Villiers, George, Duke of Buckingham 93-4, 101
ハーディ，トマス Hardy, Thomas
『カスタブリッジの町長』 *The Mayor of Casterbridge* 171-2, 344n〔3〕
ハート，G・H Herdt, G. H. 6
ハートマン，ハイジ Hartmann, Heidi 4, 7, 37
パトモア，コヴェントリ Patmore, Coventry
『家庭の天使』 *The Angel in the House* 183
バトラー，サミュエル Bulter, Samuel
『ヒューディブラス』 *Hudibras* 150
バートン，サー・リチャード Burton, Sir Richard 290, 294-6
『千夜一夜物語』 *Thousand Nights and a Night* 279-80
パートン，ドリー Parton, Dolly 347n〔2〕
バーベッジ，リチャード Burbage, Richard 54
ハラム，アーサー Hallam, Arthur 345n〔3〕
バリー，キャスリン Barry, Kathleen 9
『性の植民地』 *Female Sexual Slavery* 19
バリー，ジェイムズ・M Barrie, James M. 265
『ピーター・パン』 *Peter Pan* 349n〔4〕

バルト，ロラン　Barthes, Roland　41, 48
バレット，ミシェル　Barrett, Michèle　346n5
ファーンバック，デイヴィッド　Fernbach, David　39
フィードラー，レズリー　Fiedler, Leslie　61
フェレンツィ，サンダー　Ferenczi, Sandor　259
『海』 *Thalassa*　245
フォースター，E・M　Forster, E. M.　266
『モーリス』 *Maurice*　350n〔5〕
フーコー，ミシェル　Foucault, Michel　33, 39, 133, 136
『性の歴史』 *The History of Sexuality*　125
フサート，アンジェロ　Fusato, Angelo　322
ブース，スティーヴン　Booth, Stephen　58-9
ブラウン，ノーマン・O　Brown, Norman O.　248, 259
プラーツ，マリオ　Praz, Mario　343n10
プルースト，マルセル　Proust, Marcel　54, 67
ブレイ，アラン　Bray, Alan　iii, 39, 75, 127-34, 141-2, 339n1, 342n〔1〕, 348n2
『同性愛の社会史』 *Homosexuality in Renaissance England*　127, 141
フロイト，ジグムント　Freud, Sigmund　23-4, 34-8, 229, 243, 248, 259, 337n21, 349n〔1〕
『機知』 *Jokes and their Relation to the Unconscious*　95
シュレーバー博士　Dr. Schreber　30, 139-40, 176
人糞と金銭について　248-9
ねずみ男　253
「不気味なもの」 "The Uncanny"　139
「夢と妄想」 "Delusion and Dream"　139　→ラカン
ブロンテ，エミリー　Brontë, Emily
『嵐が丘』 *Wuthering Heights*　147
ペック，ルイス・F　Peck, Louis F.　140
ベックフォード，ウィリアム　Beckford, William　140, 142
『ヴァテック』 *Vathek*　145
ベネット，マザー　Bennet, Mother　98
ヘルムズ，ジェシー　Helms, Jesse　4
ホイットマン，ウォルト　Whitman, Walt　25, 41, 352n8, 355n〔1〕
『草の葉』 *Leaves of Grass*　41-2, 308-34
ポウプ，アレグザンダー　Pope, Alexander　224, 316, 348n5, 349n〔3〕
「アバースノット博士への手紙」 "Epistle to Dr. Arbuthnot"　263
ボズウェル，ジェイムズ　Boswell, James　310
ボズウェル，ジョン　Boswell, John　39, 263
ホック，ポール　Hoch, Paul　iii
ホッグ，ジェイムズ　Hogg, James　25, 141, 176, 247
『義とされた罪人の手記と告白』 *Confessions of a Justified Sinner*　25, 140, 146, 147-76, 291
ホワイト，T・H　White, T. H.　265, 349n〔4〕

マ　行

マーカス，ジェイン　Marcus, Jane　337n27
マーカス，スティーヴン　Marcus, Steven　161, 343n8
マストン，ジョン・ウェストランド　Maston, John Westland　345n〔5〕
マチュリン，チャールズ・ロバート　Maturin, Charles Robert　141, 144
『放浪者メルモス』 *Melmoth the Wanderer*　140, 144-5, 165
マッキオッチ，マリア=アントニエッタ　Macciocchi, Maria-Antonietta　337n27
マッキノン，キャサリン・A　MacKinnon, Catherine A.　10-2
マッキントッシュ，メアリ　McIntosh, Mary　131
マニング，シルヴィア・バンクス　Manning, Sylvia Banks　248
マルクス，カール　Marx, Karl　42

『ドイツ・イデオロギー論』 *The German Ideology* 21
マーロー，クリストファー Marlowe, Christopher
『エドワード二世』 *Edward II* 173
ミエリ，マリオ Mieli, Mario iii
ミッチェル，ジュリエット Mitchell, Juliet 21-2, 336n19
ミッチェル，マーガレット Mitchell, Margaret
『風と共に去りぬ』 *Gone with the Wind* 12-5, 33
ミラー，D・A Miller, D. A. 344n16
ミラー，J・ヒリス Miller, J. Hillis 248
ミラー，ジーン・ベイカー Miller, Jean Baker
『イエス，バット』 *Towards a New Psychology of Women* 272
ミルトン，ジョン Milton, John 68, 215
『失楽園』 *Paradise Lost* 230-1, 243
メリル，ジョージ Merrill, George 326-7, 350n〔5〕
モイ，トリル Moi, Toril 337n23
モイナハン，ジュリアン Moynahan, Julian 346n〔6〕
モンロー，マリリン Monroe, Marilyn 66, 68

ヤ・ラ・ワ行

『ユリシーズ』 *Ulysses* 100
ラカン，ジャック Lacan, Jacques 36, 38, 40
ラスキン，ジョン Ruskin, John 265, 349n〔4〕
ラドクリフ，アン Radcliffe, Ann 141
『イタリア人』 *The Italian* 140
ラプランシュ，ジャン Laplanche, Jean 337n21
リカード，デイヴィッド Ricardo, David 224
リッチ，アドリエンヌ Rich, Adrienne 335n3
リンチ，マイケル Lynch, Michael ii
『ゲイ・スタディーズ・ニューズレター』 *Gay Studies Newsletter* iii
ルイス，ウィルマース Lewis, Wilmarth 141
ルイス，ウィンダム Lewis, Wyndham 74
ルイス，マシュー・グレゴリー Lewis, Matthew Gregory
『修道士』 *The Monk* 140
ルービン，ゲイル Rubin, Gayle 4, 24, 38, 40, 339n3
レイコフ，ロビン Lakoff, Robin 211
レヴィ=ストロース，クロード Lévi-Strauss, Claude 19, 24, 38-9, 77, 339n3
レーガン，ロナルド Reagan, Ronald 4
ロチェスター伯 Rochester, Lord Wilmot 94
ローボタム，シーラ Rowbotham, Sheila 39, 354n45
ローリンズ，ジャック Rawlins, Jack 347n14
ロレンス，D・H Lawrence, D. H. 314-5, 324, 330-4
ロレンス，T・E Lawrence, T. E. 265
『知恵の七柱』 *Seven Pillars of Wisdom* 160, 296-302, 304, 349n〔4〕
ワイルド，オスカー Wilde, Oscar 41-2, 54, 74, 143-6, 175, 264, 273, 314-5, 332-3, 353n24
『ドリアン・グレイの肖像』 *The Picture of Dorian Gray* 145, 268

参考文献

Abelove, Henry. "Freud, Male Homosexuality, and the Americans." In *Sexuality in Nineteenth-Century Europe*. Ed. Isabel Hull and Sander Gilman. Forthcoming.

Ackerley, J. R. *My Father and Myself*. London: Bodley Head, 1968.

Alexander, Boyd. *England's Wealthiest Son: A Study of William Beckford*. London: Centaur, 1962.

Altman, Dennis. *The Homosexualization of America, the Americanization of the Homosexual*. New York: St. Martin's, 1982.

Arendt, Hannah. *The Human Condition*. Chicago: University of Chicago Press, 1958.

Aspiz, Harold. *Walt Whitman and the Body Beautiful*. Urbana: University of Illinois Press, 1980.

Barrett, Michèle. *Women's Oppression Today: Problems in Marxist Feminist Analysis*. London: Verso, 1980.

Barry, Kathleen. *Female Sexual Slavery*. New York: Prentice-Hall, 1979.

Barthes, Roland. *A Lover's Discourse: Fragments*. Tr. Richard Howard. New York: Hill and Wang, 1978.

Beckford, William. *The Episodes of Vathek*. Rutherford, N.J.: Associated University Press, 1975.

—— *Vathek*. Ed. Roger Lonsdale. London: Oxford University Press, 1970.

Bell, Alan P., Martin S. Weinberg, and Sue Kiefer Hammersmith. *Sexual Preference: Its Development in Men and Women*. Bloomington: Indiana University Press, 1981.

Birkin, Andrew. *J. M. Barrie and the Lost Boys: The Love Story that Gave Birth to Peter Pan*. New York: Clarkson N. Potter, 1979.

Boswell, John. *Christianity, Social Tolerance, and Homosexuality: Gay People in Western Europe from the Beginning of the Christian Era to the Fourteenth Century*. Chicago: University of Chicago Press, 1980.

Boyers, Robert, and George Steiner, eds. "Homosexuality: Sacrilege, Vi-

sion, Politics." Special issue of *Salmagundi* 58–59 (Fall 1982–Winter 1983).

Bray, Alan. *Homosexuality in Renaissance England.* London: Gay Men's Press, 1982.

Breines, Wini, and Linda Gordon. "The New Scholarship on Family Violence." *Signs* 8, no. 3 (Spring 1983), pp. 490–531.

Brown, Norman O. *Life Against Death: The Psychoanalytical Meaning of History.* Middletown, Conn.: Wesleyan University Press, 1959; rept. 1970.

Burton, Richard F. "Terminal Essay." In *A Plain and Literal Translation of The Arabian Nights' Entertainments, Now Entituled The Book of the Thousand Nights and a Night, With Introduction Explanatory Notes on the Manners and Customs of Moslem Men and a Terminal Essay upon the History of The Nights.* Medina Edition, Vol 10. N. p.: Burton Club, 1886, pp. 63–302.

Carpenter, Edward. *My Days and Dreams: Being Autobiographical Notes.* London: George Allen & Unwin, 1916.

—— *Towards Democracy.* N.p.: Albert & Charles Boni, 1932.

—— *Some Friends of Walt Whitman: A Study in Sex Psychology.* London: British Society for the Study of Sex Psychology, n.d.

Cavell, Stanley. *Must We Mean What We Say: A Book of Essays.* New York: Scribner's, 1969.

Cavitch, David. "Whitman's Mystery." *Studies in Romanticism* 17, no. 2 (Spring 1978), pp. 105–28.

Chesebro, James W., ed. *Gayspeak: Gay Male and Lesbian Communication.* New York: Pilgrim Press, 1981.

Chitty, Susan. *The Beast and the Monk: A Life of Charles Kingsley.* New York: Mason-Charter, 1975.

Chodorow, Nancy. "Mothering, Male Dominance, and Capitalism." In *Capitalist Patriarchy and the Case for Socialist Feminism.* Ed. Zillah Eisenstein. New York: Monthly Review, 1979, pp. 83–106.

—— *The Reproduction of Mothering: Psychoanalysis and the Sociology of Gender.* Berkeley: University of California Press, 1978.

Cott, Nancy F. *The Bonds of Womanhood: "Women's Sphere" in New England, 1780–1835.* New Haven: Yale University Press, 1977.

Cott, Nancy F. and Elizabeth H. Pleck, eds. *A Heritage of Her Own: Toward a New Social History of American Women.* New York: Simon and Schuster, 1979.

Crew, Louie, ed.. *The Gay Academic.* Palm Springs, California: ETC Publications, 1978.

Crompton, Louis. "Gay Genocide: From Leviticus to Hitler." In *The Gay Academic.* Ed. Louie Crew. Palm Springs, Calif.: ETC Publications, 1978, pp. 67–91.

Davis, Earle. *The Flint and the Flame: The Artistry of Charles Dickens.* Columbia, Mo.: University of Missouri Press, 1963.

Delavenay, Emile. *D. H. Lawrence and Edward Carpenter: A Study in Edwardian Transition.* London: Heinemann, 1971.

Deleuze, Gilles, and Felix Guattari. *Anti-Oedipus: Capitalism and Schizophrenia.* Tr. Robert Hurley, Mark Seem, and Helen R. Lane. New York: Viking, 1977.

D'Emilio, John. *Sexual Politics, Sexual Communities: The Making of a Homosexual Minority in the United States, 1940–1970.* Chicago: University of Chicago Press, 1983.

Dickens, Charles. *David Copperfield.* Ed. Trevor Blount. Harmondsworth, Sussex: Penguin, 1966.

—— *Great Expectations.* Ed. Angus Calder. Harmondsworth: Penguin, 1965.

—— *The Mystery of Edwin Drood.* Ed. Margaret Cardwell. Oxford: Oxford University Press, 1972.

—— *Nicholas Nickleby.* Ed. Michael Slater. Harmondsworth: Penguin, 1978.

—— *Our Mutual Friend.* Ed. Stephen Gill. Harmondsworth: Penguin, 1971.

—— *The Posthumous Papers of the Pickwick Club.* Ed. Robert L. Patten. Harmondsworth: Penguin, 1972.

Dinnerstein, Dorothy. *The Mermaid and the Minotaur: Sexual Arrangements and Human Malaise.* New York: Harper & Row–Colophon, 1976.

Disraeli, Benjamin, Earl of Beaconsfield. *Coningsby, or The New Generation.* Hughenden Edition. London: Longmans, Green, 1881.

Domhoff, G. William. *The Bohemian Grove and Other Retreats: A Study in Ruling-Class Cohesiveness.* New York: Harper & Row, 1974.

Dover, K. J. *Greek Homosexuality.* New York: Random House–Vintage, 1980.

Driberg, Tom. *Ruling Passions.* New York: Stein and Day, 1978.

du Maurier, George. *Trilby: A Novel.* New York, 1899.

Dworkin, Andrea. *Pornography: Men Possessing Women.* New York: G. P. Putnam's Sons–Perigee Books, 1981.

Ehrenreich, Barbara. *The Hearts of Men: American Dreams and the Flight from Commitment.* New York: Anchor–Doubleday, 1983.

Eisenstein, Zillah, ed. *Capitalist Patriarchy and the Case for Socialist Feminism.* New York: Monthly Review, 1979.

—— The Radical Future of Liberal Feminism. New York: Longman, 1981.

Eliot, George. *Adam Bede.* Illustrated Cabinet Edition. 2 vols. Boston: Dana Estes, n.d.

—— *Felix Holt, The Radical.* Illustrated Cabinet Edition. 2 vols. Boston: Dana Estes, n.d.

Ellis, Havelock, *The New Spirit.* New York: The Modern Library, n.d.

Engel, Monroe. *The Maturity of Dickens.* Cambridge, Mass.: Harvard University Press, 1959.

Engels, Friedrich. *The Origin of the Family, Private Property, and the State, in the Light of the Researches of Lewis H. Morgan.* Introduction and Notes by Eleanor Burke Leacock. New York: International Publishers, 1972.

Fernbach, David. *The Spiral Path: A Gay Contribution to Human Survival.* Alyson Press, 1981.

Fiedler, Leslie. *Love and Death in the American Novel.* Revised ed. New York: Stein and Day, 1966.

—— *The Stranger in Shakespeare.* New York: Stein and Day, 1972.

Foucault, Michel. *The History of Sexuality: Volume I. An Introduction.* Tr. Robert Hurley. New York: Pantheon, 1978.

Freud, Sigmund. *The Standard Edition of the Complete Works of Sigmund Freud.* Tr. James Strachey. London: The Hogarth Press and The Institute For Psychoanalysis, 1953–74.

Frye, Marilyn. *The Politics of Reality: Essays in Feminist Theory.* Trumansburg, N.Y.: The Crossing Press, 1983.

Gallop, Jane. *The Daughter's Seduction: Feminism and Psychoanalysis.* Ithaca: Cornell University Press, 1982.

Gay Left Collective, ed. *Homosexuality: Power and Politics.* London: Allison & Busby, 1980.

Gilbert, Sandra, and Susan Gubar, *The Madwoman in the Attic: The Woman Writer and the Nineteenth-Century Literary Imagination.* New Haven: Yale University Press, 1979.

Gilman, Richard. *Decadence: The Strange Life of an Epithet.* New York: Farrar, Straus and Giroux, 1979.

Girard, René. *Deceit, Desire, and the Novel: Self and Other in Literary Structure.* Tr. Yvonne Freccero. Baltimore: Johns Hopkins University Press, 1972.

Girouard, Mark. *The Return to Camelot: Chivalry and the English Gentleman.* New Haven: Yale University Press, 1981.

Godwin, William. *Caleb Williams.* Ed. David McCracken. London: Oxford University Press, 1970.

Gold, Alex, Jr. "It's Only Love: The Politics of Passion in Godwin's *Caleb Williams.*" *Texas Studies in Literature and Language* 19, no. 2 (Summer 1977), pp. 135–60.

Goodman, Paul. *Making Do.* New York: Macmillan, 1963; rept. New American/Signet, 1964.

Griffin, Susan. *Pornography and Silence: Culture's Revenge Against Nature.* New York: Harper & Row, 1981.

Grosskurth, Phyllis. *Havelock Ellis: A Biography*. New York: Knopf, 1980.

—— *John Addington Symonds: A Biography*. London: Longmans, 1964.

Halsband, Robert. *Lord Hervey: Eighteenth-century Courtier*. Oxford: Oxford University Press, 1974.

Hardy, Thomas. *The Life and Death of the Mayor of Casterbridge. The Works of Thomas Hardy*. Wessex Edition. 21 vols. London: Macmillan, 1912–1914. Vol. V.

Harry, Joseph, and Man Singh Das, eds. *Homosexuality in International Perspective*. New Delhi: Vikas Publishing House, 1980.

Heilbrun, Carolyn G. *Toward a Recognition of Androgyny*. New York: Harper & Row–Colophon, 1973.

Heilbrun, Carolyn G., and Margaret Higonnet, eds. *The Representation of Women in Fiction: Selected Papers from the English Institute, 1981*. New series, no. 7. Baltimore: Johns Hopkins University Press, 1983.

Herdt, G. H. *Guardians of the Flutes: Idioms of Masculinity: A Study of Ritualized Homosexual Behavior*. New York: McGraw Hill, 1981.

Hoch, Paul. *White Hero Black Beast: Racism, Sexism, and the Mask of Masculinity*. London: Pluto, 1979.

Hocquenghem, Guy. *Homosexual Desire*. Tr. Daniella Dangoor. London: Allison & Busby, 1978.

Hogg, James. *The Private Memoirs and Confessions of a Justified Sinner*. New York: Norton, 1970.

House, Humphry. *The Dickens World*. London: Oxford University Press, 1941.

Irigaray, Luce. "When the Goods Get Together." In *New French Feminisms,* ed. Elaine Marks and Isabelle de Courtivron. New York: Schocken, 1981, pp. 107–11.

Isherwood, Christopher. *Christopher and His Kind: 1929–1939*. New York: Avon-Discus, 1976.

Jacobus, Mary. "Is There a Woman in This Text?" *New Literary History* 14 (1982–83), pp. 117–41.

James, Henry. *Letters to A. C. Benson and August Monod,* ed. E. F. Benson. London: Elkins Mathews & Marrott, 1930.

Johnson, Edgar. *Charles Dickens: His Tragedy and Triumph*. 2 vols. New York: Simon and Schuster, 1952.

Kahn, Coppélia. *Man's Estate: Masculine Identity in Shakespeare*. Berkeley: University of California Press, 1981.

Kaplan, Fred. *Dickens and Mesmerism: The Hidden Springs of Fiction*. Princeton: Princeton University Press, 1975.

Kaplan, Justin. *Walt Whitman: A Life*. New York: Simon & Schuster, 1980.

Katz, Jonathan. *A Gay/Lesbian Almanac*. New York: Crowell, 1982.

Katz, Jonathan. *Gay American History.* New York: Thomas Y. Crowell, 1976; rept. Avon, 1978.
Kellogg, Stuart, ed. *Literary Visions of Homosexuality.* Special issue of *Journal of Homosexuality* 8, nos. 3–4 (Spring-Summer 1983).
Kelly-Gadol, Joan. "The Social Relation of the Sexes: Methodological Implications of Women's History." *Signs* 1, no. 4 (1976), pp. 809–823.
Kiely, Robert. *The Romantic Novel in England.* Cambridge, Mass.: Harvard University Press, 1972.
Killham, John. *Tennyson and "The Princess": Reflections of an Age.* London: University of London, The Athlone Press, 1958.
Kipling, Rudyard. *Kim.* London: Macmillan, 1908; rept. 1960.
Klein, Richard. Review of *Homosexualities in French Literature. MLN* 95, no. 4 (May 1980), pp. 1070–80.
Knight, G. Wilson. *The Mutual Flame: On Shakespeare's Sonnets and the Phoenix and the Turtle.* London: Methuen, 1955.
Krieger, Murray. *A Window to Criticism: Shakespeare's Sonnets and Modern Poetics.* Princeton: Princeton University Press, 1964.
Kris, Ernst. *Psychoanalytic Explorations in Art.* London: Allen & Unwin, 1953.
Kristeva, Julia. *Powers of Horror: An Essay on Abjection.* Tr. S. Roudiez. New York: Columbia University Press, 1982.
Lakoff, Robin. *Language and Women's Place.* New York: Harper & Row, 1975.
Langguth, A. J. *Saki: A Life of Hector Hugh Munro.* New York: Simon and Schuster, 1981.
Laplanche, Jean. *Life and Death in Psychoanalysis.* Tr. Jeffrey Mehlman. Baltimore: Johns Hopkins University Press, 1976.
Laplanche, Jean, and J.-B. Pontalis. *The Language of Psychoanalysis.* Tr. Donald Nicholson-Smith. New York: Norton, 1973.
Lawrence, D. H. *The Collected Letters of D. H. Lawrence.* Ed. Harry T. Moore. 2 vols. London: Heinemann, 1962.
—— *Phoenix: The Posthumous Papers of D. H. Lawrence.* London: Heinemann, 1936.
—— *Studies in Classic American Literature.* New York: Viking, 1923.
—— *The Symbolic Meaning.* Arundel: Centaur Press, 1962.
Lawrence, T. E. *Seven Pillars of Wisdom: A Triumph.* Garden City, N.Y.: Doubleday, Doran, 1935.
Lennon, Florence Becker. *Victoria Through the Looking-Glass: The Life of Lewis Carroll.* New York: Simon & Schuster, 1945.
Lévi-Strauss, Claude. *The Elementary Structures of Kinship.* Boston: Beacon Press, 1969.

Lewis, Wilmarth Sheldon. *Horace Walpole*. Bollingen Series 25–9. New York: Pantheon, 1960.
Lewis, Wyndham. *The Lion and the Fox: The Role of the Hero in the Plays of Shakespeare*. London: Methuen, 1951.
Macciocchi, Maria-Antonietta. "Female Sexuality in Fascist Ideology." *Feminist Review* 1 (1979), pp. 59–82.
Mack, John E. *A Prince ot Our Disorder: A Life of T. E. Lawrence*. Boston: Little, Brown, 1976.
MacKinnon, Catharine A.. "Feminism, Marxism, Method, and the State: An Agenda for Theory." *Signs* 7, no. 3 (Spring 1982), pp. 515–44.
Marcus, Steven. *The Other Victorians: A Study of Sexuality and Pornography in Mid-Nineteenth-Century England*. New York: Basic Books, 1966.
Martin, Robert K. *The Homosexual Tradition in American Poetry*. Austin: University of Texas Press, 1979.
Marx, Karl. *Grundrisse: Foundations of the Critique of Political Economy*. Tr. Martin Nicolaus. New York: Random House–Vintage, 1973.
Maturin, Charles Robert. *Melmoth the Wanderer*. Ed. Douglas Grant. Oxford: Oxford University Press, 1968.
McCarthy, B. Eugene. *William Wycherley: A Biography*. Athens, Ohio: Ohio University Press, 1979.
McConnell-Ginet, Sally, Ruth Borker, and Nelly Furman, eds. *Women and Language in Literature and Society*. New York: Praeger, 1980.
McKeon, Michael. "The 'Marxism' of Claude Lévi-Strauss." *Dialectical Anthropology* 6 (1981), pp. 123–50.
Mieli, Mario. *Homosexuality and Liberation: Elements of a Gay Critique*. London: Gay Men's Press, 1977.
Miller, D. A. "Discipline in Different Voices: Bureaucracy, Police, Family, and *Bleak House*." *Representations* 1, no. 1 (1983), pp. 59–89.
Miller, Jean Baker. *Toward a New Psychology of Women*. Boston: Beacon Press, 1976.
Miller, J. Hillis. *Charles Dickens: The World of his Novels*. Cambridge, Mass.: Harvard University Press, 1958.
Mitchell, Juliet. *Women's Estate*. New York: Random House–Vintage, 1973.
Mitchell, Margaret. *Gone With The Wind*. New York: Avon, 1973.
Miyoshi, Masao. *The Divided Self: A Perspective on the Literature of the Victorians*. New York: New York University Press, 1969.
Moers, Ellen. *Literary Women*. New York: Doubleday, 1976.
Moi, Toril. "The Missing Mother: The Oedipal Rivalries of René Girard." *Diacritics* 12, no. 2 (Summer 1982), pp. 21–31.
Morgan, Ted. *Maugham: A Biography*. New York: Simon & Schuster, 1980.
Morin, Stephen M., and Ellen M. Garfinkle. "Male Homophobia." In

Gayspeak: Gay Male and Lesbian Communication. Ed. James W. Chesebro. New York: Pilgrim Press, 1981, pp. 117–29.

Naipaul, V. S. *Guerrillas.* New York: Random House, 1975.

Nichols, Beverley. *Father Figure.* New York: Simon & Schuster, 1972.

Nelson, Michael. *Nobs and Snobs.* London: Gordon & Cremonesi, 1976.

O'Barr, William M., and Bowman K. Atkins. " 'Women's Language' or 'Powerless Language'?" In *Women and Language in Literature and Society,* ed. Sally McConnell-Ginet, Ruth Borker, and Nelly Furmin. New York: Praeger, 1980, pp. 93–110.

Olsen, Frances E. "The Family and the Market: A Study of Ideology and Legal Reform." *Harvard Law Review* 97, no. 7 (May 1983), pp. 1497–1578.

Osborne, Charles. *W. H. Auden: The Life of a Poet.* New York: Harcourt Brace Jovanovich, 1979.

Peck, Louis F. *A Life of Matthew G. Lewis.* Cambridge, Mass.: Harvard University Press, 1962.

Pleck, Joseph H. *The Myth of Masculinity.* Cambridge, Mass.: MIT Press, 1981; rept. 1983.

Plummer, Kenneth, ed. *The Making of the Modern Homosexual.* London: Hutchinson, 1981.

Praz, Mario. *The Romantic Agony.* Tr. Angus Davidson. London: Oxford University Press, 1970.

Punter, David. *The Literature of Terror: A History of Gothic Fiction from 1765 to the Present Day.* London: Longman, 1980.

Radcliffe, Ann. *The Italian, or the Confessional of the Black Penitents.* Ed. Frederick Garber. From 1797 ed. Oxford: Oxford University Press, 1971.

Ray, Gordon. *The Buried Life: A Study of the Relation Between Thackeray's Fiction and His Personal History.* London: Oxford University Press, 1952; rept. Folcroft, 1970.

Rawlins, Jack P. *Thackeray's Novels: A Fiction That Is True.* Berkeley: University of California Press, 1974.

Reiter, Rayna, ed. *Toward an Anthropology of Women.* New York: Monthly Review Press, 1975.

Rich, Adrienne. *On Lies, Secrets, and Silence: Selected Prose 1966–1978.* New York: Norton, 1979.

Rosaldo, Michelle Z., and Louise Lamphere, eds. *Women, Culture, and Society.* Stanford: Stanford University Press, 1974.

Rowbotham, Sheila, and Jeffrey Weeks. *Socialism and the New Life: The Personal and Sexual Politics of Edward Carpenter and Havelock Ellis.* London: Pluto Press, 1977.

Rubin, Gayle. "The Traffic in Women: Notes Toward a Political Econ-

omy of Sex." In *Toward an Anthropology of Women*. Ed. Rayna Reiter. New York: Monthly Review Press, 1975, pp. 157–210.
Ryan, Mary P., and Judith R. Walkowitz, eds.. *Sex and Class in Women's History*. London: Routledge & Kegan Paul, 1983.
Said, Edward W. *Orientalism*. New York: Random House–Vintage, 1978; rept. 1979.
Samois, ed. *Coming to Power: Writing and Graphics on Lesbian S/M*. Boston: Alyson, 1982.
Sargent, Lydia, ed. *Women and Revolution: A Discussion of the Unhappy Marriage of Marxism and Feminism*. Boston: South End Press, 1981.
Sarotte, Georges-Michel. *Like a Brother, Like a Lover: Male Homosexuality in the American Novel and Theater from Herman Melville to James Baldwin*. Tr. Richard Miller. New York: Doubleday-Anchor, 1978.
Schwarzbach, F. S. *Dickens and the City*. London: Athlone, 1979.
Sedgwick, Eve Kosofsky. "The Character in the Veil: Imagery of the Surface in the Gothic Novel." *PMLA* 96, no. 2 (March 1981), pp. 255–70.
—— *The Coherence of Gothic Conventions*. New York: Arno, 1980.
—— "Trace at 46." *Diacritics* 10, no. 1 (March 1980), pp. 3–20.
Shakespeare, William. *Shakespeare's Sonnets*. Ed. and with analytic commentary by Stephen Booth. New Haven: Yale University Press, 1977.
Shaw, Harry E. *The Forms of Historical Fiction: Sir Walter Scott and His Successors*. Ithaca: Cornell University Press, 1983.
Shelley, Mary. *Frankenstein, or the Modern Prometheus*. Ed. James Kinsley and M. K. Joseph. Oxford: Oxford University Press, 1980.
Snitow, Ann, Christine Stansell, and Sharon Thompson, eds. *Powers of Desire: The Politics of Sexuality*. New York: Monthly Review Press–New Feminist Library, 1983.
Steiner, George. "The Cleric of Treason." *New Yorker* 56 (December 8, 1980), pp. 158–95.
Sterne, Laurence. *A Sentimental Journey Through France and Italy*. Ed. Graham Petrie. Hammondsworth: Penguin, 1967.
Stimpson, Catharine R., and Ethel Spector Person, eds. *Women: Sex and Sexuality*. Chicago: University of Chicago Press, 1980.
Stoehr, Taylor. *Dickens: The Dreamer's Stance*. Ithaca: Cornell University Press, 1965.
Stone, Lawrence. *The Family, Sex, and Marriage in England, 1500–1800*. New York: Harper & Row, 1977.
Surtees, R. S. *Handley Cross, or, Mr. Jorrocks's Hunt*. London: Bradbury, Agnew, n.d.
—— *Mr. Sponge's Sporting Tour*. London: Bradbury, Agnew, n.d.

Symonds, John Addington. *Essays Speculative and Suggestive*. London: Smith, Elder, 1907.

—— *The Letters of John Addington Symonds*. Ed. Herbert M. Schueller and Robert L. Peters. 3 vols. Detroit: Wayne State University Press, 1969.

—— *A Study of Walt Whitman*. London: Nimmo, 1893.

Symonds, John Addington, and Havelock Ellis. *Sexual Inversion*. London: Wilson and Macmillan, 1897. Rept. New York: Arno, 1975.

Tennyson, Alfred, Lord. *The Princess: A Medley*. In *The Poems of Tennyson,* ed. Christopher Ricks. London: Longmans, 1969, pp. 743–844.

Thackeray, William Makepeace. *The History of Henry Esmond, Esq. Written By Himself*. Biographical Edition. New York: Harper, 1903.

—— *The Virginians*. Biographical Edition. New York: Harper, 1899.

Tiger, Lionel. *Men In Groups*. New York: Random House, 1969.

Todd, Janet. *Women's Friendship in Literature*. New York: Columbia University Press, 1980.

Traubel, Horace. *With Walt Whitman in Camden*. Boston: Small, Maynard, 1906.

Trollope, Anthony. *Works*. New York: Dodd, Mead, 1921–29.

van der Zee, John. *The Greatest Men's Party on Earth: Inside the Bohemian Grove*. New York: Harcourt Brace Jovanovich, 1974.

Vicinus, Martha. "Sexuality and Power: A Review of Current Work in the History of Sexuality." *Feminist Studies* 8, no. 1 (Spring 1982), pp. 133–56.

Vieth, David M. "*The Country Wife:* An Anatomy of Masculinity." *Papers on Language and Literature* 2 (1966), pp. 335–50.

Warner, Sylvia Townsend. *T. H. White: A Biography*. London: Jonathan Cape with Chatto & Windus, 1967.

Weeks, Jeffrey. *Coming Out: Homosexual Politics in Britain from the Nineteenth Century to the Present*. London: Quartet Books, 1977.

—— *Sex, Politics, and Society: The Regulation of Sexuality Since 1800*. London: Longman, 1981.

Whitehead, Ann. "Sexual Antagonism in Hertfordshire." In *Dependence and Exploitation in Love and Marriage,* ed. Diana Leonard Barker and Sheila Allen. London: Longman, 1976, pp. 169–203.

Whitman, Walt. *Leaves of Grass*. Ed. Malcolm Cowley. Reprint of 1855 edition. New York: Penguin, 1959.

—— *Leaves of Grass: A Textual Variorum of the Printed Poems*. Ed. Sculley Bradley, Harold W. Blodgett, Arthur Golden, William White. 3 vols. New York: New York University Press, 1980.

—— *Whitman: The Correspondence*. Ed. Edward Haviland Miller. 6 vols. New York: New York University Press, 1969.
Wilde, Oscar. *The Picture of Dorian Gray*. London, 1891.
—— *The Portrait of Mr. W. H.* Ed. Vyvyan Holland. London: Methuen, 1958.
Wilner, Joshua David. "Music Without Rhythm: Incorporation and Intoxication in the Prose of Baudelaire and De Quincey." Ph.D. diss., Yale University, 1980.
Wycherley, William. *The Country Wife*. Ed. Thomas H. Fujimura. Regents Restoration Drama Series. Lincoln, Neb.: University of Nebraska Press, 1965.
—— *The Plain Dealer*. Ed. Leo Hughes. Regents Restoration Drama Series. Lincoln, Neb.: University of Nebraska Press, 1967.
Zaretsky, Eli. *Capitalism, The Family, and Personal Life*. New York: Harper-Colophon, 1976.